Sühnekind

CAROLINE PARKER

Impressum

Korrektorat 1: SKS-Heinen, Korrektorat 2: Heidemarie Rabe
Covergestaltung © Catrin Sommer – rauschgold.com
Covermotiv © shutterstock_32990662, shutterstock_608638013 – shutterstock.com

Caroline Parker
c/o AutorenServices.de
König-Konrad-Str. 22
36039 Fulda
Caroline.parker001yahoo.com

ISBN: 978-3-948092-18-4

Für A. und F.

Teil I

1.

Er atmete tief durch und warf einen zufriedenen Blick durch die kleine Schrebergartenlaube. Das Bild, das sich ihm bot, stimmte bis ins kleinste Detail mit seinem Plan überein. Die junge Frau, die in dem Sessel am Fenster saß, sah aus, als würde sie schlafen. Ein friedlicher Ausdruck lag auf ihrem Gesicht, fast so, als wäre sie ganz seiner Meinung, dass sie ihren Tod verdient hatte.

Es gab nur noch eine Kleinigkeit zu tun. Er holte einen Umschlag aus seiner Jackentasche und zog einen kleinen Stapel mit Aufklebern daraus hervor. Vorsichtig löste er einen der Sticker von der Folie. Er machte einen Schritt auf sein Opfer zu und klebte eine 6 sorgfältig unter die Platte des Beistelltisches, der neben dem Sessel stand, in dem sie saß. Sollte jemand nach dem Sticker suchen, würde man ihn schnell entdecken. Doch niemand hatte bislang auf Spuren oder Auffälligkeiten geachtet, wenn seine Opfer gefunden wurden. Er verübte die perfekten Verbrechen. Sie waren so perfekt, dass weder Angehörige noch Polizei überhaupt auf die Idee kamen, dass es sich bei der Leiche vor ihnen um ein Mordopfer handeln könnte.

Er schaute ein letztes Mal auf die tote Frau im Sessel, dann verließ er ruhig die Gartenlaube, verschloss die Tür sorgsam hinter sich, zog den Kragen seiner schwarzen Jacke hoch und seine Baseballkappe tiefer ins Gesicht. Es war zu kalt für September, überlegte er. Er ging über den kleinen Weg, der zwischen den Zäunen der Gärten entlangführte, zum Ausgang der Siedlung. Ein alter Mann, der wahrscheinlich in seiner Laube nach dem Rechten sehen wollte, kam ihm entgegen. Er nickte ihm freundlich zu und überlegte kurz, ob er mit dem Mann ein Gespräch über das Wetter beginnen sollte. Er entschied sich dagegen. Keine Spuren und keine Erinnerungen bei möglichen Zeugen hinterlassen, das war immer seine erste Regel gewesen. Auch wenn es bislang eine übertriebene Vorsichtsmaßnahme gewesen war, würde er diese Regel nicht brechen. Schweigend ging er an dem Mann vorbei und konzentrierte sich auf das, was sich in Kürze hier abspielen würde.

Mit großer Wahrscheinlichkeit würden es die Eltern sein, die ihre tote Tochter fanden, wenn sie in ihren Schrebergarten kamen. Einen kurzen Moment lang würden sie sich wundern, was ihre Tochter in der Gartenlaube machte, in der sie als Kind im Sommer fast täglich gespielt hatte, die sie jedoch nur noch selten besuchte, seitdem sie erwachsen war. Und warum schlief sie mitten am Tag? Die Eltern würden ihren Namen rufen und versuchen, sie so zu wecken. Dann würden sie merken, dass etwas nicht stimmte. Angst würde ihnen langsam die Kehlen zuschnüren. Sie würden ihre Tochter berühren und die Eiseskälte spüren, die ihren toten Körper erfüllte. Vielleicht würde die Mutter kurz aufschreien, bevor sie ihre Tochter verzweifelt schüttelte, als könnte sie ihr Kind so zurück in die Welt holen. Dann der Griff in die Tasche, um das Handy herauszuholen und den Rettungsdienst zu rufen. Ein vergeblicher Notruf, da ihre Tochter bereits seit vielen Stunden tot war.

Der überarbeitete, müde Notarzt würde die junge Frau für tot erklären und – wenn es perfekt lief – nach Rücksprache mit dem Hausarzt einen natürlichen Tod auf dem Totenschein vermerken, während die Mutter weinend in der Laube zusammenbrach. Der Vater würde immer wieder murmeln: „Sie war doch gesund! Und so voller Leben. Sie wollte in ein paar Monaten heiraten."

Wahrscheinlicher aber war, dass der Notarzt die Polizei alarmieren würde, die Tote war schließlich jung, sportlich und erschien gesund. Doch die Beamten würden bei ihrer Routineuntersuchung nichts Auffälliges in der kleinen Laube finden und die Eltern würden beschwören, dass ihre Tochter keine Feinde gehabt hatte. Auch die Obduktion, sollte eine angeordnet werden, würde keinen Hinweis auf eine Fremdeinwirkung, einen gewaltsamen Tod ergeben. Vielleicht würde der Pathologe in der Hoffnung, die Leiche schnell von seinem Tisch zu kriegen, nicht einmal die winzigen Nadeleinstiche bemerken.

„Plötzliches Herz-Kreislauf-Versagen", „Sekundentod", „So etwas kann vorkommen, besonders bei jungen Menschen, die viel Sport treiben" – die Eltern würden damit leben müssen, dass ihr Kind gestorben war. Einfach so.

Er genoss es, sich vorzustellen, was geschah, wenn seine Opfer gefunden wurden. Das Leid der Angehörigen, die hilflos vor den Trümmern ihrer Familie standen, war sein größter Antrieb, seine Erfüllung.

Er schloss für einen Moment die Augen und spürte, wie ein wohliges Gefühl der Erwartung durch seinen Körper strömte. Es war Zeit für den nächsten Schritt. Bald schon würde sich unter die Trauer der Eltern der jungen Frau ein weiteres Gefühl mischen: Entsetzen, wenn sie erfuhren, dass das geliebte Kind einem kaltblütigen Serienmörder zum Opfer gefallen war.

Nummer 6 war sein letztes Opfer, das er im Geheimen getötet hatte. Nummer 7 würde alles verändern. Die Polizei würde auf ihn aufmerksam werden, würde sofort wissen, dass Nummer 6 doch nicht „einfach so“ gestorben war. Die Beamten würden verzweifelt versuchen, seine früheren Opfer zu finden und weitere Morde zu verhindern. Er würde ein Gejagter sein, dem jeder Schritt zum Verhängnis werden konnte.

Er spürte, wie sein Herz schneller schlug und das Blut in seinen Adern pochte. Nach all der Arbeit im Verborgenen würde die Öffentlichkeit endlich erfahren, dass zwischen ihnen ein Killer lebte, der seine Opfer bislang lautlos und unbemerkt getötet hatte. Ein Killer, welcher der Polizei ein ums andere Mal wie ein Phantom entwischen würde.

Er griff in seine Jackentasche, um den Umschlag in seinen Händen zu fühlen. Es waren noch viele Aufkleber darin.

2.

Amaryllis Winter saß mit elegant übereinandergeschlagenen Beinen auf einem Stuhl an der Wand und hörte interessiert der Beamtin zu, die eine Zusammenfassung der Fälle der vergangenen Woche vortrug. Amaryllis wirkte in dem großen Konferenzsaal der Berliner Mordkommission wie ein Fremdkörper. Ihre fast schon zu aufrechte Haltung, die langen, dichten schwarzen Haare und ihre Haut, die eine Farbe wie Milchkaffee hatte, waren ein Grund für diese Wirkung. Die unnahbare, kühle Art, die Amaryllis Winter ausstrahlte, trug ebenfalls dazu bei. Am meisten aber unterschied sie ihre Herkunft und Ausbildung von den anderen Polizisten im Raum, die in deren Abwesenheit von ihrer Kollegin meist als „CSI Winter" oder „CSI New York" sprachen.

Amaryllis Winter war seit etwas mehr als zwei Jahren als Kommissarin bei der Berliner Mordkommission angestellt. Ihre Ausbildung hatte sie in New York absolviert, wo sie als Tochter eines deutschen Diplomaten und einer indischen Modedesignerin auch einen Großteil ihrer Jugend verbracht hatte. Aufgewachsen war Amaryllis unter anderem in Indien,

Malaysia und Peru, bevor ihre Eltern sich in den USA niedergelassen hatten.

Es war ein steter Quell des Klatsches beim Mittagessen oder während der Zigarettenpausen der Kollegen, was die attraktive Enddreißigerin nach Berlin verschlagen haben könnte. Eine gescheiterte Liebesaffäre mit einem ranghohen US-Politiker, den sie über ihren Vater kennengelernt hatte, der finanzielle Ruin der Familie durch die New Yorker Mafia, mit der die Mutter verbandelt war, oder ein Suchtproblem, das sie ihre Stelle bei der New Yorker Polizei gekostet hatte, waren nur einige der zahllosen Gerüchte.

Die Wahrheit war deutlich weniger glamourös – Amaryllis war in die Heimat ihres Vaters gezogen, um Abstand von ihrer gescheiterten Ehe zu gewinnen. Außerdem kümmerte sie sich um ihre Großmutter, die nach einem Schlaganfall im Rollstuhl saß. Ganz freiwillig tat sie Letzteres nicht, sie liebte und verehrte ihre Großmutter, die Pflegerolle war ihr aber hauptsächlich zugefallen, weil niemand anders der weitverzweigten Familie Winter sich bereit erklärt hatte – und Amaryllis, zu dem Zeitpunkt frisch geschieden, die Einzige war, die sich nicht mit einer eigenen Familie, um die sie sich kümmern musste, herausreden konnte. So war sie notgedrungen in das riesige Haus in Berlin-Dahlem gezogen, das seit Jahrzehnten in Familienbesitz war, und leistete ihrer Großmutter, die ansonsten von einer Pflegerin betreut wurde, an den Abenden und Wochenenden Gesellschaft.

Gelegentlich kam es Amaryllis allerdings vor, als verhielte es sich in Wirklichkeit umgekehrt und ihre Großmutter leistete ihr Gesellschaft. Die alte Dame wurde immer noch zu zahlreichen Feiern und Veranstaltungen von Freunden eingeladen, während es Amaryllis bislang nicht gelungen war, einen nennenswerten Freundeskreis in Berlin aufzubauen. Was vor allem daran lag, dass sie diesbezüglich keinerlei Anstalten machte. Die gelegentlichen Einladungen wohlmeinender oder neugieriger Kollegen hatte Amaryllis so lange ausgeschlagen, bis es niemand mehr versuchte. Andere Freunde oder Bekannte hatte sie nicht.

„Ungeklärter Todesfall in Berlin-Schmargendorf", stellte die junge Beamtin am Rednerpult den Teilnehmern der wöchentlichen Konferenz der Berliner Mordkommission einen weiteren Fall vor.

„Julia Schwarzmann, 24, wurde von ihren Eltern tot in der Gartenlaube der Familie entdeckt. Der Notarzt hat nach Absprache mit dem Hausarzt die Polizei gerufen, da die Todesursache unklar war. Die Beamten vor Ort konnten keine Hinweise auf Fremdeinwirkung finden. Da die Tote extrem viel Sport getrieben hat, wurde akutes Herz-Kreislauf-Versagen als Todesursache vermutet und auf weitere Untersuchungen sollte verzichtet werden. Die Eltern der Toten haben auf einer Obduktion bestanden, da sie nicht glauben wollten, dass ihre Tochter ‚einfach so' verstorben sei. Die genaue Todesursache konnte bei der Routineobduktion nicht geklärt werden, allerdings wurden mehrere Nadeleinstiche am rechten Bein der Toten gefunden. Weitere Tests, die ebenfalls auf Veranlassung der Eltern gemacht wurden, ergaben schließlich, dass die Frau an einer Überdosis Insulin gestorben ist. Die Ermittlungen wurden aufgenommen und die Gartenlaube erneut auf Spuren untersucht. Die Eltern hatten am Wochenende vor dem Tod der Tochter eine Party in der Laube und es gab unzählige Fingerabdrücke und DNA-Spuren. Auf eine Zuordnung wurde bislang verzichtet, da es Hinweise gibt, dass die junge Frau vor einiger Zeit versucht hat, mit Medikamenten ihre Leistungen beim Marathonlauf zu verbessern. Neben ‚Tod durch Fremdeinwirkung' ist daher nicht auszuschließen, dass die Frau sich das Insulin zur Leistungssteigerung selber gespritzt und einen tödlichen Fehler bei der Dosierung gemacht hat. Der Fall ist nicht abgeschlossen, aber momentan laufen die Ermittlungen in diese Richtung."

„Diese bescheuerten Sportfreaks", sagte ein Beamter, dem man ansehen konnte, dass er in seiner Freizeit Hobbys, die nichts mit Sport zu tun hatten, nachging. „Jetzt fängt schon Lieschen Müller an zu dopen, nur damit sie ein paar Minuten schneller beim Marathon ins Ziel kommt. Als würde ihre Zeit irgendjemand interessieren!"

Ein paar Beamte lachten, andere nickten zustimmend zu diesem Kommentar. Amaryllis war ebenfalls geneigt, sich der vorherrschenden Meinung anzuschließen, doch etwas an dem Fall hatte ihr Interesse geweckt. Sie versuchte, sich zu erinnern, was sie vor Jahren in einem Seminar über Drogen- und Medikamentenmissbrauch bei der New Yorker Polizei gelernt hatte. Da ihr Gedächtnis sie im Stich ließ, ging sie, nachdem die Konferenz beendet war, zu der jungen Beamtin und bat sie um die Unterlagen des Falles.

„Das einzig Auffällige, das wir gefunden haben, war ein Aufkleber mit der Zahl 6 darauf, der unter einem Beistelltisch klebte", erklärte ihr die Beamtin, während sie die Unterlagen heraussuchte. „Der Vater hat den Tisch vor Kurzem selber lackiert, daher ist er sicher, dass der Sticker dort vorher nicht war. Die Eltern sind überzeugt, die Zahl 6 sei ein Hinweis auf den Mörder ihrer Tochter." Die junge Frau schüttelte den Kopf. „Genauso gut könnte aber ein Kind oder ein Besucher der Party den Aufkleber dort hingeklebt haben, einfach weil sie zu faul waren, ihn in den Mülleimer zu werfen."

Amaryllis blätterte durch die Akte, die auf den ersten Blick tatsächlich wenig Aufregendes enthielt.

„Meinst du, die 6 weist auf einen brutalen Serienkiller hin?"

Die dunkle Männerstimme hinter Amaryllis klang unbeteiligt, doch sie wusste, dass jede Menge Ironie in der Bemerkung lag. Falk von Heeren war Hauptkommissar bei der Mordkommission und sein schwarzer Humor bei den Kollegen ebenso berühmt wie gefürchtet. Er war einer der wenigen Kollegen, mit denen Amaryllis noch nicht zusammengearbeitet hatte, und sie konnte gut darauf verzichten. Falk von Heeren galt als brillanter Kommissar, doch ihm eilte ein Ruf der Unpünktlichkeit und Unzuverlässigkeit voraus, beides Eigenschaften, die Amaryllis verabscheute.

„Mich interessieren auch Fälle, die ich nicht bearbeite", log Amaryllis kühl, da sie auf keinen Fall zugeben wollte, dass der Gedanke an einen Serientäter, der Aufkleber mit der Zahl seiner Opfer hinterließ, ihr wirklich durch den Kopf geschossen war. „Man wird sich wohl mal eine Akte ansehen dürfen."

„Und da wird immer gesagt, die Polizei sei unterbesetzt und nicht motiviert." Falk von Heeren lachte sein durchaus charmantes Lachen und zog damit das Interesse der jungen Kollegin auf sich, die leicht künstlich in sein Lachen einstimmte.

„Darf ich die mitnehmen?", fragte Amaryllis und deutete auf die Akten. „Ich liebe es, beim Mittagessen fremde Fälle zu lesen und so das Ansehen der Berliner Polizei zu verbessern. Vielleicht setze ich mich in ein Café, da sehen mich mehr Leute."

Falk von Heeren betrachtete sie amüsiert, sparte sich aber einen weiteren Kommentar.

„Natürlich, kein Problem", sagte die Beamtin und reichte Amaryllis den hellgrünen Pappordner. „Geben Sie die Akte bitte später der Sekretärin, ich hole sie mir dort ab."

3.

Die große, weiß getünchte Altbauvilla lag im Dunkeln, als Amaryllis an diesem Abend später als gewöhnlich nach Hause kam. Ihre Großmutter war offenbar ausgegangen. Amaryllis hatte die Zeit vergessen, während sie die Akte über den Insulintod der jungen Frau gelesen hatte. Erst als die Putzkolonne begonnen hatte, das Polizeigebäude zu säubern, hatte sie eine Kopie der Akte gemacht, das Original wie versprochen auf den Schreibtisch der Sekretärin gelegt und war nach Hause gegangen.

Ihr Instinkt sagte ihr, dass etwas an dem Fall nicht stimmte. Amaryllis war ein überaus rationaler Mensch und es erschien ihr selber lächerlich, aber sie wusste einfach, dass die junge Frau ermordet worden und dass sie nicht das erste Opfer des Täters war. Leider hatte sie in der Akte nichts gefunden, das ihre Vermutung untermauerte. Aber genau das gab ihr zu denken. Zu jedem Tod, sei es durch Krankheit, Mord oder Unfall, gab es eine Geschichte und genau diese fehlte im Fall der toten Julia Schwarzmann.

Amaryllis schob die Gedanken an den Fall beiseite, ging in ihr Schlafzimmer und zog sich eine graue Stoffhose und einen bequemen Pullover an. Dann machte sie sich auf den Weg in die Küche, um zu erkunden, was der Kühlschrank für ein spätes Abendessen hergab. Zu ihrer Freude fand sie Joghurt, Tomaten, eine frische Hühnerbrust, Ingwer und Knoblauch. Nicht zum ersten Mal kam ihr der Gedanke, dass sie vom Zusammenleben mit ihrer Großmutter – die eindeutig ihre Pflegerin losgeschickt hatte, um den Kühlschrank für ihre Enkelin zu füllen – mehr profitierte als die alte Dame selber.

Zum Glück liebte ihre Großmutter, obwohl sie mit Amaryllis' indischer Mutter nie wirklich warm geworden war, die Küche des Heimatlandes ihrer Schwiegertochter und Amaryllis würde sich mit einer großen Portion „Butter Chicken“ bei ihr für die Einkäufe bedanken.

Während sie indische Gewürze aus dem Vorratsschrank holte, schweiften Amaryllis’ Gedanken erneut zurück zu dem Insulintod der jungen Frau aus Berlin-Schmargendorf. Einen Hinweis auf einen möglichen Suizid gab es in der Akte nicht. Wenn sie die Theorie ausschloss, dass die Frau sich selber das Insulin gespritzt hatte, um ihre läuferische Leistung zu verbessern, musste sie ermordet worden sein.

Der Täter hatte geplant und nicht im Affekt gehandelt und er hatte eine Todesart gewählt, die unter normalen Umständen von überarbeiteten Notärzten und auch in Krankenhäusern kaum erkannt werden konnte. Und doch hatte er bewusst eine Spur hinterlassen – wenn der Aufkleber mit der Zahl 6 wirklich von ihm stammte, überlegte Amaryllis.

Sie schälte den frischen Ingwer und bereitete eine Gewürzpaste aus Kreuzkümmel, Koriander, Kardamom, Ingwer und Zimt für das Huhn zu, das sie sorgfältig in der Marinade wälzte. Sie hatte ihrer Mutter als kleines Kind oft beim Kochen geholfen und kannte die Familienrezepte auswendig. Für gewöhnlich hatte die sehr zeitintensive Zubereitung der indischen Speisen eine beruhigende Wirkung auf Amaryllis, doch diesmal stellte sich der gewünschte Effekt nicht ein.

Der Fall, der noch kein Fall war und schon gar nicht ihrer, ließ sie nicht los. Sie legte eine Zwiebel auf das Schneidebrett vor sich und begann, sie in kleine Würfel zu schneiden. „Ich darf mich nicht verrennen“, sagte sie leise zu sich selber. In New York hatte es immer wieder Fälle gegeben, die sie so beschäftigt hatten, dass sie alles andere darüber vernachlässigt hatte. Sie war bei ihren Kollegen dafür berüchtigt gewesen, dass sie so lange Überstunden machte, bis sie Beweise für ihre Vermutungen, wie ein Fall abgelaufen sein könnte, gefunden hatte. Und wenn sie diese Beweise nicht fand, dann war es ihr Ehrgeiz, der sie so lange antrieb, bis sie herausgefunden hatte, wo sie einen Fehler gemacht und den Fall schließlich doch gelöst hatte.

„Du darfst diese Fälle nicht dein Leben übernehmen lassen, das hältst du auf Dauer nicht aus. Du und alle, die dir nahestehen, gehen daran kaputt. Kein Fall ist das wert“, hatte ihr früherer Chef sie mehr als einmal gewarnt. Amaryllis hatte diese Warnungen so lange ignoriert, bis sie ihren Ehemann Max beim Fremdgehen erwischt hatte. Plötzlich war ihre exzellente Aufklärungsquote Nebensache geworden und sie hatte verstanden, was ihr Chef gemeint hatte. Doch da war es bereits zu spät gewesen. Ihre Ehe war gescheitert und Max hatte sie für eine andere Frau verlassen.

Amaryllis hatte, obwohl die Trennung fast drei Jahre her war, noch keinen Plan gefasst, wie sie ihr Leben weiter gestalten und ob sie nach New York zurückkehren wollte. Fest vorgenommen hatte sie sich allerdings, nie wieder ihr eigenes Leben über ihrem Beruf zu vergessen, auch wenn ihr das schwerer fiel, als sie zugeben wollte. Plötzlich spürte sie einen Stich in ihrem Zeigefinger und sah, wie die Zwiebel auf dem

Schneidebrett sich langsam rot färbte. Sie hatte sich geschnitten. Schnell hielt sie ihren Finger unter kaltes Wasser.

„Auch das noch“, murmelte sie und machte sich in den Schränken ihrer Großmutter auf die Suche nach einem Pflaster. Schließlich fand sie einen kleinen Kasten mit Verbandszeug neben den Medikamenten und Spritzen, welche die Pflegerin ihrer Großmutter täglich verabreichte.

„Was ist deine Geschichte?“, dachte sie beim Anblick der Spritzen, die sie sofort an den ungeklärten Insulintod von Julia Schwarzmann erinnerten. Missmutig schüttelte sie den Kopf. Ebenso wie sie wusste, dass hinter dem Fall mehr steckte als der unglückliche Tod einer jungen Frau, wusste sie, dass sie auf dem besten Wege war, ihre guten Vorsätze aus New York zu brechen.

„Konzentrier dich auf das Kochen!“, befahl sie sich selber, da ein schlechtes „Butter Chicken“ ihr weder bei der erneuten Lektüre der Akte helfen noch ihrer Großmutter besondere Dankbarkeit zeigen würde.

Endlich saß Amaryllis mit einer Schüssel dampfendem Reis und Hühnchen, das in einer Soße schwamm, deren sattes Rot die Zustimmung ihrer Mutter gefunden hätte, am Tisch. Nach ein paar Bissen, die ihr verrieten, dass sie exzellent gekocht hatte, aber dennoch nicht geschmeckt hatten, stand sie auf. Ihre Disziplin war endgültig erschöpft und sie zog die kopierte Akte aus ihrer Tasche und legte sie vor sich auf den Tisch, anstatt ihr Essen in Ruhe zu genießen.

Julia Schwarzmann, eine 24-jährige Krankenschwester, war vor ihrem Tod weder als vermisst gemeldet worden, noch war den Eltern etwas an ihrem Verhalten aufgefallen. Der Kontakt von Eltern und Tochter war gut, man wohnte im selben Berliner Ortsteil und sah sich regelmäßig an den Wochenenden. Julia Schwarzmann war verlobt, die Hochzeit hätte in wenigen

Monaten stattfinden sollen. Ihrem Verlobten, mit dem sie nicht zusammenwohnte, war ebenfalls nichts Außergewöhnliches an ihrem Verhalten aufgefallen. Er war Unternehmensberater und viel unterwegs. Das Paar telefonierte regelmäßig, allerdings nicht täglich, da Julia im Krankenhaus Schichtdienst arbeitete und sich zwischen Beraterkonferenzen, Kundengesprächen und Krankenhausdiensten nicht immer eine Gelegenheit fand. Theoretisch hätten die Lebensumstände der Toten dem Täter die Gelegenheit gegeben, sein Opfer ein oder sogar zwei Tage in seiner Gewalt zu haben, ohne dass Familie, Freunde oder Arbeitgeber etwas bemerkten.

„Sofern es einen Täter gibt", überlegte Amaryllis laut und war froh, dass ihre Großmutter nicht zu Hause war und hörte, wie ihre Enkelin Selbstgespräche führte.

Das Auffälligste am Leben von Julia Schwarzmann war ihre Marathonleidenschaft gewesen. Die junge Frau war täglich viele Kilometer gelaufen und hatte mehrmals in der Woche im Fitnessstudio trainiert. Nach Angaben der Eltern und des Verlobten hatte sie nach einem peniblen Essens- und Trainingsplan gelebt, um ihrem großen Ziel, einen Marathon unter 03.15 Stunden zu laufen, näherzukommen.

Amaryllis brachte ihren mittlerweile geleerten Teller in die Küche und holte ihr Laptop. Sie wurde schnell fündig. Drei Stunden und fünfzehn Minuten war eine exzellente Marathonzeit für eine Hobbyläuferin, aber Lichtjahre von der Weltklasse entfernt. Warum tat die Frau sich das an? Amaryllis war selber ein zielstrebiger Mensch, aber das Ziel musste erreichbar sein. Im Falle von Julia Schwarzmann schien ein Vorrücken in die Weltspitze der Marathonläufer aussichtslos. Hatte sie sich deswegen mit fatalen Folgen selber Insulin gespritzt? Wollte sie das Unmögliche möglich machen und war dabei zu weit gegangen? Amaryllis schüttelte den Kopf und durchsuchte die vor sich liegende Akte. Angeblich hatte die Frau früher bereits ihre Leistung mit Doping steigern wollen. Welche Mittel hatte sie noch ausprobiert? War der übertriebene Ehrgeiz einer Hobbysportlerin die Geschichte hinter ihrem Tod?

„O. k., eine Dopingsünderin sieht anders aus“, murmelte sie, als sie endlich auf den Eintrag betreffend der Dopingvergangenheit der Toten stieß.

Julia Schwarzmann hatte sich bei einem Marathonrennen auf der Strecke übergeben und war ausgeschieden. Ihren besorgten Eltern gegenüber hatte sie zugegeben, dass sie im Vorfeld des Rennens zu viel Ibuprofen gegen eine Erkältung genommen hatte, da sie ihre Teilnahme auf keinen Fall absagen wollte.

Fielen frei in der Apotheke erhältliche Schmerzmittel unter Doping oder hatte der mit dem Tod der jungen Frau betraute Polizist eine übereifrige Vermutung angestellt? Amaryllis markierte sich einige Stellen in ihrer Aktenkopie, dann öffnete sie eine Datei in ihrem Computer und schrieb sich einige Fragen auf.

Am nächsten Morgen würde sie als Erstes zu ihrem Chef gehen und ihn überzeugen, dass sie ein paar Nachforschungen anstellen durfte. Es blieb nur zu hoffen, dass der Kollege, der den Fall offiziell bearbeitete, sich nicht auf den Schlips getreten fühlen würde, wenn sie sich einmischte.

4.

Das Büro von Hubert Neustädt war leer, als Amaryllis am nächsten Morgen durch die nur angelehnte Tür schaute.

„Chef kommt gleich“, sagte seine Sekretärin Pamela Hellwig, die mit einer Tasse dampfendem Kaffee in der Hand unbemerkt hinter sie getreten war.

Pamela Hellwig ging an Amaryllis vorbei, stellte den Kaffee auf den Schreibtisch, vergewisserte sich, dass dieser aufgeräumt war, rückte einen Stapel Papiere gerade und ging aus dem Raum.

„Der hat vielleicht eine Laune heute“, murmelte sie beim Rausgehen. „Hat schon vom Auto aus angerufen und nur rumgemeckert.“

Während Amaryllis überlegte, ob sie später wiederkommen sollte, polterte ihr Chef bereits durch die Tür. Hubert Neustädt war ein großer, schwerer Mann mit Halbglatze und schlecht sitzendem Anzug. Wenn er redete, klang er stets, als müsste er etwas übertönen. Alles an Hubert Neustädt war zu viel, zu groß. Dies galt auch für seine legendäre schlechte Laune, die er ohne jeden Skrupel an seinen Untergebenen ausließ, insbesondere den jüngeren.

„Frau Winter!", brüllte er los, als er Amaryllis vor seinem Schreibtisch stehen sah. „Was wollen Sie von mir? Alle wollen immer etwas von mir. Das ist der Nachteil, wenn man Chef ist. Der Vorteil ist: Man kann zu allen Wünschen ‚Nein' sagen."

Er ließ sich mit Wucht in seinen Schreibtischstuhl fallen, der unter seinem Gewicht nachgab und Richtung Fenster rollte.

„Es gibt einen ungeklärten Todesfall in Berlin-Schmargendorf. Eine junge Frau ist an einer Überdosis Insulin in einer Gartenlaube gestorben. Ich würde mir den Fall gerne etwas näher ansehen", erklärte Amaryllis ihre Anwesenheit.

Hubert Neustädt musterte sie kritisch.

„Ich dachte, die Amis wären nur im Film so übereifrig, aber Sie scheinen wirklich nicht genug vom Arbeiten kriegen zu können. Haben Sie keinen Mann und keine Kinder zu Hause?" Ihr Chef machte eine kurze Pause, in der er wenig überzeugend ein entschuldigendes Lächeln aufsetzte.

„Schon gut, ich nehme den letzten Satz zurück, sonst kommt mir die Gewerkschaft wieder mit Gleichberechtigung und diesem ganzen Kram. Sie sprechen von dem Dopingfall aus der Konferenz gestern!", stellte er fest. „Und wieso meinen Sie, dass ich Sie mit der Untersuchung des tragischen Todes einer überambitionierten Sportlerin in einer Gartenlaube betrauen sollte?"

„Weil etwas an dem Fall nicht stimmt", begann Amaryllis zu ihrem eigenen Ärger reichlich schwach. Sie redete schnell weiter, um ihrem Chef keine Gelegenheit zu geben, sie zu unterbrechen. „Das Ziel von Julia Schwarzmann war es, einen Marathon unter 03.15 Stunden zu laufen. Gemäß ihrer Laufprotokolle, die der Verlobte der Polizei übergeben hat, hat sie ihre Laufzeit im letzten halben Jahr aber kaum verbessert. Sie stagnierte bei ca. 03.25 Stunden. Es ist also unwahrscheinlich, dass sie schon länger gedopt hat. Die Frau war außerdem Krankenschwester und sollte zumindest die Grundlagen der Wirkung von Insulin gekannt haben. Wenn Julia Schwarzmann also gerade erst mit dem Insulindoping begonnen hatte, wäre es sehr merkwürdig, dass sie sich gleich eine Überdosis spritzt. Besonders am Anfang ist man doch vorsichtig und wartet ab, wie groß die Wirkung ist. Außerdem beschränkt sich das frühere Doping des Opfers auf die einmalige Einnahme von Ibuprofen vor einem Wettkampf – um eine Erkältung zu unterdrücken!“

Amaryllis sprach die letzten Worte bewusst mit hoher, dramatischer Stimme, um ihre Wirkung zu erhöhen. Wenn die Fakten ihren Chef nicht überzeugten, erreichte sie mit Übertreibung vielleicht ihr Ziel.

„Gut. Macht Sinn. Rechtfertigt aber immer noch nicht, dass Sie sich in den Fall einschalten. Oder dass Sie bereits von dem ‚Opfer‘ sprechen.“

Amaryllis hatte in ihrer Zeit bei der Berliner Mordkommission gelernt, dass Hubert Neustädt gerne überzeugt wurde, um dann die Idee als seine eigene auszugeben. Hier lag ihr Problem. Ihre persönliche Überzeugung und ein Aufkleber waren kaum schlagkräftige Argumente für eine genauere Untersuchung des Todes von Julia Schwarzmann.

„Ich würde gerne die Eltern befragen und vielleicht einen Arzt zur Wirkung von Insulin konsultieren, alle Details genau durchgehen. Der Fall ‚Rosenheim‘, an dem ich zurzeit arbeite, steht kurz vor dem Abschluss, ich muss nur noch die Akte für die Kollegen in Bayern fertigmachen. Außerdem ist der mit dem Fall ‚Schwarzman‘ betraute Kollege seit gestern im Urlaub und die Untersuchung liegt vorerst auf Eis. Ein wenig Unterstützung könnte nicht schaden. Die Eltern der Toten haben sich bereits mehrmals nach den Ergebnissen unserer Ermittlungen erkundigt.“

In Ermangelung von Beweisen setzte Amaryllis auf die Eltern der Toten, da sie wusste, wie sehr ihr Chef von ständig nachfragenden Familienangehörigen genervt war.

Hubert Neustädt seufzte so tief, als wäre er persönlich vom Tod der jungen Frau betroffen.

„Ist mal jemand auf die Idee gekommen, dass die Dame sich selber umgebracht haben könnte? Hatte sie private Probleme? War ihr alles zu viel? Der Verlobte mit dem tollen Job, eigentlich weit über dem Niveau einer Krankenschwester? Die anstehende Hochzeit, das ganze Training. Ja, der alte Sack hat die Akte auch gelesen. Da schauen Sie mal."

Ihr Chef trommelte demonstrativ mit seinen Fingern auf die Tischplatte. Amaryllis biss sich auf die Lippen und sagte nichts. Es deutete nichts darauf hin, dass Julia Schwarzmann ihrem Leben selber ein Ende gesetzt haben könnte, aber wenn es Hubert Neustädt glücklich machte, würde sie die Eltern diesbezüglich befragen. Hauptsache war, dass sie in dem Fall überhaupt ermitteln durfte.

„Sie können ein paar Nachforschungen anstellen", sagte Hubert Neustädt schließlich und machte eine kurze Pause, während er durch eine Akte auf seinem Schreibtisch blätterte. „Überprüfen Sie das mit dem Selbstmord."

„Danke." Amaryllis war bereits auf dem Weg nach draußen, als Hubert Neustädt ihr nachrief: „Machen Sie mir bloß die Eltern nicht verrückt. Die sollen nicht glauben, dass wir die Sache ganz groß fahren und jetzt auch annehmen, dass ihr Töchterchen umgebracht worden ist. Bislang befriedigen wir nur Ihren unnatürlichen Arbeitseifer, Frau Winter! Und den können Sie sich übrigens schenken, ich bin mit Ihrer Arbeit zufrieden."

Amaryllis sah zu ihrer Erleichterung, dass kein Kollege im Flur stand, und machte sich auf den Weg in ihr Büro, bevor

Hubert Neustädt weitere Peinlichkeiten durch den Flur posaunen konnte.

Mit seiner letzten Bemerkung hatte ihr Chef einen wunden Punkt getroffen. Amaryllis hatte sich nach ihrer Ankunft in Berlin zwar offiziell auf eine freie Stelle bei der Berliner Polizei beworben, doch leider war ihr ungewöhnlicher Vorname dem obersten Polizeichef aufgefallen, der mit ihrem Vater gemeinsam zur Schule gegangen und immer noch befreundet war. Ein Anruf bei seinem alten Kumpel in New York später, hatte Amaryllis die Stelle sicher und wurde seitdem das Gefühl nicht los, dass ihre Kollegen annahmen, sie wäre nur wegen ihrer Beziehungen in den gehobenen Berliner Polizeidienst aufgenommen worden. Tatsächlich hatte Amaryllis bei der New Yorker Polizei eine deutlich höhere Position innegehabt und war für die Stelle in der deutschen Hauptstadt weit überqualifiziert.

Ihr von den Kollegen oft belächelter „Arbeitseifer“ hatte auch wenig damit zu tun, dass sie einen guten Eindruck machen wollte – Amaryllis fand schlicht und einfach erst Ruhe, wenn sie einen Fall gelöst hatte.

5.

Es regnete in Strömen, als Amaryllis Winter am Nachmittag des nächsten Tages an der Schrebergartensiedlung in Berlin-Schmargendorf ankam. Die Laubenkolonie lag mitten in einem der besseren Berliner Stadtteile und es wunderte Amaryllis nicht, dass überall Plakate hingen, die zum Protest gegen die geplante „Plattmachung" der Schrebergärten aufriefen. Das Bauland in bester Lage würde der Stadt oder den Investoren Millionen Euro in die Kassen spülen.

„Wir haben die Kündigung für unsere Parzelle schon vor Jahren erhalten, bislang haben wir das Ende erfolgreich hinausschieben können, aber es ist nur eine Frage der Zeit, bis hier Schluss mit lustig ist."

Eine Frau mit schwarzem Regencape war neben sie getreten und deutete auf eines der Plakate.

„Sie müssen die Kommissarin sein. Kommen Sie, ich bringe Sie zur Laube der Schwarzmanns, die beiden warten schon auf Sie. Ich heiße Hedwig Lindhof. Ich bin die Mutter von Torben."

Torben Lindhof, der junge, aufstrebende Unternehmensberater, mit dem Julia Schwarzmann verlobt gewesen war. Amaryllis nickte der Frau zu und folgte ihr durch eine Tür aus grünem Maschendraht.

„Das haben wir hier alles angelegt", Hedwig Lindhof deutete auf den kleinen gepflasterten Weg, über den sie gingen. „Aber das interessiert natürlich niemanden. Die wollen nur Kohle machen. Die Natur und unsere Arbeit sind der Stadt egal. Wenn sich Otto Normalverbraucher ein Haus baut, muss er auf den alten Baumbestand Rücksicht nehmen, und hier wollen sie gleich Dutzende alter Bäume einfach wegbaggern."

Amaryllis versuchte, das Gesicht der Frau, das halb durch ihr Regencape verdeckt wurde, näher zu betrachten. Ihre künftige Schwiegertochter war tot, doch sie schien sich allein für den Fortbestand ihres Schrebergartens zu interessieren.

„Da wären wir. Auf Wiedersehen."

Die Frau öffnete eine kleine Holztür, die in einen gepflegten Garten führte, drehte sich ohne ein weiteres Wort um und ging. Amaryllis klopfte an die Tür des kleinen Holzhauses, das in dem Garten stand. Eine zierliche hellblonde Frau öffnete ihr. Sie trug schwarze Kleidung und ihr Gesicht hatte eine fahle Farbe, aus dem die vom Weinen geröteten Augen fast gespenstisch hervorstachen.

„Kommen Sie rein", sagte sie mit leiser Stimme und streckte Amaryllis die Hand zur Begrüßung hin. „Ich bin Melanie Schwarzmann, Julias Mutter", stellte sie sich vor. Sie deutete mit der Hand hinter sich: „Mein Mann Bernd."

Bernd Schwarzmann stand im hinteren Teil des Raumes neben einem Sessel. Als Amaryllis eintrat, kam er nach vorne und sagte statt einer Begrüßung: „Wir werden den Sessel verbrennen. Niemand wird jemals wieder darin sitzen können oder wollen."

Die Befragung der Eltern würde nicht einfach werden, so viel konnte Amaryllis bereits sagen. Ihre Tochter war tot, die Beerdigung stand noch bevor und in ihren Herzen setzte sich langsam die Gewissheit fest, dass dies alles Realität war und es keine Chance mehr gab, dass sie aus einem bösen Traum aufwachen könnten.

„Ich habe ein paar Nachfragen zum Tod Ihrer Tochter“, begann Amaryllis vorsichtig und erinnerte sich an die Warnung ihres Chefs, die Eltern nicht unnötig aufzuregen. „Es gibt keine neuen Erkenntnisse, dies ist eine reine Routinebefragung“, fügte sie vorsorglich an.

„Glaubt die Polizei immer noch, dass Julia sich mit dem Insulin gedopt und dabei selber zu Tode gespritzt haben könnte? Sie kannten sie nicht. So etwas hätte sie nie getan. Ich wünschte, ich hätte diesem Polizisten nie von der Sache mit dem Ibuprofen erzählt. Ich habe nicht geahnt, was der für ein Märchen daraus spinnen würde“, erklärte Bernd Schwarzmann verbittert.

„Wir glauben momentan gar nichts“, versicherte Amaryllis ihm. Sie musste sich beherrschen, dem verzweifelten Mann nicht zu sagen, dass sie ebenfalls nicht an einen missglückten Dopingversuch glaubte. Doch wenn sie ihre Vermutung äußerte, dass es einen Serientäter geben könnte, würde sie das Leid der Familie nicht verbessern. Um mit dem viel zu frühen Tod ihrer Tochter leben zu können, brauchten die Eltern klare Beweise für das, was passiert war, und nicht das Bauchgefühl einer Kommissarin.

„Könnten Sie mir bitte schildern, wie Sie Julia gefunden haben. War es nicht ungewöhnlich, dass sie während der Woche in der Gartenlaube war?“, begann sie ihre Befragung.

„Ja, das war es. Aber sie hatte mich am Vortag angerufen und gesagt, sie habe am Wochenende ihre Laufhose in der Laube vergessen, die sie dringend für ihr Training benötigte. Julia hatte ein paar Lieblingssportsachen, sie war sehr eigen, was sie anzog. Ich habe ihr angeboten, die Hose mitzubringen, da ich zwei Tage später sowieso im Schrebergarten sei. Das hat sie angenommen und war froh, dass sie nicht extra fahren musste. Als ich herkam, habe ich Julia gefunden. Ich verstehe einfach nicht, warum sie trotzdem hier war …“ Melanie Schwarzmann machte eine Pause und ließ das Ende des Satzes offen.

„Ist Ihnen bei dem Telefonat etwas aufgefallen? Klang Julia bedrückt, aufgekratzt oder anders als sonst?“

„Sie klang ein wenig müde, irgendwie fahrig. Als ich sie gefragt habe, ob etwas nicht stimme, hat sie gesagt, sie habe furchtbare Kopfschmerzen. Ich habe mir nichts dabei gedacht, Julia hatte öfters Kopfschmerzen. Sie litt unter schrecklichen Migräneanfällen. Normalerweise ist sie dann Laufen gegangen, sie meinte, das wäre die beste Medizin für sie.“

„Hatten Sie das Gefühl, dass jemand bei Julia war, als sie bei Ihnen angerufen hat?“

Melanie und Bernd Schwarzmann sahen Amaryllis überrascht an.

So viel zum Thema die Eltern nicht verrückt machen, seufzte sie innerlich.

„Nein, wieso? Meinen Sie, der Mörder war bei ihr, als sie mich angerufen hat?“ Die Stimme von Melanie Schwarzmann zitterte.

„Nein“, versuchte Amaryllis die Frage, die genau dem entsprach, was sie dachte, schnell wieder aus den Köpfen der Eltern zu vertreiben. „Ich versuche, mir ein Bild von Julias Verfassung zu machen. War sie glücklich? Hat sie sich vielleicht mit jemandem getroffen? Zum Beispiel, um gemeinsam zu laufen oder war sie allein? Wenn sie mit einer Freundin oder Bekannten verabredet war, müssen wir diese befragen.“

Tatsächlich überlegte Amaryllis, ob Julia Schwarzmanns Anruf wegen der Laufhose bei den Eltern nur erfolgt war, um festzustellen, wann diese das nächste Mal in ihrem Schrebergarten sein würden. Wenn es wirklich einen Täter gab, konnte dieser so sicherstellen, keine Überraschungen zu erleben, wenn er sein Opfer in den Schrebergarten brachte.

„Julia hatte kaum Freunde. Sie war ja immer verplant. Entweder hat sie gearbeitet, war mit Torben zusammen oder ist gelaufen. Sie wollte bald heiraten, dann standen Kinder auf dem Programm. Ihr großes Ziel war es, einen Marathon unter 03.15 Stunden zu laufen, bevor sie schwanger würde. Sie hatte ihre Zukunft genau geplant, für Freunde war kaum Zeit."

Melanie Schwarzmann stockte kurz bei der Erinnerung an ihre Tochter. „Sie war verrückt mit dem Laufen und wollte gut sein. Aber sie hätte niemals ihre Gesundheit mit Doping riskiert."

Das war das Problem mit Eltern. Sie waren so lange felsenfest von der Unschuld ihrer Kinder überzeugt, bis die Beweise überwältigend waren, und dann brach ihre Welt in sich zusammen wie das Kartenhaus eines Dreijährigen. Aber wahrscheinlich war es auch nicht die Aufgabe von Eltern, objektiv zu sein. Amaryllis behielt diese Überlegung lieber für sich und ging zur nächsten Frage über.

„Und die Beziehung zu ihrem Verlobten? Die beiden haben sich nicht oft gesehen und hatten sehr unterschiedliche Karrieren?" Sie hatte die Frage so vorsichtig, sie konnte, formuliert, doch Melanie Schwarzmann erkannte augenblicklich, worauf sie hinauswollte.

„Torben und Julia kannten sich seit dem Sandkasten. Mein Mann und Torbens Vater Jochen sind alte Schulfreunde. Die Kinder sind praktisch zusammen aufgewachsen. Die Lindhofs haben eine Gartenlaube hier in der Kolonie. Wir verbringen die meisten Wochenenden und die Ferien zusammen. Es war trotzdem eine Überraschung, als die beiden sich vor ein paar Jahren verliebten, aber sie passten perfekt zusammen. Torben ist sehr ehrgeizig und will Karriere machen, Julia hat das unterstützt. Sie wollte eigentlich Medizin studieren und hat vor einiger Zeit, nachdem sie lange warten musste, endlich einen Studienplatz bekommen. Heutzutage reicht ein gutes Abitur nicht mehr aus, um sofort einen Platz an der Uni zu bekommen. Zunächst war sie unheimlich aufgeregt und glücklich. Doch dann hat sie sich entschieden, dass ihr das Laufen, Torben und eine Familie wichtiger sind. ‚Ich will die Dinge, die ich mache, gut machen und alles zusammen geht nicht', hat sie gesagt und den Studienplatz abgegeben. Sie hatte während der Wartezeit auf den Medizinplatz eine Ausbildung zur Krankenschwester absolviert und beschloss, lieber in ihrem Beruf weiterzuarbeiten. Unter anderem auch, damit Torben die Karriere machen kann, die er sich immer erträumt hat. Wir waren natürlich sehr enttäuscht, aber haben ihre Entscheidung akzeptiert."

Amaryllis überlegte, ob irgendetwas an diesen Informationen auf einen Selbstmord hinwies, fand aber nichts. Im Gegenteil, es klang, als sei Julia Schwarzmann eine selbstbewusste, junge Frau gewesen, die genau gewusst hatte, was sie wollte, und dies auch erreicht hatte.

„Wie geht es Torben?"

Amaryllis erinnerte sich an die Gleichgültigkeit seiner Mutter gegenüber dem Tod ihrer künftigen Schwiegertochter.

„Er ist am Boden zerstört. Wie sollte es ihm sonst gehen", schaltete sich Bernd Schwarzmann erstmals in das Gespräch ein.

„Warum haben die beiden nicht zusammengewohnt?" Amaryllis bemühte sich, die Frage so beiläufig wie möglich zu stellen, erkannte aber selber, wie aussichtslos dieses Unterfangen unter den gegebenen Umständen war.

„Sie haben vor einem Jahr ein Reihenhaus gekauft, das noch gebaut wird. Sie haben keinen Sinn darin gesehen, vorher zusammenzuziehen und Geld für zwei Umzüge auszugeben. Sie hatten getrennte Wohnungen, haben aber praktisch zusammengelebt. Oder glauben Sie, dass Torben etwas mit dem Tod unserer Tochter zu tun hat?"

Julias Vater klang genervt. Schließlich brach seine ganze Verzweiflung und Wut aus ihm heraus: „Wenn wir nicht unerbittlich nachgehakt hätten, wäre unsere Tochter einfach begraben worden und niemand hätte auch nur vermutet, dass sie ermordet worden sein könnte. Ist es in Deutschland wirklich so einfach, einen Menschen umzubringen? Offenbar ja! Statt ihren Mörder zu suchen, wird ihr von der Polizei unterstellt, sie habe gedopt oder sich selber umgebracht! Das ist es doch, was sie mit ihren Fragen beweisen wollen! Und wenn das nicht passt, dann muss es eben der Verlobte gewesen sein! Die Wahrheit interessiert niemanden! Selbst unsere Freunde sagen uns, wir sollen die Sache ruhen lassen und Frieden suchen. Als könnte man sein eigenes Kind begraben, ohne zu wissen, warum es sterben musste, bevor sein Leben richtig begonnen hat!"

„Es tut mir leid. Wir müssen in alle Richtungen ermitteln, nur so können wir herausfinden, was wirklich geschehen ist."

Amaryllis merkte selber, wie heruntergespult dieser Satz klang, und er war es auch. Aber mehr konnte sie den Schwarzmanns nicht anbieten. Sie war weder offiziell mit dem Fall betraut, noch hatte sie bislang einen stichhaltigen Beweis gefunden, der auf einen Mord hinwies.

Sie warf einen Blick auf den Ausdruck ihrer Computerdatei mit den offenen Fragen zu dem Fall. Sie hatte die Schwarzmanns zu fast allen wichtigen Punkten befragt, ohne etwas wirklich Neues herauszufinden. Es gab nur noch eine Sache, die sie interessierte, da diese so gar nicht zu dem Bild der jungen Frau und ihrem Umfeld passen wollte, das sich bislang abzeichnete.

„Hat Julia gerne Alkohol getrunken? Vielleicht gelegentlich ein Glas zu viel? Das wäre nicht ungewöhnlich, sie war eine junge Frau, die bestimmt mit ihrem Verlobten mal ausgegangen ist.“

„Julia hat Alkohol strikt abgelehnt. Er passte nicht in ihren Essens- und Trainingsplan. Torben war das egal, ich glaube, er war ganz froh, dass Julia ihn immer nach Hause gefahren hat, wenn er mal ein Bier oder Wein getrunken hatte. Mich hat es manchmal gestört, wenn sie sich strikt geweigert hat, mit uns wenigstens anzustoßen. Wie lächerlich mir dieser Ärger jetzt vorkommt.“ Melanie Schwarzmann schüttelte traurig den Kopf.

„Vielen Dank für Ihre Zeit.“ Amaryllis streckte den Eltern die Hand zum Abschied hin. „Ich melde mich bei Ihnen, wenn wir etwas Neues herausfinden.“

Wenige Minuten später stand sie auf dem kleinen Weg, der durch die Schrebergartenkolonie führte und sah sich um. Der Sommer war vorbei und die Anlage lag verlassen da. Die ersten gelben Blätter lagen auf den Rasenflächen einiger Gärten. Besonders während der Woche konnte man zu dieser Jahreszeit fast sicher sein, keiner Menschenseele auf dem Weg durch die Kolonie zu begegnen, überlegte Amaryllis. Es wäre ein Einfaches für Julia Schwarzmann gewesen, unentdeckt in die Laube ihrer Eltern zu gelangen und sich dort umzubringen. Ebenso einfach aber wäre es für ihren Mörder gewesen, sein Opfer dorthin zu schleppen, ohne dass ihn jemand sah. Jeder hätte einen Sack auf seinem Rücken für Laub gehalten.

Der Himmel über ihr war immer noch grau und wolkenverhangen, der Dauerregen war jedoch in ein leichtes Nieseln übergegangen. Amaryllis zog ihren beigen Regenmantel enger um ihre Taille und ließ ihren Blick über die Gärten schweifen, während sie die Aussagen der Schwarzmanns im Kopf nochmals durchging.

Sie musste dringend einen Experten zur Wirkung von Insulin befragen. Während des Gesprächs mit den Eltern war ihr wieder eingefallen, was sie einst in New York über das Medikament gelernt hatte – allerdings nicht in einem Seminar über Drogen- und Medikamentenmissbrauch. Es war Dr. Jeffrey Theobald gewesen, einer der berühmtesten Rechtsmediziner der Vereinigten Staaten, der Insulin während eines Vortrages die „perfekte Mordwaffe" genannt hatte. Doch wer hatte versucht, an Julia Schwarzmann das perfekte Verbrechen zu begehen? Es gab bislang nicht den geringsten Hinweis auf Probleme im Leben der jungen Frau oder gar einen Feind, der ihr den Tod wünschte.

Wenn sie wieder im Büro war, würde sie als Erstes einen Termin mit Torben Lindhof, dem Verlobten, ausmachen und sehen, inwiefern sich seine Aussagen mit denen der Schwarzmanns deckten. Vielleicht war das Leben ihrer Tochter doch nicht so organisiert gewesen, wie sie es ihre Eltern hatte glauben machen wollte. Warum sonst hatte eine junge Frau, die angeblich nicht mal einen Schluck Sekt zum Anstoßen mit ihrer Familie trank, bei ihrem Tod einen Alkoholwert von 0,7 Promille im Blut?

Amaryllis atmete tief ein, bis sie die kühle, vom Regen erfrischte Herbstluft in ihren Lungen spüren konnte und blieb einen kurzen Moment regungslos stehen, um Kraft zu sammeln. Es lag eine Menge Arbeit vor ihr.

6.

„Du sollst zum Chef kommen."

Pamela Hellwig, die Sekretärin von Hubert Neustädt, trat mit dieser Botschaft, ohne anzuklopfen, in das kleine Eckbüro von Amaryllis, die dort vor ihrem Computer saß. Sie war vor etwas weniger als einer Stunde aus der Gartenlaube zurückgekehrt und versuchte seitdem, im Internet alles über die Wirkung von Insulin herauszufinden.

„Wieso? Gibt es einen neuen Fall für mich?", fragte Amaryllis, doch die Sekretärin zuckte nur mit den Achseln und ging hinaus in den Flur, während sie sich eine Zigarette anzündete. Wahrscheinlich hatte sie die Überbringung der Botschaft an Amaryllis vor allem persönlich vorgenommen, um sie im Raucherzimmer, das nur wenige Schritte von deren Büro entfernt lag, mit einer Pause zu verbinden.

Amaryllis hatte gehofft, dass Hubert Neustädt ihr mit dem Fall Schwarzmann etwas mehr Zeit lassen würde, doch es stand zu befürchten, dass er sie genau deswegen in sein Büro bestellt hatte. Sie legte sich ihre Argumente im Kopf zurecht, warum sie weitere Zeit für ihre Ermittlungen brauchte und den Fall nicht abgeben wollte.

Zu ihrer Überraschung saß Falk von Heeren bereits auf einem der beiden Besucherstühle im Büro ihres gemeinsamen Vorgesetzten, als sie dort ankam.

„Guten Tag“, grüßte sie höflich und hatte das ungute Gefühl, ein vertrautes Männergespräch mit ihrer Anwesenheit zu unterbrechen.

Die beiden Männer nickten ihr zu und sahen sie erwartungsvoll an. Amaryllis schwieg und sah erwartungsvoll zurück. Wenn die beiden ihr den Fall mit Genuss wegnehmen wollten, dann sollten sie es zumindest aussprechen.

„Was gibt es Neues über den Tod von Julia Schwarzmann“, fragte Hubert Neustädt schließlich nach, als ihm klar wurde, dass Amaryllis nicht bereit war, seine Gedanken zu lesen. „Ich habe Hauptkommissar von Heeren als Vertretung zu dem Gespräch dazu gebeten, da der im Urlaub befindliche Kollege Ruhfolk, der den Fall bislang bearbeitet hat, zu seinem Team gehört.“

Amaryllis fasste ihr Gespräch mit den Eltern kurz zusammen und schloss mit den Worten: „Ich würde gerne noch einen Diabetologen und den Verlobten befragen.“

Die beiden Männer hörten ihr aufmerksam zu und es war Falk von Heeren, der das Wort ergriff, nachdem sie geendet hatte.

„Ich fasse mal zusammen: Doping erscheint unwahrscheinlich, die Frau könnte sich also umgebracht haben oder ermordet worden sein. Mehr wissen wir nicht. Zu schade, dass wir nicht in einer Fernsehshow sind und einen 50:50-Joker ziehen können“, sagte er ironisch.

„Was haben Sie erwartet – nach ein paar Stunden Ermittlungen? Wie schnell lösen Sie Ihre Fälle im Schnitt?“, konterte Amaryllis ungewollt bissig. Sie spürte selber, dass ihr Ton unangebracht war, und fuhr deutlich freundlicher fort:

„Gegen einen Selbstmord spricht, dass die Frau keinerlei Probleme hatte, im Gegenteil, sie stand, soweit ich feststellen konnte, fest mit beiden Beinen im Leben."

„Und gegen einen Mord spricht, dass die Frau keine Feinde hatte", wandte Hubert Neustädt ein und lehnte sich in seinem Bürostuhl zurück. „Die Befragung der Eltern hat also – wie von mir erwartet – nichts gebracht."

„Es ist weiterhin ungeklärt, wie der Aufkleber mit der Zahl 6 unter den Tisch in der Gartenlaube gekommen ist. Glauben Sie wirklich, dass ihn jemand während der Party dorthin geklebt hat?", gab Amaryllis zu bedenken und fügte an: „Oder nehmen Sie öfter Aufkleber mit zu Partys, um sich unter Beistelltischen zu verewigen?"

Sie hielt kurz inne und überlegte, ob sie den nächsten Satz sagen oder ihre Befürchtung lieber für sich behalten sollte. Sie entschied sich, aufs Ganze zu gehen.

„Sollte Julia Schwarzmann ermordet worden sein, steht zu befürchten, dass sie nicht das erste Opfer des Täters war. Wenn die Eltern nicht darauf bestanden hätten, wäre der Tod von Julia Schwarzmann schließlich niemals untersucht worden. Es ist nicht ausgeschlossen, dass es weitere Tote gibt."

„Moment mal! Was willst du damit sagen? Dass wir es wirklich mit einem unentdeckten Serienkiller zu tun haben?" Falk von Heeren sah Amaryllis erstaunt an. „Eine gewagte These. Würde bedeuten, wir haben fünf Morde verpennt." Er verzog das Gesicht, als hätte er Schmerzen. „Und das, obwohl der Gute bestimmt überall ‚Nümmerchen' für uns hingeklebt hat. Wir haben auf der ganzen Linie versagt. Das wird ein Fest für die Presse. Und Berlin steht mal wieder als die Versager-Hauptstadt da."

„Nein, das bedeutet es natürlich nicht." Amaryllis ärgerte sich sofort, dass sie die Theorie eines möglichen Serientäters aufgebracht hatte, bevor sie weitere Indizien oder besser noch Beweise dafür gefunden hatte. Aber nun war es zu spät und sie musste versuchen, ihre Kollegen dennoch zu überzeugen. „Die Polizei konnte die Morde nicht untersuchen, weil der Täter alles getan hat, um sie wie natürliche Todesfälle aussehen zu lassen. Insulin galt lange als die perfekte Mordwaffe“, band sie die ersten Ergebnisse ihrer Internetrecherche in das Gespräch ein. „Ich halte es für äußerst wichtig, mit einem Diabetologen über das Thema zu sprechen.“

„Und welches Motiv hat der vermeintliche ‚Todesspritzer von Berlin‘ für seine Taten?“ Falk von Heeren hatte einen spöttischen Unterton in der Stimme, der Amaryllis auf die Palme brachte.

„Es gibt bislang keinen Hinweis auf ein Motiv“ erklärte sie gereizt. „Genau deswegen würde ich mir gerne das Umfeld der Toten genauer ansehen und vor allem mit dem Verlobten Torben Lindhof sprechen. Es muss einen Grund geben, warum seine Verlobte umgebracht worden ist. Vielleicht kann ich über ihn herausfinden, warum Julia Schwarzmann sterben musste und ob wir es tatsächlich mit einem Serienmörder zu tun haben.“

Hubert Neustädt, der bislang nichts gesagt hatte, atmete tief aus, um sein Missfallen auszudrücken. „Mir ist das alles zu schwammig. Wo sollen auf einmal fünf Tote herkommen? Ohne dass es jemandem aufgefallen wäre! Dann hätten wir es mit einem genialen Verrückten à la Hannibal Lecter zu tun! Es spricht nichts dagegen, dass die Frau sich selber umgebracht hat, aber wenn es Sie glücklich macht, befragen Sie den Verlobten. Aber dann ist Schluss. Und hören Sie auf zu sagen, dass die Frau umgebracht worden ist. Es ist nichts bewiesen! Wir sind hier in Berlin und nicht in Hollywood. Sie scheinen das immer wieder zu vergessen!“

Er nahm demonstrativ einen Stapel Papiere von der Ecke seines Schreibtisches und legte sie vor sich, um seinen Untergebenen zu zeigen, dass er nun Besseres zu tun hatte, als sich weiter mit unausgegorenen Mordtheorien zu beschäftigen.

Im Hinausgehen rief er ihnen allerdings noch nach: „Und wenn Ruhfolk aus dem Urlaub zurück ist, übernimmt er den Fall wieder."

Amaryllis lief schweigend neben Falk von Heeren den Flur entlang. Sie war wütend auf sich selber. Sie hatte sich von ihrem Bauchgefühl leiten lassen, statt sich auf die Fakten zu stützen. Sie sah aus wie eine Amateurin, die sich in eine fixe Idee verrannt hatte – und in diesem Moment fühlte sie sich auch wie eine. Sie hätte die Sticker nicht erwähnen dürfen, solange sie nicht zumindest ein weiteres Indiz hatte, das für die Serienmörder-Theorie sprach. Und sie hätte niemals als Tatsache hinstellen dürfen, dass Julia Schwarzmann umgebracht worden war. Die Rüge von Hubert Neustädt war mehr als berechtigt gewesen, und genau deswegen ärgerte sie Amaryllis besonders.

„Ich habe bei dem Fall ein merkwürdiges Gefühl", sagte Falk von Heeren, den sie vollkommen vergessen hatte, plötzlich neben ihr.

Amaryllis sah ihn überrascht an. Der Mann war für seinen beißenden Sarkasmus bekannt. Vor wenigen Minuten hatte er sich noch im Büro ihres Chefs über sie lustig gemacht. Doch jetzt wirkte er absolut ernst.

„Etwas passt nicht zusammen, da muss ich dir zustimmen, auch wenn es mir schwerfällt. Ich hoffe allerdings sehr, dass etwas vollkommen Harmloses bei der Befragung des Verlobten herauskommt und wir es nicht wirklich mit fünf weiteren Opfern zu tun haben. Wenn du recht hast mit deiner Serientäter-Vermutung, haben wir nämlich ein viel größeres

Problem: Wer sechs Menschen umgebracht hat, der bringt auch noch mehr um."

Mit diesen Worten ließ er sie im Flur stehen.

7.

Als Amaryllis an diesem Abend nach Hause kam, war der Vorgarten der herrschaftlichen Villa in Berlin-Dahlem ebenso hell erleuchtet wie das Innere des Hauses. Es war bereits kurz nach 20 Uhr und es standen keine fremden Autos in der Auffahrt – es konnte nur einen Grund für die Festtagsbeleuchtung geben: Ihre Großmutter wartete auf sie. Amaryllis seufzte und fuhr ihren BMW in die Garage. Sie hatte sich auf einen ruhigen Abend gefreut, der ihr Gelegenheit geben würde, die Akte über den mysteriösen Tod von Julia Schwarzmann zum wiederholten Mal zu lesen, egal wie gering die Hoffnung war, darin plötzlich etwas zu entdecken, das den Fall in einem neuen Licht erscheinen ließ. Hinterher nur eine schnelle Dusche und ab ins Bett.

Aus diesem Plan würde nichts werden, wenn ihre Großmutter sich etwas in den Kopf gesetzt hatte, geschah dies. Und für diesen Abend hatte die alte Dame offenbar ein Gespräch mit ihrer Enkelin vorgesehen. Amaryllis konnte nur hoffen, dass es kein Vortrag über ihren mangelnden Einsatz neue Freunde und einen neuen Ehemann zu finden sein würde.

Das mulmige Gefühl in ihrer Magengegend machte sich im gleichen Moment breit, in dem sie in der Entfernung die schrille

Sirene eines Krankenwagens hörte. Etwas stimmte nicht. Amaryllis erstarrte für eine Sekunde, ihren Haustürschlüssel bereits in der Hand, dann schloss sie die Tür auf.

„Oma!“, rief Amaryllis, doch sie wartete vergeblich auf eine Antwort. Schnell warf sie ihre Schlüssel in die Schale auf der antiken Kommode im Eingang und hängte ihren Mantel an die Garderobe. Dann lief sie ins Wohnzimmer.

Frau Müller, die Pflegerin ihrer Großmutter, stand über einen Sessel am Fenster gebeugt und versperrte die Sicht. Doch Amaryllis wusste auch so, was geschehen war. Schließlich drehte die Pflegerin sich um und schüttelte den Kopf.

„Sie muss ganz friedlich eingeschlafen sein. Ich war nur ein paar Minuten in der Küche, um nach dem Abendessen zu sehen, als ich zurückkam, war sie tot. Es tut mir sehr leid.“

*

Nachdem der Notarzt den Tod ihrer Großmutter durch Herzversagen bescheinigt und Frau Müller das Haus verlassen hatte, ließ Amaryllis sich auf einen der weißen Holzstühle am Tisch in der Küche fallen. Sie atmete ein paar Mal tief ein und aus und überlegte, was zu tun wäre.

Natürlich, sie musste ihre Eltern informieren! Ein Blick auf die Uhr sagte ihr, dass es vier Uhr nachmittags in New York war, sie brauchte keine Rücksicht auf die Zeitverschiebung nehmen.

Amaryllis hatte keinen Zweifel daran, dass der Notarzt nach der kurzen Routineuntersuchung die korrekte Todesursache in den Totenschein eingetragen hatte, aber ihre Großmutter war auch eine alte, schwerkranke Frau gewesen. Der Notarzt, der zu Julia Schwarzmann gerufen worden war, hatte die Polizei nur wegen der Vorschriften alarmiert, nicht weil er tatsächlich an ein

Fremdverschulden oder einen Selbstmord glaubte. Wie genau hatten die Notärzte die möglichen anderen Opfer untersucht? Hätten den Ärzten die unerklärten Einstichstellen auffallen und sie eine Obduktion anordnen müssen? Waren die anderen Opfer ebenfalls junge, gesunde Menschen gewesen? Der Ausbruch von Bernd Schwarzmann fiel ihr wieder ein: Wie einfach war es in Deutschland wirklich, einen Menschen unbemerkt umzubringen? Und war es in der an chronischem Personalmangel leidenden Polizei der Hauptstadt vielleicht sogar noch einfacher? Was sie auf einen weiteren Gedanken brachte: Kamen die anderen Opfer überhaupt ebenfalls aus Berlin?

Amaryllis zwang sich, wieder an ihre Großmutter zu denken. Selbstverständlich würden ihre Eltern sich sofort in den nächsten Flieger setzen und nach Berlin kommen. Sie würden eine große Beerdigung organisieren, genau wie ihre Großmutter es sich gewünscht hätte. Jeder würde sagen, was für ein erfülltes, großartiges Leben die alte Dame geführt hatte und dass ein so friedlicher Tod mit 85 Jahren fast als ein Glück anzusehen sei.

„Mensch, Oma", murmelte Amaryllis, „das wird dein letzter großer Auftritt."

Sie musste lächeln, wenn sie daran dachte, wie ihre Großmutter trotz des schweren Schlaganfalles, der sie in den letzten Jahren ihres Lebens an den Rollstuhl gefesselt hatte, jeden Morgen darauf bestanden hatte, ihr Make-up aufzulegen und sich elegant zu kleiden. Sogar auf ihrem wöchentlichen Friseurtermin hatte sie bestanden, auch wenn er ihr schwerfiel.

„Es kann jederzeit klingeln und man weiß nie, wer vor der Tür steht!", war einer ihrer Lieblingssprüche gewesen.

Eine Überlegung, die sie schon nach dem Treffen mit den Schwarzmanns beschäftigt hatte, schoss Amaryllis erneut durch den Kopf: Wie hatte der Täter Julia in seine Gewalt gebracht?

Hatte er einfach an ihrer Tür geklingelt und sie überwältigt, ohne dass die anderen Mieter in dem Mehrparteienhaus, in dem sie wohnte, etwas mitbekommen hatten? Und wie war er mit seinem Opfer, egal ob es zu dem Zeitpunkt noch lebte oder bereits tot war, unbemerkt in die Gartenlaube gekommen? Eine Tote den kurzen Weg durch den während der Woche verlassenen Schrebergarten, vielleicht getarnt als ein großer Sack Laub, zu bringen war die eine Sache. Aber der Weg durch die Stadt zum Schrebergarten? Amaryllis war sich plötzlich sicher, dass Julia Hartmann erst in der Gartenlaube ihrer Eltern gestorben war. Ein Schauder lief ihr über den Rücken. Hatte der Täter seinem Opfer beim Sterben genüsslich zugeschaut? Und hatte Julia Hartmann gewusst, dass sie sterben würde, als sie mit ihrem Peiniger über die Laubenwege lief?

Amaryllis rief sich zur Ordnung. Ihre Großmutter hatte zweifelsohne ein gutes Leben gelebt und einen friedlichen Tod gehabt, doch sie hatte es nicht verdient, dass ihre Enkelin sich am Abend ihres Todes mit einem Mordfall statt mit ihr beschäftigte. Sie holte das Telefon und wählte die Nummer ihrer Eltern in New York.

8.

Jayashree Winter verschloss die Eingangstür hinter dem letzten Gast und ließ sich neben Amaryllis auf das große dunkle Ledersofa im Wohnzimmer fallen.

„Das hätte deiner Großmutter gefallen. Es waren fast so viele Gäste da wie bei einer indischen Großhochzeit!"

Siegfried Winter stimmte gutmütig in das Lachen seiner Ehefrau ein. „Wahrscheinlich dreht Mutter sich gerade im Grabe um, dass du sogar am Tag ihrer Beerdigung nicht mit deinen Sticheleien aufhören kannst."

„Ich bin bei der Großmeisterin in die Schule gegangen", verteidigte sich seine Frau. „Ich denke, deine Mutter wäre zur Abwechslung mal stolz auf mich gewesen, endlich habe ich ihre Klasse erreicht."

Amaryllis' Großmutter hatte zu ihren Lebzeiten die Ehefrau ihres Sohnes nicht geliebt, aber gelernt, sie zu respektieren. Die beiden Frauen hatten im Laufe der Jahre das Kriegsbeil begraben, aber dennoch jede Gelegenheit für eine Stichelei gegen die andere wahrgenommen. Amaryllis hatte Familienzusammenkünfte wie Weihnachten oder Geburtstage lange Zeit regelrecht gefürchtet, bis ihr Vater ihr klargemacht hatte, dass die beiden viel Freude an ihren kleinen Seitenstichen gegen die andere hatten, im Ernstfall aber zueinandergestanden hätten.

„Es ist eine Hassliebe, wahrscheinlich weil sie sich zu ähnlich sind“, hatte er einmal gesagt.

„Wann kommst du zurück nach New York?“, stellte ihre Mutter plötzlich die Frage, vor der Amaryllis sich seit der Ankunft ihrer Eltern gefürchtet hatte. „Es ist langsam an der Zeit. Wir vermissen dich. Deine Freunde vermissen dich. New York ist dein Zuhause.“

„Ich weiß es nicht, Mama. Ich mag Berlin. Ich mag meinen Job hier. In New York wartet nichts auf mich. Du hast so viel mit deiner Mode zu tun. Papa genießt seinen Ruhestand und liest von morgens bis abends. Warum sollte ich zurückkommen?“

„Was ist mit deinen Freunden? Du musst doch mal ausgehen. Egal welche Differenzen deine Großmutter und ich hatten, in einem Punkt waren wir uns einig: Berlin ist nicht gut für dich. Du hast dich eingeigelt, bist jeden Abend zu Hause. Amaryllis, du bist zu jung, um ein Einsiedlerleben zu führen. Auch wenn deine Ehe gescheitert ist, geht das Leben trotzdem weiter. Du kannst dich nicht ewig in Berlin verstecken.“

Wie alle Mütter hatte auch Jayashree Winter die Gabe, ihre Tochter und deren Gefühle zu durchleuchten, als hätte sie Röntgenaugen.

„Ich verstecke mich nicht“, machte Amaryllis einen schwachen Versuch, sich zu verteidigen. „Ihr habt mich doch nach Berlin geschickt, damit ich mich um Oma kümmere!“

„Das ist Ewigkeiten her und du solltest für ein paar Wochen oder Monate herkommen, um dich von deiner Scheidung abzulenken und dich um deine Großmutter nach ihrem Schlaganfall zu kümmern. Kein Mensch hat dir vorgeschlagen, deinen Job in New York zu kündigen und hier Wurzeln zu schlagen. Deiner Großmutter ging es seit Monaten wieder prächtig, sie hatte eine Pflegerin, du hättest längst nach Hause kommen können."

Jayashree sah ihre Tochter besorgt an. „Hast du die Karte von Max bekommen? Ist das der Grund, warum du nicht zurückkommen willst?"

„Du meinst die Karte von Max und Edith mit der Ankündigung ihrer Verlobung?", fragte Amaryllis. „Ja, die habe ich bekommen."

„Ich weiß, es ist hart für dich, dass Max eine andere Frau heiratet. Und dann ausgerechnet Edith. Aber du warst nicht unschuldig an eurer Trennung. Deine Arbeit stand für dich immer an erster Stelle, er hat sich vernachlässigt gefühlt. Du hast deine gesamten Emotionen in deine Fälle gesteckt, für ihn war nichts übrig." Sie ergriff die Hand ihrer Tochter. „Du kannst ihm nicht für immer aus dem Weg gehen."

„Ich muss darüber nachdenken", erklärte Amaryllis ausweichend, obwohl sie keinen Grund sah, warum sie ihren Ex-Mann nicht für immer meiden sollte. Nachdenken musste sie allerdings tatsächlich, denn ihre Mutter hatte recht: Es gab nichts, was sie in Berlin hielt. Sie hatte keine Freunde und mit dem Tod ihrer Großmutter war auch ihre letzte Ausrede, nicht nach New York zurückzukehren, weg. Mit ihrem Job als Kommissarin bei der Berliner Mordkommission konnte sie sich kaum herausreden, ihre Karrierechancen waren in New York weit besser. Und trotzdem graute ihr bei dem Gedanken an eine Rückkehr in ihre Heimat.

9.

Es war so weit. Sein Plan ging in die nächste Phase. In Kürze würde die Polizei jeden Stein umdrehen, um ihn zu finden. Ohne Erfolg, natürlich.

Er klebte den Sticker mit der Zahl 7 sorgsam unter den Esstisch, an dem sein Opfer in sich zusammengesunken mit dem Kopf auf der Tischplatte saß. Ob er ihn aufrecht hinsetzen sollte, die Zeitung von heute vor ihm aufgeschlagen? Was würden die Polizeipsychologen daraus machen? Was würde es ihnen sagen, wenn er dieses Opfer genau wie Nummer 6 in einer Alltagssituation zurückließ, dass man einen kurzen Moment lang denken konnte, der Mann lebte noch? Dass er ein Kontrollfreak war, der nichts dem Zufall überlassen konnte? Dass er eine Botschaft senden wollte, die man nur entschlüsseln musste, um ihn zu finden? Dass er sich nach einer Normalität sehnte, die er nie erfahren hatte?

Wie dumm die Menschen waren. Er war nicht auf der Suche nach Normalität, er wollte Rache. Doch das würde die Polizei erst verstehen, wenn sein Plan es vorsah und er diese dummen Beamten direkt mit ihren Nasen darauf stoßen würde. Bislang war alles so gelaufen, wie er es wollte. Über die kleine Abweichung, dass Nummer 6 obduziert worden war und die

Polizei herausgefunden hatte, dass sie durch eine Überdosis Insulin gestorben war, konnte er hinwegsehen. In der Zeitung stand, dass die Polizei nicht mal sicher war, ob sie ermordet worden war oder sich selber das Leben genommen hatte.

Er konnte ein Lachen nicht unterdrücken. Die Antwort auf diese Frage lag regungslos neben ihm. Bald würde auch die Berliner Polizei sie kennen. Er entschloss sich, Nummer 7 mit dem Kopf auf dem Tisch liegen zu lassen. Sollte die Polizei ruhig rätseln, was er ihnen damit wohl sagen wollte. Er sah sich nochmals zufrieden und mit einem Gefühl der Hochstimmung in der Wohnung um, obwohl er wusste, dass er besser zusah, dass er hier wegkam. Die Putzfrau würde gleich kommen. Sie war sehr pünktlich.

Er hob die schwarze Sporttasche, in der er das Insulin und die Spritzen aufbewahrte, vom Boden auf und warf einen letzten Blick durch die Wohnung. Alles war perfekt, wie immer, wenn er einen Tatort verließ. Zum ersten Mal war es auch von Bedeutung, denn diesmal würde die Polizei nicht nur routinemäßig ein paar Spuren sichern. Er schnaubte verächtlich. Sie würden jeden winzigen Fussel auf irgendeine Bedeutung untersuchen. Zu schade, dass es ihnen nichts nützen würde. Er hatte keine Spuren hinterlassen.

Er schloss die Tür sorgfältig hinter sich ab und schob sich, bevor er durch den Hausflur ging, seine Kappe tiefer ins Gesicht. Es war niemand im Flur zu sehen. Langsam ging er die Treppen hinunter, obwohl Nummer 7 im fünften Stock wohnte, doch die Wahrscheinlichkeit, jemanden im Fahrstuhl zu treffen, war ihm zu groß. Er hatte das Risiko eingehen müssen, als er Nummer 7 nach Hause gebracht hatte. Es war alles gut gegangen, er durfte sein Glück nicht überstrapazieren und unvorsichtig werden.

Es hatte bereits einen kurzen, kritischen Moment gegeben, als er, sein Opfer stützend, über den Hotelflur in Frankfurt gegangen war. Ein Hotelangestellter hatte sie beobachtet. Er hatte so getan, als würde er einem Freund, der an der Bar zu viel getrunken hatte, helfen, auf sein Zimmer zu kommen. Ob der Hotelpage sich daran erinnern würde, wenn die Polizei nach Zeugen suchte? Bestimmt. Doch wie genau würde er ihn beschreiben können? Hatte der Hotelangestellte sich gemerkt, welche Kleidung er getragen hatte? Hatte der Mann sein Gesicht unter der Baseballkappe sehen können, obwohl er es Nummer 7 zugewandt und so getan hatte, als würde er leise auf ihn einsprechen? Würde der Barkeeper sich an ihn erinnern? Auf jeden Fall. Aber würde er auch sein Gesicht beschreiben können? Nein. Er musste sich keine unnötigen Sorgen machen. Den ganzen Abend hatte er penibel darauf geachtet, dass er dem Barkeeper den Rücken zudrehte. Es war noch zu früh, noch durfte die Polizei nicht wissen, wie der Täter aussah. Das kam später.

Keine falsche Aufregung, beruhigte er sich selber. Mehr als die Tatsache, dass sein Opfer zuletzt in Begleitung eines Mannes gesehen worden war, würde die Polizei nicht erfahren. Selbstverständlich würden sie annehmen, dass es sich bei dem unbekannten Mann nur um den Mörder handeln konnte. Leider nicht genug Information, um ihn vor der Vollendung seines Planes zu stoppen.

10.

„Du hast den Fall. Mit mir zusammen, aber das ist besser als nichts, oder?“

„Welchen Fall? Worum geht es überhaupt?“ Amaryllis hatte keine Idee, wovon Falk von Heeren sprach. Es war kurz nach 22 Uhr und sie hatte gerade ihre Eltern zum Flughafen gebracht, die nach einem dreiwöchigen Aufenthalt in Berlin zurück nach New York reisten. Amaryllis war seit dem Tod ihrer Großmutter nicht im Büro gewesen, es hatte sich ausgezahlt, dass sie ihren Urlaub in den vergangenen Jahren nur teilweise genommen hatte, Hubert Neustädt hatte ihr mit Freude unbegrenzt oder zumindest, bis ein neuer wichtiger Fall kam, freigegeben, damit sie endlich ihre angesammelten Urlaubsansprüche abbaute.

„Den Fall Schwarzmann. Es gibt ein neues Opfer, getötet mit Insulin. Unter dem Esstisch, an dem es gefunden wurde, klebte ein Sticker mit der Zahl 7. Du hattest die ganze Zeit recht. Wir haben es mit großer Wahrscheinlichkeit mit einem Serientäter zu tun.“

Über den Tod ihrer Großmutter und die Frage, ob und wann sie nach New York zurückkehren sollte, hatte Amaryllis zum ersten Mal seit langer Zeit ihre Arbeit fast vergessen. Nach dem letzten Gespräch mit Hubert Neustädt hatte sie noch am gleichen Nachmittag bei Torben Lindhof, dem Verlobten von Julia Schwarzmann, angerufen und um ein Treffen gebeten, welches sie wegen des Todesfalls in ihrer Familie jedoch wieder abgesagt hatte.

Amaryllis fühlte sich sofort schuldig: Hätte sie den Tod eines Menschen verhindern können, wenn sie nicht so viel Zeit mit ihren Eltern verbracht hätte?

„Ich kann in einer halben Stunde im Büro sein. Ich hatte schon einen Termin mit Torben Lindhof, dem Verlobten, ausgemacht, ihn wegen des Todes meiner Großmutter aber abgesagt. Ich rufe ihn sofort an und treffe mich mit ihm. Du leitest die Spurensicherung vor Ort?"

„Das tue ich", bestätigte ihr Kollege. „Das Treffen mit Torben Lindhof kannst du allerdings vergessen. Es sei denn, du besuchst ihn im Leichenschauhaus. Er ist Nummer 7."

*

Zwei Stunden später saß Amaryllis bei der ersten Teambesprechung der neu gegründeten SOKO „Insulin" in einem der kleineren Konferenzräume der Berliner Mordkommission und notierte sich die Details zum Tod von Torben Lindhof, die Falk von Heeren vortrug. Der Hauptkommissar war mit der Leitung der Ermittlungen beauftragt und Amaryllis ihm als Partnerin zur Seite gestellt worden. Hubert Neustädt, der es sich nicht hatte nehmen lassen zu sagen, er habe bei dem Fall die ganze Zeit kein gutes Gefühl gehabt, stand mit wichtiger Miene neben Falk von Heeren.

„Wie seine Verlobte wurde auch Torben Lindhof nicht als vermisst gemeldet. Er war während der gesamten Woche auf Geschäftsreise in Frankfurt und seine Eltern haben in der Zeit nichts von ihm gehört, was nicht außergewöhnlich war. Sein Arbeitgeber hat uns bestätigt, dass er alle vereinbarten Termine wahrgenommen hat. Das Opfer kann daher frühestens am Donnerstagabend nach seinem letzten Termin auf seinen Mörder getroffen sein.

Wann der Tod genau eingetreten ist, muss noch geklärt werden, aber wir können davon ausgehen, dass er erst am Freitagnachmittag gestorben sein dürfte. Torben Lindhof ist mit seinem eigenen Pkw nach Frankfurt gefahren. Wir haben den Wagen in der Tiefgarage seines Wohnhauses sichergestellt. Es spricht also einiges dafür, dass er wie geplant mit dem Auto nach Berlin zurückgefahren ist und erst hier auf seinen Mörder getroffen ist.

Die Leiche wurde am späten Freitagnachmittag von der Putzfrau entdeckt, die immer an diesem Tag zu ihm kommt. Die Putzfrau hat einen eigenen Wohnungstürschlüssel und ist sich sicher, dass die Haustür abgeschlossen war, als sie in die Wohnung kam. Da der Haustürschlüssel vom Schlüsselbund von Torben Lindhof fehlt, ist es wahrscheinlich, dass der Täter ihn an sich genommen und er es war, der die Tür verschlossen hat.

Wir haben das Hotel, in dem das Opfer während der Woche gewohnt hat, bereits kontaktiert und die Frankfurter Kollegen befragen die Angestellten und sichern die Spuren vor Ort. Die Befragung der Mieter im Wohnhaus von Herrn Lindhof hier in Berlin und die Spurensicherung dort laufen ebenfalls. Frau Winter und ich werden morgen früh die Eltern des Toten aufsuchen, ebenso die Eltern seiner Verlobten Julia Schwarzmann. Es ist zum jetzigen Zeitpunkt mit fast an Sicherheit grenzender Wahrscheinlichkeit davon auszugehen, dass beide dem gleichen Täter zum Opfer gefallen sind."

Falk von Heeren sah von der Akte vor sich auf und ließ seinen Blick durch den Raum schweifen. „Gibt es Fragen? Oder Anregungen?"

Eine junge Kollegin hob die Hand. Amaryllis hatte sich an dieses deutsche Vorgehen, das sie an ihre Schulzeit erinnerte, immer noch nicht gewöhnt, auch wenn sie die Vorzüge durchaus anerkannte. In New York hatte einfach jeder laut in den Raum gebrüllt, was ihm einfiel, was gelegentlich im Chaos geendet hatte, oft aber durch die schiere Zahl der Ideen zu einem neuen, besseren Ermittlungsansatz geführt hatte.

„Und was ist mit den Aufklebern, die unter den Tischen gefunden wurden? Müssen wir nicht davon ausgehen, dass es noch mehr Opfer gibt und wir es mit einem Serienmörder zu tun haben?"

Die junge Frau machte eine dramatische Handgeste und sah sich beifallheischend im Konferenzsaal um. Einige der Kollegen nickten zustimmend, die meisten sahen jedoch gebannt nach vorne, wo Falk von Heeren stand und der Frau einen scharfen Blick zuwarf. Amaryllis überlegte, dass die junge Kollegin es nicht weit bei der Polizei bringen würde, wenn sie weiterhin so sensationshungrig wäre.

„Die Sticker mit den Nummern 6 und 7 könnten in der Tat darauf hinweisen, dass wir es mit einem Serientäter zu tun haben. Vielleicht haben sie aber auch eine andere Bedeutung. Wir müssen nach allen Seiten offen sein."

Falk sprach mit ruhiger Stimme, sein Blick offenbarte allerdings, dass er wenig Hoffnung hatte, dass es keine weiteren Opfer gab.

Hubert Neustädt ergriff das Wort: „Wir müssen offen sein, aber die Presse wird uns in den nächsten Tagen im Nacken sitzen, daher wird mit Hochdruck ermittelt! Ich erwarte absoluten Einsatz von allen, die mit dem Fall zu tun haben.

Kindergeburtstage, Erkältungen oder andere Ausreden, um einen Tag freizumachen, können Sie vergessen, bis wir den Fall abgeschlossen haben!“

11.

Es war kurz vor acht Uhr morgens, als Amaryllis am nächsten Tag ihren dunklen BMW vor dem Haus der Familie Lindhof parkte, den Motor abstellte und Falk nachdenklich ansah.

„Wenn wir es mit einem Serientäter zu tun haben sollten, haben wir ein Problem."

„Davon kann man ausgehen. Die Tatsache, dass bis zu sieben Menschen ermordet worden sind und die Polizei nichts davon mitgekriegt hat, dürfte die Definition von Problem auf jeden Fall erfüllen", antwortete ihr Kollege ironisch.

„Sehr lustig", sagte Amaryllis, der nicht nach Geplänkel zumute war. „Überleg doch mal: Es könnte sieben Tote geben, ermordet vom gleichen Täter. Aber sie stammen nicht aus dem gleichen Umfeld. Oder glaubst du ernsthaft, dass wir gleich bei den Eltern Lindhof reinmarschieren, nach weiteren Todesfällen im Bekanntenkreis fragen und die antworten uns: ‚Mensch, jetzt wo Sie es sagen, wir kennen tatsächlich noch ein paar Leute, die in letzter Zeit vollkommen unerwartet tot umgefallen sind!'?"

Amaryllis schaute aus dem Autofenster auf den gepflegten Vorgarten des Einfamilienhauses, in das sie gleich gehen würden, um herauszufinden, warum Torben Lindhof genau wie seine Verlobte hatte sterben müssen.

„Die Suche nach den restlichen fünf Opfern ist wie die Suche nach der berühmten Nadel im Heuhaufen. Sie könnten aus Berlin stammen. Oder auch nicht. Sie könnten im letzten Jahr gestorben sein. Oder vor zwei Jahren. Oder fünf. Und noch schlimmer: Wenn niemand an einer natürlichen Todesursache gezweifelt hat, ist es unmöglich für uns, sie zu finden. Wir können nicht jeden Todesfall in Berlin, Deutschland oder der ganzen Welt der letzten Jahre untersuchen und dabei hoffen auf Aufkleber der gleichen Machart zu stoßen.“ Amaryllis schüttelte missmutig den Kopf.

„Wir dürfen uns nicht verrückt machen lassen. Darum haben wir eine Pressesperre in Bezug auf die Aufkleber und die Möglichkeit weiterer Opfer verhängt. Die Medien werden sich ein paar Tage auf den Tod des jungen Paares stürzen und der Ermittlungsdruck wird riesig sein, aber die Sache gerät erfahrungsgemäß schnell in Vergessenheit. Das ist das Schöne an Berlin, in dieser Stadt liegt so viel im Argen, auf die nächsten schlechten Nachrichten braucht man nicht lange warten. Und wenn gar nicht passiert, bleibt immer noch unsere Dauerbaustelle BER. Unser toller, niemals fertigwerdender Hauptstadtflughafen liefert zuverlässig Negativschlagzeilen. Dann haben wir Zeit, in Ruhe nach dem Grund, warum Julia Schwarzmann und Torben Lindhof sterben mussten, zu suchen. Wenn wir diesen Grund kennen, finden wir auch die anderen Opfer. Wenn es überhaupt weitere Opfer gibt. Die Sticker können alles bedeuten. Vielleicht will der Täter uns nur in die Irre führen.“ Falk zuckte mit den Achseln. „Wir gehen jetzt da rein und befragen die Eltern nach Auffälligkeiten, Freunden, Feinden usw. im Leben ihres Sohnes. Im Anschluss befragen wir die Eltern von Julia Schwarzmann. Dann Freunde,

Bekannte, Verwandte, Kollegen. Wir suchen so lange die Puzzleteile zusammen, bis wir ein vollständiges Bild haben. Ganz normale Polizeiarbeit."

Amaryllis atmete tief durch. Natürlich hatte ihr Partner recht. Sie ärgerte sich über ihre eigene Unsicherheit. Doch etwas an dem Fall ließ sie nicht zur Ruhe kommen und sie wurde das Gefühl nicht los, dass es nicht so einfach werden würde, sämtliche Puzzleteile zu finden, die das Gesamtbild ergaben.

„O. k.", sagte sie unnötig kurz angebunden. Da sie wusste, dass ihr schroffer Ton unangemessen war, fügte sie freundlicher an: „Irgendetwas an diesem Fall nimmt mich mit. Mehr als sonst."

*

„Setzen Sie sich. Ich mache uns einen Kaffee."

Hedwig Lindhof deutete den beiden Kommissaren, sich auf das Wohnzimmersofa zu setzen, und ging in die Küche. Ihr Mann Jochen saß auf einem Stuhl am Esstisch und sah die Kommissare mit leerem Blick an. Er nickte kurz, machte aber keine weiteren Anstalten, eine Unterhaltung zu beginnen.

Amaryllis nutzte die Gelegenheit, sich im Wohnzimmer der Familie umzusehen. Der Raum war großzügig angelegt, ein riesiges schwarzes Ledersofa mit zwei zugehörigen Sesseln nahm eine Seite des Raumes ein. An der gegenüberliegenden Wand hing ein Fernseher, der einem Kinosaal Ehre gemacht hätte. Auf dem Couchtisch stand ein großer Blumenstrauß, Zeitschriften und Architekturbücher lagen daneben. An den Wänden hingen Drucke von Picasso. Auf einer weißen Kommode standen unzählige, penibel abgestaubte Familienfotos in Silberrahmen. Es war klar, dass Hedwig

Lindhof viel Wert darauf legte, ihr Zuhause und ihre Familie perfekt zu präsentieren.

Auf den Fotos waren fast immer Hedwig Lindhof, ihr Mann Jochen oder Torben zusammen mit Freunden und Bekannten zu sehen. Auch von Julia Schwarzmann gab es einen Schnappschuss, der sie und Torben am Strand zeigte. Einige der Bilder stammten aus den 80er-Jahren und zeigten jugendliche Versionen von Hedwig und Jochen Lindhof mit Schul- und Jugendfreunden.

„Auf dem Bild hier, das sind Jochen und Bernd Schwarzmann. Die beiden waren schon in der Schule beste Freunde. Ihre gemeinsame Leidenschaft ist das Fußballspielen", erklärte Hedwig Lindhof, die mit einem Kaffeetablett neben Amaryllis getreten war. Sie deutete mit dem Kopf auf ein Foto, das zwei junge Männer auf einem Fußballfeld beim Training zeigte. „Wir sind bis heute befreundet. Es war so ein Schock, als Julia gestorben ist. Wir haben versucht, Melanie und Bernd beizustehen und sie zu überreden, die Sache ruhen zu lassen und nicht mit aller Gewalt nachzuforschen, was wirklich passiert war. Wir konnten uns schlicht nicht vorstellen, dass Julia ermordet worden sein könnte. Es war so viel einfacher zu glauben, sie hätte gedopt und sich dabei versehentlich umgebracht. Torben war am Boden zerstört. Er hat Julia sehr geliebt. Wir wollten ihn beschützen und dachten, wenn wir die Sache ruhen lassen, geht es schneller vorbei. Jetzt ist natürlich alles anders und ich weiß, wie Melanie sich fühlt und wie falsch unser Verhalten war. Ich kann selber an nichts anderes mehr denken als daran, dass dieser Mensch, der Torben und Julia das angetan hat, gefunden und bestraft werden muss."

Amaryllis erinnerte sich, wie distanziert und kühl Hedwig Lindhof bei ihrem ersten Zusammentreffen in der Schrebergartenkolonie in Berlin-Schmargendorf gewirkt hatte. Auch jetzt machte sie trotz ihrer emotionalen Worte einen fast sachlichen, gesammelten Eindruck. Offenbar gehörte sie zu den Menschen, die nur schwer ihre Gefühle zeigen konnten.

„Wäre es möglich, dass Julia oder Torben Feinde hatten? Jemand, der ihnen ihr Glück nicht gegönnt hat? Eine frühere Freundin oder ein ehemaliger Freund vielleicht?"

„Nein, da gab es niemanden. Torben hatte eine Menge Freundinnen, bevor er sich in Julia verliebt hat. Es war aber nie etwas Ernstes. Wir haben oft darüber gelacht, dass er sich ordentlich die Hörner abgestoßen hat, bis er mit der Frau zusammenkam, für die er von Anfang an bestimmt war. Die beiden waren ein großartiges Paar. Julia hatte vor Torben nur eine ernsthafte Beziehung: Markus, ein Marathonläufer. Viel mehr hatten die beiden nicht gemeinsam. Deswegen haben sie sich getrennt. Soweit ich weiß, haben sie danach weiter zusammen trainiert. Julia und Torben waren auf seiner Hochzeit eingeladen. Da gab es keinen Streit oder eine Feindschaft."

„Und bei der Arbeit? War Torben nicht vor Kurzem erst befördert worden? Ein eifersüchtiger Kollege vielleicht?", schaltete sich Falk in die Befragung ein.

„Nein. Nicht dass ich wüsste. Torben war sehr ehrgeizig und hat viel gearbeitet. Aber in seinem Beruf sind das viele, wenn nicht alle Kollegen. Er ist befördert worden, aber ich glaube nicht, dass wegen ihm jemand übergangen worden ist. Das hätte Torben uns erzählt. Wir hatten ein gutes Verhältnis."

Die nächste Stunde verbrachten Amaryllis und Falk damit, eine lange Reihe von Standardfragen abzuarbeiten, ohne dabei irgendetwas von Bedeutung zu erfahren. Torben Lindhof war ein Einser-Schüler gewesen, hatte sein BWL-Studium in Rekordzeit absolviert und war im Beruf sofort voll durchgestartet. Er wollte seine große Liebe Julia in Kürze heiraten, danach standen Kinder auf dem Programm. Die einzige, winzige Enttäuschung, die er seinen Eltern bzw. seinem Vater jemals bereitet hatte, war die Tatsache, dass er dessen Fußballleidenschaft nicht teilte.

„Bernd und ich haben schon in der Grundschule zusammen Fußball gespielt. Es war und ist unsere große Leidenschaft“, erklärte Jochen Lindhof, der die Beantwortung der Fragen bislang meist seiner Frau überlassen hatte. „Insgeheim haben wir beide natürlich von einer Profikarriere geträumt, es hat aber nicht gereicht. Wir sind unserem Hobby dennoch treu geblieben und kicken immer noch in der Seniorenmannschaft. Wenn Hertha am Wochenende spielt, gehen wir zusammen hin, unsere Frauen gehen ins Kino oder unternehmen etwas anderes. Auch unsere Kinder haben sich nie großartig für Fußball interessiert. Wir haben oft Späße darüber gemacht, dass unsere eigenen Familien uns nicht verstehen.“

*

„Diese jungen Streber von heute gehen mir auf die Nerven! Einser-Schüler, Einser-Student, vorbildliche Karriere, vorbildliches Leben, Torben Lindhof war so mustergültig, dass es wehtut“, stellte Falk brummig fest, nachdem sie sich von Hedwig und Jochen Lindhof verabschiedet hatten und wieder in Amaryllis' Auto saßen.

„Haben die überhaupt keinen Spaß mehr?“, zeterte er weiter. „Flippen die nicht aus und machen mal richtig Party? Zumindest ein paar Monate Null-Bock-Stimmung? Ich habe Null-Bock gelebt, bis ich 25 wurde, und aus mir ist trotzdem was geworden. Wieso sind die Jugendlichen auf einmal alle so zielstrebig? Oder gilt es dieser Tage schon als ‚Null-Bock‘, wenn man den Fußballfanatismus von Papa nicht teilt?“

Amaryllis lachte. „Befürchte, ich bin nicht die richtige Gesprächspartnerin. Ich war immer gut in der Schule, habe meinen Eltern keinen Kummer bereitet und wusste früh, dass ich zur Polizei will – die ganz großen Verbrecher jagen. Mit 25 habe ich einen aufstrebenden Rechtsanwalt geheiratet. Ich bin das Paradebeispiel des jungen Strebers. Ich habe noch nicht mal einen Joint probiert in meiner Jugend. Meine Rebellion gegen das Establishment bestand darin, den Nachnamen meines Ehemannes nicht anzunehmen. Amaryllis allein ist schwierig genug, mit Winter zusammen geht es gerade noch, aber mit Trezniwsky wäre es ein Albtraum geworden."

„Und was ist dann schiefgelaufen in dem perfekten Leben – außer dem Vornamen?" Falks Nachfrage war so kurz und ohne Umschweife auf den Punkt formuliert, dass Amaryllis einen Stich verspürte und sich ärgerte, überhaupt auf ein so privates Thema eingegangen zu sein.

„Alles." Amaryllis schüttelte den Kopf. „Die großen Verbrecher von New York jagen andere Polizisten und die Kinder des aufstrebenden Anwaltes bekommt demnächst eine andere Frau."

„Immerhin musstest du den Nachnamen bei der Scheidung nicht ändern. Und du lebst noch", erklärte ihr Kollege in Anspielung auf Julia Schwarzmann und Torben Lindhof.

„Womit wir zur großen Frage kommen: Was ist bei den beiden so schiefgelaufen, dass sie umgebracht wurden? Es macht keinen Sinn. Die beiden waren perfekt." Amaryllis war froh, das Gespräch von ihrem Privatleben zurück auf den Fall zu bringen.

„Niemand ist perfekt. Jeder hat eine Leiche im Keller, manche sind nur besser versteckt. Vielleicht finden wir die von Torben Lindhof, wenn wir uns ein bisschen genauer in seiner Wohnung umsehen. Los geht's", antwortete Falk.

Sechs Stunden später lenkte Amaryllis ihren BMW in die Tiefgarage des Polizeigebäudes. Es war später Nachmittag und außer nachzusehen, ob bereits erste Ergebnisse der Obduktion von Torben Lindhof vorlagen, würden sie heute nicht mehr viel erreichen können. Das „genauere Umsehen" in der Wohnung von Torben Lindhof hatte keine neuen Erkenntnisse gebracht. Diese würden, wenn überhaupt, erst die Auswertungen der Spurensuche bringen. Falk von Heeren hatte während der gesamten Rückfahrt frustriert geschwiegen und aus dem Fenster gestarrt. Es sah nicht danach aus, als würde er für den heutigen Tag noch eine Teambesprechung einberufen. Sie konnte getrost nach Hause gehen und ihre Kräfte für den nächsten Tag aufsparen.

Doch es graute Amaryllis davor, in die leere Villa ihrer Großmutter zurückzukehren. Nachdem sie ihre Eltern am Abend zuvor zum Flughafen gebracht und den Anruf von Falk von Heeren erhalten hatte, war sie sofort zur Arbeit gefahren. Sie hatte ein paar Stunden im Ruheraum geschlafen, bevor sie am Morgen zur Befragung der Lindhofs aufgebrochen war. Es würde das erste Mal sein, dass sie sich seit dem Tod ihrer Großmutter allein in das Haus aufhalten musste. Plötzlich bereute sie, sich mit keinem ihrer Kollegen angefreundet zu haben. Sie hatte sich schon lange nicht mehr so allein gefühlt. Amaryllis beschloss, die Akten der Fälle Schwarzmann und Lindhof mit nach Hause zu nehmen. Zur Abwechslung würde es eine gute Sache sein, ihr eigenes Leben über den Tod des jungen Paares zu vergessen.

12.

Das Berliner Diabeteszentrum lag im strahlenden Herbstsonnenschein, als Amaryllis und Falk am nächsten Vormittag über den Krankenhauscampus liefen, um Professor Arthur Storm in seinem Büro zu treffen. Er würde hoffentlich ihre Fragen zum Thema Mord mit bzw. Tod durch Insulin beantworten können.

Arthur Storm war ein hochgewachsener, schlanker Mann mit vollem grau meliertem Haar. Braun gebrannt, obwohl der Sommer vorbei war, sah er in seinem weißen Arztkittel aus, als wäre er direkt aus einem TV-Produktionsstudio in sein Büro kommen.

„Guten Tag", begrüßte der Professor sie mit einer angenehm tiefen Stimme und bat die beiden Kommissare, Platz zu nehmen.

„Meine Sekretärin hat mir lediglich aufgeschrieben, dass Sie Fragen zur Überdosierung von Insulin haben. Darf ich wissen, warum?"

Amaryllis nannte dem Diabetesspezialisten die Fakten zum Tod von Julia Schwarzmann und Torben Lindhof.

„Ich gehe davon aus, die beiden waren keine Diabetiker?", fragte der Arzt, wartete die Antwort aber nicht ab, sondern sprach weiter: „Wie hat man herausgefunden, dass sie an einer Überdosis Insulin gestorben sind? Insulin ist nach dem Tod nur schwer im Körper nachzuweisen und für gewöhnlich wird danach nicht gesucht, wenn der Tote kein Diabetiker war.“

„Es waren die Eltern von Julia Schwarzmann, die auf einer Obduktion bestanden haben. Die erste Obduktion brachte kein Ergebnis, allerdings hat der Pathologe mehrere winzige Einstichstellen am rechten Oberschenkel des Opfers gefunden. Die Eltern haben auf weiterführende Tests bestanden, bis die Laboruntersuchungen schließlich die Insulinüberdosis als Todesursache erbracht haben. Als ihr Verlobter einige Wochen später tot aufgefunden wurde, musste nicht lange nach der Ursache gesucht werden. Wir müssen in beiden Fällen von Mord ausgehen“, erklärte Amaryllis und überlegte, ob sie Professor Storm von den Aufklebern berichten sollte, um ihm zu verdeutlichen, warum die Polizei Selbstmord ausschloss. Doch dieser schien die Meinung der Polizei nicht anzuzweifeln.

„Ich frage mich, wie der Täter an das Insulin gekommen ist“, überlegte der Arzt. „Es ist sogar für das Personal nicht einfach, Medikamente aus einem Krankenhaus mitzunehmen. In Berlin schon mal gar nicht: Die Krankenkassen sind klamm, die Stadt ebenfalls, wir müssen über jedes Heftpflaster, das wir verwenden, genauestens Buch führen.“

Amaryllis machte sich eine Notiz, die Frage, wie der Täter an das Insulin gekommen sein könnte, später zu überprüfen.

„Können Sie uns etwas zur Wirkung von Insulin sagen und wie einfach es ist, einen Menschen damit umzubringen?“, fragte sie nach.

„Ich erkläre es Ihnen so anschaulich wie möglich, das Thema Blutzuckerspiegel ist allerdings sehr komplex“, begann Professor Storm. „Bei einem gesunden Menschen produziert die Bauchspeicheldrüse das Insulin. Das Essen, das wir zu uns nehmen, wird im Körper in Glucose, sprich Zucker, umgewandelt. Dieser Zucker gelangt mithilfe des Insulins in die Zellen, nur so liefert die Nahrung uns Energie. Fehlt das Insulin, wie bei Diabetikern vom Typ 1 zum Beispiel, deren Bauchspeicheldrüse nicht arbeitet, steigt der Blutzuckerspiegel im Körper an, da der Zucker nicht in die Zellen gelangen kann. Eine Hyperglykämie oder zu gut Deutsch eine Überzuckerung des Blutes ist die Folge. Diese hat kurzfristig keine größeren Auswirkungen und ist für uns in diesem Fall nicht weiter von Bedeutung.

Anders ist es, wenn zu viel Insulin im Körper ist. Dieser Zustand tritt bei falscher Dosierung des Insulins bei Diabetikern häufiger auf. Bei einem gesunden Menschen ist das so gut wie ausgeschlossen. Das gespritzte Insulin öffnet die Zellen, es steht aber nicht genügend oder kein Zucker zur Verfügung und es kommt zu einem akuten Zuckermangel, bei dem das Gehirn nicht mehr ausreichend versorgt wird. Im schlimmsten Fall kann der Mensch ins Koma fallen und schließlich sterben. Soweit die Theorie. Praktisch passiert dies aber nicht innerhalb weniger Minuten, sondern kann sich je nach Statur, körperlicher Verfassung und Stress der betreffenden Person sowie der Menge des zu viel gespritzten Insulins über einen längeren Zeitraum hinziehen. Zunächst wird der Betroffene sich erst mal schwindelig fühlen, Heißhunger verspüren, zittern oder schwitzen."

„Der Tod tritt nicht sofort ein?", fragte Falk erstaunt nach. „Wie lange dauert es ungefähr von der Gabe des Insulins bis zum Tod? Und wie viel muss man spritzen?"

Arthur Storm sah auf seine Uhr, anstatt die Frage zu beantworten. „Kommen Sie, ich lade Sie auf einen Kaffee in unsere Cafeteria ein. Ist zwar eine furchtbare Pampe dort, aber ich habe heute Nachmittag noch mehrere Termine und würde vorher gerne etwas essen."

Wenig später saßen Amaryllis und Falk jeweils vor einer großen Tasse schlecht aufgeschäumtem Cappuccino, während Professor Storm einen Teller mit Kartoffelsalat und Wiener Würstchen vor sich stehen hatte.

„Ich weiß, was Sie denken. Ein Arzt sollte gesünder leben. Ist aber nicht so einfach, wenn man den ganzen Tag im Krankenhaus verbringt und die Ehefrau für ein paar Wochen der Tochter mit ihrem Besuch beim brandneuen Enkelkind fürchterlich auf die Nerven geht."

Arthur Storm lachte und erinnerte Amaryllis an ihren eigenen Vater, der in Abwesenheit seiner Frau ebenfalls stets vollkommen hilflos in der Küche nach etwas Essbarem suchte. Eine Männergeneration von Küchenanalphabeten, die wahrscheinlich dem Aussterben geweiht war. Für die neue Generation Ehemänner war die Küche kein wundersamer Ort voller Geheimnisse mehr. Ihr Ex-Ehemann Max zumindest war ein großartiger Koch gewesen.

„Zurück zum Insulin", unterbrach Professor Storm ihre Gedanken. „Sie hatten nach der Menge Insulin gefragt, die man benötigt, um einen anderen Menschen umzubringen."

Amaryllis nickte und war froh, die Erinnerung an ihren Ex-Mann wieder aus dem Kopf zu bekommen.

„Bei einem jungen, gesunden Menschen braucht man wahrscheinlich eine größere Menge. Ein gesunder Körper ist in der Lage, dem Absinken des Blutzuckerspiegels entgegenzusteuern, indem die Leber gespeicherten Zucker freisetzt. Der Körper startet eine Art Notfallprogramm. Wichtig ist ebenfalls, wie viel der Betroffene zuvor gegessen hat. Wie sehr er unter Stress steht – das Stresshormon Adrenalin ist eine Art Gegenspieler des Insulins und verhindert, dass der

Blutzuckerspiegel abfällt. Möglicher Alkoholkonsum spielt auch eine Rolle“, erklärte Professor Storm und schob seinen geleerten Teller von sich weg in die Tischmitte, bevor er weitersprach.

„Und zu guter Letzt: Selbst wenn der Betroffene in ein Koma fällt, ist dies nicht gleichbedeutend mit dem sicheren Tod. Der Körper arbeitet trotzdem weiter auf Hochtouren, um sich selbst zu retten. Oder der Betroffene wird gefunden, gerade Diabetiker haben meist ein ganzes Netzwerk an Personen, die regelmäßig nach ihnen sehen.“

„Wenn jemand aus einem Diabetes-Koma wieder aufwacht, muss er dann nicht mit bleibenden Schäden rechnen?“ Falk sah von dem Zettel hoch, auf dem er sich Notizen zu den Ausführungen von Prof. Storm gemacht hatte.

„Das hängt von der Dauer des Komas ab, meistens ist eine komplette Genesung innerhalb kurzer Zeit möglich. Wird der Betreffende rechtzeitig gefunden, ist eine vollständige Genesung wahrscheinlich.“ Dr. Storm stand auf. „Möchten Sie auch noch einen Kaffee oder was immer das ist, das sie hier als solchen verkaufen?“

Die beiden Kommissare lehnten ab.

„Was passiert, wenn der Betroffene Alkohol getrunken hat?“, fragte Amaryllis sofort nach, als der Professor mit einer Tasse Cappuccino in der Hand an den Tisch zurückkehrte. An Falks Gesichtsausdruck konnte sie erkennen, dass auch er sich daran erinnerte, dass im Obduktionsbericht stand, dass Julia Schwarzmann bei ihrem Tod Alkohol im Blut gehabt hatte.

„Alkohol in der Kombination mit Insulin ist mit großer Vorsicht zu genießen. Alkohol blockiert die Neubildung von Zucker in der Leber und kann die Wirkung des Insulins verstärken. Insbesondere hochprozentige Schnäpse ohne Zucker sind gefährlich.“

„Julia Schwarzmann hatte bei ihrem Tod einen Alkoholwert von 0,7 Promille im Blut, wäre das von Bedeutung?“, fragte Falk nach.

Arthur Storm sah ihn überrascht an. „Dann dürfen Sie davon ausgehen, dass der Täter sich sehr gut vorbereitet hat und wusste, was er tat. Er wird gewusst haben, dass es nicht wirklich einfach ist, einen Menschen mit Insulin umzubringen.“

„Aber früher galt Insulin doch als die perfekte Mordwaffe?“, fragte Amaryllis.

Der Professor schüttelte den Kopf. „Früher, ja. Aber das gilt schon lange nicht mehr. Menschliche und chemische Insuline bauen sich extrem schnell nach dem Tod ab und sind nicht mehr nachweisbar, deshalb hat man früher Insulin als Todesursache nicht nachweisen können. Mittlerweile hat die Wissenschaft das sogenannte C-Peptid entdeckt, das auch nach dem Tod nachgewiesen werden kann und das Aufschluss über mögliches Insulin im Körper gibt. Außerdem kann Insulin im Gewebe in der Umgebung der Einstichstelle nachgewiesen werden. Das größte Problem bei einem Insulinmord ist bis heute, dass man einen Verdacht benötigt, um diese Untersuchungen zu veranlassen. Ohne Verdacht ist ein Mord mit Insulin tatsächlich nicht erkennbar.“

„Aber es ist machbar?“, stellte Falk fest.

„Machbar auf jeden Fall. Aber es ist schwierig. Wie gesagt, bei einem gesunden jungen Menschen stellt sich die Wirkung nicht sofort ein. Es kann Stunden, vielleicht einen ganzen Tag dauern, bis er ins Koma fällt. Und dann ist der Tod nicht garantiert. Außerdem muss man es erst mal schaffen, jemanden, der sich wahrscheinlich wehren wird, eine große Menge Insulin zu spritzen. Wenn ich mich an die Schlagzeilen der vergangenen Jahre erinnere, waren es in den meisten Fällen doch ältere, kranke bzw. wehrlose Menschen, denen das Insulin über eine

Infusion verabreicht wurde. Um einen jungen Menschen umzubringen, gibt es sicher effektivere Möglichkeiten." Professor Storm überlegte einen Moment und lächelte, bevor er weitersprach: „Es sei denn natürlich, man hat Freude daran, einen anderen Menschen zu fesseln und ihm bei seinem langsamen Sterben zuzuschauen. Aber solche kaltblütigen Monsterkiller gibt es wahrscheinlich nur in amerikanischen Fernsehserien."

Diese Meinung teilte Amaryllis ganz und gar nicht.

13.

Zwei Tage später saß Amaryllis in der Lobby des „Hotel Nova“, eines schlicht gehaltenen Hotels am Stadtrand von Frankfurt, das ganz auf Geschäftskunden zugeschnitten war. Torben Lindhof hatte hier in der Woche seines Todes von Montag bis Freitag gewohnt.

Die Obduktion seiner Leiche hatte ergeben, dass er am Freitag zwischen 13 und 16 Uhr an einer Überdosis Insulin gestorben war. Damit war so gut wie unmöglich, dass er am gleichen Morgen selber fünf Stunden mit dem Auto von Frankfurt nach Berlin gefahren war – ohne einen Unfall zu verursachen. Das in seinem Körper über das C-Peptid nachgewiesene Insulin hätte ihn allein schon fahruntauglich gemacht, dazu kam, dass der junge Mann, genau wie seine Verlobte, bei seinem Tod wenn nicht betrunken, dann zumindest angeheitert gewesen war.

„Sein Mörder muss mit ihm im Auto gesessen haben, wahrscheinlich ist er gefahren. Anders ist es nicht zu erklären. Zumal einer der Angestellten ausgesagt hat, er habe zwei Männer am Donnerstagabend auf der Etage, auf der Torben Lindhof gewohnt hat, gesehen. Einer der beiden schien betrunken und wurde von dem anderen gestützt. Wir müssen vermuten, dass es sich um das Opfer und seinen Mörder gehandelt hat", hatte Falk bei der Durchsicht der vorliegenden Berichte festgestellt. „Ich frage mich, ob der Täter wusste, dass die Putzfrau jeden Freitag um 17:30 Uhr in die Wohnung von Torben Lindhof kommt, um alles für das Wochenende in Ordnung zu bringen. Wenn nicht, hat er ganz schön Schwein gehabt."

„Wir sollten davon ausgehen, dass er seine Opfer im Vorfeld auskundschaftet und weiß, wann sie wo sind", hatte Amaryllis vermutet. „Sonst hätte er kaum wissen können, dass Torben Lindhof in Frankfurt war und in welchem Hotel er abgestiegen ist."

Gemeinsam hatten die beiden Kommissare beschlossen, dass einer von ihnen nach Frankfurt fahren sollte, um die wenigen Zeugen, die es gab, nochmals zu befragen. Es war Amaryllis, der die Aufgabe schließlich zugefallen war, und sie war froh darüber. Erstens bevorzugte sie es, Zeugen selber zu befragen, als sich auf die Protokolle anderer Kollegen zu verlassen, zweitens war sie dankbar um jede Gelegenheit, nicht am Abend allein in die riesige leer stehende Villa in Berlin-Dahlem zurückkehren zu müssen.

„Guten Tag, Sie müssen Kommissarin Winter sein."

Eine junge brünette Frau gekleidet in der Hoteluniform – graues Kostüm und weiße Bluse mit rotem Einstecktuch – kam auf sie zu und streckte Amaryllis die Hand zur Begrüßung entgegen. „Ich bin Maria Schadler."

„Guten Tag. Ich habe ein paar Fragen an Sie zu dem Aufenthalt von Torben Lindhof in Ihrem Haus. Soweit ich es verstanden habe, hatten Sie am Freitagmorgen Dienst an der Rezeption, als Herr Lindhof ausgecheckt hat." Amaryllis sah die Angestellte erwartungsvoll an.

„Das stimmt.“ Die Frau setzte sich in einen der dunkelroten Sessel. Wer auch immer das Hoteldesign ent-worfen hatte, hatte nichts dem Zufall überlassen, das Rot ihres Einstecktuchs harmonierte perfekt mit dem Sessel.

„Viel helfen kann ich Ihnen nicht, ich befürchte, Sie haben den weiten Weg umsonst gemacht“, sagte Maria Schadler mit einem Kopfschütteln. „Ich habe bereits Ihren Kollegen von der Frankfurter Polizei gesagt, dass Herr Lindhof von der Möglichkeit des Online-Check-outs Gebrauch gemacht hat. Das System ist relativ neu, aber die Gäste nehmen es gut an. Sie schauen die Rechnung online in ihrem Zimmer an und bezahlen per Smartphone, App oder Computer. Sie müssen nur noch die Zimmerkarte an der Rezeption abgeben und können abreisen. Da wir fast ausschließlich Geschäftsreisende mit wenig Gepäck beherbergen, ist das für die meisten Gäste der perfekte Service.“

„Haben Sie Herrn Lindhof gesehen, als er seine Karte an der Rezeption abgegeben hat? Können Sie sich erinnern, ob er allein war?“ Amaryllis hatte, bereits während sie die Fragen stellte, ein ungutes Gefühl, dass die Antworten nicht zu ihrer Zufriedenheit sein würden.

„Nein, leider nicht. Am Donnerstag und Freitag ist immer viel Betrieb. Fast alle, die beruflich unterwegs sind, reisen zum Wochenende ab. Und auch wenn der Online-Check-out beliebt ist, nutzt ihn erst etwa die Hälfte der Gäste. Ich war allein an der Rezeption und habe nicht auf die Leute geachtet, die ihre Karte abgegeben haben“, erklärte die Hotelangestellte entschuldigend. „Normalerweise müsste ich die Karten entgegennehmen und sofort in das System eingeben. Wenn viel an der Rezeption los ist, bitten wir die Gäste, die Karten in ein kleines Kästchen zu legen, und tragen den Vorgang später im Computer nach.“

„Gibt es da nicht viel Missbrauch? Werden nicht einige Karten mitgenommen?“

„Ja, natürlich.“ Maria Schadler zuckte mit den Achseln. „Aber das gibt es in jedem Hotel, auch ohne Online-Check-out. Es ist mir ein Rätsel, was die Leute mit den Karten wollen. Sobald der Zeitraum der Buchung abgelaufen ist, können sie die Karten nicht mehr nutzen, um in das Zimmer zu kommen. Vielleicht sind manche einfach zu faul, sie abzugeben.“

„Aber die Karte von Torben Lindhof wurde zurückgegeben?“

„Ja. Ich habe die Rechnung kontrolliert und die Rückgabe der Karte selber am Mittag, als es ruhiger wurde, in das System eingetragen. Es war alles in Ordnung.“

„Hat er etwas aus der Minibar getrunken?“

„Ja, das hat mich erstaunt.“ Maria Schadler machte ein besorgtes Gesicht. „Er hat den gesamten Alkohol getrunken. Normalerweise trinken die Geschäftsleute am Abend vielleicht ein Bier oder einen Wein aus der Minibar, wenn überhaupt. Einige nehmen einen Drink an unserer Bar. Ich weiß noch, wie ich überlegt habe, dass er hoffentlich mit der Bahn oder dem Flugzeug reist, da er einen ordentlichen Kater gehabt haben dürfte.“

„So viel Alkohol ist doch normalerweise nicht in einer Minibar?“, fragte Amaryllis nach.

„Nein, nur ein paar Fläschchen. Aber Herr Lindhof hat gemäß seiner Rechnung einiges an der Hotelbar konsumiert.“

Die Hotelangestellte blätterte in einem Ordner und reichte Amaryllis eine Kopie der Rechnung von Torben Lindhof. Der junge Mann hatte am Abend vor seiner Abreise sechs Gläser Rotwein an der Hotelbar getrunken.

„Vielen Dank, wir sollten die Rechnung bereits in den Akten haben, aber es ist gut, sie hier vor Ort noch mal zu sehen“, bedankte Amaryllis sich höflich. „Torben Lindhof ist mit dem Auto gefahren", ließ sie die Frau wissen. „Ist es möglich, direkt von den Zimmeretagen mit dem Fahrstuhl in das Parkhaus zu fahren?"

„Ja, das geht."

Amaryllis begann zu erahnen, was sich in der vergangenen Woche im „Hotel Nova" abgespielt haben könnte. Sinn machte es allerdings nicht. Warum hatte der Täter sein Opfer nicht hier im Hotelzimmer getötet, sondern sich die Mühe gemacht, mit ihm zurück nach Berlin zu fahren?

„Ich würde gerne mit dem Angestellten sprechen, der Herrn Lindhof in der Begleitung eines Mannes im Hotelflur gesehen hat. Und mit dem Barkeeper, der an dem Abend Dienst hatte."

„Natürlich", sagte Maria Schadler. „Ich sehe in unserem Dienstplan nach, ob die beiden im Haus sind."

*

Jonas Iley war Anfang zwanzig und machte eine Ausbildung zum Hotelfachmann. Er stand sichtbar nervös von einem der roten Sessel in der Hotellobby auf, als Amaryllis zu ihm trat und sich vorstellte.

„Es sind ein paar einfache Fragen, vielleicht haben Sie am Donnerstagabend an der Bar etwas beobachtet, was für uns wichtig sein könnte", versuchte sie, dem jungen Mann, der ebenfalls die grau-rot-weiße Hoteluniform trug, die Aufregung zu nehmen. „Setzen wir uns doch hin, dann können wir in Ruhe alles besprechen."

Zum zweiten Mal an diesem Tag saß Amaryllis mit einem Angestellten des „Hotel Nova" in der Lobby und fragte ihn über Torben Lindhof aus.

Sie hoffte sehr, dass diese Befragung ihr weiteren Aufschluss geben würde, was passiert war.

„War es am Donnerstagabend voll in der Bar?"

„Nein, nicht sehr. Am Anfang waren vielleicht fünf oder sechs Gäste da. Die meisten waren allein und saßen an der Theke. Nur zwei Männer saßen an einem Tisch hinten im Raum", antwortete Jonas Iley.

„Für die Gäste, die nicht an der Bar sitzen, gibt es da noch eine Bedienung oder wie bekommen die ihre Getränke?"

„Normalerweise gibt es eine Bedienung, die Kollegin musste an dem Abend allerdings beim Zimmerservice aushelfen, da war jemand ausgefallen. Sie war zwischendurch mal kurz da, die meiste Zeit aber nicht."

Amaryllis notierte sich in ihrem Notizbuch, dass das Hotel offenbar des Öfteren unterbesetzt war, da auch Maria Schadler am Freitagmorgen allein an der Rezeption gearbeitet hatte. Aber wahrscheinlich waren das die meisten Hotels und die Angestellten daran gewöhnt, vermutete sie. Und für gewöhnlich wurde ein paar Tage später nicht nach Zeugen für ein mögliches Zusammentreffen eines Mörders mit seinem Opfer gesucht.

„Haben Sie den beiden die Getränke gebracht, oder wie hat das funktioniert ohne extra Servicekraft?", hakte sie nach.

„So viel war ja nicht los." Jonas Iley zuckte mit den Schultern. „Ich kann von der Bar aus die meisten Tische gut sehen und wenn die Gläser leer waren, habe ich entweder versucht, Blickkontakt aufzunehmen, ob die beiden noch etwas bestellen wollten, oder bin zum Tisch gegangen."

„Was haben sie getrunken?"

„Beide Rotwein."

„Und haben die Männer sich unterhalten? Wirkten sie befreundet?"

„Wenn es nicht voll ist, sind wir angehalten, die Bar aufzuräumen, ich habe kaum auf die beiden geachtet. Ich glaube, sie haben sich ganz gut unterhalten."

„Wissen Sie noch, wie die Männer aussahen?"

„Der eine hatte blonde kurze Haare und trug eine schwarze Brille. Er war noch ziemlich jung. Den anderen konnte ich nicht wirklich sehen. Er saß mit dem Rücken zur Bar. Sein Gesicht konnte ich nicht erkennen, ich weiß nur, dass er eine schwarze Baseballkappe getragen hat. Seine Haare schienen abrasiert oder sehr kurz zu sein, ich konnte jedenfalls keine Haarfarbe unter der Kappe erkennen."

„Natürlich. Was sonst", murmelte Amaryllis resigniert. Es wäre auch zu einfach gewesen, wenn der mutmaßliche Täter mit dem Gesicht zur Bar gesessen hätte. Immerhin, die Beschreibung des zweiten Mannes passte auf Torben Lindhof, damit war klar, dass der Barkeeper das Opfer und seinen vermutlichen Mörder zusammen gesehen hatte.

„Und als sie am Tisch waren, um die Bestellung aufzunehmen, haben sie den anderen Mann da genauer gesehen?"

„Leider nein. Es hat immer der Herr mit der Brille bestellt, der andere hat nichts gesagt und hielt den Kopf gesenkt, das ist mir aufgefallen, normalerweise sehen einen die Gäste an, wenn man an den Tisch kommt. Einmal war er nicht am Tisch, als ich die Bestellung aufgenommen habe. Wahrscheinlich war er auf der Toilette."

„Wie viel haben die beiden getrunken?"

„Jeder drei Glas Rotwein, soweit ich mich erinnere. Der blonde Mann war am Ende ziemlich betrunken und hat ein wenig beim Hinausgehen getorkelt."

Jonas Ileys Nervosität war gänzlich verflogen und er begann, Mutmaßungen anzustellen. „Ich nehme an, entweder hatte er den ganzen Tag nichts gegessen oder schon woanders etwas getrunken. Drei Wein sind für einen erwachsenen Mann nicht wirklich viel. Sein Bekannter hat ihm aufhelfen müssen und ihn gestützt, als sie nach draußen gegangen sind."

Amaryllis mochte es nicht sonderlich, wenn Zeugen begannen, eigene Überlegungen zu den beobachteten Vorgängen anzustellen. Es bedeutete für gewöhnlich, dass sie im Begriff waren, das Gesehene auszuschmücken. In diesem Fall musste sie dem jungen Hotelangestellten allerdings zustimmen. Drei Gläser Wein waren für einen jungen Mann eigentlich zu wenig, um derartig betrunken zu sein.

„Haben die Männer bar bezahlt oder die Getränke auf die Rechnung schreiben lassen?"

„Alle Getränke gingen auf das Zimmer von Torben Lindhof."

„Vielen Dank. Das wäre für den Moment alles. Sie haben uns sehr geholfen. Dürfte ich Sie noch um Ihre Handynummer bitten und anrufen, falls wir weitere Fragen haben?" Amaryllis war bereits aufgestanden und streckte dem jungen Mann, der Torben Lindhof als einer der letzten Menschen lebend gesehen hatte, ihre Hand zum Abschied hin.

„Natürlich, gerne", sagte Jonas Iley, nannte seine Telefonnummer, gab der Kommissarin die Hand und schlenderte durch die Hotelhalle in Richtung Rezeption, wo er zweifelsohne seinen Kollegen detailliert von seiner Vernehmung berichten würde.

Amaryllis sah ihm ärgerlich nach. Sie hatte nichts erfahren, das sie nicht schon gewusst hätte. Es sah ganz so aus, als wäre ihre Reise nach Frankfurt reine Zeitverschwendung gewesen.

14.

Amaryllis saß auf dem schlichten Bett ihres ganz in Rot und Grau gehaltenen Einzelzimmers im Hotel Nova und dachte an Torben Lindhof. Ob er sich an den vielen, langen Abenden in tristen Hotelzimmern einsam gefühlt hatte? Wer dachte, Unternehmensberater wäre ein Traumberuf, der unterschätzte die Reisetätigkeit und die vielen damit verbundenen Hotelaufenthalte.

„Der Junge war nur unterwegs", hatte Hedwig Lindhof ausgesagt. „Er hat uns manchmal abends angerufen und sich über die Trostlosigkeit der Hotelzimmer beschwert. Er war nicht der Typ, der schnell Kontakte schloss oder sich mit Kollegen an der Bar getroffen hat. Am glücklichsten war er, wenn er zu Hause bei Julia war."

War Torben Lindhof deswegen an jenem Donnerstagabend in die Hotelbar gegangen, hatte mit einem Fremden eine Unterhaltung begonnen und zu viel getrunken? Hatte der Tod seiner Verlobten ihm so sehr zugesetzt, dass er entgegen seiner Art nach einem langen Arbeitstag Ablenkung an einer Hotelbar suchte? War die Gewissheit, zu niemandem nach Hause zurückkehren zu können, zu viel für ihn?

Amaryllis dachte an die leere Villa, die auf sie selber in Berlin wartete, und fühlte, wie ihr die Tränen kamen. Ohne ihre Großmutter war sie allein in Berlin. Sie hatte sich in der Vergangenheit nicht die Mühe gemacht, aktiv nach Freunden zu suchen, sondern sich verkrochen und die Wunden einer ungewollten Scheidung geleckt. Sie hatte ihre Großmutter und ihre Gesellschaft als selbstverständlich hingenommen. Nun war sie allein in einer ihr immer noch fremden Stadt. Die Idee, nach New York zurückzukehren, hatte sich in den vergangenen Tagen immer öfter in ihre Gedanken geschlichen. Aber würde es dort wirklich besser sein? Sie konnte auf ihre Eltern zählen, doch der Großteil ihrer Freunde war auch mit ihrem Ex-Ehemann Max befreundet. Sie würde entweder damit leben müssen, ihm und seiner Verlobten auf Partys und bei Dinnereinladungen zu begegnen, oder sie musste zu Hause bleiben. Genau wie in Berlin.

„Jetzt ist nicht der Zeitpunkt, darüber nachzudenken und eine Entscheidung zu treffen", ermahnte sie sich selber. „Konzentrier dich auf deine Arbeit, deswegen bist du hier."

Sie sah sich in dem Hotelzimmer um, in dem man an zahllosen Stellen noch die weißen Flecken, welche die Spurensicherung hinterlassen hatte, erkennen konnte. Sie hatte die Hotelleitung in der vagen Hoffnung, etwas zu entdecken, das die Frankfurter Polizei übersehen hatte, um das Zimmer von Torben Lindhof gebeten. Nun stand sie in dem kleinen Raum und überlegte, was hier vorgefallen sein könnte.

Die Befragung des Hotelangestellten, der Torben Lindhof am späten Abend mit einem Mann im Flur gesehen hatte, deckte sich mit der Aussage des Barkeepers und hatte auch sonst nichts Neues erbracht: Er hatte nicht auf das Gesicht des zweiten Mannes geachtet, das von einer Baseballkappe verdeckt worden war. Ein Anzeichen, dass Torben Lindhof gegen seinen Willen mit dem Mann zusammen gewesen war, hatte er nicht bemerkt.

„Was hat er mit dir gemacht?“, fragte Amaryllis leise in die Stille des Zimmers hinein, als könnten die Wände ihr im Namen des Opfers eine Antwort geben. „Warum hast du dich nicht gewehrt?“

Die letzte Frage beschäftigte sie immer mehr. Alles deutete darauf hin, dass sich Torben Lindhof seinem Mörder nicht widersetzt hatte. So betrunken konnte er nicht gewesen sein, oder doch? Im Falle seiner Verlobten war die Frage nicht so zentral erschienen. Ein erwachsener Mann konnte eine Frau, wenn sie nicht gerade besonders kräftig oder eine Kampfsportlerin war, überwältigen. Ein durchtrainierter, großgewachsener Mann wie Torben Lindhof als Opfer war etwas anderes. Hatten beide am Ende ihren Mörder gekannt und waren deshalb arglos mit ihm mitgegangen? Im Falle von Torben Lindhof hatte er mit seinem Peiniger sogar an der Bar Wein getrunken, sprach das nicht dafür, dass Opfer und Täter sich gekannt hatten? Der junge Unternehmensberater hatte seine Rechnung am nächsten Morgen per Smartphone bezahlt – was war in der Nacht, die er offenbar bereits in der Gewalt des Täters verbracht hatte, geschehen? Hatte dieser ihn gezwungen, die Rechnung über sein Handy zu bezahlen, oder hatte der Mörder das Handy in seinen Besitz gebracht und den Sicherheitscode geknackt? Hatte Torben ihm das Handy vielleicht sogar freiwillig überlassen?

Amaryllis nahm ein Blatt Papier und machte sich einige Notizen. Dann schritt sie das Hotelzimmer ab. Es gab ein Einzelbett, einen roten Sessel, wie er auch in der Hotellobby stand, und einen kleinen Schreibtisch mit Stuhl. Nachdenklich betrachtete sie die Einrichtung. Hatte der Mörder in dem unbequemen Sessel die Nacht verbracht und seinem Opfer bei seinem langsamen Sterben zugesehen? War er alle paar Stunden aus einem unruhigen Schlaf aufgewacht und hatte Torben Lindhof eine weitere Insulindosis verabreicht, damit dessen Körper irgendwann zu schwach sein würde, gegen die Überdosis anzukämpfen? Amaryllis schauderte. Hatte der Mörder das Schauspiel des qualvollen Todes seines Opfers genossen? Hatte er keine Angst gehabt, dass er entdeckt werden könnte? Wie konnte der Täter sich seiner so sicher sein, dass er sein Opfer am nächsten Tag sogar mit dem Auto zurück nach Berlin gefahren hatte? Es gab unzählige Gelegenheiten, bei denen er hätte beobachtet werden können. Oder hatte der Tod des jungen Mannes einfach viel länger gedauert, als sein Mörder es geplant hatte? Musste er das Hotelzimmer räumen, um nicht aufzufallen? War es reines Glück gewesen, dass er unbeobachtet zurück nach Berlin gekommen war? Irgendetwas sagte Amaryllis, dass dieser Täter sich nicht auf Glück verließ, sondern jede Bewegung sorgfältig plante.

Sie ließ sich auf das Bett fallen und schloss die Augen. Sie fühlte sich müde und erschlagen, wusste jedoch, dass an Schlaf nicht zu denken war. Die zahllosen offenen Fragen des Falles schossen ihr immer wieder durch den Kopf.

Hatte der Ort, an dem seine Opfer gefunden wurden, für den Täter eine Bedeutung? War Julia Schwarzmann deswegen in der Gartenlaube ihrer Eltern gefunden worden?

Amaryllis hatte immer mehr das Gefühl, ein riesiges Puzzle vor sich zu haben, dessen Teile weder von der Größe, der Farbe oder überhaupt irgendwie zusammenpassten. Der Gedanke war beängstigend, aber brachte sie auf eine Idee. Hatten sie es mit einem Täter zu tun, der ihnen so überlegen war, dass er Katz und Maus mit ihnen spielte? Der sich einen Spaß daraus machte, die Polizei auf die falsche Spur zu locken?

Wirft er uns bewusst Informationsschnipsel vor die Füße, die nicht zueinanderpassen?, dachte sie.

Amaryllis sah sich unbehaglich in dem kleinen Hotelzimmer um. Ein Täter, der so überlegt handelte, dass seine einzige Strategie war, die Polizei zu verwirren, der vielleicht kein Motiv hatte und mit einer kaum nachzuweisenden Mordwaffe tötete – sie konnte sich keinen größeren Albtraum vorstellen.

Sie holte tief Luft und versuchte, den Fall nicht zu nah an sich herankommen zu lassen. Warum brachte einem niemand in der Ausbildung bei, wie man am Abend abschaltete und die Bilder der Opfer aus dem Kopf bekam? Wie schafften ihre Kollegen es, an ihrem Feierabend alles zu vergessen und sich um ihre Familien zu kümmern, wenn sie wussten, dass irgendwo da draußen ein Mörder vielleicht gerade dabei war, sein nächstes Opfer zu suchen?

„Du brennst aus, wenn du so weitermachst", hatte ihr Exmann Max sie mehrfach gewarnt. „Du kannst dich nach außen hinter deiner kühlen Hülle verstecken, aber wir wissen beide, dass du dich von deinen Fällen zu sehr vereinnahmen lässt. Du musst auch mal an dich denken." Sie hatte seinen fast flehenden Blick noch vor Augen, als er sagte: „Und an uns!"

Amaryllis stand von dem Bett auf, in dem vor einigen Nächten Torben Lindhof gelegen und um seine Verlobte getrauert hatte. Sie ging ins Badezimmer und machte sich für eine Nacht fertig, von der sie wusste, dass sie ihr keinen erholsamen Schlaf bringen würde.

15.

Frühnebel lag über dem Gebäude der Gerichtsmedizin, als Amaryllis zwei Tage später um 7:00 Uhr morgens ihr Auto davor parkte. Es war, als wollte die Natur den passenden bedrückenden Rahmen für ihr Gespräch mit der Gerichtsmedizinerin Dr. Benita Hüther liefern.

Während sie durch die langen grauen Gänge lief, überlegte Amaryllis, was einen Menschen antrieb, das Aufschneiden von Leichen zu seinem Lebensinhalt zu machen.

„Der gleiche Grund, warum du es dir zur Aufgabe gemacht hast, Mörder zu finden“, hatte ihr ein befreundeter Gerichtsmediziner in New York einmal auf diese Frage geantwortet. „Ich zerschneide Leichen in der Hoffnung, dass es mithilfe meiner Ergebnisse keine weiteren gibt. Ziemlich einfache Sache.“

„Guten Morgen. Endlich mal eine Kollegin, die sich nicht vor frühen Terminen scheut“, unterbrach Dr. Hüther ihre Gedanken.

„Guten Morgen. Ich habe uns Kaffee mitgebracht“, erwiderte Amaryllis den Gruß und hielt einen Pappkarton hoch, in dem zwei Kaffeebecher standen. „Das schwarze Zeug, das sie in eurer Cafeteria als Kaffee ausschenken, ist nicht zu ertragen.“

Benita Hüther lächelte. „Da hast du wohl recht. Komm, wir gehen in mein Büro, dort riecht es weniger streng nach Formalin.“

Die Gerichtsmedizinerin trug einen weißen Kittel und weiße Gesundheitsschuhe. Ihre freundliche, positive Art, die rosige Gesichtshaut, ihre leuchtend blauen Augen und die glänzenden blonden Haare, die sie zu einem langen Zopf geflochten hatte, standen in krassem Gegensatz zu ihrer Tätigkeit und dem Zustand der Menschen, mit denen sie sich beschäftigte. Wer Benita Hüther auf der Straße sah, wäre als Letztes auf die Idee gekommen, dass sie ihren Lebensunterhalt mit der Untersuchung des gewaltsamen Todes von Menschen verdiente.

„Wir haben mittlerweile alle Laborbefunde von Julia Schwarzmann und die meisten von Torben Lindhof vorliegen.“ Benita Hüther verschwendete keine weitere Zeit mit Small Talk, eine Arbeitsweise, die Amaryllis sehr schätzte. „Fest steht: Die beiden waren jung, gesund, sportlich, durchtrainiert. Keine Hinweise auf längerfristigen Drogenkonsum oder irgendwelche Erkrankungen. Der Alkoholpegel beider Opfer entsprach ungefähr dem, den ein junger Mensch, der nur gelegentlich trinkt, nach einer ordentlichen Party haben dürfte.“

Benita machte eine kurze Pause und blätterte durch die Laborbefunde in den beiden Akten vor sich.

„Nur, dass die beiden nicht bei einer Party waren“, murmelte Amaryllis in das Rascheln der Blätter hinein.

„Der Tod wurde bei beiden Opfern durch eine Überdosis Insulin herbeigeführt“, fuhr Benita fort. „Wir konnten das Insulin an den Einstichstellen nachweisen sowie im Blut beider Opfer über das C-Peptid, das immer zusammen mit Insulin vorkommt. Auch die Einstichstellen lassen auf Mord schließen. Bei Julia Schwarzmann liegen sie für einen Rechtshänder ungewöhnlich am rechten Bein, normalerweise spritzen Rechtshänder bevorzugt in die linke Körperhälfte. Das ist vom Bewegungsablauf einfacher." Die Medizinerin führte ihre rechte Hand in einer flüssigen Bewegung zum linken Bein, um ihre Theorie zu unterstreichen. Dann sprach sie weiter: „Bei Torben Lindhof ist das Ganze noch auffälliger. Das Insulin wurde ihm in den rechten Arm gespritzt. Für einen Rechtshänder praktisch unmöglich, wenn man sich die Spritze selber setzt."

„Das sind leider alles keine Neuigkeiten. Was ist mit DNA-Spuren?" Es fiel Amaryllis schwer, die Enttäuschung in ihrer Stimme zu verbergen. Die Polizei stand ermittlungstechnisch vor dem Nichts.

„Es wurden in der Wohnung und im Fahrzeug von Torben Lindhof keine DNA-Spuren, die nicht von ihm oder seinen Eltern bzw. Julia Schwarzmann stammen, sichergestellt. Sehr ungewöhnlich, wenn man die Tatsache berücksichtigt, dass der Täter sein Opfer mehrere Stunden in seiner Gewalt gehabt haben muss und das Auto gefahren haben dürfte."

„Und das heißt?", fragte Amaryllis nach.

„Das heißt, dass der Täter kein einziges Haar, keine Hautpartikel oder irgendetwas, mit dem man ihn über seine DNA identifizieren könnte, verloren hat." Benita Hüther konnte ein Lächeln nicht unterdrücken. „Er hat wahrscheinlich ein Ganz-Körper-Kondom mit integrierter Sauerstoffflasche getragen. Erstaunlich nur, dass er niemand in diesem Aufzug aufgefallen ist."

Amaryllis musste lachen, wurde jedoch schnell wieder ernst, als sie an die Schlagzeilen der Tagespresse dachte, die sie beim Frühstück gelesen hatte. „Zuckersüßer Mörder narrt die

Polizei", „Keine Spur vom Insulinkiller" und noch schlimmer hatten die Überschriften ausgesehen.

„Was ist mit der Wohnung von Julia Schwarzmann und der Gartenlaube der Eltern? Gab es da DNA-Spuren?"

„In der Wohnung von Julia Schwarzmann nicht. In ihrem Fall wissen wir bislang nicht, ob der Täter mit ihr überhaupt dort war, auch wenn es anzunehmen ist. In der Gartenlaube dagegen wimmelte es nur so von unterschiedlicher DNA, da die Eltern dort in der Woche zuvor eine Party gefeiert haben. Wir könnten die sichergestellte DNA natürlich überprüfen und mit Proben von den Gästen vergleichen, ich sehe aber den Sinn nicht."

„Weil der Täter auch dort keine hinterlassen hat", führte Amaryllis den Gedanken zu Ende. „Immerhin, eins können wir mit Gewissheit sagen: Wir haben es mit einem Perfektionisten zu tun, der alles bis ins Detail plant. Ich werde den Abgleich der DNA-Spuren in der Gartenlaube trotzdem anfordern, wir dürfen uns keine Fehler oder Versäumnisse leisten, egal wie gering die Chance ist, den Täter so zu überführen. Das Gleiche gilt für die DNA-Spuren in dem Hotelzimmer in Frankfurt."

„Natürlich", stimmte die Gerichtsmedizinerin ihr zu. Dann sagte sie betont beiläufig: „Wir haben es, wie du richtig angemerkt hast, schließlich mit einem absoluten Profi zu tun, der nichts dem Zufall überlässt. Vor allem geht er kein Risiko ein, dass sich seine Opfer wehren, wenn er sie in seine Gewalt bringt."

Amaryllis sah erstaunt von ihrem Kaffee hoch. „Was willst du damit sagen? Was hast du noch herausgefunden?"

„Das Beste kommt immer zum Schluss!", lächelte Benita Hüther. „Das Ergebnis der Probe von Torben Lindhof steht noch aus, aber bei der Haaranalyse von Julia Schwarzmann konnten wir Gamma-Hydroxy-Buttersäure nachweisen."

Amaryllis setzte sich in ihrem Stuhl aufrecht hin. „Hättest du das nicht gleich sagen können! Jetzt haben wir zumindest einen Hinweis, wie er seine Opfer in seine Gewalt gebracht hat."

„K.-o.-Tropfen. Fast zu einfach, um wahr zu sein. Er mischt ihnen eine ordentliche Portion in ihre Getränke, sie werden ohnmächtig oder zumindest sehr schläfrig und er kann ihnen in aller Ruhe Insulin spritzen. Gegenwehr quasi ausgeschlossen." Benita lächelte zufrieden mit dem Erfolg ihrer Untersuchungen.

„Die Tropfen werden genau wie Insulin im Körper sehr schnell abgebaut und sind nur noch nachzuweisen, wenn man danach sucht. Auf die Idee, dass er seine Opfer mit K.-o.-Tropfen gefügig macht, muss man erst mal kommen", lobte Amaryllis ihre Kollegin.

„Im Fall von Torben Lindhof hatte er leichtes Spiel, da die beiden gemeinsam an der Hotelbar etwas getrunken haben", stellte die Gerichtsmedizinerin fest. „Aber wie hat er Julia Schwarzmann die Tropfen verabreicht? Soweit ich in der Akte gelesen habe, war die Frau kein großer Partyfan, sondern hat das Haus nur zum Laufen oder Arbeiten verlassen."

„Ich werde die Eltern noch mal befragen und ihr Handy und ihren Computer durchsuchen lassen, vielleicht findet sich irgendwo ein Hinweis auf einen Termin, den wir übersehen haben. Bislang können wir nicht mal genau sagen, an welchem Tag sie verschwunden ist", erklärte Amaryllis nachdenklich. „Ihr Verlobter hat zwei Tage, bevor sie tot aufgefunden wurde, das letzte Mal von ihr gehört, wir haben nicht den geringsten Schimmer, was in der Zwischenzeit passiert ist."

Die Kommissarin machte eine kurze Pause.

„Wie schwer ist es, K.-o.-Tropfen selber herzustellen oder auf dem Schwarzmarkt zu kaufen?", fragte sie dann.

„Die Herstellung ist denkbar einfach, wenn man im Chemieunterricht nicht durchgeschlafen hat. Die Inhaltsstoffe sind frei im Handel erhältlich und im Internet gibt es zahllose Anleitungen. Die meisten sind zwar auf Englisch, da es in Deutschland strafbar ist, so etwas im Internet zu veröffentlichen, aber das sollte heutzutage kein größeres Problem darstellen. Die wichtigere Frage könnte sein, ob es sich überhaupt lohnt, die Tropfen selber herzustellen. In der Partyszene ist ‚Liquid Ecstasy', wie die Tropfen auch heißen, so leicht zu kaufen wie eine Cola. Warum also den Aufwand betreiben?"

„Ich frage mich, ob der Täter einen medizinischen Hintergrund haben könnte", erklärte Amaryllis ihrer Kollegin. „Eine Überlegung bei der Untersuchung des Todes von Julia Schwarzmann war, dass sie als Krankenschwester Zugang zu Insulin hatte und sich vielleicht selber umgebracht hat. Bei zwei oder möglicherweise sieben Toten müsste es doch eine sehr große Menge Insulin sein, die der Täter braucht. Für einen normalen Menschen nur schwer zu beschaffen, ohne aufzufallen."

Benita Hüther dachte einen Moment nach, bevor sie antwortete.

„Der Gedanke macht Sinn", sagte sie. „Natürlich muss man berücksichtigen, über welchen Zeitraum die Morde, wenn es denn sieben gewesen sein sollten, geschehen sind. In dem Tempo, in dem er Nummer 6 und 7 erledigt hat, müsste der Täter tatsächlich einen sehr großen Vorrat an Insulin haben, was auf jemanden mit medizinischem Hintergrund, sprich einen Arzt, der sich das Medikament selber verordnen kann, hinweisen könnte. Ein befreundeter Diabetiker kann zwar gelegentlich Insulin an Bekannte abgeben, wobei er sicherlich würde wissen wollen, wofür das Insulin gebraucht wird. ‚Mach dir keinen Kopf, ich plane nur, ein paar Menschen damit umzubringen', wird der Mörder kaum als Begründung angeben können."

Amaryllis war immer wieder erstaunt, mit welcher Leichtigkeit Benita Hüther Unterhaltungen über den Tod eine humorvolle Note verlieh, und lächelte.

„Dafür spricht auch die Zusammenwirkung von Insulin und Alkohol, das muss man erst mal wissen. Das könnte noch ein Hinweis auf einen medizinischen Hintergrund sein", überlegte sie weiter.

Benita Hüther schüttelte den Kopf. „Theoretisch ja und vor zwanzig Jahren wäre das sicher ein Indiz gewesen. Heutzutage kann man das bei Interesse problemlos im Internet nachlesen. Die Schwierigkeiten bei der Beschaffung des Insulins bleiben am Ende als einziger aussagekräftiger Hinweis auf einen Täter aus dem medizinischen Bereich."

„Es ist zum Verzweifeln." Amaryllis ließ resigniert die Schultern sinken. „Selbst wenn wir davon ausgehen, dass der Täter Arzt, Krankenpfleger oder Apotheker ist, haben wir einen gigantischen Kreis von Verdächtigen. Eingrenzung sieht anders aus."

„Und du hast noch eine Gruppe vergessen. Der Täter könnte selber Diabetiker sein."

16.

Nach einem unerfreulichen, langen Arbeitstag, der keine weiteren neuen Erkenntnisse gebracht hatte, stand Amaryllis am Abend in der Gemüseabteilung des Supermarktes und legte Kartoffeln, Blumenkohl, Zwiebeln, frischen Koriander und Knoblauch in ihren Einkaufswagen. Sie hatte beschlossen, gegen die Einsamkeit des leeren Hauses mit einem Lieblingsgericht aus ihrer Kindheit „anzukochen".

Leider sah die traditionelle indische Küche, die ihre Mutter sie gelehrt hatte, das Singleleben nicht vor: Die Rezepte richteten sich an die immer noch typischen indischen Großfamilien, in denen mehrere Generationen zusammen unter einem Dach lebten.

Amaryllis seufzte. Sie würde den Rest der Woche „Aloo ghobi", einen scharf gewürzten Eintopf mit frischen Chilis, Kartoffeln und Blumenkohl, essen.

Voller Verzweiflung, den Abend einmal mehr allein verbringen und tagelang Reste essen zu müssen, hatte sie am frühen Abend in ihrem Büro gesessen und überlegt, welche ihrer Kollegen sie zu einem spontanen Abendessen zu sich nach Hause einladen könnte. Nachdem sie endlich zwei jüngere Kolleginnen, von denen sie wusste, dass sie Singles waren, auserwählt und sich überwunden hatte, sie auch zu fragen, war es zu spät gewesen: In den Büros um sie herum waren die Lichter bereits gelöscht und die Kollegen nach Hause gegangen. Nur ein einziges Büro außer ihrem eigenen war noch erleuchtet gewesen. Bei der Vorstellung jedoch, ausgerechnet Falk von Heeren, den sie essenstechnisch als Bier-und-Bratwurst-Typen einordnete, auf ein Glas Weißwein und ein indisches Nationalgericht zu sich nach Hause einzuladen, hatte sie fast lachen müssen. Sie mochte ihren Kollegen trotz seiner sarkastischen Art, sie konnte sich aber gut vorstellen, welche bissigen Kommentare er beim Anblick des luxuriösen Anwesens, in dem sie wohnte, abfeuern würde. Außerdem hatte sie mit dem Hauptkommissar trotz der gemeinsamen Suche nach dem Insulinmörder noch kein persönliches Wort gesprochen. Amaryllis hätte nicht einmal sagen können, ob zu Hause auf Falk von Heeren eine Freundin, eine Familie oder ebenfalls eine leere Wohnung wartete.

Amaryllis ging im Kopf nochmals die Zutaten für ihr Abendessen durch, beschloss, sich von der Tatsache, dass sie allein essen würde, nicht aufhalten zu lassen, und ging zur Fleischabteilung. Sie hatte gerade das Lamm für Limetten-Ingwer-Kebabs bestellt, als ihr Telefon klingelte. Es war Benita Hüther.

„Hallo", meldete sich die Gerichtsmedizinerin, deren Stimme so positiv klang, als käme sie gerade aus einem langen Urlaub zurück und hätte nicht bis weit nach Dienstschluss Obduktionen durchgeführt und Berichte geschrieben. „Ich habe Neuigkeiten in Sachen Torben Lindhof. Ich war den ganzen Nachmittag nicht in meinem Büro, daher habe ich die Befunde der Laboruntersuchungen eben erst gesehen: In seiner Haarprobe sind K.-o.-Tropfen nachgewiesen worden."

Amaryllis nickte der Verkäuferin zu, die ihr das Paket mit dem Lammfleisch über die Theke reichte, legte es in ihren Einkaufswagen und konzentrierte sich dann auf das Gespräch mit der Pathologin.

„Danke. Leider hilft es nicht viel weiter, denn wie er die Tropfen bekommen hat, ist ziemlich klar. Ich habe den ganzen Nachmittag damit verbracht, Kollegen und die Familie von Julia Schwarzmann zu befragen, ob jemand etwas von Terminen, die sie in der Woche ihres Todes hatte, wusste – ohne Erfolg. In ihren Kalendern im Handy und im Computer war nichts eingetragen. Im Bericht der Spurensicherung habe ich gelesen, dass sie einen Wandkalender in der Küche hängen hatte, den habe ich bei der Beweismittelsicherung angefragt und sehe ihn mir morgen an."

„Und ich habe schon ein Problem, wenn ich zu lange auf die Auswertung der Laborproben warten muss. Euer Job würde mich verrückt machen", erklärte Benita Hüther.

„Wer nicht warten kann, wird nicht Kommissar!" Amaryllis lachte. „Ich habe früher immer gedacht, das bezöge sich darauf, dass die Beförderungswartezeiten bei der deutschen Polizei so lang sind. Jetzt weiß ich es besser." Dann wurde sie wieder ernst. „Es ist zum Verrücktwerden. Wir haben nicht die geringste Idee, wann und wo der Täter Julia Schwarzmann getroffen und ihr die K.-o.-Tropfen gegeben haben könnte. Was so ziemlich gleichbedeutend damit ist, dass wir nicht einen konkreten Hinweis auf den Mörder haben. Der Wandkalender ist im Moment unsere einzige Hoffnung."

Sie zögerte einen kurzen Moment, sah auf ihre Einkäufe und fragte die Gerichtsmedizinerin schließlich: „Hast du vielleicht Lust, mir heute Abend beim Runterspülen meines Ermittlungskummers mit Wein und indischem Essen zu helfen?" Sie wusste nicht viel über Benita Hüthers Privatleben, vermutete aber, dass die junge Ärztin bei den langen Arbeitstagen, die sie in der Gerichtsmedizin verbrachte, keinen Partner haben konnte.

Amaryllis war von sich selber erstaunt, wie schwer es ihr plötzlich fiel, Menschen zu sich nach Hause einzuladen. In New York hatte sie ständig Freunde zum Essen gebeten, egal ob diese Singles oder Pärchen waren, und hatte einen stetig wachsenden Freundeskreis gehabt. Aber da war sie auch nicht allein gewesen, sondern hatte Max an ihrer Seite gehabt. Obwohl sie sich immer für eine emanzipierte, selbstständige Frau gehalten hatte, die ohne Probleme allein durch das Leben gehen konnte, hatte sie sich offenbar doch mehr auf ihren Ex-Mann gestützt, als sie hatte wahrhaben wollen.

„Hört sich wunderbar an. Ich bin die schlechteste Köchin aller Zeiten und lebe entweder von Fertigsuppen oder Fast Food“, nahm Benita Hüther die Einladung vollkommen selbstverständlich und ohne zu zögern, an. „Sollte ich mal obduziert werden, bin ich sehr dankbar, dass ich nicht aktiv dabei sein werde und die Liste der Mangelerscheinungen meines Körpers nicht zu sehen kriege.“

*

Der intensive Duft von Knoblauch und Kurkuma zog durch das Haus, als Amaryllis eine gute Stunde später die Tür öffnete und Benita Hüther herzlich begrüßte.

Die Ärztin trug Jeans und eine blau gemusterte Bluse, die ihre Augenfarbe unterstrich. Die langen blonden Haare hatte sie zu einem lockeren Dutt zusammengesteckt. Sie streckte Amaryllis eine Flasche Weißwein entgegen und sagte bewundernd: „Was für ein Haus! Vielleicht wäre ich doch lieber Kommissarin geworden! Wartezeiten hin oder her.“

„Keine Chance auf so eine Hütte mit einem Polizeigehalt. Das Haus ist seit vielen Generationen in Familienbesitz. Ich bin allerdings zurzeit die einzige Familie, die hier oder besser gesagt überhaupt in Berlin wohnt. Wir müssen noch entscheiden, was mit dem Haus geschieht. Es hat meiner Großmutter gehört, die vor Kurzem verstorben ist“, klärte Amaryllis sie auf.

Wenig später saßen die beiden Frauen bei Wein, „Aloo ghobi“ und Lammkebaps an dem dunklen Mahagonitisch im Esszimmer und unterhielten sich prächtig. Benita Hüther war – entgegen Amaryllis' Vermutung – erst seit knapp einem Monat Single, sie schien durch diese Tatsache ihre gute Laune allerdings nicht einzubüßen.

„Am Ende bin ich ganz froh, dass es so gekommen ist. Ralf hatte keinerlei Bezug zu meiner Arbeit, im Gegenteil. Ich glaube, manchmal war es ihm fast peinlich, wenn ich fremden Menschen erzählt habe, was ich mache. Und ich – ich war so beschäftigt mit meiner Arbeit, dass ich nicht mal gemerkt habe, dass wir uns auseinandergelebt hatten.“

Amaryllis nahm einen Schluck aus ihrem Weinglas. Das eben Gesagte kam ihr bekannt vor.

„Das kann ich so unterschreiben“, sagte sie. „Oder fast so. Meinem Ex-Mann war es zwar nicht peinlich, was ich mache, aber es gab ständig Streit, dass ich zu viel Zeit bei der Arbeit verbringe. Er hatte wenig Verständnis dafür, dass ich in so einem Beruf Karriere machen wollte.“ Sie seufzte und fügte dann an: „Und noch weniger Verständnis hatte er dafür, dass ich nach Dienstschluss nicht einfach abschalten und die Opfer vergessen kann.“

„Ich habe mich schon des Öfteren gefragt, ob es anders wäre, wenn wir die Männer wären. Meine Mutter war total geschockt, als ich ihr gesagt habe, dass ich in die Gerichtsmedizin will. ‚Das ist doch ein Job für Männer!‘, hat sie entsetzt gerufen. Ich befürchte, sie hätte es bevorzugt, wenn ich Ralf behalten und meinen Job aufgegeben hätte." Benita zuckte mit den Schultern und widmete sich ihrem Essen. „Schmeckt wunderbar. Ich liebe indisches Essen und das hier ist wirklich hervorragend."

„Danke. Ich habe als kleines Mädchen meine Mutter so lange genervt, bis sie mir das Kochen beigebracht hat, obwohl sie wahrscheinlich davon ausgegangen ist, dass ich für so etwas später mal eine Angestellte habe."

Amaryllis musste an ihre Mutter denken und das perfekte Leben, das sie für ihre einzige Tochter in der New Yorker Society vorgezeichnet hatte. Mit ihrem Wunsch, Polizistin zu werden, hatte sie diese Pläne durchkreuzt und ihre Eltern zumindest überrascht.

„Meine Eltern waren erstaunt, als ich ihnen von meinen Berufsplänen berichtet habe, aber sie haben mich unterstützt. Meine Mutter hat mich als Kind vom Ballettunterricht zur Klavierstunde und von dort zum Tennisklub gefahren. Einen Job bei der Polizei hatte sie für ihre Tochter dabei wohl eher nicht im Sinn."

„Und dein Ex-Mann? Der wusste doch, worauf er sich einlässt, oder hast du deine Sandkastenliebe geheiratet?", fragte Benita nach.

„So ungefähr. Unsere Eltern waren befreundet. In New York gibt es bestimmte Gesellschaftsschichten oder Zirkel, zu denen man gehört und wo man sich untereinander kennt. Im Zirkel meiner Eltern sind viele Diplomaten, Anwälte und Universitätsprofessoren. Alle sehr gebildet und erfolgreich im Beruf. Von Frauen wird erwartet, dass sie Karriere machen – aber nicht als Polizistin. Ich glaube, wenn ich Anwältin oder gleich Polizeipräsidentin geworden wäre, hätte mein Ex-Mann weniger Probleme mit den langen Arbeitszeiten oder meinem

Ehrgeiz gehabt. Er hat einfach nicht verstanden, dass zur Ausbildung Streifendienst usw. gehört haben und es ein langer Weg bis an die Spitze der Polizei ist. Bei der New Yorker Polizei gibt es 10 Ränge und ich stand als Deputy Inspector gerade mal auf der Mitte der Leiter."

Benita sah sie verwundert an. „Du warst Deputy Inspector? Das wusste ich gar nicht. Das ist doch viel ranghöher als ein schnöder Kommissar bei der Berliner Polizei! Hat dir das nicht gereicht an Karriere?"

„Theoretisch ja. Praktisch nein. Max ist ein paar Jahre älter als ich und war, was seine Karriere anging, schon gefestigt, als ich endlich ungefähr da war, wo ich hinwollte. Ich wollte natürlich meinen Beruf ausüben, er wollte Kinder. Schließlich hat er mich mit einer meiner besten Freundinnen betrogen. Die beiden heiraten diesen Monat. Ist es nicht eine ganz wunderbare Ironie des Schicksals, dass ich in Berlin als Kommissarin arbeite und mir die paar extra Jahre Ausbildung und die ganze Mühe hätte sparen können."

„Schöne Scheiße", erklärte Benita nüchtern. Sie hob ihr Glas und prostete Amaryllis zu: „Auf uns. Auf das Singleleben und auf unsere Arbeit. Und darauf, dass wir irgendwann den Richtigen treffen – aber Letzteres sage ich nur, damit ich mich nicht wie eine verbitterte Männerhasserin anhöre."

Amaryllis stieß ihr Weinglas an das von Benita und war froh, die Kollegin zum Essen eingeladen zu haben. Sie hatte sich seit langer Zeit nicht mehr so gut unterhalten. Zumindest für diesen Moment konnte sie die langen Abende vergessen, die sie in der großartigen Villa ihrer Großmutter verbracht hatte und noch verbringen würde. Während sie die Teller abräumte, zwei Espresso zubereitete und Gebäck auf einen Servierteller legte, schweiften ihre Gedanken zurück zu Max und Edith. Er war ihre große Liebe gewesen, sie ihre beste Freundin. Mit dem

Ende ihrer Ehe hatte sie beide verloren. Drei Jahre waren seitdem vergangen. Sie hegte keinen Groll mehr gegen die beiden, denn es war klar, dass Max und Edith ein besseres Paar abgaben, als sie und ihr Ex-Mann es je gewesen waren. Und für ihre momentane seelische Verfassung konnte sie die beiden auch schlecht zur Rechenschaft ziehen, war es doch ihre eigene Entscheidung gewesen, die vergangenen Jahre wie ein Einsiedler zu leben.

„Zeit für einen Neuanfang", murmelte Amaryllis leise und ging zurück in das Esszimmer.

17.

„Dieser Job hat so viele Tiefen, dass ich den ganzen Tag schreien könnte!“ Falk von Heeren saß bereits mit einer Tasse Kaffee an Amaryllis’ Schreibtisch, als wäre es sein eigener, als diese am nächsten Morgen mit etwas Verspätung in ihr Büro kam. Er deutete auf einen Wandkalender, der vor ihm lag.

Der Abend mit Benita Hüther hatte erst kurz nach Mitternacht und zwei Flaschen Wein geendet und Amaryllis hatte zum ersten Mal, seit sie in Berlin war, verschlafen. Sie warf einen Blick auf ihren Schreibtisch und konnte sich ein Lächeln nicht verkneifen. Der Kalender trug den Titel „Die frechsten Tierbabys“ und zeigte auf dem Titelbild ein Kalb mit herausgestreckter Zunge, auf die ein Herz gemalt war.

„Warum kaufen sich erwachsene Menschen so etwas?“, beschwerte sich ihr Kollege und sah sie übertrieben verzweifelt an. „Ich habe mal gelesen, dass es zu den größten Ängsten einer Frau gehört, mit hässlicher Unterwäsche nach einem Unfall ins Krankenhaus eingeliefert zu werden. Aber Tierbabys mit herausgestreckten Zungen und wackelnden Hintern kann man seinen Mitmenschen zumuten?“

„Da du die Bilder bereits kennst, gehe ich davon aus, dass du einen Blick in den Kalender geworfen hast." Amaryllis stellte ihre Tasche neben den Schreibtisch, zog ihren Trenchcoat aus und setzte sich auf den Besucherstuhl.

Falk von Heeren beobachtete sie dabei derartig aufmerksam, dass Amaryllis an sich herunterschaute, um zu sehen, ob sie einen Fleck auf ihrem Pullover oder der Hose hatte.

„Ist was?", fragte sie nach.

„Ich überlege nur, was für ein Wandkalendertyp du bist?" Ihr Kollege grinste. „Ich tippe auf Babykatzen in romantischen Positionen. Oder Engel. Vielleicht auch Diddl-Mäuse."

Amaryllis sah ihn verächtlich an. „Ich wohne in einem großen Haus. Habe alle drei Varianten. Auf jeder Etage eine. Und selber? Ich würde auf nackte Frauen auf Motorrädern tippen, aber ich befürchte, du bist zu geizig, um Geld für einen Kalender auszugeben. Also der Gratiskalender aus der Apotheke. Den lieben doch ältere Leute."

„Den gibt es erst ab 50. Das weiß ich zufällig, da ich schon mehrmals nachgefragt habe. Leider bin ich erst 48."

Amaryllis war einen Moment lang versucht, zu bemerken, dass ihr Kollege sich für dieses Alter gut gehalten habe, verkniff es sich aber und nahm den Kalender von Julia Schwarzmann in ihre Hand.

„Hast du was gefunden?", fragte sie ihren Kollegen.

„Nichts. Es stehen ein paar Termine drin, die alle mit der anstehenden Hochzeit zu tun hatten. Friseurbesuch wegen der Hochsteckfrisur, Blumendekoration absprechen, Hochzeitstorte bestellen usw. Sonst nichts."

„Das deckt sich mit dem, was die Mutter ausgesagt hat. Julia war für die Vorbereitungen der Hochzeit zuständig, da Torben immer unterwegs war."

„Der Mann hatte Glück. Ich musste zu jedem dieser Termine mit. Nur wer diesen Härtetest unbeschadet übersteht, sollte heiraten."

„Ich wusste nicht, dass du verheiratet bist", sagte Amaryllis überrascht.

„Bin ich auch nicht. Oder besser gesagt, bin ich nicht mehr. Ich habe nicht gesagt, dass ich den Härtetest bestanden habe."

„Und was machen wir jetzt?", fragte Amaryllis resigniert nach. „Wir haben keine andere Spur, der wir nachgehen könnten."

„Ich habe eine Kollegin beauftragt, die Termine der letzten drei Monate aus dem Kalender abzutelefonieren, um zu sehen, ob Julia Schwarzmann sie wahrgenommen hat bzw. ob den Leuten etwas aufgefallen ist." Falk stand auf und ging zur Tür. „Ich weiß. Reine Verzweiflungstat. Wir beide lesen derweil die Akten zu den Fällen Schwarzmann und Lindhof so lange, bis wir wie durch ein Wunder etwas Neues finden."

Er öffnete die Tür und blickte im Hinausgehen noch mal zurück in den Raum. „Wenn das nichts bringt, warten wir auf das nächste Opfer und darauf, dass der Täter bei dem einen entscheidenden Fehler macht. Wie gesagt: Ich könnte den ganzen Tag schreien."

*

Es war später Nachmittag, als die Tür zu Amaryllis' Büro ohne vorheriges Anklopfen aufflog, Falk von Heeren hereinkam und sich in den Besucherstuhl an ihrem Schreibtisch fallen ließ.

„Ich habe Neuigkeiten", sagte er dramatisch und nahm sich einen der Kekse, die neben Amaryllis standen. „Lecker, selbst gebacken?", fragte er kauend.

„Ja bitte. Oh, hallo. Möchtest du einen Keks, bediene dich einfach. Leider nicht selbst gebacken. Was sind die Neuigkeiten?“, ratterte Amaryllis schlecht gelaunt die Antworten auf die von ihrem Kollegen ausgelassenen Höflichkeitsfloskeln herunter.

„Wusste nicht, dass du so spießig bist. Dachte immer, die Leute aus New York wären cool. Und gesundheitsbewusst. Solche Kekse haben irre viel Zucker“, antwortete Falk gut gelaunt und nahm sich einen weiteren Keks, den er hochhielt, bevor er hineinbiss. „Sei mal dankbar, statt mich anzumeckern. Ich bewahre dich vor Altersdiabetes. Womit wir beim Thema wären.“

Amaryllis schüttelte den Kopf missbilligend, antwortete ihrem Kollegen aber nicht. Sie hatte den bisherigen Arbeitstag damit verbracht, die Akten über die beiden Insulinmorde zu studieren, ein paar ergebnislose Anrufe getätigt und dabei gespürt, wie sie immer frustrierter wurde. Das Wissen, dem Täter keinen Zentimeter näherzukommen, und das daraus resultierende Gefühl der Ohnmacht hatten ihr die Laune gründlich verdorben. Falk von Heeren hatte besser „echte“ Neuigkeiten.

„Das Team hat den Tierkinderkalender durchgeschaut und die darin notierten Termine überprüft. Julia Schwarzmann hat sie bis auf einen einzigen alle wahrgenommen und niemandem ist etwas Verdächtiges aufgefallen.“

„Und der eine Termin, den sie nicht wahrgenommen hat?“

„War ein Termin mit einem Konditor, der auf Hochzeitstorten spezialisiert ist. Sie wollte dort ein Probeessen der verschiedenen Kuchen machen. Kann ich mich noch bestens dran erinnern – das absolute Grauen. Mir war hinterher so was von schlecht von der ganzen süßen Pampe.“

Amaryllis war versucht zu sagen, dass die Erinnerungen an seine Hochzeitsvorbereitungen sie nicht im Geringsten interessierten, da sie weiteres Geplänkel vermeiden wollte, sagte sie nichts, sondern sah ihren Kollegen erwartungsvoll an.

„Der Termin wurde abgesagt“, sprach Falk weiter. „Soweit nichts Ungewöhnliches. Doch jetzt wird es interessant. Der Konditor ist sich absolut sicher, dass ein Mann den Termin abgesagt hat. An den Namen konnte er sich nicht erinnern, aber er geht davon aus, dass es der Bräutigam war. Wer auch sonst?“

„Torben Lindhof hat allerdings die gesamte Planung seiner Verlobten überlassen. Warum sollte er also ausgerechnet diesen Termin absagen“, überlegte Amaryllis. „Aber wie bringt uns das weiter?“

„Zunächst gar nicht. Julia Schwarzmann hat in ihrem Kalender keinen Vermerk gemacht, dass sie einen weiteren Termin mit einem anderen Konditor ausgemacht hat. Was auffällig ist, da sie sämtliche Hochzeitstermine pedantisch in ihren Tierbabywandkalender eingetragen hat. Wir haben ihre Mutter angerufen und nachgefragt, ob ihre Tochter ihr etwas wegen des Hochzeitstortenbäckers gesagt hat. Und siehe da: Bingo! Frau Schwarzmann konnte sich erinnern, dass Julia ausgesprochen sauer war, weil der Konditor ihr wenige Wochen vor der Hochzeit abgesagt hat!“ Falk betonte die Worte „der Konditor“ und sah seine Kollegin triumphierend an, bevor er weitersprach. „Immerhin habe er ihr einen Kollegen wärmstens empfohlen, so die Mutter, mit dem Julia sehr kurzfristig einen Termin ausmachen könne. Der mache die Torten zwar nur privat, sei aber ausgebildeter Konditormeister. Sie wusste auch noch, dass das fleißige Bäckerlein ihre Tochter sofort angerufen hat.“ Falk lächelte sie zufrieden an und nahm sich einen weiteren Keks.

„Verstehe ich das richtig? Du nimmst an, dass der Täter sie angerufen und sich als Konditor ausgegeben hat, nachdem er zuvor im Namen von Torben Lindhof den Termin für das Kuchenprobeessen abgesagt hat?“, fragte Amaryllis nach.

„Genau. Julia Schwarzmann hat in Ermangelung einer Alternative so kurz vor der Hochzeit natürlich ein Treffen mit dem empfohlenen Konditor ausgemacht. Praktischerweise arbeitet dieser Konditor nur ‚schwarz‘, sodass sie sich nicht wundert, dass der Gute gar keinen wunderschönen Tortenladen hat, den sie besichtigen kann.“

„Und die Polizei hat keine Chance, den Bäcker über sein Geschäft aufzuspüren, sehr clever“, fiel Amaryllis ihrem Kollegen ins Wort.

„Exakt! Die beiden verabreden sich bereits am nächsten oder übernächsten Tag zu einem Probeessen, das Julia in der Kürze der Zeit nicht in ihren Kalender einträgt. Selbstverständlich wird zur Kuchenverkostung ein Kaffee gereicht – in dem Fall ein Kaffee mit K.-o.-Tropfen-Geschmack. Wir können wohl davon ausgehen, dass Julia ihre ‚K.-o.-Latte‘ getrunken und nicht umgeschüttet hat.“

Falk, der an diesem Tag ein blau kariertes Hemd trug, tat, als würde er sich den Kaffee aus einer Tasse über selbiges kleckern.

„Haben wir Beweise?“

Falk von Heeren verzog sein Gesicht. „Herrschaftszeiten bist du spießig! Und musst du immer gleich alles kaputt machen? Ich wollte gerade anfangen zu denken, du wärst gar nicht so ‚kühl‘ und ‚faktenversessen‘, wie die Kollegen erzählen. Nein, wir haben keine Beweise. Darum nennen wir die Geschichte für den Moment einfach mal unsere Lieblingstheorie – allein schon weil wir keine andere, geschweige denn eine bessere haben.“

„Habt ihr schon das Handy von Julia Schwarzmann überprüft?“ Amaryllis ignorierte den Hinweis auf ihren Ruf geflissentlich.

„Ja. Natürlich. Leider nichts Konkretes. Es gibt drei Tage vor ihrem Tod zwei Anrufe mit unterdrückten Nummern. Sie hat selber keine Anrufe an unbekannte Nummern getätigt. Wir können davon ausgehen, dass der Täter sie angerufen und sich als Konditor mit kurzfristigen Terminen ausgegeben hat.“

„Was hat die Rufnummerermittlung ergeben?“

„Ein Prepaidhandy, das am gleichen Tag in einem Elektromarkt gekauft wurde. Seitdem wurde es nicht benutzt.“

Amaryllis saß eine ganze Zeit lang schweigend an ihrem Schreibtisch und dachte nach.

„Die Geschichte kann so passiert sein. Oder auch nicht. Es gibt einige Lücken. Da wir aber, wie du so richtig bemerkt hast, keine bessere oder überhaupt eine Theorie haben, wie der Täter Julia Schwarzmann die K.-o.-Tropfen gegeben haben könnte, gehen wir mal davon aus, dass es so abgelaufen ist. Weißt du, was mir wirklich Angst macht?“

Falk lachte und sagte: „Da habe ich eine Menge Alternativen: Dass wir den Täter nie finden. Dass ich dir einen Tierkalender mit Schweinebabys zu Weihnachten schenke. Dass ich deine ganzen Kekse aufessen könnte.“

„Mir macht am meisten Angst, wie viel der Täter über seine Opfer weiß. Man könnte auf die Idee kommen, dass er sich seit sehr langer Zeit ausschließlich damit beschäftigt, seine Opfer zunächst auszuspionieren und dann qualvoll umzubringen.“

„Ist doch super! Theoretisch“, sagte Falk mit einem strahlenden Lächeln. „Ein von der Gesellschaft komplett abgegrenzter Täter ohne Arbeitsplatz, aber dennoch unbegrenzten Geldmitteln, der Technikfreak ist und Zugang zu Arzneimitteln hat? Besser wird es nicht!“

Plötzlich wurde er ernst. „Praktisch macht mir das leider Angst. Wenn der Typ so abgedreht ist und Kohle ohne Ende zur Verfügung hat, finden wir den erst, wenn er gefunden werden will."

18.

Amaryllis hielt einen Moment inne und holte tief Luft. Sie musste ihre negative Grundeinstellung unterdrücken, sonst würde das Gespräch, das vor ihr lag, zu nichts führen.

Das Büro von Dr. Frederik Sonsalla lag am anderen Ende des Gebäudes. Der Polizeipsychologe war einer der sehr wenigen Menschen, die Amaryllis von Herzen nicht ausstehen konnte. Bei jeder Gelegenheit wies er auf seine Überarbeitung hin und tat so, als würde er seinen Kollegen mit seiner Arbeit einen Gefallen tun, statt einfach das, wofür er bezahlt wurde.

Während sie die langen weiß getünchten, aber dennoch deprimierend dunklen Flure, die zu seinem Büro führten, entlanggegangen war, hatte sie sich in ihre Abneigung gegen den Psychologen so weit hineingesteigert, dass sie selber wusste, sie musste sich beherrschen. Was ihr ungewohnt schwerfiel, doch sie hatte Dr. Sonsalla die Akten von Julia Schwarzmann und Torben Lindhof sowie ihre eigenen Unterlagen bereits vor über einer Woche zukommen lassen, er sich aber bis jetzt Zeit genommen, sie durchzuarbeiten.

Immerhin musste man Dr. Sonsalla lassen, dass er große Erfahrung hatte und seine Aussagen meist sehr präzise das

Profil des Täters trafen. Amaryllis klopfte, sich auf die Erfolge des Psychologen und nicht ihre Abneigung gegen ihn konzentrierend, an seine Tür.

„Frau Winter!“

Die für einen Mann von stattlicher Statur erstaunlich hohe Stimme des Psychologen klang überrascht, als Amaryllis sein Büro betrat, obwohl sie sich erst am Morgen mit ihm für diese Uhrzeit verabredet hatte.

Das Büro von Frederik Sonsalla erinnerte Amaryllis stets an den Bastelraum eines Kindergartens, in dem eine Gruppe Zweijähriger ohne Aufsicht gewütet hatte. Überall lagen Akten, Papiere und Bücher herum, auf dem Tisch standen mehrere alte Kaffeebecher und die Bilder hingen schief an den Wänden. Frederik Sonsalla selber war ein großer, übergewichtiger Mann mit grauen schütteren Haaren und kleinen, stechenden Augen, die auch dicke Brillengläser nicht vermochten, größer erscheinen zu lassen. Er trug ausschließlich graue Kleidung in verschiedenen Farbschattierungen, was ihm die Ausstrahlung eines trüben, unangenehmen Novembertages verlieh.

„Ist es wirklich schon 15 Uhr?“, fragte er und schaute auf seine Uhr. „Ich war so in die ganzen Akten, die ständig auf meinem Schreibtisch landen, vertieft, dass ich gar nicht gemerkt habe, wie die Zeit vergangen ist.“

„Dann können wir ja sofort loslegen, wenn Sie die Unterlagen gerade noch durchgearbeitet haben“, erklärte Amaryllis kühl.

Frederik Sonsalla war einer der wenigen Kollegen, die auf dem „Sie“ bestanden, was ihr sehr recht war, da sie keinerlei Bedürfnis verspürte, ein freundschaftliches Verhältnis zu dem Mann auch nur anzudeuten.

„Natürlich. Immer zu Diensten“, erklärte der Psychologe und deutete eine Verbeugung an, als wäre er ihr Untergebener.

„Wie ist Ihre Einschätzung des Täters?“, stellte Amaryllis die Frage, wegen der sie gekommen war und die eigentlich hätte überflüssig sein sollen, wenn ihr Gegenüber nicht darauf spezialisiert gewesen wäre, sein Wissen wie ein barmherziger Samariter zu verteilen.

„Schwer zu sagen.“ Frederik Sonsalla nahm einen dicken Stapel Papiere, die eindeutig von mehreren Fällen stammten und so allein der Unterstreichung seiner Überarbeitung dienen konnten, von seinem Tisch hoch und betrachtete sie nachdenklich. „Aber sehr interessant. Eine eindeutige Charakterisierung ist schwierig. Dafür sind die Leichenfundorte und wie er seine Opfer dort hinterlassen hat zu unterschiedlich. Ein Muster ist nicht zu erkennen. Julia Schwarzmann hat er in dem Sessel fast ‚dekoriert‘, den Mann dagegen mit dem Kopf auf dem Tisch einfach liegen lassen. Es wäre natürlich schön, wenn wir – sofern wir von der Theorie des Serientäters ausgehen – wüssten, in welchen Positionen die restlichen Opfer gefunden wurden.“

Er sah Amaryllis fragend an, ganz so, als stünde die Antwort nicht in der Akte.

„Wie Sie sicher gelesen haben, wurde ein Team von zwei Polizisten abgestellt, um sämtliche offenen Mordfälle in Berlin und Umgebung sowie Suizide und, sofern polizeilich bekannt, Todesfälle mit ungeklärter Ursache der vergangenen fünf Jahre zu untersuchen. Bislang ohne Erfolg, was nicht verwundert bei einer Überdosis Insulin als Todesursache. Die Ermittlungen im Fall Julia Schwarzmann sind nur ins Rollen gekommen, weil die Eltern der Frau auf einer Obduktion bestanden haben. Sonst hätte erst der Tod von Torben Lindhof die Polizei auf den Plan gerufen, da bei zwei jungen, gesunden Menschen aus dem gleichen Umfeld, die innerhalb kürzester Zeit ohne Grund versterben, kaum ein Zufall vorliegen kann.“

„Und genau das wirft eine interessante Frage auf", sagte der Psychologe und rückte das graue Gestell seiner Brille zurecht. „Wäre Torben Lindhof auch das nächste Opfer des Täters gewesen, wenn der Mord von Julia Schwarzmann nicht entdeckt worden wäre?"

„Sie meinen, er hätte den Verlobten nicht oder erst später umgebracht, wenn die Polizei nicht ins Spiel gekommen wäre?", fragte Amaryllis nach, obwohl sie die Berechtigung der Frage sofort erkannte.

„Genau das meine ich. Die Zeitungen haben zwar nicht groß, aber sie haben über den mysteriösen Tod der jungen Frau im Schrebergarten berichtet. Der Täter dürfte daher gewusst haben, dass sein letztes Opfer entdeckt und nicht als natürlicher Todesfall sang- und klanglos für alle Ewigkeiten begraben wurde. Der Effekt, den er mit dem Mord des Verlobten des Opfers erzielen konnte, war enorm. Er hat die Aufmerksamkeit der Medien und weiß, dass die Polizei intensiv nach ihm fahndet. Das gefällt ihm. Jetzt kann er sein ganzes Können zeigen und die Polizei vorführen – zum Beispiel, indem er mit seinem Opfer im Auto durch halb Deutschland fährt."

„Aber wieso hat er sich vorher die Mühe gemacht, seine Taten so perfekt zu verschleiern, wenn er gerne im Rampenlicht steht?", fragte Amaryllis nach.

„Immer unter der Voraussetzung, dass wir von einem Serientäter sprechen, der mittlerweile sieben Menschen umgebracht hat, bin ich mir sicher, dass der Mann einen Plan hat. Und dieser Plan besteht aus dem Tod vieler Menschen und er ist noch lange nicht am Ende seiner Liste angekommen. Bislang war es für ihn von Vorteil, dass seine Opfer nicht entdeckt wurden. Er konnte seine Liste unbemerkt und in Ruhe abarbeiten. Damit kommen wir zurück zu der Frage von eben: Hat er wegen der Aufdeckung des Mordes an Julia

Schwarzmann seine Pläne abgeändert oder stand der Tod von Torben Lindhof und die damit verbundene Aufmerksamkeit von Anfang an auf seiner Liste?“

„Wenn Torben Lindhof der Nächste auf seiner Liste war, dann hat er bewusst kalkuliert, dass die Polizei auf ihn aufmerksam wird“, überlegte Amaryllis laut.

Frederik Sonsalla nahm einen Schluck aus einem der Kaffeebecher auf seinem Schreibtisch und verzog das Gesicht, da er offensichtlich eine Tasse mit kaltem abgestandenem Kaffee erwischt hatte. Amaryllis wartete, dass ihr Gegenüber weiterredete, doch der Psychologe ließ sich Zeit und begann durch die Akten zu blättern. Schließlich sah er von den Papieren hoch und sprach weiter.

„Ich gehe davon aus, dass der Mann extrem intelligent ist und seine eigenen Schwächen, wie zum Beispiel die Gier nach Öffentlichkeit, kennt. Bislang hat er diese Gier zurückgestellt, weil es ihm mehr genützt hat, wenn die Morde nicht als solche entdeckt wurden. Das ist jetzt anders. Der Täter will jetzt in die Öffentlichkeit – sonst hätte er Torben Lindhof nicht zu diesem Zeitpunkt umgebracht. Ich gehe daher davon aus, dass es von Anfang an zu seinem Plan gehört hat, erst die Frau und dann ihren Verlobten umzubringen.“

Frederik Sonsalla lehnte sich in seinen Bürostuhl zurück, faltete die Hände vor seinem Bauch, schloss die Augen und holte tief Luft. Diese Geste war bei seinen Kollegen bestens bekannt und wurde von ihnen „Jehova-Moment“ genannt, da der Psychologe im Anschluss für gewöhnlich eine Prophezeiung machte.

„Ich stelle eine Vermutung an, wie es weitergehen könnte: Das nächste Opfer wird schon bald gefunden. Sehr bald. Und diesmal wird die Todesursache nicht Insulin sein.“

Dr. Sonsalla sah die Kommissarin mit einem zufriedenen Lächeln an.

„Was meinen Sie damit?“, fragte Amaryllis erstaunt nach.

„Er steht jetzt in der Öffentlichkeit. Er wird das nächste Opfer mit roher Gewalt umbringen, um den Effekt seiner Taten zu steigern.“

Amaryllis dachte an ihre Zeit in New York. Entgegen der landläufigen Meinung, die aus zahllosen Fernsehserien resultierte, gab es dort weder bedeutend mehr noch grausamere Verbrechen. Die Menschen mordeten aus den gleichen simplen Beweggründen wie in Berlin oder sonst wo auf der Welt: Habgier, Eifersucht, Rache. Serientäter waren auch in den USA die Ausnahme.

Die wenigen Serientäter, denen Amaryllis in ihrer Karriere in den USA begegnet war, hatten alle ein sexuelles Motiv und ihre Morde hatten immer ein oder zwei charakteristische Züge gehabt. Doch nichts davon traf auf diesen Täter zu. Vor allem nicht, wenn Frederik Sonsalla mit seiner Prophezeiung recht behielt.

„Glauben Sie, dass der Täter ein sexuelles Motiv haben könnte?“, fragte sie den Psychologen mehr aus Verzweiflung denn Überzeugung.

„Das ist immer die erste Vermutung. An den Tatorten wurden keine Hinweise diesbezüglich gefunden, ebenso bei den Obduktionen. Ich kann auch nichts in seinem Verhalten erkennen, das auf Sexualdelikte hinweist. Diesen Täter treibt etwas anderes an. Etwas, das für ihn ausgesprochen wichtig ist. Er muss die Morde monatelang, wenn nicht jahrelang geplant haben. Wenn mich meine Erfahrung nicht täuscht, kann bei ihm nur ein Motiv infrage kommen: Rache.“

Amaryllis blickte durch das Fenster hinter Frederik Sonsalla und sah, wie dunkle Regenwolken am Himmel entlangjagten.

Sie spürte, wie der Frust, dem Mörder nicht einen Zentimeter näher zu kommen, immer mehr von ihr Besitz ergriff. Irgendwo musste es eine Spur, einen Zusammenhang geben. Nur wo?

„Er ist mit Torben Lindhof, wahrscheinlich während dieser bewusstlos war, durch halb Deutschland gefahren. Julia Schwarzmann hat er, soweit wir es rekonstruieren können, zunächst in seine Gewalt und dann erst in die Gartenlaube gebracht. Warum macht er das? Warum geht er das Risiko ein, beobachtet zu werden?"

Der Polizeipsychologe lehnte sich in seinem Bürostuhl zurück und sah Amaryllis durchdringend an. Draußen begann es zu regnen und das Zimmer wurde einen kurzen Moment fast komplett verdunkelt.

„Warum er das macht?" Frederik Sonsalla knipste seine Schreibtischlampe an und sein Gesicht sah in dem fahlen Licht für einen Moment geradezu gespenstisch aus. „Er macht es, weil er es kann. Wissen Sie, warum ein Hund sich in den Schwanz beißt? Weil er es kann! Unser Täter weiß, dass seine Verbrechen so perfekt sind, dass die Polizei sich an ihm die Zähne ausbeißt. Er demonstriert uns seine Macht. Er hat kein Ritual beim Töten, im Gegenteil, es wirkt fast, als hinterließe er seine Opfer bewusst auf unterschiedliche Art, um uns zu verwirren. Er weiß, dass wir nach einem Muster suchen, liefert uns aber keines. Er will mit uns Katz und Maus spielen. Und er will uns überraschen." Der Psychologe sah seine Kollegin düster an. „Machen Sie sich auf einiges gefasst, Kollegin Winter."

19.

Er fühlte sich so gut wie lange nicht mehr. Die körperliche Anstrengung hatte ihm gutgetan. Natürlich hatte es auch einiger Kraft bedurft, die leblosen Körper der früheren Opfer zu tragen, aber das hier war etwas anderes. Die langen Stunden des Trainings machten sich endlich bezahlt.

Bislang waren seine Taten durch die präzise Vorbereitung bestimmt gewesen. Nichts hatte er dem Zufall überlassen, jede Möglichkeit, entdeckt zu werden, penibel ausgeschlossen. Wenn er nur an das Theater dachte, das er hatte veranstalten müssen, um Julia Schwarzmann in seine Gewalt zu bringen, ohne dass jemand etwas davon merkte. Sogar die Haare hatte er sich gefärbt, bevor er versuchte, sie beim Laufen anzusprechen, damit sich kein zufälliger Zeuge an ihn erinnern würde. Doch die dumme Pute war einfach weitergerannt. Schließlich hatte er sich im Bus auf dem Weg zur Arbeit – die gefärbten Haare diesmal unter einer Wollmütze versteckt, damit nicht die geringste Möglichkeit bestand, dass sie sich an ihn erinnerte – neben sie gesetzt, aber auch da hatte sie seinen Gesprächsversuch abgeblockt, als wäre sie überzeugt, hinter jedem Mann auf dieser Welt verberge sich ein Unhold. Womit sie in seinem Fall natürlich recht hatte. Er lachte leise auf. Am Ende hatte er sie trotz ihrer Vorsicht gekriegt. Nachdem sein ursprünglicher Plan, sie beim Joggen kennenzulernen und ihr bei einem späteren gemeinsamen Training ein mit K.-o.-Tropfen versetztes, angeblich neues und unfassbar energiesteigerndes Getränk anzubieten, gescheitert war, hatte er umdenken müssen. Sein Auftritt als Bäckermeister, der die Hochzeitstorte rettet, war grandios gewesen und hatte sich schließlich sogar als kleiner Glücksgriff herausgestellt. In ihrem Handykalender hatte sie alle Termine ihres Verlobten Torben Lindhof eingetragen, welche er in Ruhe in ihrer Wohnung auf sein eigenes Handy überspielt hatte. So hatte er sich die Arbeit gespart, Computer und Handy seines nächsten Opfers anzuzapfen – nicht dass ihn das viel Mühe gekostet hätte.

Regen peitschte von draußen gegen die Fenster, der Himmel war so dunkel, als würde es bereits Nacht, dabei war es erst kurz nach 15 Uhr. Er hatte noch einiges vor an diesem Nachmittag. Für einen kurzen Moment überlegte er, ob er sich die Zeit nehmen und aufräumen sollte, dann entschloss er sich dagegen. Niemand würde hierherkommen und nach Spuren suchen. Noch nicht.

Er betrachtete seine langen Finger, die in schwarzen Latexhandschuhen steckten. Obwohl es unnötig erschien, hatte er wie immer mit großer Sorgfalt sichergestellt, dass nicht ein Haar oder Hautschüppchen von ihm aufzuspüren sein würde. Seine Haare hatte er nach dem Mord an Julia Schwarzmann abrasiert, sicher war sicher. Seine nur für diesen Zweck gekaufte Kleidung würde er entsorgen, jeder noch so kleine Fussel, den die verzweifelten Polizisten beglückt sicherstellen würden, würde sich als wertlos herausstellen, da er nichts und niemand zugeordnet werden konnte. Die DNA des Täters würde die Polizei erst später finden – dann, wenn er es wollte.

Sein Blick fiel auf die Wand, an der acht Bilder hingen, unter denen fein säuberlich die Gewohnheiten, Arbeitsplätze, Wohnungen und vieles mehr der Menschen standen, die auf den Bildern zu sehen waren. Die Polizei würde sicherlich einiges geben, um einen Blick auf die Wand werfen zu dürfen. Nützen würde er ihnen natürlich nichts – die acht Menschen waren bereits tot. Für sie konnten die Beamten nichts mehr tun. Immerhin würde sich ihre schlimmste Befürchtung, dass er ein Serientäter war, der mehr als nur zwei Leben auf dem Gewissen hatte, bestätigen.

Das Bild von Nummer 9 mit den Informationen zu ihrem Leben würde er erst aufhängen, wenn er sie hergebracht hatte und ihr Tod kurz bevorstand. Wie er ihr eigenes Foto an die Wand klebte, würde das Letzte sein, was das Mädchen sah.

Er lachte leise. Dumm, wie diese Idioten waren, stellte er besser sicher, den Aufkleber mit der Nummer 8 so anzubringen, dass auch ein Blinder ihn finden würde. Sonst würden ihm die Polizeitrottel noch alles vermasseln und nicht erkennen, dass sie vor dem nächsten Opfer des „Insulinkillers" standen, weil er diesmal eben kein Insulin benutzt hatte. Und diese wirklich gut aussehende Kommissarin würde niemals erfahren, dass er wieder zugeschlagen hatte.

Er sah Amaryllis Winter in Gedanken vor sich. Sie war mit den schwarzen langen Haaren, der Haut wie Milchkaffee, ihrer eleganten Kleidung und diesem kühlen Blick, der sie so unnahbar machte, genau sein Typ. Es war dieser kühle Blick, der ihr eine Ausstrahlung von Intelligenz gab. Von der man allerdings bei den bisherigen Ermittlungen der Polizei nichts gemerkt hatte. Die SOKO „Insulin" war so ahnungslos, wie Amaryllis Winter attraktiv war.

„Dann sehen wir doch mal, was die großartige Berliner Polizei hiermit macht", sagte er leise zu sich selber und schulterte mühelos zwei große schwarze Plastiksäcke, die auf dem Boden vor ihm lagen.

Kurz vor der Tür machte er halt. Ihm war noch eine Idee gekommen, die nicht viel änderte, ihm aber Freude bereitete, da sie den Schreckmoment, wenn die Leichen gefunden würden, noch etwas erhöhte. Er holte einen weiteren Plastiksack und füllte den Inhalt der beiden Säcke hinein. Die alten Säcke stopfte er achtlos in den Mülleimer. Er hatte genug Zeit, sie später sorgfältig zu entsorgen. Dann schloss er die Tür auf und ging hinaus in den Regen.

20.

„Einen Rotwein, bitte.“

Der Ober, der ein Tablett mit gefüllten Wein- und Sektgläsern durch das elegante Wohnzimmer der Berliner Villa trug, blieb sofort neben ihr stehen und reichte ihr ein Glas, ohne zu erkennen zu geben, ob er sich gemerkt hatte, dass es bereits ihr drittes war.

Amaryllis stellte sich an einen der extra für den Abend aufgebauten weiß gedeckten Stehtische und spürte, wie der Alkohol ihr langsam zu Kopf stieg. Sie hatte in der Annahme, dass das Abendessen deutlich früher serviert werden würde, nichts gegessen und ihr Magen knurrte. Die Menschen um sie herum, schienen sich prächtig zu amüsieren und das fehlende Essen nicht zu bemerken.

Man konnte den Gastgebern nicht vorwerfen, dass sie sich nicht um Amaryllis, die allein gekommen war, gekümmert hätten. Im Gegenteil, ständig stellten sie ihr Freunde und Bekannte vor, warfen ein paar Informationen in die Runde, um eine Unterhaltung anzukurbeln, bevor sie sich dem nächsten Gast zuwandten, der allein irgendwo stand. Auch Amaryllis hatte sich Mühe gegeben, Anschluss zu finden, sie hatte sich im Vorfeld auf die erste Einladung gefreut, die sie seit langer Zeit angenommen hatte. Sie hatte sich ein weinrotes Kleid gekauft, das ihre schmale Figur und die Farbe ihrer Haut und Haare unterstrich. Sie trug ihre schwarzen High Heels und hatte sich für ihr Make-up viel Zeit genommen. Die Blicke der anderen Gäste ließen sie wissen, dass sich der Aufwand gelohnt hatte. Doch ihre Laune war ruiniert.

Dank der zahllosen Empfänge, die ihr Vater als Diplomat in New York gegeben hatte, war Amaryllis es gewohnt, mühelos mit den unterschiedlichsten Menschen Small Talk zu machen, aber an diesem Abend wollte es ihr nicht gelingen, sich auf ein Gespräch zu konzentrieren.

Die Einladung zu einem Empfang mit anschließendem Dinner von Freunden ihrer Großmutter hatte eines Tages in ihrem Briefkasten gelegen und mittlerweile wusste Amaryllis, wie sie zu der Ehre gekommen war: Nach ein paar Begrüßungsfloskeln hatte sich die Dame des Hauses, eine elegante Frau Anfang 50, dezent erkundigt, was Amaryllis plane, mit dem wunderbaren Besitz ihrer verstorbenen Großmutter zu machen.

„Sie müssen zahlreiche Interessenten haben, so ein wunderbares, weitläufiges Haus aus altem Familienbesitz und dazu in bester Berliner Lage kommt selten auf den Markt“, hatte ihre Gastgeberin gesagt und angefügt, als gäbe es keinen Zusammenhang: „Wir sind sehr glücklich in unserem Haus hier, aber gelegentlich überlegen wir, ob wir uns nicht vergrößern sollten.“

Die Frau konnte nichts dafür und ihre Annahme, dass die Villa der Familie Winter nach dem Tod ihrer Großmutter verkauft werden würde, war verständlich, doch sie hatte Amaryllis’ wunden Punkt getroffen. Ihr Vater hatte Amaryllis vor einigen Tagen angerufen und ihr freie Hand gegeben, mit dem Haus ihrer Großmutter zu machen, was sie wollte.

„Ich war ihr einziger Sohn, du bist mein einziges Kind. Deine Großmutter hat in ihrem Testament jede Menge Cousinen, selbst die aus der dritten Reihe angeheiratet über Schwippschwäger bedacht, den Löwenanteil ihres Vermögens, vor allem aber das Haus, hat sie mir vermacht. Deine Mutter und ich haben uns überlegt, dass wir dir den Berliner Besitz überschreiben möchten. Wir werden nicht mehr nach Deutschland zurückkehren, für uns hat das Haus keinen Nutzen, höchstens einen sentimentalen Wert. Du kannst es nach deinen Wünschen verkaufen oder eben so lange, wie du noch Zeit brauchst, in Berlin bleiben und darin wohnen."

Leider hatte Amaryllis weiterhin keine Vorstellung, was sie mit ihrer Zukunft anfangen und ob sie nach New York zurückkehren oder in Berlin bleiben sollte. Sie kannte ihre Mutter gut genug, um zu wissen, dass diese mit dem großzügigen Angebot eine Entscheidung ihrer Tochter erzwingen wollte und fest damit rechnete, dass Amaryllis nicht auf Dauer in dem viel zu großen Haus in Berlin leben wollte. Die Nachfrage der Gastgeber hatten ihr das Dilemma, in dem sie steckte und das sie über den Fall des Insulinmörders erfolgreich verdrängt hatte, erstmals vollkommen klar und in seinem ganzen Ausmaß vor Augen geführt: So fremd und einsam sie in Berlin war, eine Rückkehr nach New York in den alten Freundeskreis rund um ihren Ex-Mann Max war für sie unvorstellbar. Sie war heimatlos. Immerhin, dachte sie leicht bitter, es gab bedeutend schlimmere Schicksale als in einer riesigen Villa „heimatlos" zu sein.

Amaryllis leerte ihr drittes Glas Wein und hatte gerade beschlossen, sich nicht in Selbstmitleid zu ergehen und den Gastgebern zu verzeihen, dass diese sie nur wegen der Aussicht auf einen lukrativen Immobiliendeal eingeladen hatten, als ihr Telefon klingelte.

Es war Falk von Heeren.

„So leid es mir tut, dein Wochenende zu ruinieren, aber unser Freund hat wieder zugeschlagen. Und ich verspreche dir, dass du Nummer 8 auf keinen Fall verpassen möchtest."

Amaryllis seufzte und schaute auf ihr neues Kleid, die High Heels und das leere Rotweinglas in ihrer Hand.

„Das glaube ich dir, ich bin allerdings weder für den Anlass entsprechend angezogen, noch kann ich Autofahren."

„Bist du auf einer Party? Hattest du nicht gesagt, dass du am liebsten Polizeiakten in deiner Freizeit liest?" Falk klang belustigt. „Kein Problem, solange es in Berlin ist, kann ich dich abholen, wir fahren bei dir zu Hause vorbei und du ziehst dich um. Von dem, was ich bislang gehört habe, wäre es wichtig, dass wir beide so schnell wie möglich dort sind und uns den Fundort ansehen. Die Zeitungen werden sich morgen überschlagen."

*

Wenige Minuten später stand Amaryllis vor dem Haus ihrer Gastgeber und wartete auf ihren Kollegen. Sie hatte vergeblich versucht, am Telefon von Falk weitere Details über Nummer 8 zu erfahren, und war gespannt, was sie erwartete. Ein silberner Audi mit zahllosen Kratzern und Beulen hielt neben Amaryllis. Sie öffnete die Tür, gefasst auf eine sarkastische Bemerkung über ihr elegantes Aussehen, die Tatsache, dass sie getrunken hatte, und den noblen Stadtteil, in dem ihr Kollege sie abholte.

„Heutzutage darf man so etwas nicht mehr sagen, ohne sofort eine Klage wegen Belästigung am Hals zu haben, ich tue es aber trotzdem: Du siehst fantastisch aus", überraschte Falk sie allerdings, bevor er fortfuhr, als wäre nichts gewesen: „Wo wohnst du?"

„Nur ein paar Straßen weiter, ich sage dir den Weg“, sagte Amaryllis und fügte vorsichtshalber an, um keine Nachfragen zuzulassen, wie sie sich eine Wohnung oder gar Haus im nobelsten Stadtviertel von Berlin leisten konnte: „Es ist das Haus meiner Großmutter.“

Sie fuhren einen Moment schweigend durch die dunklen, menschenleeren Straßen, bis Amaryllis fragte: „Wie schlimm ist es?“

„Sehr schlimm. Es sieht so aus, als hätte sich der Täter diesmal in einen wahren Blutrausch gestürzt. Die Leiche wurde zerstückelt in einem Müllsack an der Avus gefunden. Der Sack liegt auf einem Tribünensitzplatz an der alten Rennstrecke, die jetzt Autobahn ist. Gut sichtbar für jeden, der dort lang fährt, was selbst an einem späten Samstagabend eine Menge Menschen sind. Ich frage mich, wie der Täter auf die Idee gekommen ist. Das letzte Rennen auf der Avus war vor 15 oder noch mehr Jahren. Seitdem verkommen die Tribünen und das Gelände neben der Autobahn ist abgesperrt.“

„Wie du selber gesagt hast, die Autobahn führt mitten durch die alten Tribünen, er wusste, dass die Leiche nicht lange unentdeckt bleiben würde“, vermutete Amaryllis. „Wie können wir sicher sein, dass es Nummer 8 ist?“, fragte sie und erinnerte sich an den „Jehova-Moment“ des Polizeipsychologen Frederik Sonsalla, der korrekt vorhergesehen hatte, dass der Täter sein nächstes Opfer nicht mit Insulin umbringen würde.

„Auf dem Müllsack klebt gut sichtbar ein Sticker der gleichen Machart wie bei Nummer 6 und 7. Dreimal darfst du raten, welche Nummer auf dem Sack steht. Enttäusch mich bitte nicht, noch halte ich fiel von dir.“

Amaryllis deutete, ohne zu antworten, auf einen Parkplatz am Straßenrand. „Du kannst hier halten, ich wohne gleich dort drüben. Ich gehe schnell rein und ziehe mich um.“

Sie war bereits ausgestiegen, als sie sich noch einmal zurück in das Auto beugte und fragte: „Gibt es schon eine Identität des Toten?"

„Nein. Wie gesagt, die Leiche wurde in einem Müllsack gefunden. Ich habe Benita Hüther angerufen, der Sack soll erst näher untersucht werden, wenn sie vor Ort ist, damit keine Spuren verwischt werden."

Falk warf einen Blick auf die weiße Villa, in der Amaryllis wohnte, und sagte neidlos: „Coole Hütte. Deine Großmutter hatte Geschmack. Und Kohle."

21.

Dr. Benita Hüther stand bereits in Gummistiefeln und einem weißen Plastikanzug an der Fundstelle der Leiche, als Amaryllis und Falk dort ankamen. Es hatte begonnen, leicht zu nieseln, und obwohl es mittlerweile kurz vor Mitternacht war, hatte sich eine große Zahl von Journalisten hinter der rot-weißen Plastikabsperrung am Fuße der Avustribüne eingefunden. Mehrere Flutlichtscheinwerfer erhellten das Gelände.

„Die Polizei, dein Freund und Helfer. Da brauchen die Fotografen nicht mal ihre Blitzgeräte rausholen“, kommentierte Falk das grelle Licht, während er das Absperrband für Amaryllis hochhob und ihr den Vortritt ließ.

Die Gerichtsmedizinerin winkte den Kommissaren zu und deutete an, ihr zu folgen. Sie gingen durch den schmalen Gang zwischen den alten, verwitterten Sitzreihen, bis Benita Hüther an einem Treppenaufgang stehen blieb und im Flüsterton zu sprechen begann.

„Ich würde mal sagen, der Täter hat sein Profil leicht verändert“, sagte sie ironisch.

„Und deswegen flüsterst du? Selbst der dümmste Pressefuzzi dürfte das ahnen“, entgegnete Falk genervt.

„Nein, deswegen flüstere ich nicht. Ich spreche leise, weil ich davon ausgehe, dass die Polizei möchte, dass die ‚Pressefuzzis' fürs Erste nicht erfahren, dass in dem Müllsack nicht nur menschliche Überreste sind."

„Soll heißen? Was in drei Gottes Namen hat der kranke Typ da noch reingesteckt?" Falk sah seine Kolleginnen entgeistert an.

„Wirklich sicher sein kann ich erst, wenn ich den Inhalt des Sacks in der Gerichtsmedizin untersucht habe, nach einem ersten Blick würde ich allerdings sagen, dass sich darin die sterblichen, in viele kleine Stücke zerteilten Überreste einer männlichen Leiche und die eines Hundes befinden. Eines großen Hundes."

Amaryllis fröstelte, obwohl sie mittlerweile ein dickes graues Sweatshirt unter einer Regenjacke, Jeans und gefütterte Schuhe trug.

„Was soll das bedeuten?", fragte sie unnötigerweise, da klar war, dass ihre beiden Kollegen genau die gleiche Frage beschäftigte. „Warum tötet er einen Hund?"

„Vielleicht bedeutet es gar nichts?", vermutete Falk von Heeren. „Vielleicht ist es einfach die nächste Runde im beliebten Spiel ‚Ich bringe wahllos Menschen und jetzt auch Tiere um und die Polizei tappt im Dunkeln.' Wir sollten die Vermutung nicht außer Acht lassen, dass seine einzige Strategie ist, uns zu verwirren."

„Das deckt sich ungefähr mit dem, was Dr. Sonsalla gesagt hat", erklärte Amaryllis. „Und trotzdem, irgendetwas muss es mit dem Hund auf sich haben. Oder habt ihr schon mal von einem Fall gehört, wo der Hund zusammen mit seinem Besitzer ermordet wurde?"

„Soll bei Einbrüchen gelegentlich vorkommen." Falk von Heeren sah seine Kollegin an und blickte zu dem von Polizisten der Spurensicherung umringten Müllsack hinüber. „Ein Herr-samt-Hund-Mord fällt mir nicht ein."

„Und dann macht der Täter sich auch noch die Mühe, den Hund zu zerstückeln und zum Mordopfer zu stecken, das dürfte einmalig sein", pflichtete Benita ihm bei. „Das wird meine erste Hundeobduktion."

„Eben", sagte Amaryllis und ignorierte die letzte Feststellung ihrer Kollegin. „Der Hund hat eine Bedeutung. Wir müssen nur rausfinden, welche."

„Immerhin könnte der Hund uns bei der Identifizierung des Toten helfen. So viele Männer gemeinsam mit ihrem großen Hund werden nicht als vermisst gemeldet sein", überlegte die Gerichtsmedizinerin.

Falk sah seine Kolleginnen zweifelnd an. „Was zu der Frage führt: Wie genau bekommt man einen ausgewachsenen Mann und seinen Hund in seine Gewalt? Ist der Täter nicht nur ein stinkend reicher Computerhacker mit Arztausbildung, sondern auch noch Hundeflüsterer? Der Typ kotzt mich langsam, aber sicher wirklich an."

22.

Das Gebäude der Gerichtsmedizin lag am nächsten Morgen wie ausgestorben im Frühnebel, als Amaryllis ihren BMW davor parkte. Der zerbeulte Audi ihres Kollegen stand bereits auf einem Parkplatz vor ihr.

„Streber“, murmelte sie leise vor sich hin, während sie aus dem Auto stieg. „Dafür habe ich Kaffee und der ist an einem Sonntagmorgen vor acht Uhr in Berlin nicht leicht zu bekommen.“

Unweigerlich musste Amaryllis an New York denken, die Stadt, die niemals schlief. Dort war es eher schwierig, eine Uhrzeit oder einen Tag zu finden, an dem man nicht an jeder Ecke frischen Kaffee kaufen konnte. Sie atmete tief durch, denn sie musste sich eingestehen, dass sie gelegentlich das pulsierende Leben der US-Großstadt vermisste. Ihr Leben im gediegenen Berliner Stadtteil Dahlem war verglichen mit dem Leben in New York, als wäre sie aufs Land gezogen. Sie lehnte sich einen Moment gegen ihr Auto und atmete die kalte, frische Morgenluft tief ein, um ihre Gedanken auf den Tod von Nummer 8 zu konzentrieren.

Es war bereits zwei Uhr nachts gewesen, als Amaryllis endlich todmüde in ihr Bett gesunken war. Sie hatte sich am

Morgen nur eine lange Dusche gegönnt und war dann sofort – mit einem kleinen Abstecher zum einzigen Coffeeshop in der Umgebung, der geöffnet hatte, – zur Gerichtsmedizin aufgebrochen. Zusätzlich zu den drei Bechern Latte macchiato hatte sie ein paar Croissants erstanden, denn sie war sicher, dass Benita Hüther bereits seit mehreren Stunden auf den Beinen war, wenn sie denn überhaupt ins Bett gegangen war. Es blieb nur zu hoffen, dass der Inhalt des Müllsacks ihnen nicht allen den Appetit verderben würde.

Amaryllis fuhr mit dem Fahrstuhl vom Eingang direkt in das Untergeschoss des Gebäudes, in dem die Obduktionsräume untergebracht waren. Der Flur vor ihr war dunkel und nur durch den Spalt einer einzigen Tür am Ende des Ganges drang ein schwacher Lichtstrahl. Sie ging langsam auf die Tür zu, die Erwartung der grauenvollen Details, die sie gleich hören würde, schnürten ihr für einen Moment die Kehle zu.

Soweit es möglich war, stellte Amaryllis normalerweise sicher, dass sie bei Obduktionen nicht anwesend war. Im Laufe ihrer Jahre bei der Polizei hatte sie einige Kollegen kennengelernt, die sich keine Obduktion entgehen ließen. Obwohl diese damit nicht unrecht hatten, es gab immer wieder winzige Details, die sie so erfuhren, die niemals den Weg in den offiziellen Obduktionsbericht fanden, wurde Amaryllis das Gefühl nicht los, dass diese Kollegen in ihrer Freizeit auch gerne Horrorfilme schauten.

Die Obduktion von Nummer 8 konnte und durfte sie allerdings nicht verpassen. Sie hatte im Coffeeshop einen kurzen Blick auf die Schlagzeilen der Sonntagsblätter werfen können, die sich alle mit dem Fund der Leiche an der berühmten Berliner Autobahnstrecke beschäftigten. Der Druck auf die Polizei wuchs. Spätestens am kommenden Tag würde es eine Dienstbesprechung mit dem Polizeipräsidenten geben, der

Ergebnisse fordern würde, da er bei der nächsten Pressekonferenz nicht „schon wieder wie der letzte Depp“ aussehen wollte. Immerhin, was diese stete Sorge ihres Führungsstabes anging, stand die Berliner Polizei der von New York oder der in TV-Serien in nichts nach.

Amaryllis öffnete die Tür vor sich und sah direkt in das sehr blasse Gesicht ihres Kollegen Falk von Heeren. Im hinteren Teil des Raumes stand Benita Hüther über den Obduktionstisch gebeugt.

„Guten Morgen“, wünschte Amaryllis den Anwesenden und sagte an ihren Kollegen, dessen frisches weißes Hemd seine Fahlheit noch unterstrich, gewandt: „Kein großer Fan von sonntäglichen Leichenschauen?“

„Doch. Nichts mache ich lieber. Nur ganz ehrlich, das hier geht hart an die Grenze des Erträglichen.“

Die Gerichtsmedizinerin wusch sich die Hände und kam, ohne den morgendlichen Gruß zu erwidern, auf Amaryllis zu. Sie nahm ihr die Tüte mit den Croissants sowie einen Kaffee aus der Hand.

„Ich habe vielleicht einen Hunger“, erklärte sie, als hätte sie nicht gerade die sterblichen Überreste eines Menschen untersucht. „Habe die Nacht hier verbracht. Ich hatte gestern Abend ein Date. Wirklich netter Typ und eigentlich wollte ich nach der ersten Sichtung der Leiche am Fundort zurück in das Restaurant, dachte eigentlich da geht noch was. Doch siehe da, als ich versucht habe anzurufen, war das Telefon des Herrn ausgeschaltet. Nehme an, den sehe ich nicht wieder. Er konnte wohl mit der Tatsache, dass ich während der Nachspeise zu einer zerstückelten Leiche gerufen wurde, nicht umgehen.“

Sie zog eine Grimasse und biss herzhaft in ein Croissant. „Ah, das tut gut“, sagte sie genussvoll.

„Männer!“, sagte Amaryllis in verächtlichem Ton und drückte ihrem Kollegen einen Kaffee in die Hand. „Danach geht es dir besser. Du siehst aus, als wärst du auch nicht im Bett gewesen.“

„Danke und nein, ich war die ganze Nacht im Präsidium, um zu sehen, ob ich eine passende Vermisstenanzeige finde. Heute Morgen war ich nur kurz zum Duschen und Umziehen zu Hause.“

„Warum komme ich mir in eurer Gegenwart vor, als würde ich, wenn ich an einem Sonntagmorgen erst um 8 Uhr in der Gerichtsmedizin aufschlage, nur Dienst nach Vorschrift machen?“, sagte Amaryllis gespielt beleidigt.

„Du bist halt von der faulen Abteilung“, lachte Benita. „Die muss es auch geben. Vor allem, wenn sie Kaffee und Croissants mitbringen.“

„Hast du eine Vermisstenanzeige gefunden, die auf unser Opfer zutreffen könnte?“, fragte Amaryllis Falk, der nach dem ersten Schluck Kaffee bereits eine etwas gesündere Gesichtsfarbe hatte.

„Allerdings. Hatte ich schon erwähnt, dass unser Täter mir wirklich auf die Nerven geht?“

„Hast du. Also, wer ist der Mann? Und der Hund?“

„Bei dem Mann handelt es sich, sofern der DNA-Abgleich positiv ist, um Gregor Hausmann, 26 Jahre alt, Lehramtsstudent. Er wird seit Anfang der Woche vermisst. Er ist am Montagabend mit einem Hund joggen gegangen. Seitdem fehlte jede Spur von ihm. Oder ihnen. Wie immer du möchtest. Das war der einfache Teil. Jetzt wird es komplizierter: Gregor Hausmann lebte in einem Vorort von Bremen. Unser Täter hat seinem Opfer mal wieder eine kostenlose Mitfahrgelegenheit durch halb Deutschland spendiert.“

Amaryllis sah ihren Kollegen überrascht an. „Warum macht er das? Bei Torben Lindhof könnte man es vielleicht verstehen, weil der aus Berlin kam, aber einen Toten extra aus Bremen nach Berlin fahren?“

Benita Hüther sah von ihrem mittlerweile zweiten Croissant hoch und zuckte die Schultern. „Erscheint mir ziemlich klar, warum er das macht. Er will, dass seine Opfer in Berlin gefunden werden. Von euch! Der mag euch!“

Amaryllis musste an das Gespräch mit dem Polizeipsychologen denken.

„Du hast recht. Er genießt die Aufmerksamkeit der Medien und wie erreicht man die am besten? In dem man alle paar Wochen eine Leiche in der Hauptstadt ablegt und die immer gleichen Polizistengesichter bei den Pressekonferenzen wie die letzten Idioten aussehen lässt.“

„Ich sage es ja: Der Typ geht mir mächtig auf die Nerven. Und es wird noch schlimmer. Ratet mal, mit was für einem Wauwau Gregor Hausmann unterwegs war?“

Da Amaryllis und Benita ihm die Antwort auf seine letzte Frage schuldig blieben, sprach Falk weiter: „Mit einem Dogo Argentino. Einer Art riesiger Höllenhund, der zumindest in Berlin als Listenhund geführt und damit als gefährlich eingestuft wird. Hörte auf den schönen Namen Artos.“

„Wie hat er es geschafft, einen ausgewachsenen Mann und einen großen, unter Umständen gefährlichen Hund gleichzeitig in seine Gewalt zu bringen?“, fragte Amaryllis verblüfft nach. „K.-o.-Tropfen dürfte er dem Hund wohl kaum unters Futter gemischt haben.“

„Ich mache mich besser wieder an die Arbeit“, kommentierte Benita und stand auf. „Sowohl Herr als auch Hund wurden übrigens mit einem stumpfen Gegenstand erschlagen, bevor sie fachmännisch mit einer Säge in Einzelteile zerlegt worden sind, so viel kann ich bislang sagen. Der Täter ist, was den menschlichen Körper angeht, ein Fachmann, aber das hatten wir bereits vermutet. Neu ist, dass er mit der Anatomie von Hunden ebenfalls keine Probleme hat."

*

Vier Stunden später saßen Amaryllis und Falk an einem kleinen Tisch im Obduktionssaal und schauten auf die Bildschirme ihrer Laptops, während die Gerichtsmedizinerin Leichenteile sortierte, abwog und zu einem menschlichen Skelett und dem eines Hundes zusammensetzte.

Amaryllis hatte verschiedene Webseiten aufgerufen, um mehr Informationen über die Rasse „Dogo Argentino" zu bekommen. Argentinische Doggen waren große majestätische Hunde mit weißem Fell. In einigen Bundesländern wurden sie als Listenhunde geführt, da sie bei falscher Haltung leicht aggressiv werden konnten und über einen ausgesprochenen Schutzinstinkt verfügten, der sie im Zweifelsfall auch angreifen ließ.

„Wie hat er es nur geschafft, an dem Hund vorbei Gregor Hausmann zu attackieren?", sagte sie leise zu sich selber, doch Falk hatte sie gehört.

„Das frage ich mich auch. Artos dürfte ein ganz schöner Brecher gewesen sein. Ich persönlich liebe Hunde, aber wenn ich so ein Exemplar sehe, habe ich eine Menge Respekt."

Amaryllis dachte kurz nach. „Er muss den Hund ausgeschaltet haben, bevor er den Mann erschlagen hat. Wenn Artos eine typische Argentinische Dogge war, hätte er keinen Fremden an sein Herrchen herangelassen, insbesondere wenn dieses auf dem Boden lag."

„Ich weiß, wie er den Hund ausgeschaltet hat! Ihr könnt froh sein, dass ihr mich habt und meine Verabredungen mich sitzen lassen, sobald eine Leiche ins Spiel kommt, sonst hättet ihr bedeutend länger auf die Lösung des Rätsels warten müssen!“, mischte sich Benita vom Obduktionstisch aus in die Unterhaltung hinein.

„Siehst du, es liegt nicht an dir, dein Date hat dich für das Allgemeinwohl abserviert“, konterte Falk. „Also, was hast du herausgefunden?“

„Wie immer setze ich voran, dass meine Theorie erst bestätigt ist, wenn die endgültigen Laborbefunde vorliegen, aber ich bin mir ziemlich sicher, dass die Sache so abgelaufen ist.“

Die junge Gerichtsmedizinerin, die trotz der Nachtschicht dank ihrer rosigen Wangen frisch und ausgeschlafen aussah, ließ sich auf einen der Stühle fallen.

„Die Frage, wie der Täter einen so großen Hund unschädlich hat machen können, hat mich ebenfalls nicht losgelassen. Ich habe mir also, nachdem ich die Skelette zusammengefügt habe, zunächst den Hund genauer angeschaut. Was nicht ganz einfach war, da er vollkommen mit Blut verschmiert war. Ich musste sämtliche Einzelteile erst mal reinigen.“

Amaryllis spürte, wie ihr schlecht wurde. Sie hatte es trotz ihrer vielen Jahre bei der Polizei immer noch nicht gelernt, den Aussagen von Gerichtsmedizinern zuzuhören, ohne sich das Gesagte bildlich vorzustellen.

„Am rechten Hinterbein, fast schon oben am Rücken bin ich fündig geworden: Der Hund hat dort eine frische Einstichstelle.“

„Jetzt sag mir nicht, dass er dem Hund Insulin gespritzt hat!“, rief Falk entsetzt.

„Das kann ich nicht ausschließen, bis die Laborwerte da sind, aber ich habe eine andere – ehrlicherweise gesagt –, sinnvollere Theorie: Gehen wir mal davon aus, dass Herr und Hund im Wald oder irgendwo an einem Feldweg unterwegs waren, die beiden sind schließlich während ihrer Joggingrunde verschwunden. Der Täter lauert ihnen in einem Hinterhalt auf und schießt auf den Hund. Der Hund taumelt und fällt ein paar Meter weiter um, sein Herr beugt sich – natürlich geschockt – über ihn, um zu sehen, was mit seinem vierbeinigen Liebling ist. Unser Täter kommt von hinten und schlägt das Opfer mit einem stumpfen Gegenstand bewusstlos."

„Müsste der Hund dann nicht eine Schusswunde aufweisen? Du hast doch von einer Einstichstelle gesprochen", fragte Amaryllis irritiert. „Und ich dachte, der Hund sei auch mit einem stumpfen Gegenstand erschlagen worden?"

„Stimmt genau. Ich habe auch nicht gesagt, dass er mit einem Gewehr oder einer Pistole erschossen wurde. Soweit ich es von der Größe der Einstichstelle beurteilen kann, hat der Täter mit einem Betäubungsgewehr oder vielleicht mit einem Blasrohr auf den Hund geschossen. Und wie ihr sicher aus Film und Fernsehen wisst, fallen die Viecher bei richtiger Dosierung um wie die Fliegen. Oder seht ihr keine Zoosendungen im Fernsehen?"

Amaryllis und Falk sahen sich an. Der Kommissar sprach schließlich die Frage aus, die beiden im Kopf herumging: „Wann plant er so etwas? Wie plant er so etwas? Kein normaler Mensch würde auf so eine Idee kommen."

„Wir wissen nicht viel, aber das immerhin doch: Normal ist an diesem Täter gar nichts", sagte Amaryllis düster.

23.

Amaryllis stand in der Küche und ließ langsam Wasser in ein Gemisch aus Weizenmehl, etwas Öl und Salz fließen. Dann begann sie, den Teig zu kneten. Sie atmete tief durch. Sie hatte die Gerichtsmedizin am späten Nachmittag verlassen und sich seitdem auf diesen Moment gefreut.

„Wenn ich du wäre, würde ich den Leuten nicht sagen, dass du die ‚Samosas‘, die du ihnen gerade angeboten hast, zur Entspannung nach einem besonders grausigen Mord gemacht hast“, hatte Max immer zu ihr gesagt, wenn er sie mal wieder in der Küche zu „therapeutischen Zwecken“ teigknetend vorgefunden hatte.

Für gewöhnlich hatte ihr Ex-Mann ihr dann ein Glas eiskalten Weißwein eingeschüttet, um das Entspannungsritual seiner Ehefrau zu perfektionieren. Amaryllis musste bei der Erinnerung an die guten Zeiten ihrer Ehe lächeln. Es waren Zeiten gewesen, in denen Max sich noch nicht an ihrem Arbeitspensum, ihrem verbissenen Ehrgeiz und den meist unappetitlichen Geschichten, die sie am Ende eines langen Arbeitstages mit nach Hause brachte, gestört hatte. Oder zumindest hatte er es damals nicht zugegeben.

Amaryllis warf den blassen Teigball mit viel Schwung auf die Arbeitsfläche vor sich und beschloss, sich lieber auf den mysteriösen Killer zu konzentrieren, anstatt einmal mehr darüber nachzudenken, wann genau ihre Ehe zu scheitern begonnen hatte.

Sie knetete den Teig für die indischen Teigtaschen noch ein wenig, bestrich ihn dünn mit Öl und deckte ihn mit einem nassen Tuch ab. Es war an der Zeit, die Füllung zuzubereiten. Während sie die Kartoffeln schälte, ging sie im Kopf noch mal die Ergebnisse der Obduktion von Gregor Hausmann durch.

Der Mann – und sein Hund – waren jeweils durch mehrere gezielte, harte Schläge auf den Kopf getötet worden. Die Gerichtsmedizinerin war sich sicher, dass der Täter die leblosen Körper danach an einen anderen Ort gebracht und sie dort zerlegt hatte. Ein erster Alkohol- und Drogentest war negativ ausgefallen. Hinweise auf Insulin als Todesursache gab es ebenfalls nicht. Weitere Erkenntnisse würden erst die Laborbefunde liefern.

„Ich habe ja gesagt, dass er mit dem Insulin aufhören wird, wenn er weiß, dass er ein großes Publikum hat", hatte Frederik Sonsalla zufrieden festgestellt, als Amaryllis ihn, bevor sie die Gerichtsmedizin verlassen hatte, angerufen hatte.

Nachdem der Psychologe Amaryllis darauf hingewiesen hatte, dass es Sonntag sei und er einen Ruhetag brauche, um unter der enormen Arbeitsbelastung während der Woche nicht zusammenzubrechen, hatte er sich widerwillig die Details des neuen Falles angehört.

„Der neue Mord – oder die Morde, wenn man den Hund mitzählt, sind extrem brutal, aber er ist trotzdem nicht außer Kontrolle oder von der Möglichkeit, anderen Menschen Gewalt anzutun, besessen. Sonst hätte er wahllos weiter auf die Opfer eingeschlagen. Unser Täter hat nur genauso oft zugeschlagen, wie es notwendig war. Daher bleibe ich dabei: Er arbeitet nach einem Plan, an den er sich genau hält. Zu dem Plan scheint zu gehören, dass er die Polizei vorführen und seine Macht demonstrieren will. Er kann alles, das ist seine Aussage. Gut möglich, dass wir es mit einer narzisstischen Persönlichkeitsstörung zu tun haben. Er hält sich für den Größten, aber seine Umwelt bewundert aus Dummheit seine Leistungen nicht gebührend. Der Hund ist für ihn wahrscheinlich eine Art Kirsche auf dem Sahnehäubchen, mit der er uns seine Genialität zeigen will."

Amaryllis stellte die Kartoffeln auf den Herd und begann, eine Gewürzmischung aus Fenchelsamen, Kumin, schwarzen Senfkörnern, Chilischoten und Koriander herzustellen. Während sie die Gewürze in einem Mörser zerstieß, machte sich deren exotischer Duft in der Küche breit und Amaryllis verspürte einen fast unstillbaren Hunger. Sie hatte seit dem Croissant am Morgen nichts gegessen und ihr Magen bestand nun darauf, diesen Zustand so schnell wie möglich zu beenden.

Irgendetwas sahen sie nicht, davon war sie immer überzeugter, dachte Amaryllis, während sie die Gewürze in einen Kochtopf schüttete. Ein winziges Detail, das sie dem Täter auf die Spur bringen würde. Amaryllis hatte den Gedanken, der mehr Gefühl war, ihren Kollegen gegenüber noch nicht ausgesprochen, aber sie war sicher, dass der Hund nicht nur „die Kirsche auf dem Sahnehäubchen" war. Der Hund hatte für den Täter eine besondere Bedeutung. Es gab einen Grund, warum er den Hund nicht einfach hatte liegen lassen oder den Kadaver irgendwo versteckt hatte, sondern ihn mitgenommen und genauso zerstückelt hatte wie seinen Herrn.

Sie hoffte inständig, dass das Treffen mit der Familie von Opfer Nummer 8 neue Erkenntnisse bringen würde. Es musste einen Zusammenhang zwischen Julia Schwarzmann, Torben

Lindhof und Gregor Hausmann geben. Nur wenn sie diesen Zusammenhang fanden, konnten sie den Täter stoppen.

*

„Du kannst kochen, siehst gut aus und hast einen vernünftigen Beruf", stellte Falk von Heeren fest, während er in die zweite indische Teigtasche biss, die Amaryllis ihm angeboten hatte. „Warum genau bist du geschieden?"

Es war Abend geworden, sie saßen in Falks Auto und waren auf dem Weg nach Bremen, um dort mit den Eltern von Gregor Hausmann zu sprechen.

Amaryllis war versucht, auf Falks Frage zu antworten: „Weil mein Mann mit meiner besten Freundin geschlafen hat", verkniff sich die Bemerkung aber, da sie nicht verbittert klingen wollte.

„Ist das nicht schrecklich politisch unkorrekt zu fragen, warum eine gut aussehende Frau, die kochen kann und arbeitet, nicht verheiratet ist?", sagte sie stattdessen in einem bewusst leichten Ton. „Da ich aber wahnsinnig liberal und nicht nachtragend bin, verrate ich dir die Antwort trotzdem: Wir und die Leben, die wir geführt haben, haben nicht zueinander gepasst. Was so ziemlich für 100 % Prozent der geschiedenen Ehen gelten dürfte."

„Das klingt aber sehr erwachsen. Wie viel Frauenzeitschrift und wie viel Ehrlichkeit stecken darin?"

„Hälfte, Hälfte", lachte Amaryllis. „Aber es stimmt. Ich bin an einen Punkt gekommen, wo ich sehen kann, dass es tatsächlich so war. Ich bin jetzt ein großes Mädchen."

„Dann bin ich noch ein ganz kleiner Junge", stellte Falk nüchtern fest. „Meine Ex-Frau ist immer noch ein rotes Tuch für mich."

„Es hilft ungemein, keinerlei Kontakt und einen Ozean zwischen sich zu haben“, gab Amaryllis zu.

„Danke für den Tipp. Wird allerdings schwer, den umzusetzen, es sei denn, du möchtest demnächst den Fall meiner von mir entführten Kinder an der Backe haben und nach mir fahnden.“

„Du hast Kinder?“, fragte Amaryllis. Falk von Heeren war ein groß gewachsener, schlanker Mann mit leicht lockigem, dunkelbraunem Haar und grünen Augen, der sicherlich auf viele Frauen attraktiv wirkte. Ohne zu wissen warum, hatte sie vermutet, dass sich hinter seinem schwarzen Humor ein nach einer gescheiterten Ehe eingesessener Junggeselle verbarg, der zu einer längeren Beziehung kaum fähig war und sie auch nicht suchte.

„Ja, drei an der Zahl. Alles Mädchen. Nicht immer einfach, aber ich habe eine Resthoffnung, dass sie mich später pflegen und ich bei ihnen wohnen werde, wenn ich alle Verbrecher dieser Welt zur Strecke gebracht habe.“

„Siehst du sie oft?“

„So oft es geht. Jedes zweite Wochenende und wenn möglich einen Abend während der Woche. Scheitert aber meistens an meiner Ex. Meinen drei Sonnenscheinen und ihrer Aufzucht und Pflege ist es zu verdanken, dass mir ein Ruf der Unzuverlässigkeit vorauseilt, da ich nicht immer alles liegen und stehen lassen kann.“

„Warum habt ihr euch getrennt?“

„Aus ähnlichen Gründen wie du. Wir haben uns auseinandergelebt und nachdem meine Frau ein Verhältnis mit dem Schwimmlehrer der Mädchen angefangen hat, war es schwer, diese Tatsache länger zu leugnen.“

„Ist deine Frau noch mit dem Schwimmlehrer zusammen?“, wollte Amaryllis wissen. Sie war sich nicht sicher, was schlimmer war: Wenn der Ex-Partner ein neues Glück mit dem Scheidungsgrund fand oder es bei einer Affäre blieb.

„Nein, ist sie nicht. Nachdem auch der Tennislehrer dran glauben musste, überlegt sie jetzt, welche Sportart die Kinder als Nächstes anfangen könnten, um ihren Männernachschub abzusichern. Die drei müssen bald zu einer Probestunde zum Fechten. Und dann geht der Streit los, wer die Kosten für die Säbel trägt."

„Klingt nicht gerade nach einer friedlichen Trennung. Und du? Hast du keine Freundin?" Amaryllis war über ihre Frage selber überrascht. Sie hatte bislang kaum privaten Kontakt zu ihren Kollegen gesucht und nun saß sie ausgerechnet mit dem für seine Bissigkeit und seinen bösartigen Humor bekannten Hauptkommissar im Auto und fragte ihn über sein Liebesleben aus.

„Keine Zeit. Entweder ich arbeite oder ich mache etwas mit meinen Kindern."

Falk nahm sich eine weitere Teigtasche aus dem Plastikbehälter, den Amaryllis auf die Mittelkonsole gestellt hatte.

„Und die Frauen, die bei der ersten Erwähnung der drei Kinder nicht sofort auf der Flucht sind, rennen spätestens schreiend weg, wenn sie die Gehaltstabelle für verbeamtete Kommissare gegoogelt haben."

24.

Es war kurz vor acht Uhr, als die beiden Berliner Kommissare am nächsten Morgen vor dem Haus von Holger Hausmann vorfuhren. Sie waren am Vorabend erst nach 22 Uhr in Bremen angekommen und hatten entschieden, dass eine erneute Vernehmung – der Vater war bereits mehrfach am Sonntag von der Bremer Polizei befragt worden – nichts bringen würde.

Amaryllis war überrascht, als ein Mann im Rollstuhl ihnen nach mehrfachem Klingeln die Tür öffnete. Sie hatte das Protokoll der Befragungen des Vortages gelesen, diese Information war nicht erwähnt worden. Vermutlich hatte der Bremer Kollege den Gesundheitszustand des Vaters als unbedeutend für den Fall empfunden.

„Guten Morgen", grüßte Holger Hausmann und machte eine Handbewegung, ihm in das Haus zu folgen.

Der Vater des achten Opfers war ein gut aussehender Mann mit muskulösem Oberkörper, blonden Haaren und tiefblauen Augen. Es war offensichtlich, dass er trotz seiner Behinderung Sport trieb. Ein Zimmer vollgestellt mit Fitnessgeräten, an dem sie auf ihrem Weg ins Wohnzimmer vorbeigingen, bestätigte diese Vermutung.

„Meine Ex-Frau kommt gleich“, erklärte Holger Hausmann. „Ich mache uns in der Zwischenzeit einen Kaffee.“

Falk warf seiner Kollegin einen bedeutungsvollen Blick zu und murmelte leise: „Wenn jede dritte Ehe geschieden wird, ist es kein Wunder, dass es so viele von uns gibt.“

Amaryllis ignorierte diese Bemerkung und sah sich im Wohnzimmer um. Der Raum war schlicht und zweckmäßig eingerichtet, zwischen den wenigen Möbeln war genügend Platz, um mit einem Rollstuhl manövrieren zu können. An den Wänden waren ein paar große Fotodrucke aufgehängt, wie man sie in jedem Möbelhaus kaufen konnte. Neben dem Fenster hingen einige gerahmte Zeitungsausschnitte, die Amaryllis näher betrachtete. In einem der Artikel ging es um die deutschen Paratriathlon-Meisterschaften, an denen Holger Hausmann offenbar teilgenommen hatte, denn er war neben dem Artikel auf einem Gruppenfoto, in Sportkleidung in seinem Rollstuhl sitzend zu sehen. Ein anderer Zeitungsbericht stammte aus dem Lokalteil einer Bremer Tageszeitung, Holger Hausmann hatte ein Interview über die Probleme, die Behinderte in dem kleinen Vorort von Bremen mit Bürgersteigen, fehlenden Aufzügen und Ähnlichem hatten, gegeben. Amaryllis kam nicht dazu, den Artikel zu Ende zu lesen, da es im gleichen Moment an der Haustür klingelte.

Eine Frau mit langen roten Haaren und unzähligen Sommersprossen, welche die Blässe ihres Gesichtes noch unterstrichen, betrat kurz darauf das Wohnzimmer.

„Guten Morgen, ich bin Sybille Hausmann. Gregors Mutter“, stellte sie sich vor. „Wir hatten schon das Schlimmste befürchtet, als Gregor am Dienstag immer noch nicht wieder aufgetaucht war.“ Sie drehte sich einen Moment zur Seite, um die Tränen wegzuwischen, die ihr in die Augen traten.

Holger Hausmann kam mit einem Kaffeetablett, das er auf seinen Knien balancierte, in das Wohnzimmer. Wortlos verteilte er die Tassen auf dem ansonsten leeren Couchtisch und schüttete aus einer Thermoskanne Kaffee ein.

„Gibt es etwas Neues?“, fragte er und sah die beiden Kommissare fast flehend an.

„Leider nein“, antwortete Falk. „Wir suchen den Mörder mit Hochdruck, darum würden wir Ihnen gerne ein paar Fragen stellen. Wie Sie bereits gehört haben, ist Gregor mit hoher Wahrscheinlichkeit von demselben Täter umgebracht worden, der bereits zwei Menschen in Berlin getötet hat. Für uns ist es von größter Bedeutung herauszufinden, ob Gregor und die Opfer aus Berlin sich kannten oder ob es sonst einen Zusammenhang zwischen ihnen gab.“

„Wir haben den Polizeibeamten gestern bereits gesagt, dass wir die Namen der Berliner Opfer noch nie gehört haben. Gregor hat sie mit Sicherheit niemals erwähnt. Er war ein erwachsener Mann, aber soweit wir wissen, war er zuletzt als Kind in Berlin. Wir kannten die meisten seiner Freunde. Gregor hat hier in Bremen Chemie und Physik auf Lehramt studiert. Er wollte Lehrer werden. Seine Freunde kannte er entweder noch aus der Schulzeit oder aus dem Studium.“ Sybille Hausmann schüttelte den Kopf und sah die beiden Berliner Polizisten verzweifelt an. „Ich habe mir die ganze Nacht den Kopf zermartert, wo Gregor die beiden hätte treffen können, aber es ist mir nichts eingefallen. Ich habe auch Meike und Sarah, unsere Töchter angerufen, ob sie die Namen jemals gehört haben. Nichts.“

„Wo leben Ihre Töchter?“, fragte Falk.

„Meike, die Jüngere, lebt in Freiburg und studiert dort Sprachen. Sarah, die Ältere, wohnt mit ihrem Mann in Münster. Die beiden haben gerade ein Kind bekommen.“

Amaryllis schüttelte unmerklich den Kopf. Nichts deutete auf eine Verbindung zu den beiden ersten Opfern hin.

„Hatte Ihr Sohn viele Freunde? Gab es vielleicht mal mit einem Freund Streit?“

„Gregor war ein sehr offener Junge, er hat viel Sport gemacht, aber auch gerne gefeiert. Nach meinem Unfall vor vier Jahren hat er sich etwas zurückgezogen und viel Zeit mit mir verbracht. Wir hatten ein gutes Verhältnis, wir beide haben Sport geliebt und Gregor hat Himmel und Hölle in Bewegung gesetzt, damit ich im Rollstuhl weitermachen kann.“

Irgendetwas an den Ausführungen von Holger Hausmann ließ Amaryllis aufhorchen, doch sie konnte nicht exakt eingrenzen, was es war. Ihr Bauchgefühl meldete sich zurück. Sie hatte das Gefühl, dass der Schlüssel zu dem Täter direkt vor ihrer Nase baumelte, sie ihn aber nicht greifen konnte. Alle drei Opfer hatten ein gutes Verhältnis zu ihren Eltern gehabt. War das die Gemeinsamkeit? Aber hatten nicht die meisten Menschen ein gutes Verhältnis zu ihren Eltern?

„Darf ich nachfragen, was für einen Unfall Sie hatten?“

Falk sah Amaryllis verwundert an, nachdem sie ihre Frage gestellt hatte, was sie allerdings ignorierte, da sie selber nicht wusste, wohin genau diese Frage sie führen sollte. Irgendwo gab es einen Zusammenhang zwischen den Opfern und sie würde so lange Fragen stellen, bis sie ihn gefunden hatte, selbst wenn sie sich dabei lächerlich machen oder Grenzen überschreiten sollte.

„Ich habe nach der Trennung von meiner Frau begonnen, Motocross zu fahren. An einem Wochenende war ich mit ein paar Freunden im Gelände unterwegs, als mein Motorrad an einem Stein hängen geblieben ist und sich überschlagen hat. Ich bin ein paar Meter durch die Luft geschleudert worden, bevor ich auf meinem Rücken gelandet bin. Ich war einen Moment bewusstlos. Als ich wieder zu mir gekommen bin, wusste ich sofort, dass etwas nicht in Ordnung war."

Sybille Hausmann sah ihren Ex-Mann kurz an und sagte dann: „Es ist eine solche Ironie des Schicksals: Ich habe meinen Mann verlassen, weil er über seinen ganzen Sport vergessen hatte, dass es mich überhaupt gab. Und als Nächstes fesselt ein Unfall ihn an den Rollstuhl."

Amaryllis lag die Frage auf der Zunge, ob eine Versöhnung nach dem Unfall nicht möglich gewesen wäre. Holger Hausmann schien ihre Gedanken lesen zu können und beantwortete ihre unausgesprochene Frage: „Sybille war nach dem Unfall sofort an meiner Seite und hat alles für mich getan. Ich wollte aber nicht, dass sie aus Mitleid zu mir zurückkehrt. Gregor hat sein Studium für ein Jahr unterbrochen und mir durch die schlimmste Phase geholfen."

„Und mittlerweile macht Holger genauso viel Sport wie zuvor. Er und Gregor sind ständig zusammen unterwegs", erklärte Sybille Hausmann.

In der Art, wie die Eltern über den Sohn sprachen, konnte man erkennen, dass sie immer noch unter Schock standen und das ganze Ausmaß der Tragödie nicht in ihren Herzen angekommen war. Sie klangen, als gäbe es eine Möglichkeit, dass ihr Sohn im nächsten Moment an der Haustür klingeln könnte. Amaryllis fühlte mit den beiden, die bereits das Ende ihrer Ehe und die furchtbaren Folgen des Motorradunfalls hatten verarbeiten müssen.

„Soweit ich es aus den Unterlagen ersehen konnte, hatte ihr Sohn eine sehr kleine Einzimmerwohnung nicht weit von hier entfernt", Amaryllis schaute auf einen Zettel mit Notizen und Fragen, die sie sich aufgeschrieben hatte. „Gerade mal 28 Quadratmeter, war das nicht zu klein, um dort mit einem großen Hund wie Artos zu wohnen?"

„Artos war nicht Gregors Hund. Er gehörte mir“, sagte Holger Hausmann und klang erstaunt, dass die Berliner Kommissare annahmen, die Argentinische Dogge hätte seinem Sohn gehört. „Ich habe das dem Polizeibeamten gestern gesagt.“

„Leider wird das im Bericht des Bremer Kollegen nicht erwähnt“, entschuldigte sich Amaryllis und unterdrückte ein Seufzen. Es blieb nur zu hoffen, dass die Kollegen nicht „vergessen“ hatten, weitere, wichtige Details aufzuschreiben.

„Artos war Jochens viertes Kind. Er hat den Hund vergöttert“, sagte Sybille Hausmann, ohne dabei bitter zu klingen. „Wenn man die beiden zusammen gesehen hat, hätte man eher gedacht, eine alte Dame und ihren Yorkshire-Terrier zu sehen, so sehr hat er den Hund verwöhnt. Und Artos war tief in seinem Herzen überzeugt, ein Schoßhund zu sein.“

„Wir haben Artos vor sieben Jahren als Welpen aus dem Tierheim geholt. Ich hatte in der Zeitung gelesen, dass einem Züchter die Tiere wegen schlechter Haltung weggenommen worden waren und niemand die vier Welpen wollte. Der ‚Dogo Argentino‘ hat nicht gerade den besten Ruf. Wir hatten schon länger überlegt, einen Hund anzuschaffen, also sind wir zum Tierheim gefahren. Es war Liebe auf den ersten Blick. Es mag komisch klingen, aber ohne Artos hätte ich trotz der ganzen Unterstützung meiner Familie nach dem Unfall meinen Lebensmut nicht wiedergefunden. Er kam ständig und hat mir angedeutet, dass er spazieren gehen wollte. Er hat mir keine Chance gegeben, ich musste mich für ihn aufraffen. Dabei war er eigentlich ein ziemlich fauler Geselle. Aber er hat gespürt, dass ich raus aus dem Haus musste, um wieder zu mir selber zu finden.“

Holger Hausmann standen bei diesen Worten die Tränen in den Augen.

„Es tut mir leid, das so nachzufragen, aber ist es nicht sehr schwierig, mit einem so großen, kräftigen Hund im Rollstuhl spazieren zu gehen?" Amaryllis hatte kurz gezögert, bevor sie die Frage stellte, es war ihr aber kein Weg eingefallen, sie zu vermeiden oder dezenter zu formulieren.

„Ja, wie gesagt, ich bin mit ihm mehrmals am Tag rausgegangen, aber meist nur kleine Runden. Sie haben vollkommen recht, ein Rollstuhl und ein großer Hund passen nicht zusammen. Gregor hat ihn oft zum Joggen abgeholt, damit er ausgelastet war. Viele Hunde sind nur aggressiv, weil sie nicht genügend Bewegung haben."

„Wann hat Gregor Artos normalerweise abgeholt?"

„Gregor ist jeden Nachmittag laufen gegangen. Drei bis vier Mal pro Woche hat er Artos mitgenommen. Er wollte ihn nicht öfter mitnehmen, da Artos einen starken Jagdtrieb hatte und ganz gerne abgehauen ist. Wenn er ihn mitgenommen hat, sind sie immer eine gute Stunde durch die Felder gelaufen, die gleich hier am Ortsausgang liegen."

Holger Hausmann liefen Tränen die Wangen hinunter. Seine Ex-Frau setzte sich neben ihn und nahm seine Hand.

„Ich weiß, es klingt grausam und herzlos, aber ich trauere nicht nur um meinen Sohn, sondern auch um meinen Hund. Wahrscheinlich können nur ein paar Hundebesitzer mich verstehen."

25.

Die beiden Polizisten liefen schweigend in ihre Gedanken versunken über den kleinen Weg, der zwischen Wald und Feld entlangführte. Sie hatten die Eltern von Gregor Hausmann mehrere Stunden befragt und mittlerweile war es Mittag. Es hatte keiner Worte bedurft, um übereinzukommen, dass sie sich vor dem Mittagessen noch den Weg ansehen würden, auf dem der junge Mann mit dem Hund seines Vaters mit großer Wahrscheinlichkeit gejoggt und auf seinen Mörder getroffen war.

Der Himmel über ihnen war so grau und trostlos wie die abgemähten Felder neben ihnen. Ein kalter Herbstwind ließ Amaryllis trotz ihrer warmen Jacke frösteln. Es erschien fast unmöglich, sich vorzustellen, dass es jemals wieder Sommer werden könnte und die kahlen Bäume am Waldrand neben ihnen grüne Blätter bekommen würden.

„Sehr abgeschieden hier. Ich wette, hier kommen selten Spaziergänger her, besonders im Herbst und Winter. Und das eine Feld da vorne sieht sogar aus, als läge es brach. Einen perfekteren Ort für einen Überfall hätte unser Täter sich nicht wünschen können." Falk blieb stehen und zog den Reißverschluss seines ausgeblichenen grünen Parkas zu. Er blickte über die Felder, die sich bis zum Horizont erstreckten. „In der Tat, der perfekte Ort, um seinem Opfer aufzulauern. Der Täter hat im Schatten der Bäume gewartet, bis Gregor mit dem Hund vorbeigelaufen ist. In aller Ruhe hat er mit dem Gewehr den Hund betäubt und musste nur kurz warten, bis sich sein Opfer über den zu Boden gefallenen Hund gebeugt hat. Gregor Hausmann hatte nicht den Hauch einer Chance. Wahrscheinlich hat er seinen Mörder nicht einmal bemerkt."

„Ja, der Täter hat es sich ganz schön einfach gemacht", antwortete Amaryllis bitter. „Bis auf die Tatsache natürlich, dass er den Hund umgebracht und mitgenommen hat. Das hat seine Tat aufwendiger gemacht als notwendig."

„Was willst du damit sagen?"

„Ich bin der festen Überzeugung, dass er den Tod des Hundes genauso geplant hat wie den Tod von Gregor Hausmann. Überleg mal, er beschattet die Opfer, kennt jede ihrer Eigenheiten und weiß, wann sie wo sind. Wir wissen, dass er seine Taten minutiös plant. Es wäre ein Leichtes für ihn gewesen, an einem Tag zuzuschlagen, an dem Gregor allein hier gejoggt ist. Aber er hat einen Tag gewählt, an dem der Hund dabei war."

„O. k. Das könnte man so sehen. Aber es macht keinen Sinn. Was soll er davon gehabt haben, dass er den Hund umbringt? Dass er der Polizei einmal mehr zeigt, wie toll er ist? Und was er alles kann? Dass er die Tierschützer auch noch gegen sich aufbringt?"

Falk verdrehte die Augen und verzog sein Gesicht, als müsste er sich übergeben.

„Ganz ehrlich, der Typ kotzt mich immer mehr an."

Amaryllis sah nachdenklich die dicken Baumstämme an, zwischen denen der Täter vermutlich auf sein Opfer gelauert haben musste. Sollte sie sagen, was sie dachte? Sie war überzeugt, dass sie mit ihrer Überlegung richtig lag. Nicht sicher war sie dagegen, ob sie mit ihrer neuen Theorie, die sich bislang nur an dem gewaltsamen Tod einer Argentinischen Dogge festmachen ließ, ihren Kollegen überzeugen konnte. Es bestand die Gefahr, dass er ihre Vermutung als lächerlich abtun würde. Vielleicht sollte sie zunächst schweigen und wenn sie zurück in Berlin waren, die Akten nochmals durchgehen, um nach weiteren Beweisen zu suchen.

Andererseits, wenn sie Falk jetzt überzeugen konnte, würde das gesamte Team mit ihr gemeinsam suchen und wenn sie etwas fanden, konnten sie den Tod von Nummer 9 vielleicht verhindern. Und dass es eine Nummer 9 geben würde, daran gab es keinen Zweifel. Amaryllis holte tief Luft und entschloss sich, ihrem Kollegen von ihrer Vermutung zu berichten.

„Ich glaube, ich weiß, warum wir bislang keinerlei Zusammenhänge zwischen den Opfern bzw. kein Motiv gefunden haben. Wir haben an der falschen Stelle gesucht. Es besteht kein Zusammenhang zwischen den Opfern – wir müssen nach einer Verbindung zwischen den Eltern suchen."

Falk von Heeren sah sie erst überrascht, dann zweifelnd an, genau wie sie es erwartet hatte.

„Wie kommst du darauf?", fragte er schließlich.

„Der Hund. Sybille Hausmann hat gesagt, der Hund sei wie das vierte Kind ihres Ex-Mannes gewesen. Holger Hausmann hat selber zugegeben, dass er um den Hund fast so sehr trauert wie um seinen Sohn. Der Täter hat Artos getötet, weil er wusste, dass er Holger Hausmann damit trifft. Die Opfer sind für ihn nur das Mittel zum Zweck. Er will die Eltern mit dem Tod ihrer Kinder bestrafen!"

Amaryllis machte eine bedeutungsvolle Pause, bevor sie weitersprach. „Du als Vater von drei Kindern wirst das noch besser wissen als ich: Gehört es nicht zu den furchtbarsten

Dingen auf dieser Welt, wenn Eltern ihr eigenes Kind zu Grabe tragen müssen?“

Teil II

1.

1981

Der kleine Feldweg, auf dem sie mit ihrem klapprigen Fahrrad unterwegs war, schien in einem schwarzen Loch zu enden. Martha Wagner schauderte wie jeden Tag, wenn sie auf die riesigen Bäume zufuhr, die den Weg, der nun durch den Wald führte, verdüsterten, als wäre es bereits Nacht. Einmal mehr wünschte sie sich, sie hätte die Straße genommen. Doch wie jeden Tag war sie zu spät von zu Hause aufgebrochen und ihr Chef Herbert Meier war unerbittlich, wenn es um Pünktlichkeit ging. Jede Minute, die sie zu spät kam, zog er ihr vom Gehalt ab. Die vielen Stunden, die sie nach Dienstschluss länger in dem alten Pferdegestüt „Gut Willenborg“ blieb, das mittlerweile für Klassenfahrten und Feriencamps genutzt wurde, übersah er dagegen geflissentlich.

Martha hatte, seit sie ein kleines Kind war, Angst im Dunkeln. Panische Angst. Ihre Mutter hatte sie, als sie vier Jahre alt gewesen war, mal wieder zur Strafe in den Keller gesperrt, in dem nur eine winzige, von Spinnweben überzogene Fensterluke für Licht sorgte. Für gewöhnlich wurde sie nach wenigen

Minuten aus ihrem dunklen „Gefängnis“ erlöst, doch an jenem Tag hatte Martha vergeblich auf das Drehen des Schlüssels im Schloss der Kellertür gewartet. Ihre Mutter hatte sie in dem Keller, der mit Einbruch der Dunkelheit stockfinster geworden war, vergessen. Erst am späten Abend, als Martha mit kindlicher Verzweiflung begonnen hatte, mit den Fäusten gegen die Kellertür zu trommeln, hatte sie sich an ihre Tochter erinnert.

Einige Jahre später hatte Martha den Zusammenhang zwischen ihrem verlängerten Kelleraufenthalt und dem Verschwinden ihres Vaters hergestellt und ihrer Mutter vergeben. Die panische Angst vor der Dunkelheit war geblieben. Martha vermutete, dass dies vor allem daran lag, dass ihre Mutter sie jenen Abend im Keller niemals vergessen ließ. Aus der einstmals fröhlichen, selbstbewussten Frau war eine kränkliche, verbitterte Alte geworden, welche die Welt, das Leben und ihre Tochter nicht mehr sehen und vor allem nicht genießen konnte und wollte. Marthas Mutter war das Ebenbild ihrer eigenen Mutter geworden, die, ebenfalls von ihrem Mann verlassen, ein Einsiedlerleben führte und glaubte, nichts zu zählen ohne einen Partner an ihrer Seite.

„Ich werde nicht so verbittert enden wie meine Mutter und Großmutter“, murmelte Martha zu sich selber und trat fester in die Pedale, um das dunkle Stück Waldweg, das nun direkt vor ihr lag, so schnell wie möglich hinter sich zu bringen. „Richard liebt mich und wird mich nicht verlassen. Wir werden zusammen glücklich sein.“

Beflügelt von ihren eigenen Gedanken kam sie kurze Zeit später auf Gut Willenborg an, wo ihr Chef bereits an der großen Eingangstreppe stand und erwartungsvoll auf seine Uhr blickte. Die Uhr am Turm des alten Gebäudes schlug zehn Uhr, als Martha ihr Fahrrad schwungvoll im Kies abbremste und abstieg.

„Guten Morgen“, rief sie ihrem Chef betont fröhlich zu, der sie ignorierte und weiter auf seine Uhr sah. Offenbar hatten einige andere Angestellte es nicht pünktlich zum Tagesdienst, der um diese Uhrzeit begann, geschafft. Martha musste jedes Mal unweigerlich an eine Katze vor einem Mauseloch denken, wenn sie ihren Chef morgens auf seine Opfer lauern sah. Herbert Meier hatte das heruntergekommene Gestüt von seinem Vater geerbt und einen enormen Kredit aufgenommen, um es in ein Ferienlager umzubauen. Obwohl die Auslastungsquote der Zimmer gut war, brachten immer neue Reparaturen des alten Gebäudes ihren Chef ständig in Zahlungsnöte und nicht selten überwies er die Gehälter seiner Angestellten erst mit großer Verspätung. Martha spürte dennoch eine gewisse Hochachtung vor Herbert Meier, der es sich zu seiner Lebensaufgabe gemacht hatte, Gut Willenborg in Familienbesitz zu behalten. Der Verkauf des maroden Gebäudes wäre einfacher für ihn gewesen.

Sie machte sich, so schnell sie konnte, auf den Weg in die Küche, wo wie jeden Tag ein riesiger Berg Kartoffeln und anderes Gemüse auf sie wartete. Martha arbeitete seit drei Jahren als Küchenhilfe in dem Landschulheim. Sie schaffte es nur, über die Trostlosigkeit ihrer Tätigkeit und ihre rauen, zerschundenen Hände hinwegzusehen, da der Chefkoch von Gut Willenborg sie für eine Ausbildungsstelle als Köchin vorgeschlagen hatte. Eine Ausbildung, von der Martha nicht mehr zu träumen gewagt hatte, nachdem ihre Mutter sie trotz guter Noten nach der Mittleren Reife gezwungen hatte, die Schule zu verlassen und die erstbeste Stelle anzunehmen, damit sie endlich Geld nach Hause brachte. Die Zeit einen Ausbildungsplatz zu suchen, hatte ihre Mutter ihr verwehrt.

„Morgen“, brummelte Angela Renner, ihre Kollegin, die bereits seit fünf Uhr in der Küche stand und das Frühstück für die jungen Gäste des Lagers vorbereitet und serviert hatte, als Martha die Küche betrat.

„Guten Morgen“, antwortete Martha ihr fröhlich und fügte an: „Warum so schlecht gelaunt? Das Frühstück wird wenigstens gegessen, ich schnippele mir die Finger für nichts wund, den Kindern schmeckt das warme Essen aus Prinzip nicht oder besser gesagt, sie haben sich im Tagesverlauf mit so viel Chips und Süßkram vollgehauen, dass keiner mehr Hunger hat.“

„Dann steh du doch mitten in der Nacht auf und komm zur Frühschicht, wenn du Anerkennung willst“, muffelte Angela zurück.

Martha wusste, dass die schlechte Laune ihrer Kollegin nur gespielt war. Angela Renner war eine kleine, gedrungene Frau, deren aschblonde Haare, wässerig-graue Augen und extrem helle Haut ihr eine merkwürdig farblose Ausstrahlung gaben, die im Gegensatz zu ihrem positiven Wesen standen. Angela war, obwohl sie erst Anfang zwanzig war, so etwas wie die gute Seele von Gut Willenborg und immer bereit, anderen zu helfen oder einzuspringen.

Sie hielt Martha einen Teller mit frischem Toast und Marmelade entgegen. „Der Sklavenhalter steht noch mindestens fünf Minuten draußen, um die Zuspätkommer abzumahnen, und du hast doch wieder nicht gefrühstückt, wie ich dich kenne.“

Mit dieser Annahme hatte Angela recht. Martha ließ das Frühstück zu Hause so gut wie immer ausfallen, um nicht in die Küche gehen zu müssen. Dort saß ihre Mutter entweder regungslos am Tisch und bekämpfte schlecht gelaunt die Nachwirkungen des Trinkgelages vom Vorabend oder – schlimmer noch – sie wetterte nüchtern über ihr verwirktes Leben ohne Mann und ihre nutzlose, undankbare Tochter.

Während Martha an den Küchentresen gelehnt ihr Toastbrot aß, warf Angela einen bedeutungsvollen Blick auf den großen Kalender, der an der Küchenwand hing.

„In drei Tagen beginnt das Grauen", seufzte sie. „Ich hasse, hasse, hasse die großen Ferien!"

Martha nickte zustimmend und verzog ihr Gesicht. In den Sommerferien fanden unzählige Feriencamps auf Gut Willenborg statt. Im besten Fall war das alte Gestüt in dieser Zeit überfüllt mit außer Rand und Band geratenen sechs- bis zwölfjährigen Kindern, die von ihren Vollzeit arbeitenden Eltern angemeldet worden waren. Im schlimmsten Fall gesellten sich zu den Kindern ein paar Gruppen Jugendlicher zwischen 14 und 17, deren Eltern ein Fußballcamp für sie gebucht hatten, um sie so in den Ferien von größerem Unsinn abzuhalten. Problem an der Sache war, dass die wirklich an Fußball interessierten Jugendlichen über ihre Vereine in Fußball-Feriencamps fuhren und die Jungen, die nach Gut Willenborg kamen, nur ein Ziel kannten: weit entfernt vom Elternhaus so viel Unsinn wie möglich zu veranstalten.

„Unsinn" war in meisten Fällen gleichbedeutend mit Alkohol- und Drogenpartys, die es galt, so gut es ging zu vertuschen, um auch im nächsten Jahr die profitablen Jugendlichencamps wieder durchführen zu können. In der Kostenrechnung des Gutsbesitzers Herbert Meier war es gewinnbringender, Spuren zu verwischen, als erfahrene Erzieher einzustellen, welche die Jugendlichen an den langen Sommerabenden beschäftigt hätten, statt sie sich selbst zu überlassen.

In den Sommerferien begann die Arbeit von Martha nicht selten mit dem Aufwischen von Erbrochenem oder dem Überstreichen von Wänden, welche die Jugendlichen in der Nacht zuvor betrunken bemalt oder mit allem, was ihnen in die

Hände fiel, beworfen hatten. Je nachdem wie sehr die Party ausgeartet war, zitierte ihr Chef Martha gelegentlich mitten in der Nacht in das Landschulheim, um die Schäden noch vor Beginn des Frühstücks zu beseitigen. Einmal hatte sie sogar in der Morgendämmerung die verkohlten Überreste eines Feuers entsorgt, das die Jugendlichen in einem der Zimmer entzündet hatten, da es draußen in Strömen regnete, sie aber unbedingt Würstchen am Lagerfeuer hatten grillen wollen.

„Die sechs Wochen gehen auch vorbei", versuchte Martha, sich und ihre Kollegin zu trösten, merkte aber selber, wie wenig überzeugend sie klang.

„Man kann nur hoffen, dass nicht irgendwann etwas wirklich Schlimmes passiert und jemand zu Schaden kommt", erwiderte Angela und sah besorgt aus. „Es ist fast, als wäre ein Unglück nach all dem Vertuschen und Verschweigen überfällig."

Martha nickte erneut zustimmend und schluckte den letzten Bissen ihres Toasts hinunter. Sie schüttelte sich, als könnte sie so die Erinnerungen an die früheren Sommerferien auf Gut Willenborg vergessen. In ihrem ersten Sommer als Küchenhilfe war sie so naiv gewesen, sich bei ihrem Chef zu beschweren, dass das Aufräumen nach Partys nicht zu ihren Aufgaben gehörte.

„Na und? Die Kids, die hier in den Ferien herkommen, zahlen deinen Lohn, vergiss das nicht!", hatte dieser geantwortet. „Ohne Kinder kein Gut Willenborg und ohne Gut Willenborg keine Arbeit für eine ungelernte Kraft wie dich. So einfach ist das."

Martha war sofort klar geworden, dass es wirklich so einfach war. Sie hatte sich nie wieder beklagt.

2.

„Nichts.“ Falk von Heeren schüttelte den Kopf. „Wir haben alles geprüft, jede Akte mehrfach gelesen und erneut mit den Eltern gesprochen, alles ohne Ergebnis. Außer dem Kampfhund, der dachte, er wäre ein Schoßhund, gibt es nicht den geringsten Grund anzunehmen, dass unser Täter es in Wirklichkeit auf die Eltern abgesehen hat.“

„Das kann nicht sein!“, behauptete Amaryllis mit viel Nachdruck, obwohl die Realität keinen Anlass zu dieser Überzeugung gab.

Falk hatte entgegen Amaryllis’ Befürchtung die Theorie, dass der Täter über den Tod der Kinder die Eltern bestrafen wollte, sofort sehr ernst genommen. Gemeinsam hatten sie in den vergangenen zwei Wochen das Leben der Eltern der Opfer auf den Kopf gestellt, um eine Verbindung zwischen ihnen und damit das Motiv des Täters zu finden. Das Resultat war niederschmetternd. Weder kannten sich die Eltern, noch hatten sie jemals in der gleichen Stadt gewohnt. Das Einzige, was die Polizei bislang an Gemeinsamkeiten hatte finden können, war die Tatsache, dass alle drei Familien ursprünglich aus dem Westen Deutschlands stammten.

Die Eltern des letzten Opfers, Holger Hausmann und seine Ex-Frau Sybille, waren beide in Bremen aufgewachsen und hatten niemals außerhalb der Stadtgrenzen gewohnt, ebenso wie ihr getöteter Sohn Gregor. Bernd Schwarzmann, der Vater von Julia Schwarzmann, dem Opfer Nummer 6, war nach der Wende als Student nach Berlin gekommen. Jochen Lindhof, der Vater von Torben, war seinem Jugendfreund kurze Zeit später in die neue Hauptstadt gefolgt. Beide hatten ihre Frauen in Berlin kennengelernt. Hedwig Lindhof stammte aus einem Dorf in Bayern, Melanie Schwarzmann aus dem Westteil der Hauptstadt.

„Walsrode ist nicht allzu weit von Bremen entfernt. Könnte es da nicht einen Zusammenhang geben?“, überlegte Amaryllis laut. Sie konnte in ihrer eigenen Stimme eine gewisse Verzweiflung hören, obwohl sie versuchte, diese zu unterdrücken und selbstbewusst zu klingen.

Bernd Schwarzmann und Jochen Lindhof waren beide in der kleinen niedersächsischen Stadt, die ca. 70 Kilometer von Bremen entfernt lag, aufgewachsen.

„Ich nehme mal an, dass du dir das mit deiner sehr untypischen Diplomatenkind-Kindheit in mehreren Ländern nicht vorstellen kannst, aber ich, der ich am Rande des Ruhrgebietes aufgewachsen bin, weiß aus eigener Erfahrung: In den 70er-Jahren ist man nicht eben so nach Bremen zum Shoppen gefahren, wie die Leute aus Walsrode das heute vielleicht machen. In den 70er-Jahren war das eine Weltreise und die Leute haben ihre hart verdiente Kohle lieber gespart, als am Wochenende durch die Gegend zu juckeln.“

Falk sah seine Kollegin bedauernd an. „Wir müssen uns der Realität stellen, so vielversprechend die Idee klang, wir sind in einer Sackgasse gelandet. Es gibt keine Verbindung zwischen den Eltern. Die Hausmanns waren noch nie in ihrem Leben in Berlin oder Walsrode und die Lindhofs und die Schwarzmanns kennen Bremen nur von den Stadtmusikanten.“

„Es muss eine Verbindung geben!“ Amaryllis wusste, dass sie klang wie ein störrisches Kind, was sie aber nicht störte, denn die Erwähnung des Märchens über die Bremer Stadtmusikanten hatte sie auf eine Idee gebracht.

„Dann müssen wir eben auch noch die Kindheit und Jugend der Eltern nach einer Verbindung durchforsten. Bislang haben wir uns vor allem auf ihr erwachsenes Leben konzentriert, aber vielleicht liegt der Schlüssel in der Kindheit!“

Falk ließ seinen Kopf in Zeitlupentempo auf die Tischplatte fallen.

„Dir ist klar, dass du dich verrennst?“, fragte er betont vorsichtig, während er seinen Kopf wieder anhob. „Deine Überlegung, dass der Täter es auf die Eltern abgesehen hat, klang logisch, deswegen habe ich sofort zugestimmt, der Sache nachzugehen. Aber zwei Wochen und unzählige Polizeistunden später haben wir nichts gefunden, das in diese Richtung deutet. Wir können es uns nicht leisten, in diesem Bereich weiterzuermitteln. Der Druck von oben wächst. Ich kann dir gerne die E-Mails des Polizeipräsidenten zeigen, die ich mittlerweile fast im Stundentakt bekomme. Er – und noch wichtiger die Bevölkerung – wollen einen überführten Mörder, am besten in Handschellen, sehen und nicht nur Vermutungen hören.“

„Danke. Wenn du genau geschaut hättest, wäre dir nicht entgangen, dass der Polizeipräsident mich in jede der E-Mails mit reinkopiert und dass unser gemeinsamer Chef Hubert Neustädt Stammgast in meinem Büro ist, um nachzufragen, ob es etwas Neues gibt.“

„Aber es gibt nichts Neues. Das ist das Problem. Wenn wir weiter bei den Eltern suchen, laufen wir Gefahr, dass noch ein Mord geschieht und wir die Verantwortung dafür tragen. Wenn du denkst, dass Neustädt jetzt schon aufdringlich ist, kannst du dich auf was gefasst machen, wenn es noch ein Opfer gibt. Dann bekommt das Wort ‚aufdringlich‘ eine ganz neue Bedeutung!“ Falk lachte bitter und zog eine Grimasse. „Ich esse in solchen Situationen immer sehr viel Knoblauch, da ich die Erfahrung gemacht habe, dass unser lieber Chef darauf so allergisch reagiert, als wäre er Graf Dracula persönlich.“

„Bist du wirklich überzeugt, dass die Theorie mit den Eltern falsch ist?“ Amaryllis ignorierte den letzten Satz ihres Kollegen bewusst, ihr war nicht nach Scherzen zumute. Sie vermutete, dass Falk trotz seiner lockeren Art vor allem keinen Fehler machen wollte. Der Druck, den seine Vorgesetzten und die Medien mit ihrer nicht enden wollenden Berichterstattung über den Horrormörder auf ihn ausübten, war enorm. Auch wenn er Amaryllis als ranggleich behandelte, war Falk von Heeren offiziell der leitende Kommissar der Ermittlungen und er war es, der sich rechtfertigen musste. Ein Misserfolg in einem so wichtigen Fall würde für immer in seiner Akte stehen und – noch schlimmer – in der Erinnerung der Menschen würde er der Kommissar bleiben, der es nicht geschafft hatte, den „irren Insulinkiller“ zu schnappen.

Der Druck und die Angst vor einem weiteren Mord lasteten auch auf Amaryllis und sie konnte sich an keine Nacht in den vergangenen Wochen erinnern, in der sie nicht stundenlang grübelnd in ihrem Bett gelegen hatte. Sie war sich bewusst, dass sie den Fall, wie schon so viele Fälle zuvor, zu nah an sich heranließ. Dennoch konnte sie nicht aufgeben: Sie wusste einfach, dass in Wirklichkeit die Eltern im Visier des Täters standen und der Tod ihrer Kinder *sie* strafen sollte. Doch sie hatte es bislang nicht geschafft, einen Beweis zu finden.

„Natürlich gibt es einen Grund, warum der Täter ausgerechnet diese drei Menschen umgebracht hat. Er wäre der erste Mörder meiner Karriere, der wahllos und ohne Motiv Menschen tötet“, sagte Falk bedächtig.

Er spielte einen Moment mit einem Stift, der auf dem Tisch lag, und schien nachzudenken. Amaryllis hoffte, dass er es sich noch mal überlegen würde. Doch dann sprach er weiter: „Ob dieser Grund aber in der Vergangenheit der Eltern liegt, davon bin ich nicht mehr überzeugt. Wir dürfen nicht vergessen, dass es mit hoher Wahrscheinlichkeit noch fünf weitere Opfer gibt, deren Namen, Herkunft und Familienstand wir nicht kennen. Ich sehe es momentan als sinnvoller an, erneut in diese Richtung zu ermitteln. Wir konzentrieren uns ab sofort auf das Auffinden der anderen fünf Opfer."

Amaryllis verkniff sich die Bemerkung, dass sie bereits ebenso ausführlich wie vergeblich nach den anderen Opfern gesucht hatten. Es nützte niemandem, die bisherige Erfolglosigkeit zu betonen. In der gesamten Sonderkommission „Insulin" hatte sich in den letzten Tagen Verzweiflung breitgemacht, die Kollegen liefen mit finsteren Mienen über die Flure, die Stimmung war gereizt. Einer der Polizisten hatte bereits vorgeschlagen, man könne sich in „SOKO Nebelgestocher" umbenennen.

„Wie wäre es, wenn du und der Rest der Truppe nach den anderen Opfern suchen, und ich sehe, ob ich mehr über die Jugend der Eltern herausfinde? Wir teilen uns auf", schlug Amaryllis einen Kompromiss vor.

Falk sah plötzlich müde aus, das gewohnte zuversichtliche Strahlen in seinen grünen Augen war verschwunden.

„Bescheuerte Idee. Aber wir machen es trotzdem, schaden kann es nicht, viel beschissener als zurzeit kann es nicht laufen. Wir haben drei ‚echte' und fünf mögliche Tote – und einen zerstückelten Hund – aber keine Spur des Mörders, geschweige denn den Ansatz eines Motivs. So grauenvoll es klingt, man wünscht sich fast, der Typ wäre ein Sexualtäter, dann wüssten wir wenigstens, was ihn antreibt."

3.

1981

Die erste Woche der Sommerferien war entgegen Angela Renners Vorahnung ruhig verlaufen. Außer ein paar kleineren Schnittwunden und einer 12-Jährigen, die sich während eines Ausfluges von ihrer Gruppe entfernt und verirrt hatte, aber schnell gefunden wurde, war nichts passiert.

Martha machte ein großes „X“ über die erste Woche auf dem Küchenkalender und sagte zuversichtlich: „Eine haben wir geschafft, jetzt sind es nur noch fünf Wochen!“

„Heute kommt die zweite Truppe Jugendlicher zum Fußballcamp, warten wir mal ab, ob die kommende Woche ebenfalls ruhig bleibt“, entgegnete Angela düster.

„Sei nicht so miesepetrig, außerdem hast du gleich Dienstschluss und die Neuen kommen erst am Nachmittag an. Damit hast du Tag eins von Woche zwei überstanden, ohne sie überhaupt zu sehen. Und in der ersten Nacht sind sie alle noch ganz zahm, morgen früh hast du keine bösen Überraschungen zu erwarten“, lachte Martha und klopfte ihrer Kollegin auf die Schulter.

„In der ersten Nacht! Ja, da sind sie zahm, aber wer darf ab Nacht zwei den schlimmsten Dreck wegmachen, wenn er zur Frühschicht um fünf Uhr ankommt? Du musst doch hinterher höchstens noch den Feinschliff erledigen."

„Wenn ich nicht mitten in der Nacht hier antanzen und Brandspuren oder noch Schlimmeres beseitigen muss, weil die Herrschaften lieber Würstchen auf dem Zimmer grillen oder sich mit Wodka und Joints abschießen, als meine mit viel Liebe geschälten Kartoffeln beim Abendessen zu essen", wies Martha mit einem Lächeln auf ihre eigenen Zusatztätigkeiten in den Sommermonaten hin.

„Verwöhnte Blagen", schimpfte Angela. „Wir sind kaum älter als die, aber so ein Mist würde uns nicht einfallen."

„Das kannst du laut sagen", stimmte Martha ihr zu. „Machen wir uns an die Arbeit, sonst kriegen wir noch einen Anpfiff vom Chef, dass wir das Gourmetabendessen für die Neuen nicht gut genug vorbereitet haben."

Neben dem Vertuschen von Partys gehörte es zur Strategie von Herbert Meier, den Neuankömmlingen an ihren ersten drei Tagen auf Gut Willenborg deutlich hochwertigeres Essen als im späteren Verlauf ihres Camps zu servieren. Er war der festen Überzeugung, dass Kinder und Jugendliche nicht merkten, wenn sie mit jedem Tag, der verging, billigeres Essen vorgesetzt bekamen.

„Wenn sie den Eltern beim ersten Anruf erzählen, dass es hier jede Menge frisches Gemüse, Salat und Biofleisch gibt, sind die Alten beruhigt und schicken die Kinder wieder her, denn was lässt jedes Mutterherz höherschlagen? Na? Genau! Wenn das Kind gut und gesund gegessen hat! Oder hätte essen können. Dass die Blagen das Biofleisch genauso stehen lassen wie alles andere, ist Nebensache. Der erste Eindruck, das ist, was zählt!"

Herbert Meier ließ keine Mitarbeiterversammlung verstreichen, ohne seine Essensstrategie zu erläutern. Martha und Angela hatten bereits des Öfteren einen kleinen Wettbewerb daraus gemacht, wer seine „Essensrede" besser wortgetreu nachsprechen konnte.

Gemäß der Anweisungen ihres Chefs stand Martha einige Stunden später vor einer riesigen Schüssel dampfender Vollkornnudeln mit Bio-Bolognesesoße, die mit frischem Basilikum bestreut war, und bereitete sich auf den Ansturm der zweiten Essensgruppe – darunter die neu angekommenen Fußballjugendlichen – vor.

Obwohl Martha mit ihren 19 Jahren kaum älter war als die Jungen, die nun in den Saal strömten, war sie immer wieder erstaunt, wie anders diese waren. Marthas Mutter hatte es selten geschafft, eine Arbeitsstelle länger als ein paar Monate zu behalten, und das Geld war stets knapp gewesen. Marthas Anziehsachen hatten meist an letzter Stelle der Anschaffungsliste und auf jeden Fall weit hinter dem Alkoholvorrat ihrer Mutter gestanden. Für mehr als ein paar abgetragene Jeans und ausgebeulte Schuhe aus dem Secondhandladen hatte es nie gereicht.

Seitdem Martha selber Geld verdiente, war es kaum besser geworden, sie musste fast ihr gesamtes Gehalt zu Hause abgeben. Ihre Mutter, die sie zeitlebens hatte spüren lassen, dass Martha für sie nichts anderes als eine ungewollte Last war, die ihr Vater ihr hinterlassen hatte, forderte das Geld, das sie jahrelang in Marthas Verpflegung, Kleidung und Ausbildung gesteckt hatte, zurück.

Die Jungen, die den Saal betraten, trugen genau wie Martha verschlissene alte Jeans. Mit dem Unterschied, dass ihre Jeans maschinell „abgetragen" waren und die Eltern wahrscheinlich einen hohen Preis in einem Designerladen dafür gezahlt hatten.

Auf den T-Shirts der Jungen prangten die Namen teurer Modelabels.

Martha hatte in der Schule viele Jahre Neid verspürt, wenn sie die schöne, gepflegte Kleidung der anderen Kinder gesehen hatte, mittlerweile war sie verständig genug zu wissen, dass teure Kleidung nicht gleichbedeutend mit mehr Zeit oder Aufmerksamkeit der Eltern war. Im Gegenteil, meist war die Luxusausstattung des Nachwuchses ein solides Anzeichen für zwei Vollzeit arbeitende Eltern, die am Wochenende ihre Abwesenheit mit Geschenken wiedergutzumachen versuchten.

Während ein Junge nach dem anderen zu ihrer Essstation kam und sich den Teller von Martha mit Nudeln füllen ließ, bemühte sie sich, ihren Blick auf das Pastagericht vor sich zu konzentrieren und die Jungen nicht anzusehen, um sich so unangreifbar wie möglich zu machen.

Martha war trotz ihrer schäbigen Kleidung eine sehr attraktive junge Frau, welche die Blicke der Männer mühelos auf sich zog. Sie war schlank und groß gewachsen, hatte lange, dicke dunkelbraune Haare, die sie fast immer zu einem hohen Dutt zusammengesteckt trug. Ihre fast schwarzen Augen hatten einen für ihre Lebensumstände erstaunlichen Glanz und schienen förmlich aufzuleuchten, wenn sie lachte. Die Haar- und Augenfarbe, den südländischen Teint, die vollen Lippen und die tiefen Grübchen in den Wangen hatte sie von ihrem Vater, einem Halbitaliener, geerbt. Martha hatte oft überlegt, ob es vielleicht die frappierende Ähnlichkeit zu ihrem Vater war, die ihre Mutter ihr nicht vergeben konnte.

Den jugendlichen Teilnehmern der verschiedenen Ferienlager blieb das gute Aussehen der Küchenhilfe ebenfalls nicht verborgen und Martha hatte schon mehr als einmal Avancen der pubertierenden Jungen abwehren müssen. Meist war es Angela, die ihr half, die Jungen auf Abstand zu halten.

„Guten Abend. Dürfte ich bitte etwas von der Bolognesesoße kosten?", schreckte eine leise, sanfte Stimme Martha aus ihrem Rhythmus des gleichmäßigen Tellerausgebens auf.

Sie sah von ihrer Arbeit hoch und schaute in ein Gesicht, das so ungewöhnlich war, dass sie entgegen ihren Vorsätzen den Blick für einen Moment verweilen ließ, bevor sie sich wieder der Spaghettisoße zuwandte. Der Junge, der vor ihr stand, sah aus wie ein Engel.

Martha war sich sicher, dass der Vergleich zu einem Engel das Letzte war, was ein Sechzehnjähriger hören wollte, aber die hellblonden halblangen Locken, die himmelblauen Augen und das zart geschnittene Gesicht mit einer Haut, die fast durchsichtig erschien und ohne den geringsten Ansatz von Bartflaum war, ließen den Jungen tatsächlich wirken wie einen Himmelsboten. Gegen ihren Willen sah Martha nochmals auf und lächelte dem Jungen zu. Dieser lächelte sanft zurück und wiederholte seine Bitte nach Pasta, während in der Schlange hinter ihm erste Stimmen laut wurden, was so lange dauere.

„Hier bitte", sagte sie und reichte dem Jungen einen vollen Teller über den Tresen.

„Danke, das sieht wirklich köstlich aus", sagte der Junge und ging weiter.

Während sie Pasta und Soße auf den nächsten Teller füllte, versuchte Martha, sich zu erinnern, ob ihr jemals zuvor eines der Kinder gedankt oder gar gesagt hatte, das Essen sähe gut aus. Es fiel ihr keine Gelegenheit ein.

*

„Hallo", rief eine Stimme Martha von hinten zu, als sie sich am nächsten Tag kurz nach 14 Uhr gerade schwungvoll auf ihr

Fahrrad setzen und nach Hause losradeln wollte. Sie hatte ihre normale Tagesschicht, die von zehn bis neunzehn Uhr dauerte, mit Angela getauscht, die einen Arzttermin am frühen Morgen gehabt hatte.

Es war ein wunderbarer Sommertag und Martha wollte den unverhofft freien Nachmittag nutzen, um mit mühsam erspartem und vor ihrer Mutter verborgenem Geld einkaufen zu gehen. Ihr Freund Richard hatte angekündigt, sie am Wochenende groß auszuführen, und Martha wollte so gut wie möglich aussehen. Sie konnte es nicht genau wissen, hatte aber das Gefühl, dass Richard ihr einen Heiratsantrag machen würde. Warum sonst sollte er sie „groß" ausführen? Das war nicht Richards Stil, er sparte sein Geld, das er als Berufssoldat verdiente, am liebsten.

„Dann können wir uns später mehr leisten, vielleicht sogar ein eigenes kleines Haus", pflegte er zu sagen, wenn sein Wochenendplan einmal mehr darin bestand, es sich daheim vor dem Fernseher gemütlich zu machen.

Martha war das sehr recht. Sie hatte selber kein Geld, um für Kino- oder Restaurantbesuche zu bezahlen, und wollte sich nicht ständig von Richard einladen lassen. Es gefiel ihr außerdem, wie selbstverständlich Richard Zukunftspläne für sie beide machte. Zeigte die Konsequenz, mit der Richard zu Hause blieb und sein Geld sparte, nicht, dass er auf keinen Fall ein Herumtreiber und Fremdgeher war wie ihr eigener Vater und Großvater?

Martha hatte ihre unglückliche Kindheit und die Verbitterung ihrer Mutter, die diese in offenem Hass gegen ihre einzige Tochter auslebte, nur überstanden, weil sie sich über die Jahre auf ein Ziel fixiert hatte: Sie wollte eine eigene, glückliche Familie gründen. Sie wollte einen Mann und Kinder, mit denen sie am Wochenende Ausflüge und an langen Winterabenden

Gesellschaftsspiele spielen konnte. Der Gedanke, allein und unabhängig von einem Mann ihr Lebensglück zu suchen, war Martha gelegentlich gekommen, aber sie hatte ihn immer verworfen und spätestens, seit sie Richard kannte, war sie nicht mehr bereit, auch nur darüber nachzudenken.

„Du bist regelrecht besessen von deinem Traum der glücklichen Familie!“, hatte ihr Angela mehr als einmal vorgeworfen. „Du willst deiner Mutter und Oma beweisen, dass man mit einem Mann glücklich sein kann, aber deswegen auf einen Antrag von diesem langweiligen, spießigen Richard zu warten, statt das Leben zu genießen, ist einfach bescheuert!“

„Hallo“, sagte die Stimme hinter Martha erneut. „Träumst du?“

Es war der engelsgleiche Junge vom Vortag.

„Hallo“, gab Martha vorsichtig zurück und wunderte sich, warum der Junge nicht bei den anderen aus seinem Camp war, die den Nachmittag beim Fußballtraining verbringen sollten.

„Ich habe mir gestern Abend den Fuß verstaucht und kann heute nicht mitspielen“, erklärte der Junge, als könnte er ihre Gedanken lesen, und lächelte Martha freundlich an.

„Das tut mir leid“, sagte Martha höflich und wollte endlich auf ihr Fahrrad steigen. „Trotzdem einen schönen Nachmittag.“

„Ich heiße Gabriel“, stellte der Junge sich vor und platzierte seinen Fuß vor dem Vorderreifen von Marthas Fahrrad, was es ihr unmöglich machte, loszufahren. Martha sah den Jungen irritiert an. „Wie darf ich dich nennen“, fragte er nun. „Du hast sicher einen Namen der deiner Schönheit gerecht wird.“

„Einen passenderen Namen, als den des Erzengels, der oft als Frau dargestellt wird, hätten sich deine Eltern kaum aussuchen können“, hätte sie, sich an den Religionsunterricht ihrer Schulzeit erinnernd, fast laut gesagt, während sie das Gesicht des Jungen vor sich musterte.

Gabriel hatte trotz seines sanften Aussehens einen erstaunlich durchdringenden Blick, mit dem er sie nun abwartend ansah. Martha schaffte es nicht, sich ihm zu entziehen, und sagte zögernd: „Ich bin Martha."

„Was für ein wundervoller und seltener Name."

Martha hatte sich bisher keine Gedanken um ihren Vornamen gemacht und ihn erst recht nicht schön gefunden. Sie war nach der Mutter ihres Vaters benannt worden, was dazu geführt hatte, dass ihre eigene Mutter den Namen so gut wie nie benutzte. Sie rief für gewöhnlich „Tochter", wenn sie etwas von Martha wollte.

„Danke. Ich muss jetzt wirklich los", ließ sie Gabriel wissen, der weiter neben ihr stand und lächelte.

„Bis hoffentlich bald mal." Gabriel zog seinen Fuß zurück und strich ihr zum Abschied leicht über den Rücken, dann drehte er sich um und ging langsam auf den Fußballplatz zu, wo die anderen Jungen trainierten.

Martha sah ihm nach, wie er den Weg entlangschlenderte.

„Was für ein merkwürdiger Junge", dachte sie.

Obwohl sie die Geste als aufdringlich empfunden hatte, verspürte sie ein merkwürdig wohliges Gefühl an der Stelle, an der seine Hand ihren Rücken berührt hatte.

4.

„Nummer 9 lebt!“

Er lachte bei dem Gedanken an diese mögliche Zeitungsschlagzeile. Dann betrachtete er das junge Mädchen, das gefesselt und geknebelt vor ihm auf dem Stuhl saß und ihn mit so großer Angst in den Augen anstarrte, dass sie einem leidtun konnte. Doch natürlich tat sie ihm nicht leid. Und natürlich würde sie nicht leben. Das wäre entgegen seinem Plan. Ihre Eltern würden nicht leiden, wenn ihre geliebte Tochter überlebte, sondern am Ende sogar Glück empfinden, dass sie den Fängen des Monsters entkommen war. Zu schade, dass sie keinerlei Anrecht auf Glück hatten, nachdem sie ihn seiner Chance auf Glück beraubt hatten. Wie hieß es so schön in der Bibel: Auge um Auge, Zahn um Zahn.

Er strich dem Mädchen über die Wange, was sie zusammenzucken ließ.

„Ganz ruhig“, sagte er leise. „Du hast eine sehr besondere Aufgabe. Vielleicht die wichtigste von allen. Du bist der Schlüssel meines genialen Plans.“

Der Fundort von Nummer 9 würde die Polizei einen Schritt näher zum Täter und seinem Motiv führen. In ihrer Selbstüberschätzung und Dummheit würden die Beamten allerdings übersehen, dass ihnen dieser kleine Schritt nichts nützte, weil er ihnen meilenweit voraus war. Stattdessen würden sie jubilieren, sich von der Presse für den Ermittlungserfolg feiern lassen. Endlich war man dem Täter auf der Spur! Es war nur noch eine Frage der Zeit, bis wieder Recht und Ordnung herrschten.

Er lachte vergnügt und hängte das Bild des Mädchens neben die anderen Bilder seiner Opfer an der weißen, ansonsten kahlen Wand auf.

Nummer 9 begann, auf dem Stuhl neben ihm hin und her zu rutschen, soweit sie es in ihren engen Fesseln konnte. Wahrscheinlich wollte sie, dass er auf sie aufmerksam wurde, ihr den Knebel abnahm, und ihn anflehen, sie zu verschonen.

Er betrachtete sie einen kurzen Moment. Sie war ein hübsches Ding mit braunen Haaren und Augen. Genau sein Typ. Er bevorzugte den dunklen, südländischen Frauentyp. Lag wohl in der Familie. Zum Glück waren die Frauen immer hinter ihm her gewesen, die meisten hatten sich ihm regelrecht an den Hals geworfen. Er hatte selten Probleme gehabt, eine Frau zu finden, die mit ihm ins Bett wollte. Und wenn eine sich ihm tatsächlich entzog, seinem Charme nicht erlag, dann hatte er sie sich eben genommen.

Er nahm ein Messer von dem Tisch, auf dem seine Instrumente lagen. Das Mädchen versuchte vergeblich, durch ihren Knebel zu schreien.

„Du brauchst nicht zu schreien", sagte er mit leiser, beruhigender Stimme zu seinem Opfer und genoss den kurzen Moment, in dem er Hoffnung in ihren Augen aufflackern sah, bevor er weitersprach: „Hier kann dich niemand hören. Glaub mir, dafür habe ich gesorgt."

Er setzte das Messer an und holte tief Luft. Die Polizei würde den Eltern später dringend davon abraten, aber natürlich würden sie ihr Kind ein letztes Mal sehen wollen. Es würde kein schöner Anblick werden.

5.

1981

Martha stand vor dem Badezimmerspiegel, über dessen Oberfläche ein langer Riss ging, und sie hatte den merkwürdigen Jungen aus dem Ferienlager vollkommen vergessen. Sie hatte ein ganz anderes Problem. Es war Samstagnachmittag und damit der Tag, an dem Richard mit ihr „groß" ausgehen wollte.

An ihrem freien Nachmittag in der Stadt hatte sie sich ein geblümtes Kleid mit einem runden, hohen Halsausschnitt – Richard mochte keine Frauen mit aufreizender Kleidung – gekauft und einen dazu passenden Lippenstift. Es war der erste in ihrem Leben, Martha besaß keinerlei Make-up. Ein Lippenstift war aufgrund der klammen Finanzlage der Familie für Martha ein unerschwinglicher Luxusartikel und genau das war das Problem: Wie sollte sie aus dem Badezimmer heraus und an ihrer Mutter vorbeikommen, die seit dem frühen Nachmittag mit einer Weinflasche neben sich im Wohnzimmer saß und Fernsehen schaute?

Hätte Martha über mehr Selbstbewusstsein verfügt, hätte sie ihrer Mutter vorhalten können, dass die diversen Weinflaschen, die sie an diesem Tag noch leeren würde, weit mehr kosteten als der Lippenstift aus dem Drogeriemarkt. Leider fehlte es Martha an genau diesem Selbstbewusstsein. Was ihre Mutter zu dem neuen Kleid sagen würde, mochte sie sich lieber nicht vorstellen.

Seufzend wischte sie sich den Lippenstift ab und zog ihr Kleid aus. Sie steckte beides zurück in die Einkaufstüte und zog ihre gewohnte Jeans mit einem T-Shirt an, das ein unübersehbares Loch am Ärmel hatte. Sie würde das Haus ganz normal verlassen, sich hinter der Hecke der Nachbarn umziehen und darauf hoffen, dass nicht genau in dem Moment jemand vorbeikam. Dann würde sie auf Richard an der Straßenecke warten.

„Ein Glück, dass Richard so zuverlässig ist“, murmelte Martha zu sich selber. „Er war noch nie zu spät und ich werde nicht lange auf der Straße rumstehen müssen.“

Sie schloss die Badezimmertür auf und ging festen Schrittes, die Einkaufstüte an sich gepresst, an der offenen Wohnzimmertür vorbei. Martha hatte vor langer Zeit gelernt, dass ihre Mutter das kleinste Zeichen von Schwäche oder Unentschlossenheit regelrecht wittern konnte und sofort zu einem langen Vortrag darüber ansetzte, wie verdorben die Welt im Allgemeinen, die Männer im Besonderen und ihre eigene Tochter als Krönung von allem waren.

„Tschüss, Mama, es wird heute etwas später!“, rief sie und schlug die Haustür zu, hinter der sie noch das einsetzende Gezeter ihrer Mutter zu vernehmen glaubte.

Wenig später stand Martha an der Straßenecke, zupfte am Saum ihres neuen Kleides und wartete auf Richard. Es gab keinen Grund, warum ihre Mutter auf die Straße kommen sollte, es war für gewöhnlich Martha, die die leeren Weinflaschen am nächsten Morgen zum Altglascontainer brachte, dennoch konnte sie es nicht erwarten, sicher neben Richard zu sitzen. Sie warf einen nervösen Blick auf das baufällige, kleine Haus, das ihre Mutter nach der Scheidung von ihrem Vater bekommen hatte. Martha hatte sich oft gefragt, warum ihre Mutter das Haus nicht verkaufte, das sie mindestens so sehr wie ihre Tochter an ihren Ex-Ehemann erinnern musste und dessen Instandhaltung sie sich schon lange nicht mehr leisten konnte. Doch ihre Mutter weigerte sich, einen Hausverkauf auch nur zu diskutieren, und schließlich war Martha zu dem Schluss gekommen, dass ihre Mutter schlicht zu antriebslos für die Mühen eines Umzugs war. Was für Martha nicht galt, sie hätte das Haus lieber heute als morgen verlassen, doch von ihrem mageren Gehalt konnte sie sich eine eigene Wohnung nicht leisten. Ihre Wohnsituation war ein weiterer Grund, warum Martha es kaum abwarten konnte, Richard zu heiraten, denn anschließend konnten sie in eine gemeinsame Wohnung ziehen.

Endlich sah sie das kleine rote Auto, Richards ganzen Stolz, auf sich zufahren. Erleichtert öffnete sie die Tür und ließ sich auf den Beifahrersitz fallen. Richard sah sie überrascht an.

„Du siehst hübsch aus“, machte er ihr statt einer Begrüßung ein ungewohntes Kompliment. Martha überlegte, ob es vielleicht sogar das erste Kompliment war, das er ihr überhaupt gemacht hatte.

„Danke.“ Sie lächelte ihn schüchtern an, obwohl sie bereits seit fast drei Jahren ein Paar waren.

Zumindest waren sie auf dem Papier ein Paar. Zu mehr als ein paar Küssen war es zwischen ihnen nicht gekommen, da Richard aus einem streng katholischen Elternhaus stammte und alles, was mit Sex zu tun hatte oder in diese Richtung führte, vor der Ehe ablehnte. Martha nahm auch das als Zeichen für Richards Beständigkeit und unterdrückte die in ihr durchaus vorhandene Lust und Neugier auf ihr „erstes Mal“ so gut sie konnte. Vielleicht würde ihr Freund, wenn er ihr tatsächlich einen Verlobungsantrag machte, seine Zurückhaltung aufgeben, hoffte Martha. Verlobt war schließlich so gut wie verheiratet.

*

Als Richard sie am späten Abend vor ihrer Haustür absetzte, war Martha immer noch Jungfrau, aber dafür ihrem Lebenstraum ein großes Stück näher gekommen. Sie war verlobt und trug einen schmalen Ring mit einem Stein, so winzig, dass man ihn kaum wahrnahm, an ihrer rechten Hand und hatte nur einen Wunsch: Jemand von ihrem Glück zu erzählen. Was unmöglich war, da ihre Mutter wie so oft betrunken auf dem Sofa eingeschlafen sein und sich sowieso kaum mit ihrer Tochter freuen würde. Im Gegenteil, Martha konnte sich bildlich vorstellen, wie ihre Mutter losschimpfen und eine ausführliche Tirade darüber ablassen würde, dass kein Mann treu sein könne und ausgerechnet Martha dies auch nicht verdiene.

„Ich sollte mich glücklich schätzen, dass sie so voll sein wird, dass sie mich nicht mal nach Hause kommen hört“, tröstete Martha sich und öffnete die Haustür.

„Wo hast du Flittchen gesteckt?“, schrie ihr im gleichen Moment eine Stimme entgegen.

Martha schaffte es gerade noch, sich den neuen Ring vom Finger zu streifen, bevor ihre Mutter schwer atmend aus dem Wohnzimmer getorkelt kam.

„Ich war mit Richard aus, was sollte ich sonst gemacht haben“, antwortete Martha leise und machte sich auf das Schlimmste gefasst.

Als sie vor drei Jahren, kurz nach ihrem Schulabschluss, begonnen hatte, mit Richard auszugehen, hatte ihre Mutter ihr ständig aufgelauert, wenn sie nach Hause kam, und sie mit Vorwürfen und Beschimpfungen über ihren liederlichen Lebenswandel überschüttet. Als sie merkte, dass sie mit ihren Anschuldigungen nichts ausrichten konnte, waren die Attacken weniger geworden und kamen mittlerweile nur selten vor. Warum also gerade heute? Konnte es sein, dass ihre Mutter Wind von der Verlobung bekommen hatte? Aber wie?

„Oh, die feine Dame hat sich extra ein Kleid gekauft für den neuen Verehrer! Oder hast du Schlampe es dir kaufen lassen?", höhnte ihre Mutter weiter, während sie sich mit Mühe am Türrahmen festhielt. „Ein Junge aus gutem Hause mit viel Geld, aber ist er nicht ein wenig jung für dich?"

„Ich weiß nicht, wovon du redest", sagte Martha mit so viel Würde, wie sie aufbringen konnte. „Ich war mit Richard aus und das Kleid habe ich mir zusammengespart."

„Und wer war der Kerl an meiner Haustür, der nach dir gefragt hat?" Ihre Mutter sah Martha mit Abscheu an. „Ich habe es immer gewusst. Du bist genauso verlogen wie dein Vater! Rumhuren willst du und sonst gar nichts!"

„Ich weiß nicht, wovon du redest", wiederholte Martha wahrheitsgemäß und ließ ihre Mutter stehen, bevor diese sich noch weiter in Rage reden konnte.

In ihrem Zimmer angekommen schloss sie die Tür hinter sich ab und versuchte, sich auf das glückliche Ereignis des Abends zu konzentrieren. Sie war verlobt! Nicht mehr lange und sie würde zu Richard ziehen können. Ihr großer Traum würde Wirklichkeit werden. Sie würde eine eigene Familie gründen und ihren Kindern und ihrem Mann die Liebe geben, die sie immer vermisst hatte. Martha legte sich auf ihr Bett und schloss die Augen. Sofort sah sie eine Familie wie aus der Fernsehwerbung vor sich. Mutter und Vater lächelten voller Stolz ihre Kinder an, die im Gegenzug zurückstrahlten.

Wer auch immer der geheimnisvolle Mann an der Tür gewesen war, Martha hatte ihn über die Aussicht, das Leben mit ihrer Mutter endlich hinter sich lassen zu können, sofort wieder vergessen.

6.

Es war Freitagabend und eine lange, unerfreuliche Arbeitswoche lag hinter Amaryllis.

Sie zog ihre graue Stoffhose, die weiße Bluse und den hellgrauen Blazer aus, faltete die Kleidungsstücke ordentlich, legte sie in den Schrank und holte ihre Sportsachen aus einer Schublade.

Die „SOKO Insulin“ war mit ihren Ermittlungen in der vergangenen Woche keinen Schritt weitergekommen und die Stimmung unter den Kollegen war, wenn man es freundlich ausdrücken wollte, angespannt. Mit ihrer Entscheidung, weiterhin bei den Eltern nach einem Motiv für die Morde zu suchen, hatte Amaryllis sich keine Freunde gemacht.

Am Nachmittag hatte sie zwei Kollegen auf dem Flur reden hören, dass es mit „CSI Winter aus New York“ wohl nicht mehr so weit her sei. „CSI keinen Schimmer“ treffe es wesentlich besser. Die beiden hatten sich nicht einmal die Mühe gemacht, ihre Stimmen zu senken, als Amaryllis an ihnen vorbeiging.

„Gut, wenn man verständnisvolle Kollegen hat“, dachte sie. Die Kommissarin seufzte und zog sich ihre bequeme Sporthose und ein T-Shirt an.

„Wie schön wäre es, wenn man mit dem Wechseln der Kleidung auch die düstere Stimmung ablegen könnte", sagte sie leise zu sich selber.

Amaryllis holte ihre Yogamatte aus dem obersten Fach des Schrankes und setzte sich auf den Boden. Ihre Mutter hatte sie schon als kleines Mädchen in die Kunst des Yogas und der Meditation eingeführt. Amaryllis machte normalerweise mindestens zwei- bis dreimal pro Woche Yoga, hatte die Übungen aber über das Rätsel des „Insulinmörders" in letzter Zeit immer wieder ausfallen lassen. Bereits nach wenigen Minuten spürte sie, wie die Verspannungen in ihrem Körper nachließen, und ärgerte sich über sich selber, dass sie so nachlässig gewesen war.

Als sie fertig war, ging sie in die Küche, machte sich einen Tee und suchte im Kühlschrank nach Überresten des Essens vom Vorabend, als sie Benita Hüther erneut zu sich nach Hause eingeladen hatte. Zwischen den beiden Frauen hatte sich eine Freundschaft entwickelt und sie unternahmen regelmäßig etwas zusammen.

Amaryllis wärmte die Reste des „Dal Makhani", eines indischen Linsengerichts, aus dem Kühlschrank auf und setzte sich mit ihrem Laptop an den Esstisch ihrer Großmutter. Die Leiste am unteren Ende des Bildschirms zeigte an, dass drei neue private E-Mails in ihrem Postfach auf sie warteten. Noch aus New Yorker Zeiten hatte sie die strenge Teilung von privaten und beruflichen E-Mails beibehalten, ihr dortiger Chef dort hatte es mehr als ungern gesehen, wenn man beides vermischte.

Amaryllis hatte dies zunächst albern gefunden, im Laufe der Zeit und vor allem während ihrer Scheidung allerdings festgestellt, dass sie es ebenfalls bevorzugte, sich bei der Arbeit nicht von privaten Problemen ablenken zu lassen.

„Jetzt müsste ich nur noch lernen, in meiner Freizeit nicht ständig an die Arbeit zu denken", sagte sie zu sich selber und konnte ein Seufzen nicht unterdrücken. Sie wusste, dass es niemals einen Fall geben würde, der ihr unwichtig genug war, dass sie nicht am Abend über ihn nachdachte.

Sie öffnete die erste E-Mail, die von Tim Sollinger stammte, einem Mann, den sie vor Kurzem bei einer Party kennengelernt hatte und mit dem sie ein paar Mal ausgegangen war. Die Freunde und Bekannten ihrer Großmutter luden sie weiterhin gelegentlich aus Höflichkeit zu ihren Festen ein und Amaryllis hatte sich in den vergangenen Wochen gezwungen, sämtliche Einladungen anzunehmen.

„Das ist meine Therapie. Wenn ich nicht unter Leute komme, ende ich als einsame alte Frau, die 300 Straßenkatzen in der geerbten, heruntergewirtschafteten Villa ihrer Oma füttert", hatte sie Benita erklärt, die sich verwundert über das plötzliche „Partyleben" ihrer Kollegin geäußert hatte. Und Amaryllis' selbst verordnete Therapie hatte gewirkt.

Die Entwicklung war schleichend gewesen, doch eines Abends, als sie von einer Dinnerparty nach Hause gekommen war, hatte Amaryllis festgestellt, dass sie sich nicht mehr davor fürchtete, allein in das leere, große Haus ihrer verstorbenen Großmutter zurückzukehren. Sie hatte begonnen, Freunde in Berlin zu suchen und zu finden, und nun gab es sogar einen Verehrer. Amaryllis war sich sicher, dass sie keine ernsthafte Beziehung mit Tim Sollinger wollte, aber die Verabredungen mit ihm hatten ihrer Seele und ihrem Selbstbewusstsein gutgetan.

Amaryllis klappte ihr Laptop zu und schüttelte den Kopf. Ihr Leben war ein schlechter Witz. Kaum hatte sie begonnen, ihre Scheidung zu vergessen, Berlin zu mögen und mit dem Gedanken zu spielen, hierzubleiben und ernsthaft neu anzufangen, stand sie vor dem größten Desaster ihrer Karriere. Noch sprach niemand offen aus, was alle wussten: Wenn es nicht bald einen Durchbruch der „SOKO Insulin“ gab, würden Köpfe rollen. Und welches Bauernopfer eignete sich besser als die kühle Kommissarin, deren Einstellung sich trotz ihrer groß angekündigten Ausbildung in den USA als ganz offensichtliche Fehlentscheidung herausgestellt hatte? Das Schlimme war, dass sie auch begann, an sich zu zweifeln.

Eine Mischung aus erlerntem Wissen, Erfahrung, Instinkt und nicht zuletzt Ehrgeiz hatte sie bislang zu einer sehr guten Polizeibeamtin gemacht, wenn nicht sogar zu einer der besten. Doch an diesem mysteriösen Fall biss sie sich die Zähne aus. Weder ihr Wissen noch ihre Erfahrung und schon gar nicht ihr Instinkt oder Ehrgeiz hatten sie einen Schritt in die richtige Richtung gehen lassen. Im Gegenteil. Es sah ganz so aus, als hätte sie sich in den Fall so emotional verstrickt, dass sie sich mit ihrer Idee, der Täter wolle die Eltern der Opfer strafen, komplett verrannt hatte.

Das Klingeln des Telefons riss Amaryllis aus ihren trüben Gedanken. Ein Blick auf die Nummer des Anrufers ließ sie ahnen, dass sie sich in wenigen Minuten noch schlechter fühlen würde.

*

„Das ist mir vollkommen egal! Sie lassen alles so, wie es ist, oder Sie können sich darauf einstellen, dass Sie den größten Ärger kriegen, den Sie jemals hatten!“

Falk drückte wutentbrannt auf seinem Smartphone herum. Man konnte ihm ansehen, dass er gerne mit der Hand gegen die Scheibe von Amaryllis’ Wagen geschlagen hätte und sich nur mit viel Mühe zurückhielt.

Es war nach Mitternacht und sie würden laut Navigationsgerät ihr Fahrtziel Verden in wenigen Minuten erreichen.

„Wir hätten längst da sein können. Jetzt weißt du, warum diese blöde Ziege es schafft, mich immer noch auf die Palme zu bringen.“ Falk klopfte nervös mit seinen Fingern an die Klappe des Handschuhfachs.

„Du solltest es mal mit Yoga und Meditation versuchen. Wie ich dich einschätze, denkst du jetzt an Räucherstäbchen, Kräutertee und durchgeknallte Yogigurus, aber wenn du es ernsthaft machst, hilft es dabei, die innere Ruhe wiederzufinden“, schlug Amaryllis ihm vor.

„Momentan wäre mir mehr nach Kickboxen zumute. Am besten gegen meine Ex.Frau“, grummelte Falk und sah aus dem Fenster.

Es war kurz nach 19 Uhr gewesen, als Falk seine Kollegin mit der Nachricht, dass ein neuntes Mordopfer gefunden worden war, angerufen hatte. Die Umsetzung des Beschlusses, sofort gemeinsam zu dem Fundort der Leiche zu fahren, war durch Falks Ex-Frau verzögert worden, die sich geweigert hatte, die drei gemeinsamen Töchter, die an diesem Abend bei ihrem Vater übernachten sollten, zu übernehmen. Und das, obwohl sie zu Hause vor dem Fernseher saß und Däumchen drehte, wie Falk seiner Kollegin verärgert berichtet hatte. Es war ihm nichts anderes übrig geblieben, als seine Schwester zu bitten, auf die Kinder aufzupassen. Diese wohnte allerdings außerhalb von Berlin und so waren sie mit fast zwei Stunden Verspätung aufgebrochen.

Die Polizei in Verden, einem kleinen Ort in der Nähe von Bremen, hatte bereits mehrmals angerufen, wann sie die Leiche endlich vom Fundort entfernen konnten, da die örtliche Presse ihnen im Nacken saß.

Amaryllis lenkte ihren Wagen von der Straße auf einen kleinen Feldweg. Sie konnten bereits die Flutscheinwerfer sehen, welche die Polizei auf dem Feld aufgestellt hatte, um die Spuren sichern zu können. Der Weg vor ihnen war mit Autos zugeparkt. Amaryllis fuhr an einem grünen Ford mit Berliner Kennzeichen vorbei. Die Gerichtsmedizinerin Benita Hüther war also bereits vor Ort und hatte die Tote gesehen. Wenigstens etwas. Wahrscheinlich machte sie gerade dem zuständigen Gerichtsmediziner des Landkreises klar, dass die Leiche ihr „gehöre".

Amaryllis parkte ihr Auto und die beiden Berliner Kommissare stiegen aus. Sie konnten Nummer 9 bereits aus der Entfernung sehen. Kein Wunder, dass die Verdener Polizei die Tote so schnell wie möglich aus der Sichtweite der anwesenden Presseleute bringen wollte. Obwohl Amaryllis gewusst hatte, was sie erwarten würde, drehte sie sich für einen Moment um und bekämpfte den Würgereiz in ihrem Hals.

„Mein Gott, was für eine Bestie", murmelte Falk neben ihr.

Der Anblick, der sich ihnen bot, war so unwirklich, dass man hätte meinen können, ein geistig verwirrter Maler habe ein auf seinen kranken Fantasien beruhendes Gemälde gezeichnet. Der Körper eines jungen Mädchens saß in blutdurchtränkter Kleidung auf einem weißen Stuhl mitten auf dem abgemähten Feld. Ihr abgeschnittener Kopf mit geöffneten Augen und vom Blut verklebten Haaren lag neben dem Stuhl. Auf der Stirn klebte ein Sticker mit der Zahl 9.

Amaryllis fröstelte und sah sich um. Dunkle Wolken jagten über den Nachthimmel über ihr. Die Kronen der kahlen Bäume am Rand des Feldes raschelten leise im Wind. Im Hintergrund konnte man die Umrisse eines großen Gebäudes erkennen. Sie zwang sich, das Mädchen und ihren absonderlichen Fundort genauer zu betrachten. Jedes Detail konnte wichtig sein, deswegen hatte Falk darauf bestanden, dass die örtliche Polizei nichts veränderte. Sie ließ ihre Augen von dem Mädchen über das Feld und schließlich zu dem Gebäude schweifen, als sie plötzlich zusammenzuckte.

Irgendetwas an der Szene kam ihr bekannt vor.

7.

1981

„Du hast einen Verehrer!“, rief Angela ihrer Kollegin am Montagmorgen entgegen, als diese die Küche betrat.

„Dir auch einen wunderschönen guten Morgen“, entgegnete Martha vergnügt, die nach einem einsamen Sonntag, den sie komplett in ihrem Zimmer verbracht hatte, um ihrer Mutter nicht begegnen zu müssen, darauf brannte, endlich jemanden von ihrer anstehenden Hochzeit zu berichten.

„Und einen hübschen noch dazu“, schwärmte Angela weiter. „Also, wenn sich so ein Schnuckelchen nach mir erkundigen würde, würde ich die ausgetrocknete Zitrone Richard sofort vergessen.“

Martha überlegte einen Moment, ob sie Richard verteidigen sollte, immerhin war er ihr Verlobter, entschied sich aber dagegen, sie wollte endlich ihre Neuigkeiten loswerden.

„Richard hat mich gefragt, ob ich ihn heiraten will!“, platzte es aus ihr heraus und sie konnte die Überraschung in Angelas Gesicht sehen.

„Wow“, war das Erste, was ihre Kollegin und Freundin sagte.

Angela war keine begnadete Schauspielerin und Martha wusste, was sie von dieser Nachricht hielt: nichts. Aber Angela war gute Freundin genug, um zu wissen, wie schwierig die Beziehung zwischen ihrer Kollegin und deren Mutter war und wie sehr sie der Enge des winzigen Hauses und ihrem Leben entfliehen wollte. Sie umarmte Martha und drückte sie dabei so fest, dass ihr kurz die Luft wegblieb.

„Ich freue mich für dich! Ich weiß, dass dein größter Wunsch in Erfüllung geht und ich hoffe nichts mehr, als dass du glücklich wirst“, sagte Angela herzlich und drückte Martha noch mal an sich.

„Danke“, strahlte Martha. Für einen kurzen Moment vergaß sie alle Probleme in ihrem Leben und genoss es, dass ein anderer Mensch sich aufrichtig mit ihr freute.

„Zu schade, dass ausgerechnet jetzt ein Verehrer auftaucht, nicht mal ich würde es bringen, frisch verlobt zu sein und gleichzeitig einen kleinen Sommerflirt zu haben“, sinnierte Angela weiter und Martha lachte.

„Vielleicht kannst du den Verehrer abgreifen?“, schlug sie vor.

„Ich? Nein danke, ich bin doch nicht zweite Wahl!“, tat Angela empört. „Willst du gar nicht wissen, wer dein Verehrer ist?“

„Doch natürlich, wer ist es denn?“, tat Martha interessiert, obwohl sie lieber über ihre Verlobung mit Richard und die Hochzeit gesprochen hätte. Doch sie ahnte, dass Angelas Bereitschaft, etwas Positives über ihre Pläne zu sagen, erschöpft war.

„Einer der Jungs aus dem Fußballcamp. Sieht aus wie ein Engel. Blonde Locken, zartes Gesicht und ein Mund so rot und rosig, dass man gleich einen Schmatzer draufsetzen möchte." Angela spitzte die Lippen und machte laute Kussgeräusche.

„Ach, das ist Gabriel. Keine Ahnung, was der von mir will. Der hat mich neulich schon so komisch angesprochen, als ich nach Hause fahren wollte."

„Oh, là là, man kennt sich!" Angela warf Martha einen anerkennenden Blick zu. „Willst du wirklich heiraten oder nicht doch lieber erst ein wenig Spaß haben?"

Martha kam nicht dazu zu antworten, da im gleichen Moment ihr Chef Herbert Meier die Küche betrat und seinen Mitarbeiterinnen einen Blick zuwarf, der klarmachte, dass sie sich lieber ihrer Arbeit widmen sollten.

*

„Hallo! Schön, dich zu sehen."

Martha blickte von dem Kartoffelpüree, das sie monoton mit einer großen Kelle auf die Teller der Ferienlagerbesucher schaufelte, auf. Gabriel stand vor ihr und lächelte sie an.

„Hallo. Kartoffelpüree?" Martha verspürte keine Lust, sich mit ihrem vermeintlichen Verehrer zu unterhalten, insbesondere nicht, wenn hinter ihm eine Schlange pubertierender Jungs auf ihr Essen wartete.

„Gerne. Sieht sehr gut aus. Hast du das gekocht?", fragte Gabriel nach, als wäre es das Normalste der Welt, einen kleinen Plausch an der Essenausgabe zu halten.

„Ich habe die Kartoffeln geschält, ich weiß nicht, ob es deswegen anders oder besser schmeckt", antwortete Martha und reichte Gabriel seinen Teller.

„Danke. Ich bin sicher, es ist köstlich. Wir sehen uns nachher."

Mit diesen Worten ging Gabriel weiter und während Martha ihm noch verwundert nachschaute, streckte ihr schon der nächste Junge seinen Teller entgegen.

Während sie weiter Essen austeilte, ging Gabriel Martha gegen ihren Willen nicht aus dem Kopf. Plötzlich wusste sie, wer am Samstagabend an ihrer Haustür geklingelt hatte. Was wollte der Junge von ihr? Und woher wusste er, wo sie wohnte?

*

Gabriel stand neben ihrem Fahrrad, als sie am frühen Abend aus der Küche kam und nach Hause fahren wollte. Martha, die fast mit seinem Erscheinen gerechnet hatte, sah ihn kühl an und fragte: „Verfolgst du mich?"

Statt zu antworten, lächelte Gabriel und sah sie mit seinen blauen Augen durchdringend an, was Martha zu ihrer eigenen Verwunderung nicht unangenehm war. Der Junge hatte irgendetwas. Etwas, das Martha anzog. Obwohl er extrem aufdringlich war und es fast wirkte, als würde er sie wirklich verfolgen.

„Ich war am Wochenende ein wenig in der Gegend unterwegs", erklärte Gabriel ihr. „Viel ist hier nicht los und coole Läden gibt es gar nicht. Aber ich habe ein ganz nettes Restaurant gefunden, wo man im Hinterhof draußen sitzen kann. Darf ich dich auf ein Glas Wein einladen?"

Die Idee, nach der Arbeit auszugehen und ein Glas Wein mit einem Fremden zu trinken, war so unvorstellbar für Martha, dass sie fast losgelacht hätte. Sie war noch nie mit einem Mann außer Richard ausgegangen.

„Bist du nicht ein wenig jung für ein Glas Wein in der Öffentlichkeit?", fragte sie Gabriel.

„Vielleicht, vielleicht aber auch nicht. Du kannst es herausfinden, wenn du Ja sagst."

Martha spürte ein merkwürdiges Gefühl in ihrer Bauchgegend.

„O. k., warum nicht", hörte sie sich zu ihrem eigenen Erstaunen sagen. Was machte dieser Junge nur mit ihr? Das Letzte, was sie wollte, war, mit ihm Zeit zu verbringen, und trotzdem hatte sie ja gesagt.

Gabriel strich ihr, wie schon bei ihrer ersten Unterhaltung, leicht über den Rücken und nahm ihr galant das Fahrrad ab, um es für sie zu schieben. In diesem Moment wusste Martha, was er mit ihr machte: Er gab ihr das Gefühl, etwas Besonderes zu sein. Ein Gefühl, so unbekannt für Martha, dass sie beschloss, es einfach zu genießen. Zumindest für einen Abend.

8.

Dr. Frederik Sonsalla sah aus dem Fenster und beobachtete fast verträumt die dichten Nebelschwaden, die an diesem Herbstsonntag über Berlin hingen. Der Psychologe wirkte ganz so, als wäre er allein in seinem Büro und als gäbe es keinen verrückten Killer, der wahllos Menschen abschlachtete. Amaryllis räusperte sich, um dem Mann ihre Anwesenheit in Erinnerung zu rufen. Der Erfolg war überschaubar, ihr Gegenüber tat weiterhin so, als wäre sie nicht da und als würde er zum ersten Mal in seinem Leben Nebel sehen.

„Schwierig“, sagte er nach einer gefühlten Ewigkeit endlich, um dann weiter zu schweigen und aus dem Fenster zu blicken.

Amaryllis zwang sich, tief durchzuatmen. Sie wurde das Gefühl nicht los, dass Frederik Sonsalla sie provozieren wollte.

„Der Typ ist ein solcher Widerling, dass man sich wundert, warum er nicht selber Massenmörder geworden ist“, hatte Falk erklärt, als es darum ging, wer das von oberster Stelle angeordnete Gespräch mit dem Polizeipsychologen führen sollte. „Und nachdem unser lieber Chef Hubert Neustädt ihn gezwungen hat, sein heiliges Wochenende wegen der Dringlichkeit des Falles zu unterbrechen, ist er bestimmt noch unerträglicher als sonst. Ich lasse dir großzügig den Vortritt, als Erste seine Erkenntnisse über den Täter zu hören."

„Er ist immer so, ich darf das nicht persönlich nehmen", dachte Amaryllis und sagte laut: „Der Fundort der Leiche und die Brutalität des Mordes wirkten auf mich, als wollte der Täter uns damit etwas sagen."

In ihrem Kopf tauchte die gespenstische Szene auf dem Feld auf, wo das Mädchen gefunden worden war. Es war ihr noch immer nicht gelungen, herauszufinden, welches Detail es war, das ihr bekannt vorkam. Sie hatte während der nächtlichen Rückfahrt nach Berlin kein Wort gesprochen, da sie an nichts anderes hatte denken können, doch ihre Erinnerung ließ sie im Stich. Es war eine vage Hoffnung, aber vielleicht würde der Polizeipsychologe etwas sagen, das ihrem Gedächtnis auf die Sprünge half.

„Jeder Fundort, jede Leiche, jeder Tatort, jeder Täter, jeder strafbare Akt kann und sollte uns etwas sagen", erklärte Frederik Sonsalla mit einem an Arroganz grenzenden Unterton.

„Und was sagen Fundort, Leiche, Tatort, Täter und strafbarer Akt uns in diesem Fall?", fragte Amaryllis betont höflich nach, obwohl sie den Psychologen lieber gesagt hätte, dass er ihr wahnsinnig auf die Nerven ging und sie ihm am liebsten eine seiner Tassen mit kaltem Kaffee, die wie immer auf seinem Schreibtisch standen, ins Gesicht geschüttet hätte.

Frederik Sonsalla seufzte tief und zuckte mit den Schultern. „So leid es mir tut, ich kann keine Wunder vollbringen und innerhalb von 12 Stunden ein Täterprofil erstellen. Das wäre nicht seriös."

„Es ist ebenfalls nicht seriös, am Sonntagnachmittag bei Kaffee und Kuchen sein Wochenende zu genießen, wenn da draußen ein Killer herumläuft, der jede Minute wieder zuschlagen kann! Sie sollen natürlich kein fundiertes Täterprofil erstellen, sondern einfach sagen, ob sich Ihrer Meinung nach beim Tod von Nummer 9 für den Täter etwas geändert hat oder es aus psychologischer Sicht eine Auffälligkeit gibt. Und wie Sie genau wissen, war dieses Gespräch nicht meine oder Kommissar von Heerens Idee, sondern die unseres gemeinsamen Vorgesetzten, also machen Sie jetzt bitte, was Ihnen gesagt wurde und halten die Ermittlungen nicht mit Ihrem Unmut, am Wochenende arbeiten zu müssen, auf!"

Amaryllis war sich bewusst, dass sie den Frust der vergangenen Wochen an Dr. Sonsalla ausließ und ihr Ton dem Polizeipsychologen alles andere als gefallen haben dürfte, aber sie verspürte keine Lust, weiter ihre Zeit mit zurückhaltender Höflichkeit zu verschwenden.

„Immer langsam", sagte Frederik Sonsalla und machte eine beruhigende Handbewegung, als wolle er ein aufgeschrecktes Tier beruhigen. „Es gibt keinen Grund, gleich aggressiv zu werden, Frau Winter. Sie sind emotional viel zu sehr in den Fall verstrickt. Das war schon öfter ihr Problem, oder?"

„Vielleicht sollten Sie Ihre Fähigkeiten lieber auf die Analyse des Täters konzentrieren", sagte Amaryllis betont kühl, da ihr Gegenüber ins Schwarze getroffen hatte und sie sich wie ein ertapptes Schulmädchen fühlte. „Es wäre schön, wenn Sie es dabei belassen würden."

„Natürlich." Der Psychologe lächelte, was ihn in Amaryllis' Augen noch boshafter als sonst aussehen ließ. „Ich kann über den Täter nichts Neues sagen. Der neue Mord ist zweifelsohne nochmals deutlich brutaler als der an Gregor Hausmann. Wenn wir es mit einem Sexualtäter zu tun hätten, könnte man annehmen, dass sich seine Aggression und Wut gegen seine Opfer steigern. Wir haben es aber nicht mit einem Sexualtäter zu tun. Ich gehe deswegen weiterhin davon aus, dass der Täter einen konkreten Plan verfolgt. Es scheint Teil dieses Planes zu sein, dass er seine Opfer immer grausamer umbringt, wahrscheinlich wegen der Aufmerksamkeit, die er so bekommt. Und natürlich will er, dass die Polizei weiß, dass nur er der Täter sein kann."

Amaryllis sah den Psychologen verständnislos an. „Wie meinen Sie das? Natürlich wissen wir, dass er der Täter ist."

„Frau Winter! Ihre und die Arbeit Ihrer Kollegen in Ehren, aber hätte die Polizei wirklich einen Zusammenhang zwischen den Morden an Gregor Hausmann, dem jungen Mädchen in Verden und den beiden Berliner Insulinopfern hergestellt, wenn der Täter seine Opfer nicht mit Stickern markieren würde? Die Mordwaffen sind unterschiedlich, die Personen kennen sich nicht, sie kommen aus verschiedenen Städten, sie haben nichts gemeinsam und es gibt bislang keine DNA-Spuren. Und weil die Presse nicht über die Sticker, mit denen er seine Opfer durchnummeriert, informiert ist, können wir sicher sein, dass wir es mit keinem Nachahmer zu tun haben."

„Er will, dass wir ihm folgen", sagte Amaryllis, die den letzten Worten des Polizeipsychologen nur mit halbem Ohr zugehört hatte, nachdenklich. „Und er will den Weg bestimmen. Darum hat er Torben Lindhof zurück nach Berlin gefahren und Gregor Hausmanns Leiche an der Stadtgrenze von Berlin abgelegt. Er veranstaltet eine Art perverse Schnitzeljagd mit uns und wir müssen seinen Hinweisen nachrennen."

„Ganz genau. Sie sollen ihm folgen, er will Ihnen etwas zeigen. Es gibt einen Zusammenhang zwischen den Opfern, doch dieser ist so schwer zu finden, dass er Ihnen dabei hilft, ans Ziel zu kommen. Ich glaube, er hat keine besonders hohe Meinung von Ihnen und ihren Kollegen", sagte ihr Gegenüber mit einem süffisanten Lächeln, welches klarmachte, dass der Täter ihn und seine Arbeit von dieser Beurteilung selbstverständlich ausschloss.

Frederik Sonsalla lehnte sich in seinem Stuhl zurück und kreuzte die Hände über seinem Bauch. „Leider steht zu befürchten, dass er der Polizei nur so lange hilft, wie er es möchte. Sich schnappen zu lassen, dürfte eher nicht Teil seines Planes sein.“

9.

1981

Das Restaurant, das Gabriel ausgesucht hatte, lag versteckt an einem kleinen Feldweg am Rande des Waldgebietes, durch das sie jeden Morgen fuhr, stellte Martha erleichtert fest.

Sie hatte auf dem Weg Angst vor ihrer eigenen Courage bekommen. Was, wenn sie jemand sah und erkannte, wie sie mit einem Ferienlagerbesucher unterwegs war? Es war zwar so gut wie ausgeschlossen, dass ihre Mutter oder Richard, die beide ihre Abende daheim verbrachten, sie sahen, aber was, wenn sie auf ihren Chef oder einen Kollegen aus dem Ferienlager trafen? Theoretisch mussten die jugendlichen Campbesucher sich nach 20 Uhr auf dem Gelände aufhalten, auch wenn Herbert Meier alle ihm zur Verfügung stehenden Augen zukniff, sollte diese Regel gebrochen werden. Was eine Verfehlung seiner Angestellten anging – und das Ausgehen mit einem Minderjährigen fiel wahrscheinlich darunter –, würde er kaum so großzügig sein.

„Setz dich", sagte Gabriel, der wie ein Gentleman den Stuhl für Martha vom Tisch abgerückt hatte. Die Geste war Martha so wenig vertraut, dass sie zunächst nachdenken musste, was sie bedeutete.

„Möchtest du Rot- oder Weißwein?“, fragte Gabriel, als die Bedienung an den Tisch kam, um die Bestellung aufzunehmen.

„Weißwein“, erklärte Martha, die nicht zugeben wollte, dass ihr die Wahl des Weines egal war. Der einzige Wein, den sie in ihrem Leben getrunken hatte, waren ein paar Schlucke aus den billigen Weinflaschen, die ihre Mutter im Lebensmitteldiscounter kaufte.

„Zwei Weißwein“, bestellte Gabriel so selbstsicher, dass die Bedienung, die ihn zunächst zweifelnd angeschaut hatte, keine Nachfrage zu seinem Alter stellte, sondern losging, um den Wein zu holen.

„Wie alt bist du eigentlich? Das Camp geht doch höchstens bis 17 Jahre?“, fragte Martha.

„Ich werde demnächst 17.“ Gabriel lächelte überheblich. „Ist alles eine Frage des Auftretens.“

„Und damit kommst du immer durch?“ Martha konnte nicht glauben, wie selbstsicher dieser Junge war.

„Nicht immer, aber für den Fall der Fälle habe ich den hier.“

Gabriel zog einen Personalausweis aus seiner Hosentasche und klappte ihn auf. Er lautete auf den Namen Gabriel Hoffmann, geboren am 12. Oktober 1960.

„Wo hast du den her?“, fragte Martha nach und betrachtete den engelhaft aussehenden Jungen, der ihr gegenübersaß, ungläubig.

„Ich habe so meine Quellen. Für vieles, oder sagen wir mal so, mit ein bisschen Geld in der Tasche kann man sehr weit kommen“, sagte Gabriel geheimnisvoll und lächelte der Bedienung zu, die gerade die Weingläser vor ihnen auf den Tisch stellte.

„Falls Sie Sorgen hatten, ich wäre noch nicht 18." Gabriel zeigte der Frau seinen Personalausweis, die ihm freundlich zunickte.

Zwei Stunden und zwei Weißweine später war Martha so gut gelaunt, dass sie sich fragte, ob es wirklich nur dem ungewohnten Alkohol zuzuschreiben war, dass sie sich so unbekümmert fühlte wie selten zuvor in ihrem Leben. Gabriel war ein ausgezeichneter Gesprächspartner, er fragte interessiert nach und überbrückte Gesprächspausen mit kleinen Anekdoten aus dem Feriencamp oder fand ein neues Thema, mit dem er die Unterhaltung in Gang hielt. Er machte auf Martha den Eindruck eines erwachsenen Mannes und nicht den eines 16-jährigen Jungen, der in seinen Sommerferien an einem Fußballcamp teilnahm.

Sie wollte gerade eine Frage zu Gabriels eigenem Leben stellen, über das sie bislang nur wenig gesprochen hatten, als er seinen Kopf leicht schief legte und sie mit seinen durchdringenden blauen Augen ansah.

„Wie lange ist dein Vater schon weg?"

Martha war mit einem Schlag nüchtern. Der kurze Moment, in dem sie ihr Leben vergessen und sich umschwärmt gefühlt hatte, war vorbei.

„Woher willst du wissen, dass mein Vater weg ist?" Wie immer, wenn jemand nach ihrer Familie fragte, ging sie in die Defensive. Es ging niemanden etwas an, was bei ihr zu Hause passierte.

„Deine Mutter hat keinen Zweifel gelassen, dass Männer in eurem Haus unerwünscht sind. Den Rest habe ich vermutet." Gabriel musterte sie unverhohlen, fast als würde er nach Schmerz in ihrem Gesicht suchen.

„Lange. Mein Vater ist schon lange weg. Er ist gegangen, als ich vier war."

„Das tut mir leid.“ Gabriel legte seine Hand zart auf Marthas, welche die Berührung einen kurzen Moment genoss, dann aber ihre Hand wegzog.

„Es ist so, wie es ist. Ich glaube, ich sollte langsam nach Hause gehen.“

„Warte“, Gabriel sah sie bittend an. „Ich wollte nicht zu persönlich werden. Ich habe mich nur gefragt, warum ein so schönes Mädchen wie du immer so traurig aussieht.“

Martha zögerte einen kurzen Moment. Gabriel fand sie schön. Sie war irritiert, warum ihr das gefiel. Sie liebte Richard und Ärger wegen eines Flirts mit einem der Jugendlichen aus den Feriencamps konnte sie nicht gebrauchen. Hätte sie die Einladung nur abgelehnt. Was hatte sie sich dabei gedacht.

„Ich muss jetzt wirklich nach Hause“, sagte sie, so freundlich sie konnte. „Morgen gibt es wieder jede Menge Kartoffeln zu schälen.“

Die Erinnerung, dass er mit einer gewöhnlichen Küchenhilfe unterwegs war, würde den Jungen aus gutem Hause zurück auf den Boden der Tatsachen holen, hoffte Martha.

„Wollen wir uns morgen wieder treffen?“ Gabriel sah sie erwartungsvoll an.

„Nein, ich habe morgen schon etwas vor“, log Martha und wunderte sich, warum sie nicht einfach die Wahrheit, dass sie verliebt und verlobt war, sagte, sondern eine glatte Lüge auftischte.

„Dann übermorgen.“ Gabriel lächelte sie zuversichtlich an. „Ich möchte aus der Zeit hier im Camp das Beste machen, und damit meine ich nicht Fußballspielen.“

Auf dem Weg nach Hause – Martha hatte es strikt abgelehnt, dass Gabriel sie begleitete – versuchte sie zu verstehen, was sie an Gabriel fand. Er war zu jung, ein Campbesucher, ein Schnösel aus gutem Hause, er hatte einen gefälschten Pass und stellte ihr nach. Nichts daran gefiel ihr. Und doch, wenn sie ehrlich war, hoffte sie, er würde sie nochmals bitten, mit ihm auszugehen, auch wenn sie natürlich ablehnen würde.

10.

„Sie hat noch gelebt, als er sie enthauptet hat.“ Benita Hüther ließ sich auf einen Stuhl fallen. Selbst das sonst stets frisch aussehende Gesicht der Gerichtsmedizinerin wirkte fahl. Es war bereits später Sonntagnachmittag, als Amaryllis in der Berliner Gerichtsmedizin ankam, wo die Obduktion von Nummer 9 durchgeführt wurde. Benita Hüther hatte, wie Amaryllis vermutet hatte, alle Hebel in Bewegung gesetzt, damit die Leiche noch am Wochenende nach Berlin überführt wurde.

„Was hat das Gespräch mit Sonsalla ergeben?“, fragte Falk.

„So gut wie nichts. Er geht weiterhin davon aus, dass der Täter einen Plan hat, an den er sich hält. Dieser Plan beinhaltet, dass wir wie die Kaninchen hinter der Möhre, die er uns hinhält, herrennen – unter anderem, weil wir zu blöd sind, selber etwas über den Täter herauszufinden“, erklärte Amaryllis missmutig. „Sonsalla meint und ich gehe davon aus, dass er recht hat, dass der Täter uns etwas zeigen will, deswegen positioniert er seine Opfer an bestimmten Orten. Er führt uns langsam, aber sicher – immer streng seinem eigenen Plan folgend – zum Ziel. Nur leider müssen wir wohl davon ausgehen, dass dieses Ziel nicht gleichbedeutend mit seiner Festnahme sein wird. Ich hoffe, die

Obduktionsergebnisse bringen uns weiter“, sagte sie an die Gerichtsmedizinerin gewandt.

„Auf der positiven Seite: erneut keine Spuren von sexueller Gewalt. Immerhin hat er sie nicht vergewaltigt. Sie hat ein paar Blutergüsse an den Armen, die davon zeugen, dass sie sich gewehrt hat. Wissen wir schon, wer sie ist? Und wann und wie sie verschwunden ist?“ Benita sah Falk fragend an.

„Rebecca Los, 16 Jahre alt, ist Freitag nicht von der Schule nach Hause gekommen. Die Mutter hat zunächst angenommen, sie sei kurz mit zu einer Freundin gegangen und hat sich nichts dabei gedacht. Rebecca habe das manchmal gemacht, ohne vorher Bescheid zu sagen. Als ihre Tochter am späten Nachmittag immer noch nicht zu Hause war, hat die Mutter versucht, sie anzurufen, doch ihr Handy war ausgeschaltet.“

Falk seufzte und nahm einen Schluck aus dem Kaffeebecher vor sich. Man konnte ihm ansehen, dass der grausame Tod des jungen Mädchens ihn mitnahm.

„Die Mutter hat schließlich die Freundinnen angerufen, aber keine hatte Rebecca nach der Schule gesehen. Die Eltern wollten am Abend eine Vermisstenanzeige bei der Polizei aufgeben, doch da hatte man ihre Tochter bereits gefunden.“

„Bis wann hatte Rebecca Schule?“, fragte Amaryllis.

„So weit ich das aus den Unterlagen erkennen kann, hätte sie um 15 Uhr die Schule verlassen und gegen 15:20 Uhr zu Hause sein sollen.“

„Die Leiche wurde gegen 18:30 Uhr gefunden?“

„Exakt. Ich ahne, worauf du hinauswillst“, sagte Falk.

„Ja, genau darauf will ich hinaus: Diesmal hatte er sein Opfer höchstens drei Stunden in seiner Gewalt, er muss sie also irgendwo in der näheren Umgebung getötet haben. Und da er das kaum auf dem Feld gemacht haben dürfte, muss er irgendwo einen Unterschlupf haben.“

Amaryllis sah Benita fragend an. „Ich nehme an, wir können davon ausgehen, dass er das Mädchen nicht auf dem Feld enthauptet hat, oder?“

„Er hat sie auf keinen Fall auf dem Feld umgebracht, dafür war am Fundort nicht genug Blut“, bestätigte die Gerichtsmedizinerin. „Wobei es unfassbar genug ist, wie er es geschafft hat, die Leiche auf dem Feld auf einen Stuhl zu setzen, ohne dass ihn jemand gesehen hat! Es gibt, soweit ich es gestern in der Dunkelheit sehen konnte, auch keine Blutspur. Er muss die Leiche in einem Plastikbeutel transportiert haben, den er wieder mitgenommen hat. Vielleicht lohnt es sich, danach zu suchen.“

„Warum ein Plastikbeutel?“, fragte Amaryllis nach. „Es könnte auch eine Art Container oder großer Behälter gewesen sein.“

„Zu schwer, zu sperrig und zu auffällig“, erklärte Benita und Amaryllis nickte.

„Es ist eine einsame Gegend. Es gibt kaum Straßenlaternen und das Feld ist wegen der Bäume am Straßenrand nicht wirklich einsehbar. Wenn nicht gerade jemand über den Feldweg fährt, kann man auf dem Feld in der Dunkelheit machen, was man will, ohne gesehen zu werden. Und trotzdem, der Täter wird immer risikofreudiger, insbesondere wenn man bedenkt, dass er nicht mehr unbemerkt tötet. Erst legt er uns einen Toten samt Hund auf die Tribüne an der Avus, jetzt das Mädchen auf ein Feld“, überlegte Falk. „Ich werde die Suche nach dem Plastikbeutel anordnen, gehe aber davon aus, dass sie sinnlos ist. Wir haben weder die Mordwaffe von Gregor Hausmann und seinem Hund gefunden noch irgendwelche Insulinpens oder Nadeln bei den anderen Opfern. Ich vermute, dass der Täter sie irgendwo – weit entfernt von den Tatorten –

in einem öffentlichen Mülleimer entsorgt, wo sie niemandem auffallen, und die Müllabfuhr erledigt den Rest."

„Umso wichtiger ist es, dass wir die gesamte Umgebung absuchen lassen, irgendwo muss sein Unterschlupf sein. Wir haben endlich eine Spur", sagte Amaryllis euphorisch, doch sie spürte selber, wie gekünstelt ihre Stimme klang. Aber sie hatte das Gefühl, dass alle im Team dringend einen Hoffnungsschimmer brauchten.

„Spur ist übertrieben", warnte Falk sofort. „Wenn er das Mädchen direkt nach der Schule in seine Gewalt gebracht hat und wir Zeit für die Tötung und das Aufstellen des Stuhles abrechnen, bleiben rund zwei Stunden über. Er könnte eine Stunde in eine Richtung gefahren sein, sie in seinem Unterschlupf umgebracht haben und eine Stunde nach Verden zurückgefahren sein. Das macht den Umkreis riesig. Wenn sein Unterschlupf nicht zufällig um die Ecke liegt, werden wir ihn so leicht nicht finden."

Amaryllis stand auf und betrachtete die Fotos der Leiche, die Benita Hüther an eine Pinnwand am anderen Ende des Obduktionssaales geheftet hatte. Ein Bild des Fundortes war ebenfalls dabei. Sie ging auf die Pinnwand zu und sah sich das Foto genauer an. Was war es, das ihr bekannt vorkam? Doch je länger sie auf das Bild starrte, desto verschwommener erschienen ihr die Details. Es war zum Verrücktwerden: Sie hatte den Schlüssel zu den Morden in der Hand und konnte das Schloss nicht finden. Amaryllis überlegte, ob sie Benita und Falk etwas sagen sollte, entschied sich aber dagegen. Mit ihrer Überzeugung, dass das Motiv für die Morde im Leben der Eltern zu finden war, hatte sie die Geduld ihrer Kollegen bereits genug strapaziert. Sie brauchte einen konkreten Anhaltspunkt, die Polizei konnte schlecht nach „etwas, was Kommissarin

Winter an etwas erinnert" ermitteln. Sie seufzte und beschloss, sich für den Moment auf das zu konzentrieren, was sie wussten.

„Immerhin haben wir jetzt eine eindeutige Gemeinsamkeit zwischen den Familien", sagte sie an Falk gewandt. „Zumindest ein Elternteil kommt aus Bremen oder dem Bremer Umland. Bernd Schwarzmann und Jochen Lindhof kommen aus Walsrode, die Hausmanns aus Bremen und die Familie Los aus Verden."

„Stimmt. Das gäbe deiner Elterntheorie neuen Aufschwung. Dagegen spricht, dass Nummer 9 um einiges jünger ist als die anderen Opfer. Von einem echten Muster können wir nicht sprechen", wandte Falk ein.

„Ich denke doch, sieh dir mal die Akte an. Ihre Eltern sind ungefähr so alt wie die Schwarzmanns, Hausmanns und Lindhofs. Rebecca Los war ein Nachzügler, die Los' haben noch zwei ältere Kinder, die im gleichen Alter wie die bisherigen Opfer sind. Aber wen sucht sich unser Täter natürlich aus? Das über alles geliebte, verhätschelte Nesthäkchen natürlich. Wen sonst?"

„Alles schön und gut. Aber erinnere dich, die Eltern von Rebecca haben heute Nacht bei ihrer ersten Befragung sofort gesagt, dass sie die anderen Opfer nur aus den Nachrichten kennen. Auf den Bildern der Familien, die wir ihnen gezeigt haben, konnten sie niemanden wiedererkennen."

Falk stand auf und ging nervös auf und ab. Man konnte den Druck, der auf ihm lastete, im Raum spüren. Die Zeitungen waren am Morgen voll gewesen mit Berichten über das „Killermonster", dem die Polizei nicht habhaft werden konnte.

„Das habe ich nicht vergessen", bestätigte Amaryllis. „Und genau deswegen bin ich überzeugter denn je, dass der Grund für die Morde in der Kindheit oder Jugend der Eltern liegt. Die Eltern sind alle Ende 40, wenn das Verbindungsstück aus der

Zeit stammt, als sie 10 oder 15 waren, dann ist das weit über 30 Jahre, vielleicht sogar 40 Jahre her. Erinnerst du dich noch an die Namen deiner Klassenkameraden aus der Grundschule? Oder an die Kinder aus deinem Schwimmverein? Oder vom Konfirmationsunterricht?"

„Ich nicht und meine Schulzeit ist nicht mal 20 Jahre her", meldete sich Benita zu Wort. „Einen Versuch ist es sicher wert, vor allem, so lange ihr keinen anderen Anhaltspunkt habt, wo ihr nach dem Täter suchen könnt. Wobei man nicht außer Acht lassen darf, dass es schwer sein wird, Unterlagen aus dieser Zeit zu finden, die eine Verbindung zwischen den Eltern zeigen. Damals gab es keine Computer, alles wurde schriftlich in Akten festgehalten. Es ist fraglich, ob zum Beispiel ein Schwimmverein noch Unterlagen aus der Zeit aufgehoben hat. Wenn der Verein überhaupt noch existiert."

„Das ist das eine Problem", sagte Falk düster. „Das andere ist, dass du keine Ahnung hast, wo du mit der Suche nach einer Verbindung beginnen sollst: Kindergärten, Grundschulen, weiterführende Schulen, Sportvereine, Bekannte, der Eisladen, wo man gerne hinging, das Konzert einer Rockband. Es ist eine weitere der berühmten Nadeln im Heuhaufen."

„Ich befrage die Eltern noch mal", sagte Amaryllis zuversichtlich, obwohl sie fast sicher war, dass eine erneute Befragung der Eltern wenig bringen würde. Insgeheim hoffte sie vor allem, bei den Gesprächen mit den Eltern einen Hinweis zu finden, warum der Fundort von Nummer 9 ihr so bekannt vorkam.

„O. k. Aber beeil dich, ich möchte nicht Neustädt oder dem Polizeipräsidenten erklären müssen, warum du Kaffee mit den Eltern trinkst, während ein Mörder, der Deutschland in Angst und Schrecken versetzt, da draußen frei rumläuft. Ich veranlasse derweil die Durchsuchung der weiträumigen Umgebung des Fundortes mit Spürhunden."

Falk schüttelte den Kopf, um so seinen Missmut über den Starrsinn seiner Kollegin auszudrücken, doch Amaryllis kannte ihn mittlerweile gut genug, um zu wissen, dass er sie nicht hätte gewähren lassen, wenn er nicht zumindest eine geringe Chance gesehen hätte, dass sie Erfolg haben könnte.

„Eine Frage bleibt allerdings", sagte der Kommissar nun wieder mit seinem typischen ironischen Unterton. „Warum hat er das Opfer diesmal nicht nach Berlin gebracht? Ist ihm die ewige Fahrerei zu viel geworden?"

„Wenn es nach Dr. Sonsalla geht, veranstaltet er eine Art Opfer-Schnitzeljagd mit uns und das Ziel liegt ganz offenbar nicht in Berlin. Und nicht nur das", antwortete Amaryllis ihrem Kollegen düster. „Er führt uns selber zu seinen Opfern, denn wie unser geschätzter Psychologenkollege leider zu Recht angemerkt hat: Die Polizei hätte wahrscheinlich nicht mal eine Verbindung zwischen den Opfern hergestellt, hätte er uns mit seinen Stickern nicht mit der Nase darauf gestoßen."

Falk schlug frustriert mit seiner Faust gegen die Wand und wollte gerade ansetzen, etwas zu sagen, doch Benita kam ihm zuvor: „Sag es nicht, wir wissen, was kommt: Du findest den Typ zum Kotzen."

Amaryllis hörte dem Scherz ihrer Kollegin nur halb zu, sondern atmete tief durch und versuchte ihre Gedanken zu sammeln. Sie hatte das untrügliche Gefühl, dass die Lösung zum Greifen nahe war, es fehlte nur noch ein winziges Puzzlestück, dessen sie trotz aller Anstrengungen nicht habhaft werden konnte. Immerhin, so viel war klar: Es machte keinen Sinn, in Berlin danach zu suchen. Die Lösung des mysteriösen Falles befand sich irgendwo im Bremer Umland, an dem Ort, wo der Täter sie mit seinem letzten Opfer hingeführt hatte.

11.

1981

Am Morgen nach ihrem gemeinsamen Restaurantbesuch sah Martha Gabriel schon von Weitem am Rande des kleinen Waldstückes stehen, das sie auf dem Weg zur Arbeit passieren musste. Sie seufzte. Die zeitweise Magie – und anders konnte sie es nicht beschreiben – des vorherigen Abends und der ersten Begegnungen war endgültig verflogen. Sie hatte in der Nacht lange wach gelegen und versucht, herauszufinden, was sie an diesem blond gelockten Jungen anzog. Die Antwort war so einfach, wie sie menschlich war: Er hatte ihr seine ungeteilte Aufmerksamkeit geschenkt.

Martha war in der Schule wegen ihrer schäbigen Kleidung immer eine Außenseiterin gewesen, ihre Mutter ließ selten eine Gelegenheit aus, ihre Tochter auf echte und erfundene Unzulänglichkeiten hinzuweisen, und Richard fand, eine Frau brauchte keine Komplimente, sondern einen zuverlässigen Mann an ihrer Seite.

Kein Wunder also, dass die jugendliche Schwärmerei eines hübschen Jungen sie nicht kaltgelassen hatte. Dies gestand

Martha sich zu, aber es musste Schluss damit sein. Sie wollte keinen weitreichenderen Kontakt zu Gabriel und würde es ihm deutlich sagen. Am Ende kosteten sie die paar Streicheleinheiten für ihre Seele den Job. Oder noch schlimmer, ihren Verlobten. Die Vorstellung, wie Richard aus allen Wolken fallen würde, wenn er hörte, dass seine Verlobte mit einem 16-jährigen Jungen auf „einen Wein" ausgegangen war, hatte Martha fast zum Lachen gebracht. Dann war ihr eingefallen, dass Richard ihr eine derartige Frivolität tatsächlich kaum verzeihen würde und sie verlassen könnte, und ihr war das Lachen vergangen.

„Guten Morgen", sagte sie, als sie ihr Fahrrad neben Gabriel zum Halten brachte. „Ich nehme an, du wartest auf mich? Das solltest du nicht tun. Es ist gegen die Hausregeln, vor dem Frühstück das Gelände zu verlassen und strengstens verboten, dass Angestellte sich privat mit Gästen des Ferienlagers treffen. Gestern Abend war es sehr nett, aber ein großer Fehler, ich darf meinen Job auf keinen Fall verlieren, daher wäre ich dankbar, wenn du nicht mehr versuchen würdest, mich zu treffen."

Martha war sich nicht sicher, ob es eine Regel, die private Kontakte von Personal und Campbesuchern verbot, wirklich gab, aber solange Gabriel sie in Ruhe ließ, heiligte der Zweck die kleine Lüge sicher.

„Wow. Was für eine Ansprache!" Gabriel lächelte verschmitzt. „Und das am frühen Morgen. Hätte gar nicht gedacht, dass du so eine Frühaufsteherin bist. Hast wohl schon ein paar starke Tassen Kaffee getrunken."

Martha spürte Unmut in sich aufkommen. Sie meinte es ernst und hatte keine Lust, sich von einem dummen Jungen, der es offenbar gewohnt war, Regeln zu brechen und damit durchzukommen, auf die Schippe nehmen zu lassen.

„Ich bin außerdem in festen Händen und habe keine Lust, meinem Verlobten erklären zu müssen, warum ich mit einem 16-Jährigen ausgehe."

„Dann hatten wir ein Date gestern Abend!", stellte Gabriel zufrieden fest.

Martha beschlich die böse Ahnung, dass es nicht so einfach werden würde, wie sie gehofft hatte, ihren Verehrer loszuwerden.

„Ich muss jetzt los, sonst komme ich zu spät. Bitte lass mich in Zukunft in Ruhe", sagte sie mit fester Stimme, stieg auf ihr Rad und fuhr los, ohne einen Blick zurückzuwerfen.

*

In ihrer Mittagspause sah Martha sich die Pläne für die kommenden Wochen auf Gut Willenborg an. Das Camp, das Gabriel besuchte, dauerte drei Wochen, die Hälfte der Zeit war bereits um. Sie würde dem Jungen so gut wie möglich aus dem Weg gehen und versuchen, sich unsichtbar zu machen. Im schlimmsten Fall würde sie Angela bitten, mit ihr die Schicht zu tauschen. Martha hasste die Frühschicht, da sie tatsächlich – wie Gabriel richtig erkannt hatte – keine Frühaufsteherin und am Morgen zu nichts zu gebrauchen war, aber die frühe Schicht hatte den großen Vorteil, dass sie nicht zur Essenausgabe mittags und abends in den Speisesaal musste. Das Frühstück war ein Selbstbedienungsbüfett, das sie nur herrichten und abräumen musste. Und sollte ihr Verehrer erneut am Waldrand oder sonst wo auf sie warten, würde sie einfach weiterfahren.

Ihre Vorsichtsmaßnahmen erwiesen sich als unnötig. In den nächsten drei Tagen bekam sie Gabriel nicht zu Gesicht. Er versuchte weder, sie abzufangen, noch suchte er das Gespräch mit ihr. Im Gegenteil: Er schien die Essenausgabe, an der

Martha stand, bewusst zu meiden. Fast konnte man glauben, er ginge ihr aus dem Weg.

„Vielleicht habe ich mir seine Schwärmerei nur eingebildet. Ich dummes Huhn habe total übertrieben“, erklärte sie Angela, als diese am Ende der Woche nachfragte, ob Martha in der nächsten Woche immer noch den Dienst tauschen wolle. „Ich habe so wenig Erfahrung mit Männern, dass ich eine kleine Unterhaltung für weiterreichendes Interesse gehalten habe.“

Angela sah sie zweifelnd an. „Ich weiß nicht. Immerhin ist der Typ dir nach Hause gefolgt und hat dir auf dem Weg zur Arbeit aufgelauert. Das ist doch krank. Irgendetwas stimmt mit dem nicht. Das ist einer von den Menschen, die andere ohne große Mühe ausnutzen und manipulieren können. Gestern Morgen beim Frühstück hat er mit seinen Kumpels dagegessen und getuschelt, dann sind zwei aufgestanden und haben absichtlich den Stand mit den Getränken umgestoßen. Feixend haben die Jungs mir zugeschaut, wie ich aufgewischt habe. Ich könnte schwören, die Idee war von unserem blond gelockten Engelchen, ausführen mussten es aber die anderen. Trotz seines Aussehens hat der Typ etwas Bösartiges an sich. Das Gesicht des Engels ist nur eine Maske, wenn du ihn genauer beobachtest. Der würde bestimmt mit Freude kleine Katzen ertränken oder Hundewelpen überfahren. Der ist ein Sadist.“

„Ach komm, das ist genauso übertrieben wie meine Sorge, er könnte mir nachstellen. Goldlöckchen ist so wenig böse, wie er in mich verliebt ist“, tat Martha die Bedenken ihrer Freundin ab und widmete sich den letzten Kartoffeln, die sie für diese Woche zu schälen hatte. Morgen war Wochenende und sie freute sich auf einen entspannten Abend mit Richard vor dem Fernseher. Alles war wieder so, wie es sein sollte.

12.

Er klopfte nervös mit den Fingern an die Fensterscheibe und sah hinaus in den Wald. Es war unangenehm kalt, doch er wollte den Kamin nicht anzünden, die Rauchwolke aus dem Schornstein der kleinen Hütte hätte einem Wanderer, der sich in diese gottverlassene Gegend verirrt hatte, auffallen können. Die dünnen Plastikhandschuhe, die er trug, konnten gegen die Kälte wenig ausrichten. Im Gegenteil, er konnte seine klammen Finger durch das Plastik nicht durch Aneinanderreiben wärmen. Einen kurzen Augenblick war er versucht, die Handschuhe auszuziehen, entschied sich aber dagegen. Er hatte seine Spuren bislang perfekt verwischt, ein bisschen Kälte würde ihn nun nicht fahrlässig werden lassen.

Was dauerte so lange? Wie blöd waren diese Polizeibeamten? Er hatte ihnen den Hinweis doch wie auf einem goldenen Tablett serviert! Es war unmöglich, dass sie das Foto übersehen hatten. Er stand auf und ging unruhig im Zimmer auf und ab. Wenn er an die Mühe dachte, die er sich gemacht hatte, damit alles perfekt war!

Er war vor vielen Monaten in ihrer Abwesenheit in die Häuser der Lindhofs und der Schwarzmanns eingebrochen, in der Hoffnung, etwas zu finden, das er später nutzen konnte, um die Polizei in die gewollte Richtung zu lenken. Die Angewohnheit von Hedwig Lindhof, ihren Besuchern das Leben der Familie in Fotografien auf der Kommode zu präsentieren, war ein Geschenk des Himmels gewesen. Doch diese Trottel von Polizisten sahen den Zusammenhang nicht, obwohl sie ständig bei den Eltern von Torben Lindhof auf dem Sofa gesessen und Kaffee getrunken hatten. Vor ein paar Tagen hatte er sich, obwohl er wusste, wie riskant es war, erneut in den Garten der Lindhofs geschlichen, um durch die Terrassentür zu sehen, ob das Foto noch auf der Kommode stand – was es tat. Wie begriffsstutzig konnten Menschen sein?

Er wollte endlich mit seinem Plan weitermachen, doch das ging erst, wenn die Polizei das Foto gesehen und damit die Spur aufgenommen hatte. Bis dahin musste er sich beherrschen, so schwer es ihm fiel, sonst konnte er seinen Plan vergessen.

Er hatte sich während seines Studiums in der Bibliothek eine Menge Psychologiebücher über Serienmörder ausgeliehen. Nicht wenigen war es zum Verhängnis geworden, dass sie in eine Art „Todesrausch" geraten waren und den nächsten Mord nicht abwarten konnten. Damals hatte er darüber gelacht, jetzt verstand er das Gefühl. Er verspürte ein brennendes Verlangen, loszuziehen, seine beiden nächsten Opfer in seine Gewalt zu bringen und zu töten. Den Plan, wie er dies tun würde, hatte er seit Monaten fertig. Er träumte in der Nacht bereits davon, wie er ihre kleinen Köpfe unter das Wasser drücken würde und ihre Schreie verstummten.

Er begann, Klimmzüge an der Stange zwischen den Türrahmen zu machen, die er extra für diesen Zweck montiert hatte. Er hatte seine Mitgliedschaft im Fitnessklub vor geraumer Zeit gekündigt, bestimmt war diese Vorsichtsmaßnahme so unnötig wie all die anderen gewesen. Die Polizei fand Spuren ja nicht mal, wenn man sie ihr direkt vor die Augen hielt!

„Wenn ich nur nicht diese Unruhe verspüren würde, endlich weiterzumachen“, dachte er bitter, während er weiter Klimmzüge machte.

Trotz der Kälte in dem kleinen Raum begann der Schweiß, ihm den Nacken hinunterzulaufen. Er ließ die Stange los, atmete tief durch und fing an, Liegestütze zu machen. Er würde seinen Körper quälen, bis er so erschöpft war, dass das Verlangen zu Töten nachließ. Er würde sich schinden, bis die Radio- und Fernsehmoderatoren endlich die erlösende Nachricht verbreiteten, dass die Polizei einen – vermeintlich – entscheidenden Fortschritt bei seiner Festnahme gemacht hatte.

13.

1981

Das Klingeln des Telefons im Eingang riss Martha aus dem Schlaf. Sie hatte sich am Abend zuvor früh in ihrem Zimmer eingeschlossen und gelesen, sie hatte keine Ahnung, in welchem Zustand ihre Mutter ins Bett gegangen war. Sollte sie, wie an den vergangenen Abenden einen großen Tetrapack Wein geleert haben, würde sie von dem schrillen Ton nicht aufwachen. Sollte sie etwas weniger getrunken haben, empfahl es sich, das Telefon so schnell wie möglich zum Schweigen zu bringen, um keinen Wutanfall zu provozieren.

Martha sprang aus dem Bett und rannte in den dunklen Flur. Aus dem Zimmer ihrer Mutter kam kein Licht und es war still. Erleichtert nahm Martha den Hörer und sagte ihren Namen, obwohl sie wusste, wer am anderen Ende der Leitung war.

Es war die schlimmste Woche auf Gut Willenborg gewesen, die es je gegeben hatte. Jede Nacht wurden Wände mit Graffiti beschmiert, das Mobiliar aus dem Speisesaal war mehrfach verschwunden und an den merkwürdigsten Orten wieder aufgetaucht. Am Vortag hatten Martha und Angela fast 30 verdreckte Stühle aus dem ehemaligen Pferdestall zurück in den Speisesaal geschleppt, an einem anderen Tag hatten sie die gesamten Tischdecken des Feriencamps aufgehängt an Bäumen im Garten gefunden. Es war, als würden böse Wichtel in der Nacht das Camp terrorisieren.

„Das sind Goldlöckchen und seine Freunde, ich schwöre es dir!“

Für Angela stand von Anfang an fest, wer hinter den Taten stand, die wenig mit den üblichen Ferienlagerstreichen zu tun hatten, sondern an mutwillige Zerstörung grenzten.

„Der Typ ist von Grund auf schlecht. Der hat Freude am Quälen.“

Spätestens Mitte der Woche hatte Martha begonnen, ihrer Freundin recht zu geben, was die Schuldigen anging. Gabriel und die Jungen, mit denen er das Zimmer teilte, traten meist als Gruppe auf und tuschelten. Sie deuteten auf Martha und Angela und lachten, wenn sie den beiden bei der Beseitigung der Schmierereien und dem Zurücktragen der Möbel ungeniert zusahen. Herbert Meier, der Besitzer und Leiter von Gut Willenborg, teilte den Verdacht ebenfalls, sah sich aber außerstande, etwas zu unternehmen. Wie gewohnt begnügte er sich damit, den entstandenen Schaden von seinen beiden Küchenhilfen beseitigen und möglichst nichts nach außen dringen zu lassen.

„Was soll ich machen?“, hatte er missmutig gegrummelt, als Martha und Angela ihn auf ihren Verdacht hinwiesen. „Ich kann die Jungs schlecht einschließen und das Geld für einen Sicherheitsbeamten, der hier in der Nacht kontrolliert, habe ich nicht.“

„Das Geld hat er schon, nur ist sein Profit aus dem Fußballcamp in dem Fall nicht mehr ganz so bombastisch wie bisher“, hatte Angela geschimpft, als sie wieder in der Küche waren. „Ich würde wirklich gerne wissen, was der Mann verdient. So arm, wie er immer tut, ist der sicher nicht."

Martha war herzlich egal, was Herbert Meier verdiente, sie wollte einfach nur, dass das Feriencamp von Gabriel und seinen Freunden vorbei war. Sie fühlte sich zunehmend unwohl, wenn sie das Grüppchen irgendwo stehen sah. Es war klar, dass die Jungen über sie redeten. Martha hoffte, dass sie sich nur über ihr Aussehen, ihre schäbige Kleidung und ihre einfache Anstellung als Küchenhilfe lustig machten. Doch an einem Nachmittag, sie war gerade dabei gewesen, die Scherben eines Tellerstapels zu beseitigen, der wie von Geisterhand von einem der Servierwagen gefallen war, als sie hinter sich eine Stimme leise hatte sagen hören: „Die gehört mal richtig rangenommen. Wie peinlich ist das denn, in dem Alter noch Jungfrau zu sein."

Martha hatte sich bewusst nicht umgedreht und zugesehen, dass sie fertig wurde.

„Lass sie in Ruhe, sie geht dich nichts an", hatte sie dann eine andere Stimme gehört. Eine Stimme, die ihr bekannt vorgekommen war. Sehr bekannt. Es war Gabriel gewesen, der klare Anführer der Gruppe, der den anderen Jungen zum Schweigen gebracht hatte. Allerdings hatten seine Worte sich nicht wie eine Verteidigung angehört. Sie hatten wie eine Drohung geklungen.

Martha griff mit einer Hand den Telefonhörer und wischte sich mit der anderen den Schweiß aus der Stirn. Es war ein heißer Sommertag gewesen und das kleine Haus, dessen Türen und Fenster schon seit Jahren nicht mehr richtig abgedichtet waren, war aufgeheizt wie eine Sauna.

„Du musst sofort kommen!", befahl Herbert Meier ihr mit rauer Stimme, ohne sich für die nächtliche Störung zu entschuldigen oder nachzufragen, ob es ihr recht sei, um diese Uhrzeit in das Ferienlager zu kommen. „Diese Vandalen haben

Eier gegen die Wände des Speisesaals geschmissen. Bei der Hitze stinkt es bis morgen früh wie die Pest in dem Raum. Du musst das heute Nacht noch säubern!"

Es wäre eine berechtigte Frage gewesen, warum Herbert Meier die Schmiererei nicht selber beseitigte. Doch Martha stellte sie nicht. Der Leiter von Gut Willenborg würde zurück ins Bett gehen und seinen dringend für den nächsten Tag benötigten Schlaf suchen. Dass seine Angestellten ebenfalls Schlaf brauchten, war ihm egal.

„O. k., ich fahre sofort los", sagte Martha und legte auf.

Sie ging in ihr Zimmer und zog sich die Shorts und das T-Shirt vom Vortag an. Ohne sich die Mühe zu machen, ihre Haare zu kämmen, machte sie sich auf den Weg.

Es war eine sternenklare Nacht und der Mond, der fast im Vollmond stand, erleuchtete den kleinen Weg, über den Martha wie gewohnt fuhr. Sie überlegte kurz, ob sie das Waldstück auslassen und den längeren Weg über die Straße wählen sollte. Sie entschied sich dagegen, um keine Zeit zu verlieren, je früher sie wieder zu Hause war, desto schneller konnte sie sich noch mal hinlegen und schlafen.

Als sie ihr Fahrrad auf den dunklen Waldweg lenkte, den auch der strahlende Mond nicht erhellen konnte, bereute sie ihre Entscheidung. Natürlich war der Wald mitten in der Nacht noch unheimlicher als am Tag. Hatte sie wirklich etwas anderes erwartet? Martha biss die Zähne zusammen und trat fest in die Pedale, während das mulmige Gefühl in ihrem Magen schlimmer wurde.

„Es ist nur ein bisschen Dunkelheit, stell dich nicht so an!", sagte sie zu sich selber, konnte die Angst aber nicht abschütteln.

Ein Zweig knackte laut unter ihrem Reifen. Ein kalter Schauder lief Martha den Rücken herunter. Irgendetwas stimmte nicht. Sie versuchte zu erkennen, ob auf dem dunklen

Pfad vor ihr eine Gestalt lauerte oder jemand hinter einem der Bäume am Wegesrand stand. Sie konnte nichts erkennen. Einmal meinte sie, einen Schatten von einem Baum zum anderen huschen zu sehen, doch als sie die Stelle passierte, geschah nichts.

„Wahrscheinlich nur ein Tier“, murmelte sie und sah im nächsten Moment zu ihrer Erleichterung das Ende des Waldweges vor sich.

Wenige Minuten später stellte sie ihr Fahrrad vor dem Haupteingang des alten Gebäudes ab und betrat das Ferienlager. Die große Eingangshalle lag dunkel und still vor ihr. Die Erinnerung an den dunklen Keller, in den ihre Mutter sie als Kind gesperrt hatte, kam in ihr hoch. Martha schüttelte sich, als könnte sie den Gedanken so vertreiben, holte ihren Schlüsselbund aus der Hosentasche und machte sich auf den Weg in den Speisesaal, der am anderen Ende des Gebäudes lag. Auf dem Weg hätte sie mehrere Durchgangstüren, die während der Nacht abgeschlossen wurden, aufschließen müssen, doch keine von ihnen war verriegelt. Herbert Meier war offenbar von der anderen Seite in den Speisesaal gegangen, sonst hätte er die Türen sicher selber verriegelt.

Martha beschlich wieder ein ungutes Gefühl. Herbert Meier achtete streng darauf, dass seine Regeln eingehalten wurden – zumindest von seinen Angestellten. Welcher der Erzieher am Abend auch immer Dienst gehabt hatte, würde am nächsten Tag eine Abmahnung und eine von Herbert Meiers gefürchteten Predigten zu hören bekommen. Da in der Nacht – auch hier sparte Herbert Meier so gut er konnte – nur ein Erzieher auf dem Gut schlief, war der Schuldige leicht festzustellen.

„Fast ein Glück, dass ich heute Nacht hier bin, was Meier nicht weiß, macht Meier nicht heiß“, dachte sie, während sie die Türen hinter sich sorgsam verschloss. Sie würde später die

Treppe am anderen Ende des Gebäudes nehmen und lieber einmal außen um das Gut herumlaufen, als noch mal durch die ganzen dunklen Räume zu gehen.

Sie war gerade am Speisesaal angekommen, als sie ein Geräusch hinter sich hörte. Martha drehte sich um, konnte aber nichts sehen. Ihr Herz pochte so laut in ihrer Brust, dass sie glaubte, es hören zu können. Sie atmete tief durch, stieß die Tür zum Speisesaal auf und machte das Licht an. Sie sah sich in dem großen Raum um, konnte aber keine mit Eiern beschmierte Wand entdecken. Hatte sie Herbert Meier falsch verstanden? Hatten die Jungen vielleicht nur Stinkbomben zerschlagen? Doch wo waren diese? Und warum stank es in dem Raum nicht? Sie blickte suchend über den Fußboden, dann drehte sie sich um und sah das mit Farbe beschmierte Fenster.

Sie schloss die Augen für einen kurzen Moment und seufzte. Sie würde die große Leiter aus dem Schuppen holen müssen, um das riesige Glas sauber zu bekommen. Die Hoffnung, schnell nach Hause zu kommen und ein paar Stunden Schlaf nachzuholen, konnte sie vergessen.

Martha war auf dem Weg zur Putzkammer, die hinter dem Speisesaal lag, um einen Eimer und Wasser zu holen, als ihr Blick noch mal auf das beschmierte Fenster fiel. Sie spürte, wie ihr Körper zu zittern begann. Das Fenster war nicht einfach mit Farbe beschmiert worden. Auf dem Glas stand in verwischten Buchstaben eine Botschaft. Eine Botschaft für Martha. Sie war sich sofort sicher, wer sie geschrieben hatte. Und was sie bedeutete.

Sie schaute sich ängstlich um. Doch es war niemand außer ihr in dem Speisesaal. Ihr fielen die Worte von Angela wieder ein: „Der Typ ist ein Sadist. Der liebt es zu quälen."

Was vor ein paar Tagen noch wie die übertriebene Sorge einer Frau geklungen hatte, die zu viele schlechte Krimis im Fernsehen sah, wirkte plötzlich nicht mehr abwegig.

Gabriel hatte mühelos herausgefunden, wo sie wohnte, hatte ihr mehrfach aufgelauert und nachdem sie ihm einen Korb gegeben hatte, hatte er alles getan, um ihr Leben so schwer wie möglich zu machen und sie zu erniedrigen. Und jetzt diese Botschaft an der Wand.

Martha wusste instinktiv, dass sie in echter Gefahr war. Sie beschloss, nach Hause zu fahren. Selbst Herbert Meier würde verstehen, dass sie unter diesen Umständen nicht das Fenster des Speisesaals säuberte. Und wenn nicht, war sie lieber ihren Job los, als noch eine Sekunde länger in dem Gebäude zu bleiben. Sie würde schon einen Aushilfsjob irgendwo anders finden. Sie hielt einen kurzen Moment inne. „Wenn ich jetzt gehe, ist die Ausbildungsstelle zur Köchin weg“, dachte sie. Vielleicht sollte sie doch schnell aufräumen.

Martha spürte, wie ihr Herz immer schneller schlug, während sie überlegte, was sie tun sollte, als ihr plötzlich klar wurde, was wirklich in dieser Nacht geschehen war. Natürlich. Wie dumm sie war. Sie musste so schnell wie möglich weg von hier. Hier handelte es sich nicht um einen Jungenstreich und es war auch nicht Herbert Meier gewesen, der sie angerufen hatte. Sie war in die Falle gegangen.

„Du willst doch nicht schon nach Hause, Schätzchen?“, fragte eine Stimme hinter ihr. Es war Gabriel. „Zu dumm, dass du mir erzählt hast, wie oft dein gemeiner Chef dich schon mitten in der Nacht zu einer Extraschicht gerufen hat. Aber heute Nacht gehörst du mir. Wir werden viel Spaß zusammen haben.“

Das Letzte, was Martha in dieser Nacht wahrnahm, war das Messer in Gabriels Hand.

14.

Die meisten Lichter der Büros im Berliner Polizeipräsidium waren bereits gelöscht, doch Amaryllis saß immer noch an ihrem Schreibtisch, vor ihr lagen die aufgeschlagenen Akten Schwarzmann, Lindhof, Hausmann und Los. Sie traute sich fast nicht zu lesen, was auf den vor ihr liegenden Papieren stand. Hatte sie endlich eine Spur? Nur ein Anruf bei der Familie Los konnte Gewissheit bringen.

„Verrenn dich nicht noch mehr“, warnte sie sich selber leise. „Gewissheit ist etwas anderes. Jeder zweite Junge in Deutschland spielt in seiner Jugend Fußball. Wahrscheinlich jagst du gerade einem Zufall hinterher, der nichts bedeutet.“

Sie schaute auf die Uhr. Es war kurz nach 22:30 Uhr. Rechtfertigte ihre Vermutung den späten Anruf bei einer Familie, die gerade durch die Hölle ging? Würde sie eine Hoffnung schüren, die kurz darauf wieder zerstört wurde, weil ihr Verdacht im Nichts verlief?

Amaryllis wählte die Nummer der Los’. Die Mutter von Rebecca Los nahm nach dem zweiten Klingeln ab. Es gab kein Zurück mehr.

„Guten Abend, Winter hier von der SOKO ‚Insulin' aus Berlin. Entschuldigen Sie die späte Störung, ich hoffe, ich habe Sie nicht aufgeweckt. Ich habe eine kurze Frage an Ihren Mann. Ist er zu sprechen?"

„Natürlich", sagte eine müde klingende Stimme am anderen Ende der Leitung. „Ich kann mir nicht vorstellen, dass wir jemals wieder einfach ins Bett gehen werden und einschlafen können."

„Los", sagte eine männliche Stimme wenige Augenblicke später.

„Winter hier, von der Berliner Polizei", stellte Amaryllis sich erneut vor. „Ich habe nur eine kurze Nachfrage: Haben Sie als Kind oder Jugendlicher Fußball gespielt?"

„Wieso?", fragte der Vater vom Opfer Nummer 9 verwundert nach. „Was soll das mit dem Tod meiner Tochter zu tun haben?"

„Das wissen wir noch nicht", erklärte ihm Amaryllis. „Vielleicht hat es keine Bedeutung. Aber wie Sie von den ersten Gesprächen wissen, suchen wir nicht nur nach Gemeinsamkeiten unter den Opfern, sondern auch bei den Eltern. Wir haben Grund zu der Annahme, dass der Täter die Eltern mit dem Tod der Kinder strafen will. Daher noch mal die Frage: Haben Sie als Kind oder Jugendlicher Fußball gespielt?"

„Nein", sagte die Stimme am anderen Ende der Leitung.

Die Worte trafen Amaryllis wie ein dumpfer Schlag in die Magengegend. Mit einem einzigen Wort hatte der Vater von Rebecca Los ihre Hoffnung, den Täter zu finden, zerstört.

„Zumindest nicht freiwillig. Ich war wahrscheinlich der einzige Junge in meiner Klasse, der nicht an Fußball interessiert war. Ich konnte gut damit leben, aber meine Eltern hatten Angst, dass ich zum Außenseiter werden könnte, also haben sie mich mit schöner Regelmäßigkeit zu irgendwelchen Fußballcamps in den Ferien geschickt. Ich weiß nicht, ob das für Sie als Fußballspielen zählt", sprach der Vater des neunten Opfers weiter. „Ein Hobby war es jedenfalls nicht, wenn Sie das gemeint haben sollten."

„Vielen Dank. Es tut mir leid, dass ich Sie so spät mit so einer Kleinigkeit gestört habe. Gute Nacht."

Amaryllis legte den Hörer auf und atmete tief durch. Sie legte ein weißes Blatt Papier auf den Schreibtisch vor sich, auf das sie die Worte „Bremen" und „Fußball" schrieb. Alle vier Väter kamen aus dem größeren Umkreis von Bremen und hatten in ihrer Jugend auf die eine oder andere Art Fußball gespielt. Holger Hausmann hatte bei ihrem letzten Gespräch, als sie verzweifelt wieder und wieder seine Jugend besprochen hatten, schließlich erklärt, dass er neben Schwimmen und Leichtathletik auch gelegentlich in den Ferien Fußball gespielt hatte. Sie schloss die Augen und dachte an den leblosen Körper von Rebecca Los, den ihr Mörder mitten auf einem Feld auf einen Stuhl gesetzt hatte. Was an der Szene war ihr bekannt vorgekommen? Konnte irgendetwas an dem Grauen, das sie gesehen hatte, mit Fußball zu tun haben?

*

Amaryllis fühlte sich matt und zerschlagen, als sie sich am nächsten Morgen auf den Weg zum Haus der Familie Lindhof machte. Sie war in der Nacht immer wieder aus einem unruhigen Schlaf hochgeschreckt und war erst, als der Morgen bereits langsam zu dämmern begann, tief eingeschlafen. Abgeschnittene, durchnummerierte Köpfe, mit denen eine vermummte Gestalt Fußball spielte, hatten sie bis in ihre Träume verfolgt.

Die Kommissarin parkte ihren Wagen vor dem Haus der Lindhofs, wo sie auch das Ehepaar Schwarzmann treffen würde. Ihr fiel sofort auf, dass der kleine Weg, der zur Haustür führte, nicht mehr mit der gleichen Sorgfalt gepflegt war wie bei ihrem ersten Besuch. Überall lagen vertrocknete Blätter und Zweige herum, die ein Sturm vor ein paar Nächten von den Bäumen im Vorgarten abgerissen haben musste. Einige der Fenster in Wohnungen der Nachbarschaft waren bereits weihnachtlich dekoriert, obwohl es erst Ende November war. Das Haus der Lindhofs strahlte dagegen eine Verlassenheit und Kälte aus, die jede vorweihnachtliche Freude auszuschließen schien. Amaryllis atmete tief durch und klingelte.

Hedwig Lindhof wirkte ebenfalls müde und ungepflegt, als sie ihr die Tür öffnete. Die Wangen der Frau waren eingefallen, sie hatte sichtlich an Gewicht verloren. Der Tod ihres Sohnes und die vergebliche Suche nach seinem Mörder, schienen den Lebensmut der Mutter gebrochen zu haben. Amaryllis spürte, wie das Gefühl, schuld an dem Unglück der Frau zu sein, in ihr hochkam. Sollten die Eltern der Opfer erwarten, dass Amaryllis wichtige Neuigkeiten für sie hatte, würde es eine erneute Enttäuschung für sie geben.

Hedwig Lindhof begrüßte die Kommissarin kurz angebunden und bat sie in ihr Wohnzimmer, in dem bereits Jochen Lindhof sowie das Ehepaar Schwarzmann auf sie warteten.

„Vielen Dank, dass Sie sich die Zeit für dieses Gespräch heute Morgen genommen haben", sagte Amaryllis und setzte sich auf einen der Ledersessel.

„Es wird kein einfaches Gespräch werden", dachte sie. An den Gesichtern ihrer Gesprächspartner war leicht zu erkennen, dass sie mit den bisherigen Ermittlungen unzufrieden waren und nicht verstanden, warum der Mörder ihrer Kinder immer noch frei herumlief. Die Atmosphäre in dem Wohnzimmer war fast feindlich.

„Wir glauben weiterhin, dass das Motiv des Täters etwas mit den Eltern und nicht mit den Opfern selber zu tun hat", begann Amaryllis und wurde sofort von Bernd Schwarzmann unterbrochen.

„Wollen Sie wirklich sagen, dass wir verantwortlich für den Tod unserer Kinder sind?"

Der Mann sah sie aufgebracht an. „Sie haben bei den Ermittlungen versagt und wollen uns die Schuld in die Schuhe schieben. Das ist die Höhe!"

Seine Frau legte ihm beruhigend die Hand auf den Arm. „Jetzt lass die Kommissarin erst mal ausreden, Bernd."

Amaryllis wählte ihre nächsten Worte sorgfältig. Sie musste die Mitarbeit der Eltern erreichen und wenn sie ehrlich war, konnte sie deren Frustration über den bisherigen Erfolg der Polizeiarbeit gut verstehen.

„Wir haben das Leben ihrer Kinder gründlich durchsucht und alle Opfer auf Gemeinsamkeiten überprüft. Es gibt keine. Der Mord an Rebecca Los hat unsere Vermutung, dass der Täter die Eltern strafen will, eher bestätigt als widerlegt. Der Tod der Kinder ist das Mittel zum Zweck. Wir haben daher damit begonnen, nochmals mögliche Gemeinsamkeiten zwischen den Eltern zu suchen. Deswegen bin ich heute hier. Ich würde gerne jedes Detail aus ihrer Kindheit und Jugend, das Ihnen wichtig erscheint, mit Ihnen durchgehen."

Amaryllis sah von Bernd Schwarzmann zu Jochen Lindhof. „Sie sind so gut wie zusammen aufgewachsen. Wir haben bislang zwei Gemeinsamkeiten zwischen den Vätern der Opfer herausarbeiten können: Sie alle stammen aus dem weiteren Bremer Umland und Sie haben alle in Ihrer Jugend Fußball gespielt. Haben Sie vielleicht eine Idee, ob und wann Sie sich beim Fußballspielen getroffen haben könnten?"

Die beiden Männer sahen sich an und schüttelten den Kopf.

„Ich kann mich an niemand aus meiner Jugend erinnern, der Los oder Hausmann hieß. Allerdings weiß ich auch nur noch die Namen von engen Freunden. All die Jungs, die über die Jahre im Fußballverein waren, tut mir leid, ich habe keine Ahnung mehr, wie die hießen", erklärte Jochen Lindhof und sah seinen Freund an. „Weißt du noch irgendetwas?"

Auch Bernd Schwarzmann schüttelte den Kopf. „Wir waren fußballsüchtig als Kinder. Jeden Tag haben wir irgendwo anders gespielt, von manchen Jungs, die dabei waren, kannten wir nicht mal die Namen. Man wusste einfach, wo am Nachmittag gebolzt wurde, und ist hingegangen, wo die anderen herkamen oder wer sie waren, hat uns nicht interessiert."

„Gab es vielleicht am Wochenende Fußballturniere, wo Sie auf die Väter der beiden letzten Opfer getroffen sein könnten?", fragte Amaryllis behutsam nach. „Oder in den Ferien Fußballcamps?"

Ein Fußballcamp in den Ferien war nach Aussage des Vaters von Rebecca Los die einzige Möglichkeit, wo die vier Männer sich getroffen haben konnten. Amaryllis hoffte inständig, dass die Erwähnung von Feriencamps eine Erinnerung bei einem der beiden Männer wecken würde.

„Wir haben unsere Eltern vor jeden Ferien so lange bearbeitet, bis sie uns in irgendein Fußballcamp geschickt haben, an die meisten habe ich nur vage Erinnerungen. Es ist alles so wahnsinnig lange her. Wir waren unschuldige Kinder, die nur Fußball im Kopf hatten, glauben Sie wirklich, dass wir damals etwas getan haben, was jemanden heute nach all den Jahren einen Grund gibt, unsere Kinder kaltblütig zu ermorden? Das ist doch verrückt!"

Jochen Lindhof sah sie wütend an. Amaryllis wusste, dass er mit seiner letzten Bemerkung nicht unrecht hatte, doch sie war nicht bereit, aufzugeben.

„Bis zu welchem Alter sind Sie in die Fußballcamps gefahren?“, fragte sie und war froh, dass es ihr gelungen war, ihre eigene Unsicherheit nicht durchklingen zu lassen.

„Ich glaube, das letzte Camp war so mit 16 oder 17, danach hatten wir andere Prioritäten. Sie wissen schon, Mädchen und so“, sagte Bernd Schwarzmann und sah seine Frau an.

„Ich brauche frische Luft, das macht mich alles so fertig“, sagte diese erschöpft. „Ich würde mir gerne die Beine ein wenig vor der Tür vertreten.“

„Natürlich“, sagte Amaryllis.

Hedwig Lindhof stand auf und machte sich auf den Weg in die Küche. „Ich mache uns einen Kaffee“, sagte sie und verschwand. Man sah ihr an, wie viel Mühe sie diese Höflichkeit kostete, die früher eine nebensächliche Selbstverständlichkeit für sie gewesen war.

Die anderen gingen durch die Terrassentür nach draußen in den Garten, obwohl das Wetter nicht zu einem Aufenthalt im Freien einlud. Es nieselte und Nebel lag über den Baumkronen. Ein kalter Windzug, der durch die geöffnete Terrassentür in das Wohnzimmer kam, streifte Amaryllis und sie fröstelte.

Sollte sie sich wirklich getäuscht haben? Waren die Eltern nicht die Zielscheibe des Täters? Hatte sie die Ermittlungen nicht vorangebracht, sondern mit ihrem starrsinnigen Alleingang aufgehalten? Sie stand auf und ging durch das Wohnzimmer, um Hedwig Lindhof in der Küche um ein Glas Wasser zu bitten. Als sie an der Kommode mit den Fotos vorbeikam, ließ sie ihren Blick über die Bilder aus den glücklicheren Zeiten der Familie schweifen.

In diesem Moment wusste sie, wo sie den Fundort von Opfer Nummer 9 schon mal gesehen hatte.

15.

„Was? Ich verstehe kein Wort!“ Falk von Heeren klang genervt. Im Hintergrund konnte Amaryllis Hundegebell hören.

„Wir stapfen hier seit zwei Stunden in der Eiseskälte durch den Morast und wenn noch einer der Köter direkt neben mir bellt, bin ich morgen taub!“, brüllte ihr Kollege sie aus dem Telefon übertrieben laut an.

Der leitende Kommissar der Ermittlungen war am Morgen nach Verden gefahren, um dort die Suche nach dem Versteck des Täters, wo dieser Rebecca Los und eventuell auch Gregor Hausmann getötet hatte, zu leiten. Offenbar bislang ohne Erfolg.

„Ich habe einen Zusammenhang zwischen den Eltern gefunden!“, sagte Amaryllis nochmals deutlich lauter und sah wie die kalte Luft ihren Atem in einen feinen Nebel verwandelte.

Sie stand auf dem Parkplatz des Polizeipräsidiums und ärgerte sich, dass sie ihren Schal am Morgen zu Hause vergessen hatte. „Ich setze mich sofort ins Auto und komme nach Verden. Stell dich auf einen längeren Aufenthalt dort ein.“

Einen Moment lang herrschte Stille am anderen Ende der Leitung. „Was soll das heißen, du kommst nach Verden? Was ist die Verbindung? Du glaubst nicht ernsthaft, dass ich ein paar Stunden mit kläffenden Kötern durch den Wald renne und auf dich warte, ohne zu wissen, was du herausgefunden hast!“

Amaryllis lächelte zum ersten Mal seit vielen Tagen.

„Natürlich nicht. Also, zunächst sah es aus, als wäre die Suche in der Vergangenheit der Eltern tatsächlich eine Sackgasse. Ich habe keine Übereinstimmung gefunden, außer dass die vier Väter in ihrer Jugend alle Fußball gespielt haben – wie ungefähr 75 Prozent aller deutschen Jungen. Ein direkter Zusammenhang: Fehlanzeige. Kein gemeinsamer Klub, unterschiedliche Trainer, nicht mal ein Freundschaftsspiel. Ich wollte gerade aufgeben, als mir ein Foto im Wohnzimmer der Lindhofs aufgefallen ist.“

Amaryllis merkte, wie ihre Wangen bei diesen Worten rot wurden und zu glühen begannen. Sie wusste, was für ein Glück sie gehabt hatte und dass sie dem Täter nur per Zufall auf die Spur gekommen war. Hätte sie sich an diesem Morgen mit den Schwarzmanns und den Lindhofs irgendwo anders getroffen, hätte die Polizei vielleicht niemals die Spur zum Täter gefunden.

Sie berichtete Falk endlich von ihrem unbestimmten Gefühl am Fundort der Leiche Nummer 9, dass sie den Ort irgendwoher kannte.

„Ich hatte aber keine Ahnung, woher“, erklärte sie weiter. „Ich habe mir das Gehirn zermartert, aber ich konnte nicht mal sagen, was genau es war, das mir bekannt vorkam. Erst als ich mir die Fotos im Wohnzimmer der Lindhofs noch mal angesehen habe, war plötzlich alles klar. Ein Foto zeigt Schwarzmann und Lindhof beim Fußballspielen irgendwann Ende der 70er- oder Anfang der 80er-Jahre. Im Hintergrund sieht man ein großes Gebäude. Es ist das gleiche Gebäude, das hinter dem Feld steht, auf dem Rebecca Los gefunden wurde.“

„Hast du schon herausgefunden, was das für ein Gebäude ist?", fragte ihr Kollege, der die Aufregung in seiner Stimme nicht verbergen konnte.

„Ja. Das Haus heißt ‚Gut Willenborg' und war bis vor ein paar Jahren, als der Besitzer verstorben ist, ein Schullandheim und Feriencamp. Und rate mal, wer dort im Sommer 1981 bei einem Fußballcamp war?"

„Die Väter unserer vier Opfer."

„Ganz genau. Ich habe das Foto noch bei den Lindhofs eingescannt und an Holger Hausmann und Ingo Los per E-Mail geschickt. Natürlich wusste der Vater von Rebecca Los sofort, um welches Gebäude es sich handelt, er lebt schließlich direkt in der Nähe. Er war mehrmals zu Fußballcamps in den Ferien dort. Dass Lindhof und Schwarzmann da waren, wussten wir dank des Fotos bereits. Holger Hausmann hat ein bisschen gebraucht, bis er sich erinnert hat, aber irgendwann hat es auch bei ihm Klick gemacht und er hat sich an das Camp und vor allem das Gebäude erinnert. Mit etwas Mühe konnten wir festlegen, dass es im Sommer 1981 gewesen sein muss, als die vier sich getroffen haben."

„Du kannst stolz auf dich sein. Ich habe nicht mehr daran geglaubt, dass du etwas findest", sagte Falk anerkennend. „Hast du Neustädt und den Polizeipräsidenten schon informiert?"

„Habe ich sofort gemacht. Die beiden hätten mich vor Freude fast umarmt, bis ihnen eingefallen ist, dass es eigentlich ihre Idee war, das Motiv in der Jugend der Eltern zu suchen und es keines Dankes bedarf. Sie haben sich dann lieber gegenseitig auf die Schultern geklopft."

„Das kann ich mir bildlich vorstellen", lachte Falk. Dann wurde er ernst. „Leider ist die Tatsache, dass die vier sich früher mal kannten, noch nicht wirklich ausreichend für ein Motiv."

„Das nicht, aber ich habe dir das Beste noch nicht erzählt“, sagte Amaryllis und konnte einen leisen Unterton des Triumphes nicht verbergen. „Am Ende des Camps im Sommer 1981 gab es einen Vorfall, eine Angestellte des Ferienheims soll vergewaltigt worden sein und die Polizei wurde gerufen. Unsere vier Väter haben sich übereinstimmend erinnert, dass es damals eine Party kurz vor Ende des Camps gab. Es waren wohl Drogen und jede Menge Alkohol im Spiel. Mehr haben sie nicht mitbekommen, alle vier sind eingeschlafen. Waren wohl nichts gewohnt, die Guten. Sagen sie zumindest. Wahrscheinlich wollen sie immer noch nicht zugeben, dass sie total zugedröhnt waren und sich deswegen an nichts mehr erinnern. Die Frau hat allerdings keine Anzeige erstattet, soweit die vier sich erinnern können, zumindest wurde keiner der Partyteilnehmer von der Polizei verhört. Ich denke, hier haben wir unseren Ansatzpunkt, wo wir nach dem Motiv suchen können.“

„Ich rufe die örtliche Polizei an und bitte sie, die alten Unterlagen, falls sie noch existieren, rauszusuchen. Die werden uns lieben!“, entschied Falk. „Du packst besser einen großen Koffer und kommst her. Ich gehe derweil mal Unterwäsche für mich kaufen. Du hast recht, das dürfte ein längerer Aufenthalt werden.“

16.

„Auf Gut Willenborg gab es immer wieder Ärger“, erklärte Klemens Schäfer und schüttelte den Kopf. Der Polizeichef von Verden war ein kleiner, rundlicher Mann Mitte 40, der auf seinem Schreibtisch eine stattliche Reihe Familienfotos aufgestellt hatte, die ihn im Kreise seiner vier Kinder zeigten.

„Es würde mich eher wundern, wenn dort in den 80er-Jahren kein Haschisch und Schlimmeres geraucht worden wäre. Ich bin seit über 20 Jahren bei der Polizei in Verden und solange ich mich erinnern kann, war es ein offenes Geheimnis, dass dort Drogen konsumiert und gehandelt wurden, obwohl versucht wurde, es zu vertuschen. Wir wurden mindestens ein- bis zweimal pro Jahr zu einem Einsatz dorthin gerufen. Meistens wurden die Beamten von Herbert Meier, dem das Gut gehörte, an der Tür abgefangen und zurückgeschickt, da es sich um falschen Alarm gehandelt habe. Die Angestellten oder Jugendlichen, die uns alarmiert hatten, standen in allen Fällen neben ihm und erklärten, sie hätten sich ‚geirrt‘.

Sie wissen ja, wie das ist, die Polizei kann in solchen Fällen nicht viel machen. Nach einer Messerstecherei zwischen zwei Jugendlichen vor ein paar Jahren waren wir allerdings kurz davor, Gut Willenborg zu schließen bzw. dem Haus die Lizenz für die Betreuung von Jugendlichen entziehen zu lassen."

„Warum ist nichts passiert?", fragte Falk erstaunt nach.

„Herbert Meier ist plötzlich verstorben. Ist einfach umgefallen. Eine Angestellte hat ihn am Morgen tot auf dem Fußboden liegend in seinem Zimmer gefunden. Herbert Meier hatte keine Familie, nur ein paar entfernte Cousins, die sich seit der Beerdigung um das Erbe streiten. Gut Willenborg ist seit seinem Tod geschlossen und das Gebäude, das ohnehin in schlechtem Zustand war, verfällt jeden Tag ein bisschen mehr."

„Weiß man, woran Herbert Meier gestorben ist?", fragte Amaryllis und warf Falk einen Blick zu. Sein Gesichtsausdruck zeigte ihr, dass er den gleichen Gedanken hatte wie sie.

„Keine Ahnung", Klemens Schäfer schüttelte den Kopf. „Ich weiß noch, dass es damals mehrere Zeitungsartikel über Gut Willenborg gab. Herbert Meier hatte das Pferdegestüt nach dem Tod seines Vaters in ein Landschulheim umgewandelt. Wie schon gesagt, es gab ständig Ärger, weil die Jugendlichen nicht vernünftig beaufsichtigt wurden und sich abends in der Stadt rumtrieben und Unsinn anstellten.

Meier war mit der Leitung des Landschulheims total überfordert. Er hatte weder eine Ausbildung als Erzieher noch als Betriebswirt, es brannte wohl an allen Ecken und Enden gleichzeitig. Soweit ich weiß, stand er mehrfach kurz vor dem Bankrott. Sein plötzlicher Tod und die Schließung von Gut Willenborg waren daher ein großes Thema in der Lokalpresse, vielleicht steht in einem der Artikel, woran er genau gestorben ist. Oder Sie müssten die Unterlagen des Notarztes einsehen. Verdächtig war sein Tod jedenfalls nicht, sonst hätte das die Dienststelle hier untersuchen müssen und daran würde ich mich erinnern."

„Haben Sie schon nachsehen lassen, ob es Unterlagen aus dem Sommer 1981 gibt, aus denen ersichtlich ist, ob die Polizei wegen einer Vergewaltigung auf Gut Willenborg alarmiert wurde?“, hakte Falk ungeduldig nach.

Amaryllis konnte ihrem Kollegen ansehen, dass er so schnell wie möglich das Gespräch mit dem Verdener Polizeichef beenden und den Tod von Herbert Meier überprüfen lassen wollte.

„Ich habe einen Kollegen ins Archiv geschickt, aber Sie wissen selber, dass die Unterlagen normalerweise nach 30 Jahren vernichtet werden. Er hat nichts gefunden. Tut mir leid.“ Klemens Schäfer zuckte bedauernd mit den Achseln und überlegte einen Moment. „Es ist ein bisschen weit hergeholt und vielleicht erinnert er sich nicht, aber der Kollege Holzer müsste 1981 hier schon Dienst gehabt haben. Er wird nächstes Jahr pensioniert und soweit ich weiß, hat er sein gesamtes Arbeitsleben auf diesem Revier verbracht.“

„Hat er heute Dienst?“, fragte Amaryllis. „Es wäre sehr wichtig, dass wir so schnell wie möglich herausfinden, was damals auf Gut Willenborg passiert ist.“

Klemens Schäfer tätigte einen kurzen Anruf und zwei Minuten später betrat ein älterer Mann in Polizeiuniform den Raum.

„Hermann, die Kollegen Winter und von Heeren sind von der Mordkommission aus Berlin und untersuchen den Tod von Rebecca Los. Du hast sicher in der Zeitung gelesen, dass sie wahrscheinlich einem Serientäter zum Opfer gefallen ist, der schon drei Menschen in Berlin und Bremen umgebracht hat. Es sieht so aus, als gäbe es eine Verbindung der Taten zu Gut Willenborg. Leider liegt das Ganze sehr lange zurück und die Unterlagen sind vernichtet worden. Es geht um einen Vorfall aus dem Sommer 1981, damals soll es eine Vergewaltigung auf dem Gut gegeben haben. Kannst du dich an irgendetwas in der Richtung erinnern?“

Die Zusammenfassung der Ereignisse durch den Verdener Polizeichef war auf den Punkt formuliert und führte Amaryllis vor Augen, wie wenig sie bislang mit ihren Ermittlungen erreicht hatten und dass diese schon wieder drohten, in einer Sackgasse zu enden. Der grau melierte ältere Herr, dessen wettergegerbtes, mit Falten durchzogenes Gesicht die Spuren des Lebens als einfacher Streifenpolizist zeigte, war ihre einzige Hoffnung, die Ermittlungen zügig vorantreiben zu können.

Hermann Holzer nickte den beiden Berliner Kommissaren grüßend zu und sagte bedächtig: „Natürlich erinnere ich mich. Ich kann zwar nicht sagen, ob es 1981 war, aber wegen Vergewaltigung wurde ich nur ein einziges Mal zu dem Gut gerufen. Ist lange her, aber ich weiß noch, wie frustrierend das Ganze war. Eine Angestellte hatte uns alarmiert, dass ihre Kollegin von einem der Jugendlichen aus dem Camp in der Nacht vergewaltigt worden sei.

Als wir ankamen, stand Herbert Meier natürlich schon vor der Tür und ließ uns wissen, es sei nichts passiert. Die Angestellte, die uns gerufen hatte, kam wie eine Furie aus dem Haus und sagte, das stimme nicht, wir müssten mit ihrer Kollegin sprechen. Sie wolle Anzeige erstatten. Wir sind also ins Haus gegangen, wo eine junge Frau in der Küche saß. Sie war kalkweiß im Gesicht und hatte mehrere Schnittwunden. Ob sie vergewaltigt worden war, konnten wir nicht erkennen, aber auf jeden Fall war etwas nicht in Ordnung mit ihr. Das hätte ein Blinder mit einem Krückstock gesehen.“

Der alte Polizist stoppte und machte auch keine Anstalten, weiterzusprechen.

„Und was ist dann passiert, Herrmann?“, fragte sein Chef ungeduldig nach.

„Nichts. Wie immer, wenn es um Gut Willenborg ging. Ich weiß noch genau, wie wütend ich war, als die Frau plötzlich erklärte, es gebe kein Problem. Sie sei unglücklich gefallen, daher die Schnittwunden und es gebe keinen Grund für eine Anzeige."

„Wissen Sie noch, wie die Frau hieß?" Amaryllis war sich ziemlich sicher, dass die Antwort „Nein" sein würde, aber einen Versuch war es wert, hätte es ihre Arbeit doch wesentlich erleichtert.

„Nein, ich habe keine Erinnerung mehr. Auch nicht daran, wie die Angestellte hieß, die uns gerufen hat."

„Dann brauchen wir einen Durchsuchungsbefehl für Gut Willenborg und können nur hoffen, dass man dort die alten Unterlagen nicht weggeworfen hat. Sonst müssen wir die Archive des zuständigen Finanzamts durchforsten. Vielen Dank, Herr Holzer, Sie haben uns sehr weitergeholfen."

Falk nickte dem alten Polizisten zu und stand auf. „Wir sollten keine Zeit verschwenden. Ich veranlasse die Klärung des Todes von Herbert Meier und rufe bei der Steuerbehörde an. Ich würde Sie bitten, Herr Schäfer, ein Team zur Spurensicherung auf Gut Willenborg zusammenzustellen. Ich gehe davon aus, dass wir den Durchsuchungsbefehl schnell erhalten und keine Zeit haben werden, ein Team aus Berlin anzufordern. Kümmerst du dich um den Staatsanwalt wegen des Durchsuchungsbefehls?"

Er sah Amaryllis an, die nickte und sich von ihrem Platz erhob. „Ich rufe an, sobald ich etwas erreicht habe."

17.

Es war Nachmittag, als Amaryllis ihren Wagen vor dem Eingang von Gut Willenborg parkte. Das Haus machte einen ungepflegten Eindruck, ebenso die weitläufigen Grünanlagen und die zugehörigen Ställe. Müll lag verstreut auf den Wegen und die Zäune rund um das Gelände waren an vielen Stellen morsch und zerbrochen. Dennoch konnte man erkennen, dass es ehemals ein imposantes Anwesen gewesen sein musste. Wer auch immer das Haus kaufen würde, konnte sich auf eine lange und teure Renovierung einstellen. Einfacher würde der Verkauf nicht werden, wenn bekannt wurde, dass das Gut eine wichtige Rolle bei der grausamen Mordserie, die täglich in der Presse stand, spielte. Amaryllis überlegte, ob sie aussteigen und sich die Anlage anschauen sollte, bevor Falk und die Einheit der Verdener Polizei eintrafen, entschied sich dagegen und zog stattdessen ihr Privathandy aus der Tasche.

Sie war gerade dabei, eine Nachricht an Tim Sollinger zu schicken und ihre Verabredung für den nächsten Abend abzusagen, als es an ihrer Fensterscheibe klopfte. Sie fuhr erschrocken zusammen, sah dann aber, dass es nur Falk war.

„Musst du mich so erschrecken?“ Sie sah ihren Kollegen böse an, doch der lachte nur.

„Habe ich dich bei etwas Verbotenem erwischt? Nur Menschen mit schlechtem Gewissen erschrecken sich normalerweise so!“

„Ich habe keine Zeit für ein schlechtes Gewissen, denn ich war in der Zwischenzeit nicht untätig und habe den Durchsuchungsbefehl erwirkt, was nicht einfach war, da sämtliche Staatsanwälte mal wieder unterwegs oder im Urlaub sind“, entgegnete Amaryllis. „Während du offenbar durch die Gegend gezogen bist und nach unschuldigen Frauen, die du erschrecken kannst, gesucht hast“, fügte sie böse an.

„Irgendein Hobby muss man ja haben.“ Falk zuckte mit den Schultern und betrachtete das Gut nachdenklich. „Ich habe das erste Mal ein gutes Gefühl bei diesem Fall. Der Schlüssel scheint tatsächlich die Vergewaltigung zu sein. Ich glaube, Herbert Meier musste sterben, weil er die Sache vertuschen wollte.“

„Und was ist mit unseren vier Vätern?“, fragte Amaryllis. „Meinst du, sie haben die Frau damals vergewaltigt und müssen jetzt dafür büßen?“

„Eher nicht. Ich denke, mindestens einer der vier hätte uns das gebeichtet. Es gab keine Anzeige damals, dazu ist die Sache längst verjährt, es kann ihnen nichts mehr passieren. Es geht immerhin darum, den Mörder ihrer Kinder zu finden. Da wäre ihnen so eine ‚Kleinigkeit‘ wie eine Vergewaltigung in ihrer Jugend sicher wieder eingefallen.“

„Wenn sie nicht die Vergewaltiger sind, warum straft der Täter sie dann?“, überlegte Amaryllis.

„Keine Ahnung. Ich hoffe, wir finden die Antwort da drinnen.“ Falk deutete auf das einstmals herrschaftliche Haus.

Ein Polizeiauto parkte neben Amaryllis’ Wagen. Drei Beamte der Spurensicherung und Klemens Schäfer stiegen aus.

„Dann wollen wir mal", sagte der Verdener Polizeichef energisch. Es war ihm anzusehen, dass er den Kollegen der Berliner Mordkommission zeigen wollte, dass auch in ländlicheren Regionen professionelle Polizeiarbeit geleistet wurde.

„Keiner der Erben wohnt in Verden oder Umgebung, daher haben wir keinen Schlüssel für das Gut und werden die Tür aufbrechen müssen." Klemens Schäfer blickte an der tristen Fassade des alten Hauses hoch. „Dürfte bei dem Zustand, in dem der Kasten ist, kaum ein Problem darstellen."

*

Eine halbe Stunde später hatten Amaryllis, Falk und die Verdener Polizisten alle Räume des Erdgeschosses und des ersten Stocks gesichtet und nirgendwo eine Art Büro oder Aktenraum entdeckt. Die meisten Zimmer waren verlassene Schlafsäle, in denen verrostete Metallbetten mit zerrissenen Laken und vergammelten Matratzen standen. Die Abenddämmerung hatte eingesetzt und es wurde mit jeder Minute schwerer, etwas zu sehen. Einer der Polizisten versuchte erfolglos, das Licht anzuknipsen.

„Der Strom ist abgestellt", stellte Falk fest. „Haben Sie in Ihrem Dienstwagen Taschenlampen?"

„Ich habe eine im Auto", erklärte Amaryllis.

„In unserem müssten auch einige sein", sagte Klemens Schäfer. „Ich rufe in der Dienststelle an und lasse Flutlichter herschicken. Wir haben den Keller noch nicht gesehen, ich bin nicht sicher, wie weit wir dort mit Taschenlampen kommen."

„Wir versuchen es", bestimmte Falk und es war dem Verdener Polizeichef anzumerken, dass er diese Entscheidung für falsch hielt.

„Wir wissen doch nicht, was uns da unten erwartet“, wandte er ein.

„Der Mörder wird kaum hier im Haus auf uns warten und dabei Däumchen drehen“, sagte Falk. „Und mit ein paar Ratten und Fledermäusen nehme ich es gerne auf, wenn wir dadurch Zeit sparen.“

Wenige Minuten später stiegen sie die modrigen Holzstufen in den Keller, die schwach von dem Licht einiger Taschenlampen erleuchtet wurden, hinab. Mehrere Türen gingen auf beiden Seiten von einem Mittelkorridor ab. Ein muffiger Geruch hing in der kalten Luft, die Wände machten einen feuchten Eindruck.

„Nach dem, was ich über Herbert Meier als Chef gehört habe, hätte es zu ihm gepasst, seine Buchhaltung hier unten im Keller verrotten zu lassen“, sagte einer der Beamten. „Natürlich, wenn er sie nicht selber gemacht hat“, fuhr er fort.

„Nach dem, was ich gehört habe, können wir nur hoffen, dass er überhaupt eine Buchhaltung hatte“, unkte ein anderer Beamter.

Falk rollte die Augen und sah Amaryllis an. „Das hört sich ja vielversprechend an.“

Er öffnete die erste Tür und ging in das Zimmer. Amaryllis folgte ihm. Der Raum war vollgestellt mit alten Möbeln, auf denen eine dicke Staubschicht lag. Auch die nächsten drei Räume wurden als Möbellager genutzt. Nirgends gab es Spuren, dass jemand in der jüngeren Vergangenheit durch die Räume gegangen sein könnte. Alles wirkte verlassen und unberührt als läge das Gut seit dem Tod von Herbert Meier in einem Dornröschenschlaf.

„Endlich!“, sagte Falk, der wieder als Erster in das nächste Zimmer getreten war. „Sieht aus, als hätten wir das ‚Büro‘ gefunden.“

Amaryllis sah sich in dem kahlen Raum, in dem lediglich ein Schreibtisch, ein Stuhl und mehrere Schränke mit geöffneten Türen an den Wänden standen, um. In den Schränken lagen Papiere wild durcheinander. Auf der Staubschicht auf der Erde und auf den Möbeln waren an zahllosen Stellen Spuren zu sehen. Es war eindeutig, dass hier jemand nach etwas gesucht hatte.

„Denkst du, was ich denke?“ Falk sah sie an.

„Es war jemand vor uns da“, sagte Amaryllis. „Allerdings nicht in letzter Zeit, die Fußspuren auf der Erde sind zum großen Teil kaum noch sichtbar. Sieht so aus, als hätte unser Täter sich hier vor ein paar Jahren über die Mitarbeiter des Guts und die Teilnehmer des Ferienlagers informiert und dann in Ruhe seine Mordserie begonnen.“

„Fortgesetzt. Ich denke, er hat die Mordserie fortgesetzt“, überlegte Falk. „Er muss Herbert Meier erst umgebracht haben. Überleg doch mal. Selbst wenn der Laden sofort nach dem Tod vom Chef geschlossen worden ist, müssen die Angestellten zumindest noch mal hergekommen sein, um ihre persönlichen Sachen zu holen. Und gerade die Buchhaltung hätte die bestehenden Anmeldungen für Feriencamps stornieren und offene Rechnungen bezahlen müssen. Der Einbruch wäre aufgefallen und gemeldet worden. Ich glaube, er ist erst einige Zeit nach dem Tod von Herbert Meier nochmals hergekommen.“ Falk sah den Verdener Polizeichef an. „Wissen Sie etwas über einen Einbruch hier in den letzten Jahren?“

„Nein, ich bin mir absolut sicher, da war nichts. Ich habe sämtliche noch vorhandenen Unterlagen über das Gut überprüfen lassen. Es ist in den letzten Jahren kein Einbruch gemeldet worden. Was nicht weiter verwundert, das Gut steht schließlich leer und niemand kümmert sich darum. Und den

Schrott, der hier noch rumsteht, den wollen wahrscheinlich nicht mal mehr Landstreicher haben."

Amaryllis überlegte. „Noch wissen wir nicht, woran Herbert Meier gestorben ist. Aber gehen wir mal davon aus, dass du recht hast, und unser Täter hat ihn umgebracht: Warum ist er wiedergekommen?"

„Es gibt zwei Möglichkeiten: Entweder der Täter kannte die Namen der Campteilnehmer von damals nicht und hat sie hier gesucht. Oder, und das ist leider die wahrscheinlichere Variante", Falk machte ein ernstes Gesicht, „oder er hat die Listen mit den Namen der Campteilnehmer verschwinden lassen, damit wir sie nicht finden können."

Falk zog sich Handschuhe an und begann damit, einige der verstaubten Papiere aus dem Schrank zu nehmen.

„Bei der hohen Luftfeuchtigkeit hier unten im Keller wird es nicht einfach werden, vernünftige Fingerabdrücke zu finden, besonders wenn sie schon ein paar Jahre alt sind", sagte einer der Beamten der Spurensicherung.

„Wahrscheinlich hat er sowieso Handschuhe getragen", erklärte Amaryllis. „Meinen Sie, es wird möglich sein, wenigstens die Schuhabdrücke unter dem ganzen Staub zu sichern?"

„Wir werden sehen." Der Beamte zuckte mit den Schultern und begann mehrere Pinsel aus seiner Tasche auszupacken.

Während der nächsten Stunde war es ruhig in dem kühlen, feuchten Bürozimmer. Falk, Amaryllis und Klemens Schäfer holten immer wieder neue Akten aus den Schränken, leuchteten mit ihren Taschenlampen auf die Papiere und überprüften, ob sie aus dem Jahr 1981 stammten.

„Nichts", sagte Amaryllis schließlich. „Die Buchhaltung des Ferienheims war ein Desaster, aber immerhin haben wir aus allen Jahren zumindest ein paar Belege gefunden. Nur das Jahr 1981 scheint es auf Gut Willenborg nicht gegeben zu haben."

„Wenn ich eben draußen gesagt habe, ich hätte endlich ein gutes Gefühl bei dem Fall, nehme ich diese Aussage hiermit zurück", erklärte Falk frustriert.

„Ich glaube, ich habe etwas gefunden", sagte Klemens Schäfer plötzlich und hob ein Papier in die Luft. „Eine Liste der vorläufigen Anmeldungen für ein Fußballcamp im Sommer 1981. Sie stammt aus dem Dezember 1980, wahrscheinlich hat der Täter sie deswegen übersehen. Es ist nicht ersichtlich, wer am Ende tatsächlich an dem Camp teilgenommen hat, aber immerhin etwas."

Amaryllis nahm ihm erleichtert die Liste aus der Hand. „Sehr gut. Damit können wir schon was anfangen." Sie ging Namen für Namen auf der Liste durch. „O. k., hier sind schon mal die Namen von Los, Schwarzmann, Hausmann und Lindhof."

Sie stand auf und ging zur Tür. „Hier unten gibt es keinen Handyempfang, ich gehe hoch, rufe in Berlin an und gebe alle Namen durch. Die Kollegen müssen so lange recherchieren und telefonieren, bis wir wissen, wer von den Jugendlichen auf der Liste wirklich in dem Camp war." Sie machte eine Pause. „Und wer dort war und noch kein Kind verloren hat, dessen Familie wird umgehend unter Personenschutz gestellt."

„Ich befürchte, das wird nicht reichen", sagte Falk und wedelte mit den Blättern in seiner Hand. „Da Herbert Meier mit großer Wahrscheinlichkeit ebenfalls Opfer unseres Täters geworden ist, sollten wir auch sämtliche Angestellten, die im Sommer 1981 hier gearbeitet haben, finden. Sie könnten ebenfalls Opfer geworden sein oder auf der Liste des Täters stehen. Allen voran müssen wir den Namen der Frau herausfinden, die angeblich vergewaltigt wurde."

Klemens Schäfer sah von dem Papier hoch, das er in den Händen hielt. „Hört sich an, als würden wir noch eine ganze Weile hier sein. Ich rufe besser meine Frau an.“

Amaryllis spürte, wie sich wieder ein mulmiges Gefühl in ihrer Magengegend breitmachte. Ein neuer Gedanke hatte sich in Sekundenschnelle in ihrem Kopf festgesetzt und ließ sie erschaudern. Sie deutete Falk mit einer Handbewegung an, ihr nach draußen zu folgen.

„Was ist, wenn es kein Zufall war, dass er ausgerechnet den einen Zettel aus dem Dezember 1980 nicht mitgenommen hat? Der Täter hat bis jetzt penibel alles geplant und keine Fehler gemacht. So eine leichtfertige Dummheit passt nicht zu dem, was wir bisher von ihm kennen“, fragte sie ihren Kollegen vor der Tür.

Falk überlegte einen Moment, bevor er sagte: „Ich würde sagen, in dem Fall gäbe es mal wieder zwei Möglichkeiten: Entweder ist er mit seiner Liste durch und setzt sich, während wir hier stehen, nach Südamerika ab, oder er ist so größenwahnsinnig, dass er glaubt, er kann den Personenschutz der Polizei umgehen und fröhlich weitermorden. Was zu hoffen wäre.“

„Spinnst du?“, fragte Amaryllis ihn entgeistert.

„Überhaupt nicht. Aber wenn er noch nicht fertig ist mit seiner Mordserie, können wir darauf hoffen, dass er sich selber überschätzt und dabei den entscheidenden Fehler macht.“

„Während er einen weiteren unschuldigen Menschen tötet?“ Amaryllis sah ihren Kollegen zweifelnd an.

18.

Es war bereits kurz nach Mitternacht, doch Falk und Amaryllis saßen immer noch in dem kleinen provisorischen Büro der Verdener Polizei, das Klemens Schäfer ihnen zur Verfügung gestellt hatte. Sie hatten bei der Durchsuchung des Kellers am Nachmittag keine Unterlagen aus dem Jahr 1981 gefunden, konnten sich aber anhand von Dokumenten aus den Vorjahren einen ungefähren Überblick über die Zahl und Art der Mitarbeiter von Gut Willenborg Anfang der 80er-Jahre machen.

„Sofern Herbert Meier nicht allen ausgerechnet in jenem Sommer gekündigt hat, dürften im August 1981 nur vier weibliche Angestellte auf dem Gut gearbeitet haben. Zwei Erzieherinnen sowie die Küchenhilfen Angela Renner und Martha Wagner“, fasste Falk die Ergebnisse ihrer Arbeit zusammen.

„Wenn die Erinnerung von dem alten Polizisten Hermann Holzer stimmt, saß die Frau, die vergewaltigt wurde, in der Küche. Ich würde vorschlagen, wir überprüfen daher zuerst die beiden Küchenhilfen“, schlug Amaryllis vor. „Mit etwas Glück ist eine von den beiden das angebliche Vergewaltigungsopfer und kann endlich Licht ins Dunkel bringen, warum neun Menschen sterben mussten."

„Wenn die Vergewaltigung wirklich stattgefunden und etwas mit den Morden zu tun hat", warf Falk ein. Er verzog das Gesicht, als hätte er in eine Zitrone gebissen. „Bislang sind das leider alles nur Vermutungen."

„Aber die besten und vor allem einzigen, die wir haben." Amaryllis sah ihren Kollegen besorgt an. „Du siehst müde aus, wir sollten sehen, dass wir ins Bett kommen. Wir können hier heute Nacht nichts mehr erreichen. Die Berliner Kollegen sind informiert, dass sie die Namen, die wir gefunden haben, mit den Einwohnermeldeämtern abgleichen. Wir können nur hoffen, dass wir fündig werden, bevor er wieder zuschlägt." Sie seufzte. „Falls es überhaupt ein nächstes Opfer gibt."

„Kein Wunder, dass wir beide geschieden sind", sagte Falk so unvermittelt, dass Amaryllis von ihrem Laptop aufsah und ihn verwundert musterte.

„Na ja, schau dich mal um." Falk machte eine weitschweifende Armbewegung, die allerdings etwas lächerlich wirkte, da sie nicht im großflächigen Berliner Polizeipräsidium saßen, sondern in einem normalen Polizeirevier.

„O. k., hier sieht man nur die Wand, aber ich kann dir sagen, dass dahinter niemand mehr sitzt. Wir sind allein hier. Wer eine Familie hat und die auch behalten möchte, der ist um diese Uhrzeit zu Hause."

„Macht deine Ex-Frau wieder Stress wegen der Kinder?", fragte Amaryllis und Falk nickte.

„Sieht ganz so aus, als würde ich am Wochenende nicht in Berlin sein, oder? Als ich ihr das gesagt und sie gebeten habe, die Kinder für mich zu betreuen, hat sie mir mal wieder einen Vortrag gehalten, dass unsere Ehe genau deswegen gescheitert sei und ob ich meinen Kindern das wirklich antun wolle."

Ihr Partner sah ungewohnt verletzlich aus. Amaryllis überlegte, welche Worte des Trostes sie ihm sagen konnte, fand aber keine. Genau wie er hatte sie ihre Ehe hinter ihren Beruf gestellt und dafür einen hohen Preis bezahlt. Das Problem war und Amaryllis war sich sicher, dass es sich bei Falk ähnlich verhielt, dass sie es mit großer Wahrscheinlichkeit wieder tun würde, wenn ein Fall sie zu sehr beschäftigte. Vielleicht war es das Beste, dass sie beide keinen Partner hatten. Was Falk leider bei dem Problem mit seinen Kindern nicht half und auch nicht wirklich tröstend klang.

Das Klingeln des Telefons riss sie aus ihren Gedanken und ersparte es ihr, weiter vergeblich nach aufmunternden Worten für ihren Kollegen zu suchen. Sie blickte auf das Display ihres Handys.

„Es ist Benita“, ließ sie ihren Kollegen wissen.

„Kein Wunder, dass die auch keinen Mann findet, der bei ihr bleibt, wenn sie um diese Uhrzeit noch Leichen aufschneidet“, murmelte Falk düster, während Amaryllis das Gespräch annahm und auf Lautsprecher stellte.

„Möchtest du zuerst die guten oder zuerst die schlechten Nachrichten?“, erklang die Stimme der Gerichtsmedizinerin so frisch aus dem Hörer, als wäre es nicht mitten in der Nacht.

„Zuerst die schlechten“, entschied Amaryllis.

„Geht leider nicht, du kriegst zuerst die guten, sonst ist der Effekt nicht so groß!“, lachte Benita.

„Wie kann man um diese Uhrzeit nur so gute Laune haben?“, grummelte Falk aus dem Hintergrund.

„Ihr werdet gleich auch fantastische Laune haben, wenn ich euch die guten Nachrichten sage. Ich warte einen kleinen Moment mit den schlechten, damit ihr sie genießen könnt.“

„Jetzt sag schon, was du rausgefunden hast“, sagte Amaryllis entschieden.

„Ich habe an Opfer Nummer 9 eine DNA-Spur gefunden. Ein blondes Haar. So wie es aussieht, kann es nur vom Täter stammen. Zumindest gibt es keine Übereinstimmung mit den Eltern, Geschwistern oder engen Freunden des Opfers."

„Und was ist die schlechte Nachricht?", fragte Falk, der wieder vollkommen wach und ganz bei der Sache war.

„Das können wir uns doch denken", sagte Amaryllis. „Es gibt auch keine Übereinstimmung mit der im Polizeiregister gespeicherten DNA."

„Stimmt leider", sagte Benita. „Ich habe die DNA mit allen verfügbaren, gespeicherten DNA-Proben verglichen und keinen Treffer erzielt. Aber in der Sekunde, in der ihr einen Verdächtigen habt, können wir ihn überführen. Das ist doch mal was."

„Allerdings, vielen Dank", sagte Amaryllis. „Wir haben gerade darüber gesprochen, wie hart der Job sein kann, wenn man ständig Überschichten macht, um einen Täter zu finden. Jetzt wissen wir wenigstens wieder, warum wir uns das antun."

Falk klappte den Deckel seines Laptops zu und stand auf.

„Zeit ins Bett zu gehen. Sieht so aus, als könnten wir endlich durchstarten und diesen Bastard finden! Du hast recht, wir sollten sehen, dass wir etwas Schlaf bekommen, morgen wird ein langer Tag."

19.

Die kleine Pension am Stadtrand von Verden, in der Amaryllis und Falk untergekommen waren, hatte schon bessere Tage gesehen. Die graue Fassade des Hauses blätterte an zahlreichen Stellen ab und das Holz der Fensterrahmen, in denen weihnachtliche Holzfiguren standen, wirkte vermodert. Die Zimmer waren winzig und Amaryllis stand am nächsten Morgen mit Rückenschmerzen von der extrem durchgelegenen Matratze ihres Bettes auf.

„Ich kann nur hoffen, dass das nicht Teil deines bösartigen Planes ist, die Polizei zu quälen", murmelte sie an den Täter gerichtet, während sie vor dem Badezimmerspiegel stand.

Sie nahm eine schnelle Dusche, das nur lauwarme, dünne Rinnsal, das aus dem Hahn kam, ließ nicht mehr zu, und ging in das Frühstückszimmer.

„Guten Morgen!", dröhnte ihr die Pensionswirtin entgegen und hielt ein Kännchen mit Kaffee hoch. „Dachte ich es mir doch, dass die Polizei früh aufsteht!"

Sie wies Amaryllis unnötigerweise einen der lediglich drei Tische zu und stellte ihr das Kaffeekännchen und einen Korb mit frischen Brötchen auf den Tisch.

„Butter, Wurst, Käse und Marmelade kommen gleich“, sagte die Frau freundlich und verließ den Raum.

„Danke“, sagte Amaryllis, die froh war, dass die Qualität des Pensionsfrühstücks offenbar weit über dem Zimmerstandard lag.

Sie sah auf die Uhr, es war kurz vor sieben Uhr. Die meisten Kollegen würden gerade auf dem Weg zur Arbeit sein, dennoch rief Amaryllis in Berlin an, um zu erfahren, ob es schon Neuigkeiten über die Teilnehmer des Fußballcamps oder den Verbleib der beiden Küchenhilfen gab.

Eine Beamtin der Frühschicht teilte ihr mit, dass die Suche nach den Teilnehmern auf Hochtouren lief, keiner der Namen aber bislang habe bestätigt werden können. Die Namen der beiden Küchenhilfen habe man soeben zur Überprüfung in das System eingegeben und erwarte den Bericht bis zum Mittag.

„Ich melde mich sofort“, hatte die Kollegin versprochen.

Amaryllis seufzte und betrachtete die stark zerkratzte silberne Servierplatte mit Schinken, Salami und Käse, die mittlerweile vor ihr auf dem Tisch stand, als sie eine Idee hatte. Sie konnte unmöglich bis Mittag hier rumsitzen, der Zweck würde die Mittel und vor allem die sehr frühe Uhrzeit für ihren Anruf heiligen.

„Es tut mir leid, Sie so früh zu stören, aber die Suche auf Gut Willenborg war erfolgreich und ich würde Ihnen gerne ein paar Namen nennen, vielleicht erinnern Sie sich, ob diese Jungen damals mit Ihnen gemeinsam auf dem Gut im Sommercamp waren.“

Wenn Jochen Lindhof über den morgendlichen Anruf von Amaryllis überrascht gewesen war, ließ er sich dies nicht anmerken.

„Ich weiß nicht“, sagte er. „Die Namen der anderen Opfer haben keinerlei Erinnerungen wachgerufen. Ich versuche mein

Bestes, aber ich bin mir nicht sicher, ob einer der neuen Namen mir etwas sagt."

„Es ist einen Versuch wert und wenn Sie keinen der Namen erkennen, müssen wir eben warten, bis die Ergebnisse der Personenrecherche da sind", antwortete Amaryllis und begann, dem Vater von Torben Lindhof die Namen vorzulesen.

Am anderen Ende der Leitung herrschte Stille und Amaryllis' Hoffnung sank mit jedem Namen, den sie vorlas, als Jochen Lindhof sie plötzlich stoppte.

„Oh ja. Gabriel Hoffmann. An den kann ich mich erinnern. Sah aus wie ein Engel mit seinen blonden Locken. Ich stehe wirklich nicht auf Männer, aber der Junge war so bildschön, dass es sogar uns Jungs damals aufgefallen ist. Sein Charakter war allerdings das Gegenteil. Der Typ war richtiggehend bösartig. Jede Nacht hat er irgendetwas auf dem Gut zerstört oder versteckt und sich am nächsten Morgen ins Fäustchen gelacht, wenn er die Angestellten beim Aufräumen des Chaos beobachtet hat.

‚Seht euch diese Idioten doch an, wenn die besser in der Schule aufgepasst hätten, müssten sie jetzt nicht hier auf den Knien rumrutschen und den Boden scheuern!', hat er gesagt, wenn die Leute uns leidtaten. Ein widerlicher Typ."

„Können Sie sich sonst noch an etwas erinnern? War Gabriel Hoffmann mit jemandem aus dem Camp näher befreundet?", fragte Amaryllis nach.

„Nein. An einen Freund kann ich mich nicht erinnern. Ich meine, am Anfang haben wir alle mitgemacht und dachten, seine Streiche wären lustig. So Sachen halt, wie man sie in Büchern liest, die in Sommerlagern gemacht werden. Den meisten Jungs fiel aber schnell auf, dass das kaum noch Streiche zu nennen waren, was er da machte, und wir hielten uns von ihm fern." Jochen Lindhof zögerte einen Moment, bevor er weitersprach:

„Aber Sie wissen sicher, wie pubertierende Jungs sind, das Fernhalten von Gabriel war selektiv. Wir haben bei seinen Streichen nicht mehr mitgemacht, aber wenn er abends mit Bier und anderem Alkohol ankam, wollte jeder wieder mit ihm befreundet sein. Er war es auch, der die Drogen für die Party am Ende des Camps besorgt hat."

„Haben Sie ihn nach dem Ferienlager noch mal wiedergesehen?", fragte Amaryllis.

„Nein. Außer Bernd habe ich keinen der Jungen wiedergetroffen. Oder zumindest nicht wissentlich. Das Einzige, was ich noch weiß, ist, dass Gabriel immer sehr angegeben hat, wie reich seine Familie sei. Die hatten irgendeine Fabrik. Ich weiß leider nicht mehr für was."

„Wissen Sie noch, wo er herkam?"

„Keine Ahnung, aber ich glaube, dass die meisten Jungen aus Bremen und Umgebung kamen."

„Danke, Sie haben mir sehr geholfen", verabschiedete Amaryllis sich und klappte ihr Laptop auf.

„Gott sei Dank, es gibt ein schnelles WLAN", murmelte sie und begann, im Internet nach Gabriel Hoffmann und seiner Familie zu suchen.

*

Es war kurz nach acht Uhr, als Falk von Heeren im Frühstückszimmer auftauchte, wo Amaryllis bereits drei Tassen Kaffee getrunken hatte und so konzentriert auf den Bildschirm ihres Laptops sah, dass sie ihn nicht bemerkte.

„Guten Morgen!", brüllte Falk unnötig laut und Amaryllis fuhr erschrocken zusammen.

„Wenn du so eine kindliche Freude daran hast, andere Menschen zu erschrecken, warum bist du nicht

Berufserschrecker geworden, habe gehört, die verdienen gar nicht schlecht", herrschte Amaryllis ihn an.

„Ist da etwa jemand mit dem falschen Fuß aufgestanden?"

Falk ließ sich auf den Stuhl gegenüber von Amaryllis fallen und seufzte.

„Die kleine Freude musste sein, man gönnt sich ja sonst nichts. Wenn ich mir die Statistik unserer bisherigen Ermittlungen ansehe, könnte es gut sein, dass ein weiterer deprimierender Tag ohne den großen Durchbruch vor uns liegt."

„Vielleicht auch nicht", sagte Amaryllis.

Die Pensionswirtin kam, schüttete Falk Kaffee ein und stellte ein Frühstückstablett, wie auch Amaryllis es bekommen hatte, vor ihn auf den Tisch.

„Also, schieß los. Was haben die Kollegen in Berlin inzwischen herausgefunden? Wie ich deinen Arbeitseifer kenne, hast du die Berliner bestimmt schon genervt", fragte Falk.

„Habe ich, hat aber nichts genützt. Die haben nichts herausgefunden", antwortete Amaryllis. „Aber ich habe etwas herausgefunden, das dir gefallen wird."

Falk goss Milch in seinen Kaffee und sah sie auffordernd an. „Hoffentlich übertreibst du nicht schamlos", grinste er.

Amaryllis wollte gerade mit ihrem Bericht beginnen, als die Pensionswirtin erneut an den Tisch trat und einen Teller mit Weihnachtsgebäck mit einem strahlenden Lächeln vor Falk abstellte.

„Ist doch bald Weihnachtszeit und Männer backen sich ja selber nichts", sagte sie in einem schmeichelnden Ton und blieb einen kurzen Moment am Tisch stehen.

Nachdem Falk keine Anstalten machte, eine Unterhaltung mit ihr zu beginnen und die Frau nur mit einem kurzen Danke bedachte, ging sie schließlich wieder.

Amaryllis konnte sich ein Grinsen nicht verkneifen. „Da hat jemand ein Auge auf dich geworfen."

„Kein falscher Neid, für dich finden wir auch noch jemanden, dauert vielleicht nur etwas länger", entgegnete ihr Partner boshaft, bevor er wieder ernst wurde. „Was hast du herausgefunden?"

„Aus Berlin gibt es noch keine Informationen über die Campteilnehmer oder die Küchenhilfen. Also habe ich heute Morgen Jochen Lindhof angerufen und ihm die vorläufige Teilnehmerliste des Fußballcamps vorgelesen. Er hat einen Namen wiedererkannt: Gabriel Hoffmann. Ein ziemlich unangenehmer Schnösel aus reichem Hause, so Lindhofs Erinnerung. Ich habe den Namen im Internet gesucht und bin fündig geworden. Der Großindustrielle und Millionär Robert Hoffmann aus Bremen hatte einen Sohn namens Gabriel. Es gibt im Internet ein paar Artikel, meist aus Bremer Lokalzeitungen, über die Familie.

Das Alter des Sohnes passt, Wohnort und reiches Elternhaus ebenfalls, es müsste sich um den Jungen aus dem Camp handeln. Ich habe bei der Bremer Polizei direkt angerufen und mir den Umweg über Berlin gespart, um nachsehen zu lassen, ob es eine Polizeiakte zu Gabriel Hoffmann gibt."

„Jetzt sag mir nicht, dass Gabriel Hoffmann eine Tochter oder einen Sohn als vermisst gemeldet hat." Falk sah seine Kollegin besorgt an.

„Nein, hat er nicht. Soweit wir wissen, hat Gabriel Hoffmann keine Kinder. Dafür hat er aber einiges auf dem Kerbholz. Er wurde mehrfach wegen Drogenbesitzes, Dokumentenfälschung, schwerer Körperverletzung und dreimal wegen versuchter Vergewaltigung festgenommen bzw. angezeigt."

„Lass mich raten, es kam aber nie zu einer Anklage oder gar Verurteilung, weil die Opfer nach einem Scheck von Papa Hoffmann plötzlich von nichts mehr wussten.“ Falk seufzte. „Das typische Klischee. Ist doch traurig, dass das immer wieder greift.“

„Ganz genau, Gabriel Hoffmann ist wie durch ein Wunder nicht vorbestraft“, bestätigte Amaryllis die Vermutung ihres Kollegen.

„Auch in den Zeitungsberichten habe ich nichts über seine Straftaten gefunden, lediglich in einem Artikel wird am Rande bemerkt, dass der Sohn der Familie keiner Arbeit nachgehe und die Fabrik wohl nicht übernehmen werde.

Wir können von Glück sprechen, dass die Polizeieinträge nicht nach der üblichen Verjährungsfrist gelöscht worden sind. Ich nehme an, wegen der Vielzahl der Vorkommnisse wurde er trotz fehlender Verurteilung als gefährlich bzw. Wiederholungstäter eingestuft und seine Akte vorsorglich aufbewahrt.“

„Wahrscheinlich hat ein Beamter gepennt und schlicht vergessen, die Einträge zu löschen, aber in dem Fall wollen wir mal nicht meckern. Meinst du, er könnte unser Täter sein?“, fragte Falk.

„Theoretisch wäre das möglich, kriminelles Potenzial scheint auf jeden Fall vorhanden zu sein. Außerdem hat er auf den zwei Fotos im Internet, die es gibt, blonde Haare und das Haar, das Benita bei Nummer 9 sichergestellt hat, ist blond.“

Amaryllis machte eine kurze Pause und schenkte sich eine weitere Tasse Kaffee ein, obwohl sie spürte, dass sie bereits zu viel Koffein zu sich genommen hatte.

„Hört sich alles sehr gut an, mit etwas Glück haben wir unseren Täter“, sagte Falk anerkennend, doch Amaryllis schüttelte den Kopf.

„Ich habe gesagt theoretisch. Praktisch dürfte es sehr schwierig für den Mann gewesen sein, die Morde zu begehen."

„Wieso? Was hast du noch über ihn herausgefunden?", fragte Falk nach.

„Gabriel Hoffmann lebt seit mehreren Jahren in einem Seniorenheim."

„Ist er dafür nicht zu jung?", wunderte sich Falk.

„Gabriel Hoffmann leidet einem der Zeitungsberichte zufolge an einer Form von früh einsetzender Alzheimerkrankheit. Ich kenne mich mit der Krankheit nicht aus, aber wenn er seit Jahren in einem Heim lebt, dann dürfte er in einem Stadium sein, in dem er kaum mehr seinen eigenen Namen kennt."

Falk machte eine resignierende Handbewegung. „Dieser Fall macht mich wirklich fertig. Kaum hat man die kleinste Spur, verwischt sich diese von selber wieder. Hoffentlich finden wir die Küchenhilfen bald. Sonst stecken wir mal wieder in einer Sackgasse fest."

„Ich bin sicher, dass wir auf der richtigen Spur sind", sagte Amaryllis entschieden. „Da die Ergebnisse aus Berlin noch auf sich warten lassen, schlage ich vor, wir fahren zu dem Seniorenheim und sehen, was wir dort über oder vielleicht sogar von Gabriel Hoffmann herausbekommen können. Wenn es damals eine Vergewaltigung während des Ferienlagers gab, stehen die Chancen gut, dass er der Täter war. Und wenn die Vergewaltigung oder das Ferienlager irgendetwas mit unserer Mordserie zu tun hat, dann ist er der Schlüssel. Egal wie unwahrscheinlich es ist, dass er der Täter ist, sollten wir unbedingt eine DNA-Probe von ihm nehmen."

20.

„Wow. Das macht mal was her! Hier wäre ich auch gerne krank, sieht aus wie im Fernsehen."

Falk sah bewundernd an der makellosen weißen Fassade des ehemaligen Schlosses hoch, vor dem er soeben das Auto geparkt hatte. Die Auffahrt war mit einer dicken Schicht Kies aufgeschüttet worden, gepflegter Rasen und auf den Millimeter genau getrimmte immergrüne Hecken rundeten das Bild ab.

Haus Teresienblick war ein Seniorenheim der Extraklasse und stand den Versprechungen, die auf der Webseite gemacht wurden, in der Realität in nichts nach. Wer hier einzog, der konnte in „Würde" und mit „Komfort der Extraklasse" altern, hieß es im Internet. Spezialisiert war das Haus allerdings nicht ausschließlich auf hochbetagte „Kunden", wie man die Patienten hier nannte, sondern zusätzlich auf Menschen jeden Alters, die an Alzheimer oder Demenz litten. Amaryllis musste an ihre Großmutter denken, die sich den Aufenthalt in einem solchen Heim problemlos hätte leisten können, aber dennoch glücklich gewesen war, dass sie in ihrem eigenen Haus hatte bleiben können. Wie viele der Patienten wohl freiwillig hier waren, überlegte sie, während Falk weiterredete.

„Wetten, die Zimmer sind mit Kaffeevollautomaten und nicht mit Wasserkesseln und Pulverkaffee ausgestattet! Und zum Abendessen wird eine Weinkarte statt dünnem Tee gereicht", vermutete er.

„Davon ist auszugehen", pflichtete Amaryllis ihrem Kollegen bei. „Fragt sich nur, wie viele von den Bewohnern das noch zu schätzen wissen."

Eine gepflegte Dame in einem eng sitzenden grauen Kostüm und einer weißen Bluse mit einem dezent gemusterten

Einstecktuch kam mit energischen Schritten die Eingangstreppe herab.

„Guten Tag, Sie müssen die Herrschaften von der Polizei sein. Ich bin Luisa Pewak, die Leiterin von Haus Teresienblick." Sie wandte sich an Amaryllis. „Wir haben heute Morgen telefoniert. Dürfte ich Ihre Dienstausweise sehen?"

Sie studierte die Ausweise, die Amaryllis und Falk ihr gereicht hatten, genau, schüttelte beiden die Hand und machte eine Handbewegung, ihr nach oben zu folgen.

„Ich habe bereits auf Sie gewartet, damit ich Sie gleich in mein Büro bitten kann. Unsere Patienten sind gelegentlich sehr irritiert, wenn unbekannte Personen im Haus auftauchen", erklärte sie den beiden Kommissaren ihren Empfang.

Luisa Pewak trug ihre langen, blondierten Haare zu einem strengen Pferdeschwanz zusammengebunden und eine modische schwarze Brille. Alles an ihrem Auftreten drückte Professionalität aus. Es war unmöglich zu schätzen, wie alt die Frau war. Amaryllis hatte das ungute Gefühl, dass es nicht einfach werden würde, von ihr Informationen über Gabriel Hoffmann zu erhalten.

Sie folgten der Heimleiterin in das Innere des Hauses. Luisa Pewak führte sie schnellen Schrittes durch einen langen Gang und bat sie in ein Zimmer, an dessen Tür ein großes Messing-Schild hing. „Luisa Pewak, Heimleitung" stand in schwarzen schwungvollen Buchstaben darauf graviert.

Der großzügige Raum war ganz in hellen Beigetönen gehalten und durch das Fenster hatte man einen wundervollen Blick auf einen parkähnlichen Garten mit großen Bäumen und einem Teich, in dessen Wasser die langen Äste von Trauerweiden wie auf einem Gemälde hingen. Auf dem überdimensionalen Schreibtisch lagen Prospekte von Haus Teresienblick, die so dick und elegant gehalten waren, dass sie mehr aussahen wie die Werbemagazine eines Luxusmodeherstellers als die eines Pflegeheimes.

„Kann ich Ihnen etwas zu trinken anbieten? Einen frisch gepressten Saft vielleicht, einen Kaffee oder Tee?“, fragte die Heimleiterin.

„Ein Wasser wäre schön“, sagte Amaryllis.

„Ich nehme gerne einen Kaffee. Cappuccino“, sagte Falk.

„Natürlich.“ Luisa Pewak stand auf und verließ das Zimmer.

„Ich habe das Gefühl, meine Krankenkasse wird hierfür nicht zahlen, wenn ich demnächst anfange, überall weiße Mäuse zu sehen“, murmelte Falk und blätterte durch einen der Prospekte. „Sieh dir mal die Zimmer an, alles nur vom Feinsten.“

„Soweit ich es verstanden habe, ist der Vater von Gabriel Hoffmann bereits vor einiger Zeit verstorben, über die Mutter weiß ich nichts und Geschwister wurden nicht erwähnt. Da Gabriel Hoffmann zeit seines Lebens keinem Beruf nachgegangen zu sein scheint, muss er ordentlich geerbt haben, um sich das hier leisten zu können“, überlegte Amaryllis.

Luisa Pewak kehrte mit den Getränken zurück, setzte sich an ihren Schreibtisch und sah die beiden Kommissare erwartungsvoll an. „Womit kann ich Ihnen helfen?“

„Soweit wir wissen, haben Sie einen Patienten mit dem Namen Gabriel Hoffmann hier im Haus. Herr Hoffmann könnte, wie ich Ihnen bereits am Telefon gesagt habe, in Verbindung mit einer Mordserie stehen. Er könnte für uns ein sehr wichtiger Zeuge sein, eventuell hat er sogar mit den Verbrechen zu tun. Wir würden daher gerne mit ihm sprechen und eine DNA-Probe von ihm nehmen.“

Amaryllis konnte an den hochgezogenen Augenbrauen von Luisa Pewak erkennen, dass sie mit ihrer früheren Vermutung, dass die Frau es ihnen nicht leicht machen würde, ins Schwarze getroffen hatte.

„Das wird leider nicht möglich sein. Ich bin überzeugt, dass keiner unserer Patienten hier in einen Mordfall verwickelt ist. Schon gar nicht Herr Hoffmann. Sie werden einsehen, dass ich im Rahmen der ärztlichen Schweigepflicht keinerlei Informationen über Herrn Hoffmann an Sie weitergeben kann."

Luisa Pewak schüttelte mit gespieltem Bedauern den Kopf und ordnete unnötigerweise ein paar Papiere auf ihrem Schreibtisch, was wohl andeuten sollte, dass das Gespräch für sie bereits beendet war.

Amaryllis warf Falk einen kurzen Blick zu und er nickte unmerklich. Sie wussten beide, dass sie aus der Heimleiterin ohne die Anordnung eines Staatsanwaltes keine Informationen herausbekommen würden. Die Frau war zu sehr auf den Ruf ihres Hauses und ihre wohlhabende Kundschaft bedacht, als dass sie die Polizei nur eine Sekunde länger als notwendig in ihrem Haus dulden würde.

Luisa Pewak schien sich zudem bereits informiert zu haben, was sie sagen musste, um die Polizei in ihre Schranken zu weisen. Mit der Aussage, dass sie nicht glaube, Gabriel Hoffmann könne in einen Mord verwickelt sein, waren ihnen die Hände gebunden. Ärzte oder Pflegepersonal durften die ärztliche Schweigepflicht nur brechen, wenn sie begründete Sorge hatten, ihr Patient könnte in ein schwerwiegendes Verbrechen verwickelt sein.

„Wie Sie meinen", sagte Falk kühl. „Sie können uns aber nicht verbieten, mit Herrn Hoffmann zu sprechen."

„Doch das kann ich. Der geistige Gesundheitszustand von Herrn Hoffmann lässt das leider nicht zu. Sie müssen sich an seine Mutter oder seinen Sohn wenden und mir eine schriftliche

Einverständniserklärung der Familie einreichen, wenn Sie ihn sprechen oder auch nur sehen möchten. Bei solchen Fällen gibt es gesetzliche Vormundschaften, wie Sie sicher wissen. Herr Hoffmann ist leider nicht mehr in der Lage zu entscheiden, was gut für ihn ist.“

Luisa Pewak lächelte geflissentlich wie ein Versicherungsvertreter, der ihnen soeben eine überteuerte und unnötige Police angedreht hatte, stand von ihrem Platz auf und deutete auf die Tür.

„Das dürfte alles gewesen sein.“

*

„Kannst du mir erklären, warum diese alterslose Pflege-Barbie uns überhaupt hat hierherkommen lassen, wenn sie genau wusste, dass sie uns nicht helfen will?“, fragte Falk wutentbrannt, als sie wieder im Auto saßen.

„Sie wollte unsere Dienstausweise sehen, um festzustellen, ob ein kleiner Streifenbeamter oder jemand in ihren Augen Wichtiges zur Befragung kommt. Jetzt weiß sie, dass die Sache ernst ist. An ihrer Haltung hat das natürlich nichts geändert. Im Gegenteil, bis wir mit einem Durchsuchungsbefehl oder dem Einverständnis der Mutter wiederkommen, kann sie sich vorbereiten und uns das Leben so schwer wie möglich machen. Ich frage mich, wie die Frau schlafen kann, wenn sie weiß, dass es eine Chance gibt, ein Mörder könnte in ihrem Haus leben, und sie uns nicht hilft, ihn zu überführen!“ Amaryllis schüttelte den Kopf bei dem Gedanken an Luisa Pewak und ihr Verhalten.

„Eine Information hat sie uns aber gegeben, wenn auch unfreiwillig“, sagte sie dann nachdenklich. „Sie hat gesagt, wir sollen eine Einverständniserklärung der Familie einreichen, unterzeichnet von Gabriel Hoffmanns Mutter oder seinem

Sohn. Soweit wir wissen, hat der Mann aber gar keinen Sohn. Zumindest steht nichts davon in den Zeitungsberichten über die Familie Hoffmann. Es stimmt nicht immer alles, was in der Zeitung steht, aber als Arbeitstheorie sollten wir davon ausgehen, dass Gabriel Hoffmann keinen Nachwuchs in die Welt gesetzt hat."

Falk überlegte einen Moment, bevor er sprach. „O. k., nehmen wir mal an, die Welt hat Glück und dieses besondere Früchtchen von einem Sohn reicher Eltern hat keine Kinder. Wie kommt unsere hilfsbereite Heimleiterin dann darauf?"

„Das habe ich auch gerade gedacht. Eigentlich müsste es in der Patientenakte stehen, ob jemand Kinder hat oder nicht. Bei Gabriel Hoffmann sollte dort nach unserem Wissensstand ‚nein' angekreuzt sein. Trotzdem sagt die Frau, wir sollen seinen Sohn nach der Einwilligung fragen."

Falk trommelte nervös mit den Fingern auf das Lenkrad.

„Hast du auch das Gefühl, dass wir der Lösung endlich näher kommen? Ich denke, wir sollten so schnell wie möglich der Mutter von Gabriel Hoffmann einen Besuch abstatten."

„Unbedingt", stimmte Amaryllis ihrem Kollegen zu. „Und während der Fahrt beten wir, dass Frau Hoffmann hilfsbereiter ist als die Heimleiterin. Und, dass es wirklich keinen Hoffmanschen Nachwuchs gibt, denn sonst sehen wir mal wieder alt aus."

Sie holte ihr Handy aus ihrer Handtasche.

„Fahr schon mal los, Richtung Bremen. Ich rufe die Polizei dort an und lasse mir die Adresse der Mutter geben. Hoffentlich ist sie nicht nach Bayern verzogen."

21.

Das Haus von Elvira Hoffmann lag in einem der ärmlicheren Vororte von Bremen. Amaryllis hatte eine elegante Villa erwartet, doch sie hatte sich geirrt. Die Witwe des bekannten Bremer Industriellen lebte in einem kleinen grauen, leicht renovierungsbedürftigen Reihenhaus aus den 50er-Jahren. Der winzige Vorgarten war gepflegt und die beiden Kübel neben der Haustür waren mit rosa Besenheide winterlich bepflanzt.

„Hallo", sagte die zierliche, sympathische Frau mit weißen kurzen Haaren, die ihnen die Tür öffnete. „Kommen Sie doch rein. Sie müssen die Herrschaften von der Berliner Polizei sein, wir haben eben telefoniert. Ich hoffe, Sie haben keine Angst vor Hunden."

Im gleichen Moment kamen zwei Beagle angejagt und sprangen an den Kommissaren hoch.

„Irgendetwas ist mit der Erziehung falsch gelaufen", lächelte Frau Hoffmann. „Eigentlich sollen sie sitzen bleiben, bis ich sie rufe, aber irgendwie meinen sie, wenn ich das Wort ‚Angst' sage, wäre das der Befehl loszurennen."

„Frau Hoffmann, wir würden Ihnen gerne einige Fragen zu Ihrem Sohn Gabriel stellen", sagte Falk, als sie wenige

Augenblicke später an einem kleinen Esstisch, der in eine Ecke des engen Wohnzimmers gequetscht stand, saßen.

Elvira Hoffmann seufzte. „Gabriel war immer ein Problemkind. Der Junge hat uns nichts als Sorgen bereitet. So furchtbar es ist, so etwas über sein eigenes Kind zu sagen, aber ich war fast erleichtert, als er in das Heim gekommen ist. Ich dachte, in seinem Zustand könnte er endlich kein Unheil mehr anrichten. Und jetzt sitze ich hier wieder mit zwei Polizisten. Was hat er diesmal getan?"

„Das wissen wir nicht genau. Aber wir haben eine Vermutung, dass es einen Zusammenhang zwischen einem Ferienlager, in dem Gabriel 1981 war, und dem Mörder gibt, der mehrere Menschen hier in der Umgebung und in Berlin umgebracht hat. Sie haben sicher in der Zeitung darüber gelesen. Wissen Sie, ob damals in dem Ferienlager etwas vorgefallen ist?", fragte Amaryllis.

„Ich müsste überlegen", sagte die Frau vorsichtig und schien plötzlich um Jahre gealtert. Ihre Hand zitterte leicht, als sie nach ihrer Kaffeetasse griff.

„Gabriel war jeden Sommer in einem anderen Ferienlager. Wir wären gerne selber mit ihm weggefahren, aber er hat schon als Kind so viel Unsinn gemacht. Als er 15 wurde, kamen Alkohol und Drogen dazu. Wir hatten die Hoffnung, dass er in einem Ferienlager mit viel Sport besser aufgehoben sein und keine Zeit haben würde, etwas anzustellen. Ich gebe es zu, wir hatten ihn schlicht nicht unter Kontrolle. Aber soweit ich mich erinnern kann, gab es in den Ferienlagern nie größere Probleme. Zumindest wurden wir nicht informiert."

„Und wann fingen die größeren Probleme an?", fragte Amaryllis nach.

Elvira Hoffmann machte eine Pause und schloss die Augen, als fürchte sie sich vor dem, was sie zu sagen hatte.

„Wirklich schlimm wurde es nach seinem 18. Geburtstag. Es war, als würde er mit der Volljährigkeit absichtlich auf die schiefe Bahn geraten. Sie kennen die Akten von Gabriels Straftaten sicher. Ich war dagegen, dass sein Vater ihn da immer wieder rausgeholt hat, aber mein Mann hat es nicht ertragen, dass sein einziges Kind nicht nur ein Nichtsnutz, sondern dazu ein Krimineller und schlechter Mensch ist. Er hat seine Firma vernachlässigt und die Geschäfte liefen immer schlechter, weil er über Jahrzehnte hinweg damit beschäftigt war, Gabriels Taten zu verschleiern. Dann wurde Gabriel vor ein paar Jahren krank. Es ging wahnsinnig schnell, von einem Tag auf den anderen hat er alles vergessen. Als die Diagnose feststand, dass er früh einsetzenden Alzheimer mit einer sehr schlechten Prognose hat, haben mein Mann und ich alles geregelt, dass er in das Heim kam. Wir haben die Firma eher schlecht als recht verkauft, ebenso unser Haus. Das Geld haben wir in einen Fond für Gabriel angelegt. Haus Teresienblick ist sehr teuer, aber wir wollten das Beste für ihn, auch nach unserem Tod. Wir haben uns schuldig gefühlt, weil wir es nicht geschafft haben, ihn zu einem verantwortungsvollen Menschen zu erziehen."

Elvira Hoffmann vermied es, während sie sprach, den beiden Berliner Kommissaren in die Augen zu sehen.

„Gabriel kann mit seiner Krankheit noch einige Jahre leben, wir wollten verhindern, dass das Geld irgendwann zu Ende ist und er nicht dortbleiben kann. Wie gesagt, es ist furchtbar, so etwas auszusprechen, aber wir dachten, wir könnten endlich in Frieden, wenn auch deutlich bescheidener als zuvor, leben. Aber es war uns nicht vergönnt. Gabriels Vater starb kurze Zeit später als gebrochener Mann."

Sie sah die beiden Kommissare bedächtig an, um ihre Reaktion auf das Gesagte in ihren Gesichtern abzulesen. Es wirkte fast, als hätte es ihr gutgetan, sich endlich schonungslos die Wahrheit über ihren Sohn von der Seele zu sprechen.

„Ich würde Ihnen wirklich gerne weiterhelfen, aber ich kann mich an keinen Vorfall aus einem der Ferienlager erinnern", kam sie schließlich auf die ursprüngliche Frage zurück.

„Es gibt noch eine andere Sache, die uns interessieren würde", sagte Falk. „Hat Gabriel Kinder? Einen Sohn?"

„Nein. Gabriel war nie verheiratet." Elvira Hoffmann schüttelte den Kopf. „Natürlich kann man Kinder haben, ohne verheiratet zu sein, aber Gabriel hat mehr oder weniger immer bei uns gelebt. Jedes Mal, wenn sein Vater ihn aus dem Mist, den er gebaut hatte, rausgeholt hat, ist er wieder bei uns eingezogen. Eigenes Geld hat er nie verdient, wir haben ihm mehrmals eine Wohnung gemietet, aber im besten Fall hat er sie verwahrlosen lassen, im schlimmsten Fall dort randaliert. Ein paar Mal mussten wir alles renovieren lassen, so hat er in seinen Wohnungen gehaust. Am Ende ist er immer wieder bei uns im Haus gelandet. Wir hätten mitbekommen, wenn er Kinder hätte. Er hat nie etwas erwähnt." Gabriel Hoffmanns Mutter zuckte resigniert mit den Schultern. „Ich bin sicher, wenn es Kinder gäbe, hätten wir für sie bezahlt. So wie für alles andere."

Die zierliche alte Frau wirkte plötzlich noch zerbrechlicher und Amaryllis ahnte, wie schwer es sein musste, wenn man so enttäuscht von seinem eigenen Kind war.

„Sie haben also damals in der Krankenakte von Gabriel angegeben, er habe keine Kinder?", vergewisserte sie sich.

„Das ist korrekt."

„Und trotzdem hat uns die Heimleiterin Luisa Pewak gesagt, wir bräuchten für ein Gespräch mit Ihrem Sohn die schriftliche Erlaubnis der Familie – von Ihnen oder von Gabriels Sohn", sagte Falk. „Haben Sie eine Erklärung dafür?"

Elvira Hoffmann wurde immer blasser. Sie seufzte und sank förmlich in sich zusammen.

„Um Himmels willen, was hat der Junge noch alles angestellt, von dem wir nichts wissen?“

22.

Es hatte begonnen, leicht zu schneien, als das Auto von Falk von Heeren zum zweiten Mal an diesem Tag vor dem Eingang von Haus Teresienblick parkte. Die beiden Kommissare und Elvira Hoffmann waren kaum ausgestiegen, als Luisa Pewak bereits, genau wie bei ihrem ersten Besuch, die Treppe hinuntergeeilt kam. Es war der Heimleiterin anzusehen, dass sie von dem erneuten Auftauchen der Polizei in ihrem Hause wenig erfreut war.

„Frau Hoffmann, Sie habe ich aber lange nicht gesehen!", begrüßte sie Gabriels Mutter mit einem, wie Amaryllis annahm, gewollt vorwurfsvollen Tonfall, der die alte Dame wohl einschüchtern sollte.

Elvira Hoffmann hatte ihnen während der Fahrt erzählt, dass sie Gabriel seit geraumer Zeit nicht mehr gesehen hatte.

„Am Anfang habe ich ihn regelmäßig besucht. Wenn er bei klarem Verstand war, hat er mich angeschrien, warum ich ihm das antue. Er werde behandelt wie ein Gefangener, hat er mir vorgeworfen. Insgeheim habe ich gedacht, dass er genau das verdient habe. Als sein Zustand sich verschlechterte, hat er mich meist nicht mehr erkannt und nur noch wirres Zeug geredet. Ein paar Mal hat er über die Verbrechen, die er begangen hat, gesprochen. Regelrecht angegeben hat er damit. Ich wollte das nicht hören. Mein Mann hatte ihn gegen meinen Willen immer wieder rausgeboxt. Gabriel wusste das. Es war, als wollte er mich mit der Vergangenheit noch mal quälen. Irgendwann habe ich mich entschlossen, meinem Sohn keine Besuche mehr abzustatten. Ich konnte es nicht mehr ertragen. Ich möchte die paar Jahre, die mir noch bleiben, zufrieden, vielleicht sogar glücklich sein. Ein normales Leben führen. Ich weiß nicht, ob ich ein Recht darauf habe, aber ich habe es mir einfach genommen."

Die anklagenden Worte der Heimleiterin schienen an Elvira Hoffmann, die mit festen Schritten über den Kies schritt, abzuprallen.

„Guten Tag, Frau Pewak", sagte sie würdevoll. „Ich gehe davon aus, dass Sie mich nicht allzu sehr vermissen, solange die monatlichen Rechnungen beglichen werden."

Amaryllis und Falk sahen sich kurz an und Amaryllis hatte das Gefühl, dass ihr Kollege der zarten alten Frau gerne bewundernd auf den Rücken geklopft hätte. Stattdessen wandte er sich mit seinem charmantesten Lächeln an Luisa Pewak.

„Sie sagten doch, wir bräuchten eine schriftliche Genehmigung der Familie, um Gabriel Hoffmann zu sehen. Ich nehme an, das persönliche Erscheinen der Mutter ist ebenfalls genehm?"

„Natürlich", erwiderte Luisa Pewak. „Ich kann Sie gleich persönlich zu Herrn Hoffmann bringen."

„Das wäre sehr nett und Frau Hoffmann würde Ihren Sohn auch gerne sofort sehen. Wir würden uns in der Zwischenzeit allerdings lieber mit Ihnen über den Sohn von Herrn Hoffmann, den Sie heute Morgen erwähnten, unterhalten", ließ Falk die Heimleiterin wissen, die ihn erstaunt ansah.

„Wieso? Was ist mit seinem Sohn?"

„Das wüssten wir gerne von Ihnen", sagte Amaryllis. „Herr Hoffmann hat den offiziellen Unterlagen zufolge gar keinen Sohn. Und seine eigene Mutter weiß nichts von ihrem Enkelkind."

*

Luisa Pewak saß schweigend hinter ihrem Schreibtisch und war sichtlich erschüttert. Von der professionellen, arroganten Art, mit der sie am Morgen die beiden Berliner Polizisten abgefertigt hatte, war nichts übrig geblieben.

„Ich habe alle Richtlinien befolgt, die es in einem solchen Fall zu befolgen gibt", verteidigte sie sich zum wiederholten Male.

„Bis auf die Nebensächlichkeit, dass Sie den einzig logischen Schritt in einer solchen Situation ausgelassen haben: Die Mutter des Patienten anzurufen und zu fragen, ob diese etwas von dem wundersam aufgetauchten Nachwuchs ihres Kindes weiß."

Falk genoss es sichtlich, die Heimleiterin unter Druck zu setzen.

„Natürlich wäre das eine Möglichkeit gewesen, aber Vorschrift ist es nicht!" Luisa Pewak zupfte nervös an ihrer Kostümbluse. „Ich hatte die Mutter monatelang nicht hier gesehen, das kommt öfter vor, wenn der Zustand der Patienten sich verschlechtert, ich wollte die Frau nicht weiter belasten. Ich habe es nur gut gemeint."

„Wie rücksichtsvoll von Ihnen. Schade nur, dass Sie dabei vielleicht einen Serienmörder in Ihr Haus gelassen haben."

Falk sah die Frau vorwurfsvoll an, die bei dem Wort „Serienmörder" zusammengezuckt war. Wahrscheinlich hatte sie die Schlagzeilen über ihr exklusives Seniorenheim, und wie dort mit Sicherheit umgegangen wurde, bereits vor Augen.

„Ich gehe davon aus, dass Ihre Auskunftsbereitschaft seit heute Morgen deutlich gestiegen ist“, stellte Amaryllis kühl fest. „Wir sollten keine weitere Zeit verschwenden. Können Sie den Mann beschreiben, der sich als Gabriel Hoffmanns Sohn ausgegeben hat und wissen Sie noch, wann er das erste Mal hier aufgetaucht ist? Und besonders wichtig, wie hat er sich Ihnen gegenüber ausgewiesen? Sie werden ihn wohl kaum einfach so in das Haus gelassen haben, oder?“

„Hofft man zumindest“, warf Falk ein, was ihm einen kritischen Blick seiner Kollegin einbrachte, dass es nun genug sei.

„Es muss vor zwei oder drei Jahren gewesen sein, als er das erste Mal herkam. Er hat sich an der Rezeption angemeldet und wollte seinen Vater sehen. Da wir sehr viel Wert auf Sicherheit legen, haben wir für jeden Patienten eine Liste mit den von der Familie zugelassenen Besuchspersonen angelegt.“

Die Heimleiterin warf Falk einen Blick zu, der wohl sagen sollte, dass sie die Sicherheit ihrer Patienten mehr als ernst nähme, und sprach weiter. „Man hat den Mann zu mir gebracht, da er nicht auf der Besucherliste für Gabriel Hoffmann aufgeführt war. Ich habe mir die Akten angesehen und bemerkt, dass dort stand, Gabriel Hoffmann sei kinderlos. Natürlich habe ich sofort nachgefragt, wie es sein könne, dass er sich als Sohn vorstelle.“

Sie machte eine Pause und schien ihre nächsten Worte genau zu überlegen.

„Sie werden das jetzt für wenig professionell halten, aber Gabriel Hoffmann ist trotz seiner Krankheit ein ausgesprochen gut aussehender Mann, ein Mann, der auffällt. Sein Sohn, oder angeblicher Sohn, war ihm wie aus dem Gesicht geschnitten. Die gleichen blonden Locken, die blauen Augen, die Gesichtsform, die helle Haut, einfach alles. Als er mir dann noch eine Geburtsurkunde vorlegte, die Gabriel Hoffmann als Vater nannte, war ich überzeugt, dass alles seine Richtigkeit habe.“

„Haben Sie nicht nachgefragt, dass die Familie offenbar nichts von der Existenz eines Sohnes wusste?“

Amaryllis war erstaunt, wie man ausgerechnet diese Frage nicht stellen konnte.

„Unser Haus ist auf Alzheimer- und Demenzpatienten spezialisiert. Für viele Familien ist das ein unangenehmes Thema, einige Patienten möchten nicht, dass ihre Krankheit bekannt wird. Daher legen wir großen Wert auf Diskretion. Wir fragen aus Prinzip bei persönlichen Angelegenheiten nicht nach. Das ist Teil des guten Rufes unseres Hauses. Es geht mich nichts an, ob Herr Hoffmann einen Sohn hat, von dem seine Familie nichts weiß. Vielleicht will er es so. Einen besseren Nachweis als eine offizielle Geburtsurkunde, in der die Namen der Eltern stehen, kann ich kaum erwarten.“

Amaryllis machte eine beruhigende Handbewegung in Falks Richtung, da sie wusste, dass ihrem Kollegen eine Bemerkung über das reiche Klientel und das Geschäftsgebaren von Haus Teresienblick auf den Lippen lag.

„Haben Sie eine Kopie der Geburtsurkunde gemacht?“, fragte sie.

„Natürlich. Die liegt bei den Unterlagen, ich kann sie sofort holen.“

„Das wäre gut, vorher noch eine Frage: Wissen Sie, wie oft der Mann Gabriel Hoffmann besucht hat?“

„Er kam eine Zeit lang sehr regelmäßig, ein- oder zwei Mal die Woche. Ich kann mich so gut erinnern, weil er wegen seines Aussehens auffiel. Ein paar der jüngeren Schwestern waren immer sehr aufgeregt, wenn er kam. Dann ebbten die Besuche ab. Wir führen eine Besucherstatistik, die werde ich ebenfalls für

Sie holen. Soweit ich mich erinnere, war der Mann seit geraumer Zeit nicht mehr hier."

Luisa Pewak stand auf und ging in ein Nebenzimmer, um die Akten zu holen.

„Sieht so aus, als hätte der Täter Gabriel Hoffmann genau so lange besucht, bis er die Informationen hatte, die er wollte."

Falk rieb sich mit seinen Händen das Gesicht. „Das heißt, wir müssen von einem Alzheimerpatienten nur schnell herausfinden, was er vor zwei bis drei Jahren einem Besucher erzählt hat, und schon können wir unser kleines Rätsel mit neun Toten lösen. Man muss diesen Beruf einfach lieben."

Die Heimleiterin kam mit einem Aktenordner zurück. „Ich habe nachgesehen, der Mann war insgesamt acht Mal hier, um Gabriel Hoffmann zu besuchen. Alles in einem Zeitraum von drei Monaten. Danach ist er nur noch ein Mal hier aufgetaucht. Hier ist die Geburtsurkunde, die er mir gegeben hat."

Sie gab Amaryllis ein Blatt Papier, die einen Blick darauf warf und es an Falk weiterreichte.

„Der angebliche Sohn wurde ziemlich genau neun Monate nach dem Fußballcamp auf Gut Willenborg geboren. Die Frage, ob eine und wenn ja welche der weiblichen Angestellten damals angeblich vergewaltigt worden ist, wäre damit wohl beantwortet. Vielleicht müssen wir Gabriel Hoffmann gar nicht befragen, was damals geschehen ist", sagte sie.

Die Geburtsurkunde von Florian Wagner, geboren Ende April 1982, nannte Gabriel Hoffmann als Vater und Martha Wagner als Mutter.

*

Gabriel Hoffmann saß mit dem Rücken zur Tür in einem Sessel. Das große Fenster seines Zimmers bot einen fantastischen Blick über den weitläufigen Park des

Seniorenheims. Seine Mutter stand neben dem Fenster und schien die Landschaft zu betrachten. Es hatte wieder aufgehört zu schneien und eine weiße pudrige Schicht bedeckte den Boden.

„Herr Hoffmann“, sagte Amaryllis und trat vor Falk, der ihr den Vortritt ließ, in das Zimmer. Gabriel Hoffmann reagierte nicht.

„Er ist geistig abwesend“, erklärte seine Mutter. „Er hat mich nicht erkannt. Glaube ich. Zumindest hat er noch kein Wort mit mir gesprochen.“

Amaryllis ging an dem Stuhl vorbei und betrachtete den Mann von vorne, der mit einer dunklen karierten Decke, die sorgsam über seine Knie gelegt worden war, dort saß. Obwohl sein Blick leer war und sein Körper wie eine Hülle ohne Inhalt wirkte, war ihr sofort klar, warum sein Aussehen so oft erwähnt worden war. Gabriel Hoffmann, der mittlerweile über 50 Jahre alt und schwer krank war, sah immer noch blendend aus. Die vollen blonden Locken, die sein Gesicht umrahmten, zeigten nicht den geringsten Ansatz von Grau und nur sehr wenige feine Falten unter seinen Augen deuteten auf sein Alter hin. Seine Gesichtszüge waren für einen Mann seines Alters so zart geschnitten, dass Amaryllis unweigerlich an einen Engel denken musste.

„Bei dem Typ ist der Name Programm! Er sieht aus wie der Erzengel Gabriel. Ausgerechnet. Der Engel der Verkündung und der Gnade, der oft wie eine Frau dargestellt wird. Aber zumindest in diesem Engel steckt der Teufel persönlich. Oder etwas noch schlimmeres.“

Falk flüsterte, damit Elvira Hoffmann ihn nicht hörte.

„Woher kennst du den Erzengel Gabriel? Ich wusste nicht, dass du religiös bist.“ Amaryllis sah ihren Kollegen leicht amüsiert an.

„Bin ich nicht. Habe ich aus dem Religionsunterricht der Kinder. Du machst dir keine Vorstellung, was die heutzutage alles in der Schule lernen."

„Ich habe das auch oft gedacht", sagte Elvira Hoffmann plötzlich, die Falks Worte trotz seiner Bemühungen offenbar gehört hatte. „Mein Kind sieht aus wie ein Engel und ist von Grund auf böse. Sein Gesicht ist wie eine Maske, die den wahren Menschen verbirgt." Sie fuhr sich mit den Händen durch das Gesicht. „Ich habe unzählige Nächte wach gelegen und mich gefragt: warum? Warum ist er so? Was haben wir falsch gemacht? Ich habe nie eine Antwort gefunden."

Gabriel Hoffmann blickte bei den Worten seiner Mutter plötzlich zu ihr hoch, als hätte er sie verstanden. Er lächelte sie an und sah dann zu Amaryllis, die er ungeniert von oben bis unten musterte.

„Schicke Tasche", sagte er zu ihr.

„Danke. Herr Hoffmann, wir würden Ihnen gerne ein paar Fragen stellen", versuchte sie ihr Glück, doch Gabriel Hoffmann sah bereits wieder aus dem Fenster und schien sie nicht gehört zu haben. Er war wieder in seine eigene Welt zurückgekehrt.

„Guten Tag, ich bin Dr. Felderfink. Frau Pewak hat mich gebeten, mit Ihnen zu sprechen und Ihnen mögliche Fragen zum Gesundheitszustand des Patienten zu beantworten."

Ein Mann in einem weißen Kittel war unbemerkt durch die angelehnte Tür in das Zimmer gekommen und hinter sie getreten. Dr. Felderfink hatte eine Glatze, die glänzte, als wäre sie poliert, und trug eine auffällige schwarz-weiße Brille, unter seinem Arztkittel war das Markenzeichen eines teuren grellgrünen Pullovers zu sehen. Der Arzt legte offenbar großen Wert auf ein auffälliges Aussehen.

„Sofern ich Frau Pewak verstanden habe, ist das Patientengeheimnis aufgehoben, da Herr Hoffmann mit einem Mordfall in Zusammenhang gebracht wird?“, fragte Dr. Felderfink.

„Das ist korrekt“, sagte Falk. „Es geht um einen Serientäter und alles deutet darauf hin, dass etwas aus der Vergangenheit von Herrn Hoffmann in Verbindung mit den Morden steht.“

„Ist es möglich, mit Herrn Hoffmann zu sprechen?“, fragte Amaryllis. „Versteht er, was wir von ihm wollen?“

Der Doktor schüttelte den Kopf. Er deutete auf Gabriel Hoffmann, der regungslos in seinem Stuhl saß.

„Die Krankheit von Herrn Hoffmann ist sehr weit fortgeschritten. Er hat seit über einem Jahr kein Zeichen mehr gegeben, dass er seine Umgebung oder uns erkennt.“ Er wandte sich an Elvira Hoffmann. „Wir müssen in näherer Zukunft über seine Ernährung entscheiden. Ihr Sohn hat seit geraumer Zeit Schluckbeschwerden, eine typische Begleiterscheinung seiner Krankheit.“

Elvira Hoffmann nickte. „Ich habe bereits vor längerer Zeit eine weitreichende Einverständniserklärung für seine medizinische Behandlung hinterlegt.“

„Herr Hoffmann hat eine vielschichtige kriminelle Vergangenheit, gibt es eine Möglichkeit, dass er seine Krankheit vortäuscht oder dramatisiert?“ Falk sah den Arzt an und zuckte mit den Schultern. „Ich weiß, die Antwort ist wahrscheinlich Nein, aber wir müssen alle Möglichkeiten durchspielen.“

„Sie haben recht, die Antwort ist ganz klar Nein. Die Testresultate belegen eindeutig, dass Herr Hoffmann an Alzheimer leidet, und zwar an einer besonders aggressiven, schnell voranschreitenden Form. Sein Gedächtnisverlust ist gravierend. Um es an einem Beispiel deutlich zu machen: Wenn er einen Teller mit Essen vor sich hat, weiß er meistens nicht einmal mehr, was er damit tun soll. Er muss gefüttert werden. Ich kann Ihnen versichern, wenn Gabriel Hoffmann den Plan hatte, uns über den Verlauf seiner Krankheit zu täuschen, dann hat er diesen Plan mittlerweile vergessen."

„Bis wann hatte er noch Erinnerungen und war in der Lage, diese mitzuteilen?", fragte Amaryllis. „Ich beziehe mich besonders auf den Zeitraum der Besuche seines angeblichen Sohnes."

„Herr Hoffmann ist seit einigen Jahren bei uns. Am Anfang hatte er sehr viele wache Momente und war oft aggressiv, ebenfalls eine typische Nebenerscheinung der Krankheit. Die Patienten ärgern sich über sich selber, dass sie alles vergessen, und kommen mit ihrem Zustand nicht klar, was sich in Aggressionen äußert. Herr Hoffmann hat in dieser Phase oft gedroht, dass er uns alle umbringen werde, und ist tatsächlich mehrmals mit einem Messer, das er während des Essens an sich genommen hatte, auf die Krankenschwestern oder Ärzte losgegangen."

Dr. Felderfink öffnete die Krankenakte von Gabriel Hoffmann, die er in der Hand hielt, und sah etwas nach. „Ein Jahr nach seiner Aufnahme wurde er deutlich ruhiger. Er begann, seine Mutter, die Ärzte und die Krankenschwestern nicht mehr zu erkennen. In dieser Phase haben die Patienten oft noch sehr lebhafte Erinnerungen, allerdings können sie diese nicht mehr steuern. Die Erinnerungen kommen, wann sie wollen. In dieser Phase hatte Herr Hoffmann mehrmals Besuch von seinem Sohn. Ich würde sagen, wenn sein Sohn etwas Bestimmtes von ihm wissen wollte, musste er warten, bis die Erinnerung von allein kam. Manchmal helfen Fotos in dieser Phase, um Erinnerungen auszulösen, eine Garantie gibt es aber nicht."

„Wissen Sie, ob der Sohn Herrn Hoffmann Fotos gezeigt hat?"

„Leider nein, aber Sie könnten Schwester Eva fragen, sie betreut Herrn Hoffmann seit seiner Ankunft hier."

Der Doktor drückte auf einen Knopf neben dem Bett und wenige Augenblicke später erschien eine rundliche energische Frau in einem hellblauen Kittel, die Amaryllis auf Ende 50 schätzte. Sie hatte einen abgeklärten Blick und man merkte ihr an, dass sie in ihrem Job viel gesehen hatte und sie nur noch wenig auf dieser Welt erschüttern konnte.

„Sie haben geklingelt?"

„Schwester Eva, die Herrschaften sind von der Polizei und haben ein paar Fragen zu dem Sohn von Herrn Hoffmann, der ihn vor einigen Jahren besucht hat. Wissen Sie, ob er ihm Fotos gezeigt hat?"

Schwester Eva musste nicht lange überlegen. „Ja, das hat er. Er hat mich sogar ein paar Mal gefragt, ob es wirklich nützt, seinem Vater die Fotos zu zeigen. Ich glaube, er wollte etwas Bestimmtes von ihm wissen. Es ging um seine Mutter. Ich habe ihm zu Geduld geraten."

„Haben Sie eine Ahnung, ob er herausgefunden hat, was er wissen wollte?", hakte Amaryllis nach.

„Ich denke ja. Eines Tages kam er sehr zufrieden aus dem Zimmer seines Vaters und meinte zu mir, es wäre erstaunlich, dass sein Vater ein Gehirn wie einen alten Löcherkäse habe, aber wenn er sich mal erinnere, sei jedes Detail wieder da. Ich weiß noch, dass ich das ziemlich herablassend fand, habe aber natürlich nichts gesagt. Der Sohn ist nie wieder hier aufgetaucht."

„Können Sie den Sohn beschreiben?"

Der Eindruck, den die Hoffmann-Männer auf andere Menschen machten, war offenbar auch an der abgeklärten

Schwester Eva nicht vorbeigegangen. Ein leichtes Lächeln ging über ihr Gesicht, als sie sagte: „Da brauche ich nicht viel zu beschreiben, der Junge war das Ebenbild seines Vaters. Die gleichen blonden Locken, blauen Augen, das feine Gesicht, die männliche Statur. Der Sohn sah aus wie ein Engel, hatte allerdings keinerlei Anstand oder Benehmen. Hat nie gegrüßt oder sich für die Pflege seines Vaters interessiert oder gar bedankt. Ein sehr unangenehmer Typ, wenn Sie mich fragen."

23.

Sie kamen der Lösung also näher. Endlich. Ein Team von zwei Kommissaren und mehreren Beamten und sie hatten Tage gebraucht, um herauszufinden, was er ihnen mit dem Fundort von Nummer 9 sagen wollte. Er schnaubte verächtlich. Zu schade nur für die Polizei, dass sie lediglich der Lösung näherkamen, die er für sie vorgesehen hatte. Die Wahrheit würden sie nie herausbekommen. Die Wahrheit würde seine Mutter mit in ihr viel zu frühes Grab nehmen.

Er betrachtete sich in dem kleinen Spiegel im Badezimmer. Manchmal, wenn er selber sein Spiegelbild kurz irgendwo in einer Scheibe sah, erkannte er sich selber nicht wieder. Die blonden Locken hatte er abrasiert, die Augenbrauen dunkel gefärbt und er trug braune Kontaktlinsen. Die Blicke der Frauen ließen ihn wissen, dass er dennoch attraktiv war und seine Anziehungskraft auf sie nicht verloren hatte. Er hatte nie eine längere Beziehung zu einer Frau gehabt oder gewollt, was nicht bedeutete, dass ihm Sex unwichtig war. Im Gegenteil. Gerade seitdem er begonnen hatte, seinen Racheplan in die Realität umzusetzen, hatte er einen geradezu unstillbaren Trieb in sich verspürt, den er mit One-Night-Stands befriedigte. Aber keine der Frauen und somit auch kein Zeuge, der ihn trotz aller

Vorsicht vielleicht beobachtet haben könnte, würde ihn jemals identifizieren können, so perfekt war seine Verwandlung.

Er spürte, wie die Aufregung sich in seinem Körper breitmachte. Sein Plan stand kurz vor der Vollendung. Die Jahre der akribischen Vorbereitung, das elende Warten – endlich würde er belohnt werden. Er holte tief Luft und versuchte, sich zu beruhigen. Er durfte jetzt keinen Fehler machen. Alles war ohne das geringste Problem abgelaufen, jede Figur, die in seinem Plan vorkam, stand wie bei einem Schachspiel exakt auf der Position, auf der er sie haben wollte. Es kam nur noch auf das richtige Timing für den finalen Schlag, das Schachmatt, an.

Er hatte lange überlegt, ob er seine Mutter sicherheitshalber umbringen sollte, bevor die Polizei sie das erste Mal verhören würde, hatte sich aber dagegen entschieden. Die Frau hatte so viele Jahre mit ihrem widerlichen Geheimnis gelebt, sie würde nicht beim ersten Polizeiverhör einknicken und erzählen, was sie so mühevoll vor ihrer Familie, ihren Freunden und sogar ihrem geliebten Ehemann verheimlicht hatte.

Ihr Tod war die Krönung seines Planes, das große Finale, und er würde ihn perfekt inszenieren – direkt vor den Augen der Polizei, während sie nach ihm suchten.

Endlich würden alle Menschen, die im Sommer 1981 dabei gewesen waren, tot sein. All die Menschen, die sich schuldig gemacht hatten, indem sie geschwiegen hatten. Alle, bis auf seinen Vater. Gabriel Hoffmann würde leben und die Polizei viele Stunden damit verbringen, herauszufinden, warum ausgerechnet er nicht sterben musste. Er, der die Wurzel allen Übels gewesen war. Auf die einfachste aller Lösungen würden sie nicht kommen: Gabriel Hoffmanns kümmerliches, erinnerungsloses Leben in dem Seniorenheim war um so vieles schlimmer als jeder Tod. Daran konnte auch die

Luxusausstattung des Heimes nichts ändern. Er durfte leben, um länger zu leiden.

Er dachte voller Verachtung an den Mann, der in dem Sessel am Fenster des luxuriösen Heimes gesessen hatte und vor sich hin zu träumen schien. Fast hätte er aufgegeben, als sein Vater trotz zahlloser Besuche keine Anzeichen machte, sich an die Vergangenheit zu erinnern. Er hatte nicht mehr wiederkommen wollen und versucht, sich die Informationen, die er über den Sommer vor seiner Geburt brauchte, woanders zu bekommen. Doch seine Mühen waren vergeblich gewesen, er hatte nichts gefunden, was den kleinsten Hinweis darauf gab, wie seine Eltern sich kennengelernt hatten. Warum seine Mutter getan hatte, was sie getan hatte. Etwas, was keine normale Mutter freiwillig tun würde. Es war nur ein dummer Zufall gewesen, dass er überhaupt erfahren hatte, wer sein Vater war und seiner Erzeugerin auf die Schliche gekommen war.

Schließlich war er doch noch mal in das Heim gefahren und hatte seinen Vater besucht. Er hatte sich regelrecht erschreckt, als Gabriel Hoffmann plötzlich den Kopf hob und zu erzählen begann, was damals im Sommer 1981 geschehen war. Den anschließenden Einbruch auf Gut Willenborg hätte er sich schenken können, so detailliert hatte sein Vater ihm alles erzählt. Keinen Namen der Jungen auf seinem Zimmer hatte er vergessen.

Der Einbruch war dennoch für etwas gut gewesen, die Polizei glaubte sich auf der richtigen Spur, schließlich war er so nett gewesen und hatte ihnen den Zettel mit den Voranmeldungen dagelassen. Wahrscheinlich hatten sie den vermeintlichen „Fehler" des Täters regelrecht gefeiert.

Er lachte und stellte sich vor, wie dieser auf jugendlich getrimmte Kommissar mit seiner abgewetzten Jacke, die im krassen Gegensatz zu seinem wohlklingenden Namen „Falk von Heeren“ stand und die kühle Amaryllis Winter sich euphorisch gefreut hatten, als sie den Zettel in dem muffigen Keller entdeckten. Diese Narren.

Er sah auf das Bündel, das reglos zu seinen Füßen lag. Nummer 10 und Nummer 11. Seine letzten Opfer vor dem großen Finale. Es war ein Jammer, dass niemals jemand erfahren würde, wie passend er diese Opfer ausgewählt hatte.

24.

Amaryllis saß in dem kleinen Büroraum, den die Verdener Polizei ihnen zur Verfügung gestellt hatte, und versuchte, die zahlreichen Informationen, die sie an diesem Tag erhalten hatten, zu einem Gesamtbild zusammenzufügen.

An dem Fußballcamp auf Gut Willenborg im Sommer 1981 hatten 23 Jungen teilgenommen, die auf drei Acht-Bett-Zimmer verteilt worden waren. Gabriel Hoffmann hatte in dem einzigen nur mit sieben Jungen belegten Zimmer geschlafen, zusammen mit Bernd Schwarzmann, Jochen Lindhof, Holger Hausmann und Ingo Los, den Vätern der Opfer 6, 7, 8 und 9.

Die Berliner Kollegen hatten im Verlauf des Tages einen der beiden anderen Jungen identifizieren können, die damals ebenfalls in dem Zimmer geschlafen hatten: Matthias Rohlof. Ein Anruf bei ihm hatte Gewissheit gebracht, dass sie auf der richtigen Spur waren: Seine Tochter Miriam war im Frühjahr plötzlich und ohne ersichtlichen gesundheitlichen Grund verstorben.

Die Exhumierung der Leiche war bereits angeordnet, aber weder Amaryllis noch Falk hatten einen Zweifel, dass Miriam

Opfer des Serientäters geworden war, der zu diesem Zeitpunkt seine Opfer noch mit einer Überdosis Insulin getötet hatte.

Auch die Suche nach den beiden Küchenhilfen Angela Renner und Martha Wagner war abgeschlossen. Angela Renner war Mitte des vergangenen Jahres tot aufgefunden worden. Die Frau hatte nach dem Tod ihres Mannes ein zurückgezogenes Leben in Hamburg geführt, ihr Leichnam hatte mehrere Tage unentdeckt in ihrer Wohnung gelegen. Da es keine Anzeichen auf Fremdeinwirkung oder Suizid gab, wurde im Totenschein ein natürlicher Tod eingetragen. Eine Exhumierung ihrer Leiche war nicht mehr möglich, da die Tote verbrannt worden war.

„Wenn wir – ohne die noch ausstehenden Obduktionsberichte abzuwarten, die nach der langen Zeit wahrscheinlich sowieso nur magere Ergebnisse bringen – davon ausgehen, dass der Gutsbesitzer und Heimleiter Herbert Meier, Angela Renner und Miriam Rohlof ebenfalls unserem Täter zum Opfer gefallen sind, hätten wir sieben von neun Opfern identifiziert“, sagte Amaryllis nachdenklich zu Falk, der neben ihr am Tisch saß und einen Bericht auf seinem Laptop schrieb. „Uns fehlt noch der Name des letzten Jungen, der damals im gleichen Zimmer wie Gabriel Hoffmann untergebracht war. Mal angenommen, er wäre der Vater des achten Opfers, bliebe immer noch ein Opfer über. Wen hat er noch umgebracht?“

„Wir sollten so schnell wie möglich Martha Wagner aufsuchen. Sie ist der Schlüssel zu dem Ganzen!“ Falk warf einen Blick auf den Papierstapel auf dem kleinen Bürotisch. „Wir können die Akten vorwärts- und zurücklesen, die Antwort steht nicht darin.“

Er klappte sein Laptop zu und hob einen der Zettel hoch. „Darin steht allerdings die Adresse von Martha Schumacher, geborene Wagner, und genau da fahren wir jetzt hin. Sie wohnt in Delmenhorst bei Bremen, nicht allzu weit weg. Die Frau hat einen Sohn namens Florian, der im Haus der Eltern in einer Einliegerwohnung lebt. Mit etwas Glück treffen wir beide an. Und mit noch mehr Glück sitzt unser Täter direkt vor uns."

Falk stand auf und lachte. „Das wäre allerdings mehr Glück als die Polizei erlaubt, um mal einen plumpen Scherz zu machen." Dann wurde er ernst. „Wir sollten Verstärkung mitnehmen. Für den Fall der Fälle."

Amaryllis klappte ebenfalls ihr Laptop zu und sah ihren Kollegen besorgt an. „Der Täter hat sich monatelang keinen Fehler geleistet, meinst du wirklich, dass er jetzt bei Mutti auf dem Sofa sitzt und sich von uns verhaften lässt?"

„Du hast recht, so einfach wird er es uns nicht machen. Aber selbst wenn er sich – was anzunehmen ist – irgendwo versteckt, ist die DNA-Probe von Gabriel Hoffmann bereits im Labor und wird mit dem Haar vom Tatort von Opfer Nummer 9 verglichen. In ein paar Stunden wissen wir, ob der Sohn von Gabriel Hoffmann unser Täter ist. Früher oder später finden wir ihn und bis dahin können wir weitere mögliche Opfer unter Polizeischutz stellen. Wir sind ihm endlich nicht nur auf der Spur, wir sind dabei, ihn zu überholen."

Amaryllis schüttelte den Kopf. „Genau das macht mir Sorgen. Das Ganze geht auf einmal zu schnell. Irgendetwas ist faul an der Sache."

Sie war sich nicht sicher, ob ihr Kollege, der das Zimmer bereits verlassen hatte, ihre letzten Worte gehört hatte.

25.

Martha Schumacher stand vor dem Spiegel am Eingang des Hauses und betrachtete sich kritisch. Sie färbte ihr dunkles Haar seit einigen Jahren, um die immer mehr werdenden grauen Strähnen zu verdecken. Seit ihrem letzten Geburtstag hatte sie das Gefühl, ständig neue Falten in ihrem Gesicht, vor allem rund um ihre fast schwarzen Augen, zu entdecken.

„Du siehst toll aus. Genau wie jeden Tag in den vergangenen 30 Jahren.“ Peter Schumacher, ihr Mann, war unbemerkt neben sie getreten und legte seinen Arm liebevoll um seine Frau.

„30 Jahre Ehe. Wenn das kein Grund zum Feiern ist. Und ich wette, du siehst immer noch besser aus als die jungen Hühner, die gleich versuchen werden, uns ein vollkommen überteuertes Büfett für die Party zu verkaufen. Wie nennen die sich noch? Eventmanagerinnen. Manchmal wünschte ich, ich wäre 20 Jahre später geboren und könnte auch so eine tolle Berufsbezeichnung haben. Ich wäre nicht mehr schnöder Architekt, sondern Bauvorhaben-Designer oder so etwas.“

Peter öffnete die Haustür und deutete seiner Frau, ihm zu folgen. „Komm, wir müssen los. Die Eventmanagerinnen haben bestimmt viel zu tun.“

Martha lächelte, zog ihren Mantel an und ging zur Tür, als ihr Blick auf ein Foto ihres Sohnes fiel, das neben der Garderobe hing.

„Ich frage mich, warum Florian sich nicht meldet. Er sollte seit Wochen zurück in New York sein, warum ruft er nicht an?"

„Du kennst doch unseren Sohn. Der ist so in seine Arbeit vertieft, dass er vergessen hat, ein Kabel mitzunehmen und der Akku seines Handys ist seit Wochen tot. Wahrscheinlich hat er bei seiner Forschungsreise in der Wüste irgendein Käferchen, von dem die Welt dachte, es wäre ausgestorben, gefunden, seinen Aufenthalt verlängert und ist in höchster Aufregung, dass er die Menschheit bald mit dem unerwarteten Überleben von Käferchen beglücken kann. Da vergisst man die eigenen Eltern schon mal. Hauptsache, er ist zu unserer Feier wieder da."

Martha hatte ein ungutes Gefühl, was ihren Sohn anging, musste aber zugeben, dass Peter wahrscheinlich recht hatte. Florian war vom Musterschüler und -studenten schnurgerade zum „verwirrten Professor" für Entomologie oder Insektenkunde geworden. Schon als kleines Kind hatte er stundenlang draußen im Garten gegraben und jeden Käfer, den er finden konnte, mit ins Haus gebracht. So ungewöhnlich sein Beruf war, für Martha war es keine Überraschung gewesen, als Florian ihr erklärt hatte, er werde Biologie mit Schwerpunkt Entomologie studieren. Nach seinem Examen hatte er eine Zeit lang in der Industrie gearbeitet, bevor er endlich seinen Traumjob bei einem privaten Forschungslabor gefunden hatte, der es ihm erlaubte, durch die Welt zu reisen und nach seltenen Käfern zu suchen.

Vor über drei Monaten war er zu einer Forschungsreise in das Grenzgebiet zwischen Texas und Mexiko aufgebrochen und sie hatte außer einem kurzen Anruf vor ein paar Wochen nichts von ihm gehört. Zu ihrem mütterlichen Unmut war dies nicht ungewöhnlich, wenn ihr Sohn beruflich unterwegs war. So sehr Florian seine Eltern liebte, er liebte seine Käfer mehr.

Sie trat auf die Straße und wollte sich gerade auf die anstehende Planung für ihren 30. Hochzeitstag mit Peter konzentrieren, als ein großes dunkles Auto vor ihrem Haus hielt. Ein Mann und eine Frau stiegen aus. Martha betrachtete das ungleiche Pärchen. Während der Mann, der einen Dreitagebart trug, in Jeans und einer ausgewaschenen Jacke sehr lässig und fast ein wenig ungepflegt aussah, wirkte die Frau elegant. Sie war hochgewachsen, extrem schlank, hatte dunkelbraune, fast schwarze Haare und ein fein geschnittenes Gesicht, aus dem sehr dunkle Augen hervorstrahlten. Sie trug ebenfalls eine Jeans, dazu aber einen dunkelblauen Blazer mit weißem T-Shirt darunter und helle Stiefeletten. Um ihren Hals hatte sie locker mehrere dünne Silberketten geschlungen. Jede andere Frau hätte in diesem Outfit sportlich gewirkt, doch an der Frau, die nun auf sie zukam, sah es elegant und stilvoll aus.

Martha schaute den Mann und die Frau noch einen kurzen Moment an. Dann senkte sie die Augen. Ohne, dass die beiden sich hätten vorstellen müssen, wusste sie, was ihr Besuch bedeutete: Das Schicksal hatte sie eingeholt. Sie hatte in den vergangenen 30 Jahren nie daran gezweifelt, dass dieser Tag kommen würde. Die Frage war lediglich, was und wie viel die beiden Besucher über Martha wussten. Und was sie nach all den Jahren von ihr wollten.

„Guten Tag, ich bin Amaryllis Winter von der Berliner Mordkommission, das ist mein Kollege Falk von Heeren. Wir würden uns gerne mit Ihnen unterhalten“, stellte die Frau sich vor.

„Berliner Mordkommission?“, fragte Peter irritiert. „Worum handelt es sich?“

„Ich würde vorschlagen, wir gehen in Ihr Haus. Ich möchte das ungern auf der Straße besprechen."

Die Frau war höflich, aber bestimmt. Sie wirkte wie einer der Menschen, denen man nur schwer widersprechen konnte. Martha holte Luft und drehte sich um, um wieder in ihr Haus zu gehen. Ihr Herz raste.

*

Wenig später saß Martha auf ihrem Wohnzimmersofa, auf dem sie so viele Jahre neben Peter gelesen oder ferngesehen hatte und glücklich gewesen war, und versuchte, die Tränen zurückzuhalten. Was die elegante Frau ihr gerade erzählt hatte, war furchtbarer als alles, was sie sich in den vergangenen 30 Jahren ausgemalt hatte, was passieren könnte, wenn jemand ihr Geheimnis entdeckte. Dabei hatten die Berliner Beamten – noch – keine Ahnung, was Martha wirklich verheimlichte.

„Herbert Meier und Angela Renner sind tot. Die Väter der anderen bisher identifizierten Opfer waren Gäste in dem Ferienlager im Sommer 1981, sie alle haben mit Gabriel Hoffmann ein Zimmer geteilt. Wir haben mit der Verdener Polizei gesprochen. Es gab im August 1981 einen Vorfall, bei dem eine Angestellte angeblich vergewaltigt worden ist. Es wurde allerdings niemals Anzeige erstattet. Wir haben berechtigten Grund zu der Annahme, dass Sie diese Angestellte waren. Und dass der Vorfall der Schlüssel zu der Mordserie ist", führte Amaryllis Winter aus.

Die Kommissarin saß mit übereinandergeschlagenen Beinen auf einem Stuhl und hielt eine Tasse Kaffee in der Hand, als würde sie einen Höflichkeitsbesuch bei den Schumachers machen und mit ihnen über das Wetter sprechen. Nur der Unterton in ihrer Stimme gab einen Hinweis darauf, dass ihre letzten Worte so gemeint waren, wie sie klangen und Martha sie nicht geträumt hatte: Mehrere Menschen waren gestorben und es hatte etwas mit dem Unglückssommer von 1981 zu tun. Gabriel Hoffmann war mit roher Gewalt in ihr Leben zurückgekehrt.

Martha schloss für einen kurzen Moment ihre Augen. Sie wusste, dass Peter sie ansah. Und sie wusste, was dieser Blick bedeutete. Sie würde die Wahrheit sagen müssen. Peter würde nicht erlauben, dass sie ihr Geheimnis, das er all die Jahre nur widerwillig mit ihr geteilt hatte, unter diesen Umständen weiter für sich behielt. Peter Schumacher war der einzige Mensch neben Angela und Herbert Meier, dem Martha erzählt hatte, was in jener Nacht im Speisesaal von Gut Willenborg geschehen war.

Peter war wie ein Geschenk des Himmels, als sie ihn zwei Jahre nach der Vergewaltigung kennengelernt hatte. Es war Liebe auf den ersten Blick gewesen. Auf beiden Seiten. Sie hatte sofort gewusst, dass sie ihm die Wahrheit sagen musste. Also hatte sie ihm alles erzählt. Oder zumindest das, was er wissen musste. Peter war entsetzt gewesen und hatte sie gedrängt, trotz der vergangenen Zeit, Anzeige zu erstatten. Für einen Menschen mit seinem Rechtsempfinden, dem nie etwas Schlimmes im Leben widerfahren war, war es unvorstellbar gewesen, dass Martha keine Gerechtigkeit suchte. Doch Martha wusste, dass es keine Gerechtigkeit geben würde. Gabriel Hoffmann würde niemals für seine Tat büßen. Nur mit viel Mühe hatte sie Peter überzeugen können, dass es für alle Beteiligten das Beste war, wenn die Sache für immer ruhen würde und Florian offiziell einfach ihr Sohn aus einer früheren Beziehung war.

Und nun würde sie ihr Geheimnis mit der fremden, schönen Frau und dem Mann mit dem lässigen Aussehen auf ihrem Sofa teilen müssen. Und wenn die beiden recht hatten, dass es wirklich mit der Mordserie zu tun hatte – und daran hatte Martha keinen Zweifel, auch wenn sie nicht sah, welchen Sinn dies machte – würde es bald die ganze Welt kennen.

„Sie haben die richtige Frau gefunden“, sagte Martha leise. „Ich bin in jener Nacht vergewaltigt worden. Von einem Jungen, der das Fußballcamp besucht hat. Es war Gabriel Hoffmann.“

Die Nachmittagssonne warf einen Lichtstreifen auf den Couchtisch vor ihr. Sie spürte den ruhigen Blick der Kommissarin auf sich ruhen.

„Wahrscheinlich hat sie in ihrer Ausbildung gelernt, dass Abwarten eine gute Strategie ist, um aus Zeugen so viel Informationen wie möglich herauszubekommen“, dachte Martha und wunderte sich, dass ihr die Frau dennoch sympathisch war.

„Martha, wenn es für dich zu viel ist, kann ich den Rest der Geschichte, so gut ich es kann, erzählen“, bot Peter an und strich sanft über den Arm seiner Frau.

„Nein, ich muss mich nur einen Moment sammeln, dann erzähle ich, was damals passiert ist“, sagte Martha und machte sich bereit, in die Vergangenheit zurückzukehren. Eine Vergangenheit, vor der ihr graute.

26.

„Es war mitten in der Nacht, als der Heimleiter Herbert Meier mich anrief und sagte, ich müsse zum Gut kommen. Ein paar Kinder hätten den Speisesaal mit Eiern beworfen und ich müsse es sofort säubern. Es war ein extrem heißer August damals und am nächsten Morgen hätte der ganze Saal gestunken. Es war keine Seltenheit, dass ich nachts von ihm gerufen wurde, um die Spuren von Streichen oder Vandalismus zu beseitigen. Herbert Meier war immer auf den Ruf seines Ferienlagers bedacht. Er fürchtete, wenn Eltern mitbekommen würden, was so alles passierte, würden sie ihre Kinder nicht mehr anmelden. Angela und ich waren neben unserer Küchentätigkeit seine mobile Einsatztruppe fürs Aufräumen. Statt die Kinder zur Verantwortung für ihre Streiche zu ziehen, hat Herbert Meier uns gerufen, um alles zu vertuschen.

Ich war also nicht weiter verwundert über seinen nächtlichen Anruf und habe mich sofort auf den Weg gemacht. Als ich durch das Gebäude lief, ist mir aufgefallen, dass die Verbindungstüren nicht, wie es Vorschrift war, abgeschlossen waren, sondern alle offen standen. Um den Erzieher, der dafür verantwortlich war, nicht in Bedrängnis zu bringen, habe ich die

Türen hinter mir abgeschlossen. Ich hatte keine Ahnung, dass ich mir meinen Fluchtweg verbaute. Als ich im Speisesaal ankam, war zu meinem Erstaunen die Wand nicht mit Eiern beschmiert, es stank nicht mal. Stattdessen war eines der Fenster beschmiert. Auf dem Fensterglas stand eine Botschaft, von der ich sicher war, dass sie für mich war und dass sie von Gabriel stammte.

Der Junge hatte mich in den zwei Wochen zuvor regelrecht verfolgt. Er hatte herausgefunden, wo ich wohnte, und war bei mir zu Hause aufgetaucht. Er hat mir mehrfach aufgelauert. Am Anfang war ich geschmeichelt von seinem Interesse. Er war ein sehr gut aussehender Junge mit den blonden Locken, blauen Augen und diesem schönen Gesicht. Er hatte etwas Besonderes und er gab mir das Gefühl, auch etwas Besonderes zu sein. Doch ich war zu dieser Zeit bereits mit Richard, meinem damaligen Freund, verlobt. Also habe ich Gabriel abgewiesen und ihm gesagt, er solle mich in Ruhe lassen. Was er tat.

Von dem Moment an häuften sich allerdings auf Gut Willenborg die Vorfälle. Ständig war etwas kaputt, Sachen verschwanden oder wurden verdreckt. Angela und ich waren im Dauereinsatz. Wir merkten schnell, dass das Besondere an Gabriel nicht sein engelsgleiches Aussehen, sondern seine Boshaftigkeit war. Wir waren uns sicher, dass er mich auf diese Art für die Abweisung strafen wollte, und fieberten dem Ende seines Ferienlagers entgegen. Wir dachten, der Spuk wäre dann vorbei. Wir hatten keine Ahnung, zu was der Junge fähig war."

Martha machte eine Pause und trank von ihrem Kaffee, der mittlerweile kalt war und einen bitteren Nachgeschmack in ihrem Mund hinterließ.

„Was stand auf dem Fensterglas?", fragte Amaryllis Winter, die ihr konzentriert zugehört und sich Notizen gemacht hatte.

„Du gehörst mir!" Martha überlegte kurz, ob diese Worte für die Ermittlerin, die auf ihrem Sofa saß, bedrohlich klangen. Falls nicht, würde der Rest der Geschichte ihr zeigen, dass Martha sich nicht getäuscht hatte.

„Mir war klar, dass Gabriel nichts Gutes im Sinne hatte. Er konnte es nicht ertragen, dass ich ihn abgewiesen hatte. Ich war überzeugt, dass er sich mit Gewalt nehmen würde, was er wollte, und beschloss, nach Hause zu gehen. Mir war klar geworden, dass es nicht Herbert Meier gewesen war, der mich zum Aufräumen gerufen hatte. Gabriel hatte mich in eine Falle gelockt. Er hatte mich angerufen und auf das Gut zitiert."

Peter Schumacher, der wusste, was seine Frau nun erzählen würde, nahm ihre Hand und drückte sie leicht.

Martha sah ihn dankbar an und sprach weiter: „In diesem Moment tauchte er hinter mir auf. Ich hatte keine Chance. Gabriel hatte ein Messer, mit dem er mir drohte. Ich versuchte zu schreien, doch er sagte: ‚Es hört dich keiner, Schätzchen. Die sind alle zugedröhnt mit Drogen und Alkohol. Aber wenn dich das aufgeilt, können wir sie rufen und sie sehen uns zu. Die wissen morgen von nichts mehr, dafür habe ich gesorgt.'

Gabriel verlangte, dass ich mich auszog und auf einen der Esstische legte. Ich versuchte, mich zu wehren, da hat er mir mit dem Messer in den Arm und Bauch geschnitten. Es waren nur oberflächliche Wunden, doch ich begann, um mein Leben zu fürchten. Dann hat er mich mehrfach vergewaltigt. Er war unglaublich brutal. Je mehr ich vor Schmerzen schrie und weinte, desto mehr Lust schien er zu empfinden. Irgendwann ließ er von mir ab, begann, den Raum aufzuräumen und die Schmiererei vom Fenster zu entfernen. Ich war wie benommen. Dann wurde mir klar, dass er seine Spuren verwischte. Schließlich ging er. Draußen war es mittlerweile hell geworden und ich hörte, wie die ersten Angestellten im Gut ankamen. Ich zog mich an und ging in die Küche, wo Angela bereits bei der Arbeit war.

‚Um Himmels willen, was ist mit dir passiert', rief sie entsetzt, als sie mich sah. ‚Du bist voller Blut!'

Ich erzählte ihr, was passiert war.

‚Du musst sofort zur Polizei gehen! So ein Arschloch! Der gehört in den Knast und dann in eine Anstalt, bis ihm seine blonden Locken ausfallen! Der Typ ist von Grund auf schlecht.'

Ich hatte Angela noch nie so aufgebracht gesehen. Natürlich hatte sie recht, ich hätte zur Polizei gehen und Gabriel anzeigen sollen. Dennoch hatte ich ein mulmiges Gefühl. Mein Körper allein war Beweis genug, aber was, wenn die Beamten mir trotzdem nicht glauben würden? Gabriel besaß einen gefälschten Pass, den er mir bereits gezeigt hatte. Er hatte sicher noch mehr auf dem Kerbholz und war offenbar bislang immer davongekommen. Wahrscheinlich würde er den Polizisten erzählen, ich sei mit ihm ausgegangen und habe freiwillig mit ihm geschlafen. Mir wurde plötzlich klar, dass Gabriel seine Tat vom ersten Tag an geplant hatte.

Ich nannte Angela meine Zweifel, die jedoch nichts davon hören wollte.

‚Und die Schnittwunden? Hast du die dir freiwillig verpassen lassen?'

In diesem Moment kam Herbert Meier in die Küche. Der Mann hatte ein untrügliches Gespür dafür, wenn irgendwo auf seinem Gut nicht nach Plan gearbeitet wurde.

‚Was ist hier los?', wollte er wissen.

Nachdem ich ihm erklärt hatte, dass Gabriel mich vergewaltigt hatte, sah er mich lange an.

‚Das tut mir sehr leid, Martha', sagte er schließlich ganz ruhig. ‚Aber dir ist klar, dass du auf keinen Fall zur Polizei gehen kannst. Das wäre das Ende der Feriencamps auf Gut Willenborg.'

‚Das kann nicht Ihr Ernst sein', brauste Angela auf. ‚Ich sehe ein, dass man Streiche vertuscht, aber doch nicht eine Vergewaltigung! Das können nicht mal Sie bringen', fuhr sie unseren Chef an.

Herbert Meier blieb ruhig. ‚Doch, kann ich. Ich kann Martha nicht verbieten, zur Polizei zu gehen, aber rechnet nicht mit meiner Unterstützung. Ich bin erschüttert, dass so etwas passiert ist, aber hier geht es um meine Existenz.'

Ich fühlte mich wie taub, während Angela und Herbert Meier weiter stritten. Ich wusste, dass ich zur Polizei musste, aber mir graute davor, was danach passieren würde. Selbst wenn die Beamten mir glauben würden, was dann? Meine Mutter, Richard, jeder, den ich kannte, würde davon erfahren. Bei dem Gedanken, was Richard sagen würde, wurde mir regelrecht schlecht. Ich war nicht mehr überzeugt, ob ich wirklich zur Polizei gehen sollte.

Angela nahm mir die Entscheidung ab. Sie rief noch am gleichen Morgen die Polizei an. Die Beamten waren innerhalb weniger Minuten auf dem Gut. Meine Bedenken in Bezug auf sie waren unbegründet gewesen. Sie nahmen die Sache ernst und wollten mich sofort mit zum Polizeirevier nehmen, wo ich untersucht werden und eine Strafanzeige stellen sollte. Mir kamen Zweifel, ob ich nicht doch alles sagen sollte. Diesmal nahm Herbert Meier mir die Entscheidung ab. Er kam mit Gabriel und den Jungs, die mit ihm auf einem Zimmer wohnten, in die Küche.

‚Die jungen Herren möchten ein paar Angaben machen, die sicher helfen werden, das Ganze aufzuklären', erklärte mein Chef der Polizei. ‚Sie waren gestern den ganzen Abend zusammen. Niemand hat das Zimmer verlassen. Das würden sie auch unter Eid aussagen.‘ Er sah mich an und sprach weiter: ‚Es war doch angeblich einer dieser Jungen, oder Martha?‘

Die Jungen hinter Herbert Meier nickten eifrig, während Gabriel mich mit seinem engelsgleichen Lächeln ansah. Es war aussichtslos. Die Worte von sieben Jugendlichen aus gutem Hause gegen die einer Küchenhilfe mit Hauptschulabschluss. Ich hatte verloren.

‚Wenn Sie keine Strafanzeige erstatten, werden unsere Ermittlungen ungemein erschwert, wahrscheinlich werden wir wegen mangelnder Aussicht auf Erfolg erst gar keine anstellen‘, warnte der Polizist mich. ‚Einer von euch hat das Mädchen vergewaltigt, wollt ihr wirklich mit der Schuld leben?‘, fragte er die Jungen.

‚Es ist nicht bewiesen, dass sie vergewaltigt wurde!‘, sagte Gabriel mit einer Stimme so kühl, dass ich sie niemals vergessen werde. ‚Wahrscheinlich will die Schlampe nur an die Kohle unserer Eltern!‘“

Martha Schumacher spürte, wie ihr Tränen die Wangen hinunterliefen. Sie hatte sich in den vergangenen Jahren gezwungen, nicht mehr an die verhängnisvolle Nacht im Sommer 1981 zu denken, doch jetzt war das Grauen wieder da, als wäre es gestern gewesen.

„Mir war klar, dass es falsch war, aber ich wollte einfach nur nach Hause, schlafen und dann mein Leben weiterführen. Eine Ausbildung machen, Richard heiraten und ein anderes, besseres Leben beginnen. Herbert Meier hätte mich sofort rausgeschmissen, wenn ich Anzeige erstattet hätte und sein Feriencamp in Verruf gekommen wäre. Ich entschied mich für den einfacheren Weg. Ich dachte wirklich, es sei so am besten für alle Beteiligten. nicht nur für mich. Ich kann zu meiner Entschuldigung nur sagen, dass ich jung und naiv war.“

Martha sah aus dem Fenster, um den Blicken ihres Ehemannes und der beiden Polizisten wenigstens für einen Moment nicht begegnen zu müssen.

„Viele Frauen zeigen eine Vergewaltigung aus den gleichen oder ähnlichen Gründen nicht an. Sie sind nicht allein“, sagte Amaryllis Winter zu ihrer Überraschung mitfühlend. „Was ist danach geschehen? Haben Sie weiter auf dem Gut gearbeitet?“

Martha sah der Kommissarin nun direkt ins Gesicht, sie wusste, dass sie sich nicht länger verstecken konnte. Die Frage war nur, ob sie ihre ganze Geschichte preisgeben musste oder ob sie den Teil, der dafür sorgen würde, dass ihr so mühevoll erarbeitetes, glückliches Familienleben zusammenbrechen würde wie ein Kartenhaus im Wind, weiter verbergen konnte. Durfte sie ihn weiter verbergen? Martha zwang sich, zunächst die Frage der Kommissarin zu beantworten. Alles andere würde sie später entscheiden, wenn sie allein war.

„Ja, das habe ich. Herbert Meier gab mir frei, bis Gabriel abgereist war. Danach begann ich mit meiner Ausbildung als Köchin. Ich war froh, dass ich keine Anzeige erstattet hatte, es stellte sich schnell heraus, dass die Ermittlungen auf jeden Fall ins Leere verlaufen wären. Gabriel hatte gut vorgesorgt. Er hatte an dem Abend der Vergewaltigung eine Party für alle Teilnehmer seines Fußballcamps in seinem Zimmer organisiert und große Mengen Alkohol und Hasch besorgt. Die Jungen waren alle sturzbetrunken und/oder zugekifft. Entweder konnten sie sich nicht erinnern, was passiert war, oder sie hatten Sorge, bei einer Polizeiuntersuchung wegen des Drogenkonsums Probleme zu kriegen. Vielleicht haben sie sogar tatsächlich nicht bemerkt, dass Gabriel nicht die ganze Zeit auf der Party war. Es ist am Ende auch egal. Bei einer Untersuchung wären ihre Eltern informiert worden und keiner von ihnen hätte die Wahrheit gesagt. Ich hatte von Anfang an keine Chance. Mir war zu dem Zeitpunkt nur nicht klar, dass ich auch ohne Anzeige keine Chance hatte“, erklärte Martha bitter.

27.

Martha versuchte, in den Gesichtern der beiden Kommissare zu ergründen, was sie über sie dachten. Der Mann sah aus, als könnte er nicht verstehen, wie sie das Unrecht, das ihr angetan worden war, nicht hatte anzeigen können. Als Polizist hatte er sicher bereits eine Menge Verbrecher laufen lassen müssen, konnte es wirklich sein, dass er immer noch an Gerechtigkeit glaubte? Die Frau wirkte trotz ihrer kühlen Ausstrahlung weicher, verständnisvoller. Doch wäre sie damals in Marthas Lage gewesen, wäre sie gewiss sofort zur Polizei gegangen und hätte mit den Konsequenzen gelebt.

Amaryllis Winter räusperte sich. „Wieso hatten Sie auch ohne Anzeige keine Chance? Haben Sie Gabriel noch mal getroffen? Hat er Ihnen weiter nachgestellt?"

„Nein", sagte Martha leise. „Ich habe ihn nie wiedergesehen. Aber ein paar Wochen nach der Vergewaltigung stellte ich fest, dass ich schwanger war. Mit Gabriels Kind. Eine Zeit lang habe ich versucht, es zu verheimlichen, aber irgendwann war es natürlich unübersehbar. Meine Mutter hat mich aus dem Haus getrieben wie einen räudigen Hund und mein Verlobter mich verlassen. Es war für ihn unvorstellbar, eine Frau zu heiraten, die von einem anderen Mann berührt worden und keine Jungfrau mehr war. Richard hat seinen Glauben sehr ernst genommen. Er hat mir nicht geglaubt, dass ich vergewaltigt wurde. Immerhin hat Herbert Meier einen Funken von Anstand gezeigt und mich nicht rausgeschmissen. Ich konnte meine Ausbildung trotz Schwangerschaft absolvieren.“

„Was ist aus dem Baby geworden? So wie es sich anhört, haben Sie es bekommen?“, fragte die elegante Frau auf dem Sofa nach. Martha überlegte, ob sie wohl Kinder hatte. Sie sah nicht so aus. Warum stellte sie diese Frage? Sie musste doch aus ihren Unterlagen wissen, dass Martha einen Sohn hatte, der im Sommer 1981 gezeugt worden war. Worauf wollte sie hinaus? Wie viel wusste sie wirklich?

„Mit Angelas Hilfe habe ich das Baby bekommen und großgezogen. Es war hart. Eine Extrawurst gab es bei Herbert Meier für mich nicht. Zwei Jahre später habe ich Peter kennengelernt. Es war der Anfang der Wende zum Guten für mich. Er hat Florian wie seinen eigenen Sohn aufgenommen. Wir haben geheiratet und ich habe bis vor Kurzem in einem italienischen Restaurant die Küche geführt. Damit endet die Geschichte“, beantwortete sie die Frage der Kommissarin.

„Glauben Sie, Gabriel Hoffmann könnte etwas mit der Mordserie zu tun haben?“, stellte Amaryllis Winter die Frage, auf die Martha gewartet hatte.

„Der Mann hat als 17-Jähriger eine Vergewaltigung geplant, die man ihm nicht nachweisen konnte. Er besaß zu dem Zeitpunkt bereits einen falschen Pass und hat ohne Probleme größere Mengen Alkohol und Drogen beschafft. Er war als Jugendlicher durch und durch schlecht. Wenn er keinen Persönlichkeitswandel durchgemacht hat, traue ich ihm alles zu. Auch eine Mordserie. Das ist alles, was ich weiß.“

„Was ist mit Ihrem Sohn Florian, weiß er, dass er nicht der leibliche Sohn von Ihrem Ehemann ist?"

Der Mann in der lässigen Jacke hatte das Wort ergriffen. Martha war wie in Trance gewesen, als die Besucher sich vorgestellt hatten. Sie hatte seinen Namen nicht zur Kenntnis genommen. Der Kommissar sah müde aus. Wahrscheinlich schoben die beiden seit Wochen Überstunden, um den Mörder zu finden.

„Ja. Wir haben es ihm gesagt, als er 15 wurde. Es war nicht ganz freiwillig. Ein Freund von Florian hatte eine Bemerkung gemacht, dass er überhaupt nicht aussähe wie seine Eltern. In der Schule war Vererbungslehre an der Reihe und der Junge machte einen Scherz in die Richtung, dass die ‚Mendelschen Regeln' in unserer Familie wohl nicht zum Einsatz gekommen seien. Ich weiß es nicht mehr genau. Wir hatten vorher nicht darüber gesprochen, aber es erschien uns in dem Moment richtig, Florian die Wahrheit zu sagen."

Martha deutete auf ein Bild, das auf einem Beistelltisch neben dem Sofa stand.

„Das ist Florian als Jugendlicher. Sie sehen, was der Junge meinte. Er ist das Ebenbild seines Vaters." Für den Bruchteil einer Sekunde sah Martha Gabriel Hoffmann vor sich, während sie das Bild ihres Sohnes betrachtete. Florian hatte das gleiche fein geschnittene Gesicht wie sein Vater und auch die blonden Locken und die tiefblauen Augen hatte er geerbt. Wer nicht wusste, dass Martha seine Mutter war, wäre niemals auf die Idee gekommen, dass sie und ihr Sohn verwandt sein könnten. Sie hatte sich immer damit getröstet, dass Florian wenigstens nicht den Charakter seines Vaters geerbt hatte.

„Wie hat er reagiert? Es muss ein Schock für ihn gewesen sein, dass er einen anderen Vater hat? Fühlte er sich betrogen?", fragte der Mann nach. „Haben Sie ihm die ganze Wahrheit gesagt oder nur, dass er nicht der leibliche Sohn von Herrn Schumacher ist?“

„Wir haben ihm die offizielle Version gesagt, dass er aus einer früheren Beziehung von mir stammt und ich keinen Kontakt mehr zu dem Vater habe. So wie wir es den wenigen Menschen erzählt haben, die wir ins Vertrauen gezogen haben. Florian war verständlicherweise irritiert und hat sich komplett zurückgezogen. Es hat ein paar Wochen gedauert, bis er damit klargekommen ist. Er war damals 15, diese Reaktion war zu erwarten gewesen. Wir haben mehrmals versucht, mit ihm darüber zu sprechen, aber er wollte nicht. ‚Ihr seid beide meine Eltern, die einzigen, die ich kenne, der Rest ist mir egal‘, hatte er gesagt. Damit war das Thema für ihn erledigt.“

„Hat er das Thema nie wieder angesprochen? Hat er sich jemals erkundigt, wer sein richtiger Vater ist? Hatte er kein Interesse, seinen Vater zu treffen?“

Die Kommissarin hatte diese Frage gestellt. Die beiden schienen sich jetzt abzuwechseln, vielleicht war das auch eine Strategie, um sie zum Reden zu bringen. Martha wunderte sich, dass die beiden so interessiert an Florian waren. Dachten sie etwa, dass er etwas mit der Sache zu tun hatte?

„Nein. Wie gesagt, wir haben nie wieder darüber gesprochen. Wir haben ihm angeboten, ihm bei der Suche nach seinem leiblichen Vater zu helfen, falls er ihn kennenlernen wollte. Er wollte nicht. Sie können sich vorstellen, dass ich mehr als erleichtert war.“

Martha sah die beiden Polizisten an, die Frau machte sich Notizen in einem kleinen Heft, obwohl sie ein Laptop aus ihrer Handtasche gezogen hatte. Peter räusperte sich neben ihr, bevor er zu sprechen begann.

„Es gab einen Moment, ungefähr vor fünf oder sechs Jahren, als das Thema per Zufall noch mal aufkam“, sagte Peter

Schumacher und Martha warf ihrem Mann einen überraschten Blick zu. Sie konnte sich nicht erinnern, was er meinte.

„Florian brauchte ein Langzeitvisum für Peru. Er wollte eine mehrmonatige Forschungsreise dorthin machen und die Botschaft verlangte seine Geburtsurkunde für das Visum. Er hat mich angerufen und mich gebeten, sie ihm rauszusuchen, einzuscannen und per E-Mail zu schicken. Was ich getan habe. Er rief mich zurück, um sich zu bedanken. Er hat kurz gezögert und mich dann gefragt, ob ich wisse, wer sein richtiger Vater sei. Ich habe ihm geantwortet, dass ich den Namen seines Vaters wisse, den Mann aber nie kennengelernt hätte.

‚Es ist ein komisches Gefühl, dass es da draußen irgendeinen Typ gibt, der mein Vater ist und nicht du' hat er wie beiläufig angemerkt. Nach dem Namen seines Vaters hat er nicht gefragt."

Die Frau blickte irritiert von ihrem Notizblock hoch. Martha fiel erneut auf, wie hübsch sie war. Viel zu hübsch, um sich ständig mit dem Tod zu beschäftigen. Sie sah Peter an. Ihr Mann zuckte fast unmerkbar mit den Schultern. Er hatte ihr nichts von der Episode mit der Geburtsurkunde gesagt. Wahrscheinlich hatte er sie nicht aufregen wollen.

„Wieso hätte er nach dem Namen seines Vaters fragen sollen?", fragte die Kommissarin nach. „Der steht doch auf der Geburtsurkunde."

„Nein. Ich habe ‚Vater unbekannt' eintragen lassen", erklärte Martha. „Ich wusste, dass ich von Gabriel nie wieder etwas hören würde, und hatte Zweifel, dass er die Vaterschaft anerkennen würde, wenn ich ihn suchen und finden sollte. Ich war froh, dass er aus meinem Leben verschwunden war, und wollte es dabei belassen. Außerdem wird nach der Adoption eine neue Geburtsurkunde ausgestellt, in der die Namen der

Adoptiveltern stehen. Man will so Adoptivkinder leiblichen Kindern gleichstellen."

Martha spürte, wie sich die Stimmung im Wohnzimmer änderte. Es war eindeutig, dass irgendetwas an dieser Information die beiden Polizisten überraschte.

„Könnten wir die Geburtsurkunde mal sehen? Oder besser gesagt beide, die erste Geburtsurkunde, sofern sie die aufbewahrt haben und die Urkunde, die sie nach der Adoption erhalten haben", fragte der Mann. „Und haben Sie vielleicht eine Haarbürste oder irgendetwas von Ihrem Sohn, das wir für einen DNA-Test mitnehmen könnten? Wenn unsere Unterlagen richtig sind, wohnt Florian in einer Anliegerwohnung hier im Haus. Wir würden da gerne einen Blick reinwerfen. Und mit Ihrem Sohn sprechen. Wissen Sie, wo wir ihn erreichen können?"

Der Kommissar war aufgestanden, noch während er sprach. Es war klar, dass er keinen Widerspruch erwartete oder dulden würde. Er wirkte plötzlich nicht mehr wie ein leicht zerzauselter Tagträumer, sondern wie ein knallharter Polizeibeamter. Martha fühlte, wie ihr der Schweiß den Nacken herunterrann. Die Polizei verdächtigte Florian, etwas mit den Morden zu tun zu haben! Aber das war unmöglich. Florian mochte aussehen wie sein Vater, aber er war nicht imstande, einer Fliege etwas zuleide zu tun.

„Wir haben seit mehreren Wochen keinen Kontakt zu Florian", hörte sie Peter sagen, es klang wie eine Lüge. „Er ist schon seit mehreren Wochen auf einer Forschungsreise in der texanischen Wüste. Irgendwo im Grenzgebiet zu Mexiko. Es ist nicht ungewöhnlich, dass wir während seiner Reisen lange nichts von ihm hören. Er ist oft in entlegenen Gebieten, wo es keinen Handyempfang gibt und keine Menschenseele wohnt.

Wir sagen Ihnen sofort Bescheid, wenn wir etwas von ihm hören."

Der Blick der beiden Polizisten ließ Martha wissen, dass das nicht gut genug sein würde. Die Polizei hielt Florian für den Mörder.

*

„Glaubst du, sie wissen, wo ihr Sohn ist?", fragte Falk, kaum standen die beiden Kommissare vor der Haustür der Familie Schumacher.

„Nein." Amaryllis schüttelte entschieden den Kopf. „Ich glaube, die beiden sind der festen Überzeugung, dass ihr Sohn Florian in Texas ist und nichts mit den Morden zu tun hat."

„Dann werden sie in Kürze eine sehr böse Überraschung erleben", sagte Falk. „Ich kann es ihnen nicht mal verdenken, dass sie ihren Sohn für ein Unschuldslamm halten. Obwohl ich den Job seit über 20 Jahren mache, ganz ehrlich, wenn die Polizei bei mir vor der Tür stände und behaupten würde, eines meiner Kinder sei ein Verbrecher, ich würde es auch nicht glauben."

„Noch ist nichts bewiesen", sagte Amaryllis. „Es könnte immer noch sein, dass Florian Schumacher unschuldig ist."

„Glaubst du das wirklich?" Falk sah sie verblüfft an. „Der Mann ist seit mehreren Monaten verschwunden. Angeblich auf einer Forschungsreise nach Käfern irgendwo in der Pampa ohne Handy. Für mich sieht es so aus, als würde der Typ eher die Wirkung von zu viel Insulin beim Menschen erforschen. Oder wie schnell ein Messer die Kehle eines lebendigen Mädchens durchschneiden kann."

Amaryllis überlegte einen Moment. „Weißt du, was ich nicht verstehe? Wenn in der echten Geburtsurkunde der Name von

Gabriel Hoffmann nicht aufgeführt ist und seine Mutter Florian den Namen nie gesagt hat: Woher weiß er, wer sein richtiger Vater ist? Es gibt keine Möglichkeit, es über ein Amt oder sonst irgendwie herauszufinden, wenn die Mutter bei Ausstellung der Geburtsurkunde ‚Vater unbekannt' angegeben hat."

„Womit wir zurück bei der Frage wären, ob Martha Schumacher lügt. Vielleicht hat sie ihrem Sohn den Namen seines Vaters doch gesagt." Falk warf einen Blick zurück auf das Haus der Schumachers. „Sie wäre nicht die erste Mutter, die für ihr Kind lügt."

Amaryllis schwieg während der Rückfahrt zu ihrer Pension in Verden. Sie dachte über Martha Schumacher nach. Die Frau hatte es in ihrem Leben nicht leicht gehabt. Sie kam aus ärmlichen Verhältnissen, hatte eine brutale Vergewaltigung erlebt und war von ihrem Peiniger schwanger geworden. Und doch lebte sie in einer offenbar glücklichen Beziehung und hatte einen – vermeintlich – wohlgeratenen Sohn. Sie hatte es geschafft und ihrem Leben eine positive Wendung gegeben. Oder war das alles nur gespielt? Und wie weit würde Martha Schumacher gehen, um diesen Schein aufrechtzuerhalten?

28.

Ein Klopfen an der Tür ihres Pensionszimmers weckte Amaryllis. Sie schaltete die kleine Nachttischlampe an und schaute auf den alten Wecker, der die Uhrzeit noch mit umklappenden Zahlentafeln anzeigte. Es war kurz nach Mitternacht. Hatte sie das Klopfen nur geträumt? Nein, jemand schlug immer härter gegen ihre Zimmertür. Amaryllis zog ihren hellblauen Morgenmantel über ihr Nachthemd und öffnete die Tür. Es war Falk.

Das fahle Licht der kleinen Flurlampe verlieh seinem Gesicht einen gespenstischen Ausdruck.

„Zieh dich an, er hat wieder zugeschlagen“, sagte er und Amaryllis bemerkte, dass das Flurlicht nicht allein schuld am Aussehen ihres Kollegen war. Falks Gesicht war kalkweiß.

„Was ist passiert?“, fragte sie.

„Sie haben zwei Kinderleichen an der Weser gefunden. Zwillinge, fünf Jahre alt. Die beiden sind gestern Nachmittag von einem Spielplatz in Hoya hier ganz in der Nähe verschwunden, die Mutter hatte sich mit einer Bekannten unterhalten und einen Moment nicht auf die Kinder geachtet. Die Leichen liegen in einem Plastiksack, der an der Uferböschung festgeknotet ist. Auf dem Sack stehen die

Nummern 10 und 11." Falk schluckte und holte tief Luft. „Es sieht aus, als hätte er die beiden ertränkt. Benita ist auf dem Weg hierher."

Er drehte sich um und ging den Flur entlang. „Ich warte unten auf dich", hörte Amaryllis ihn murmeln. Sie spürte, wie sie trotz ihres Morgenmantels fror. Doch es war nicht die Kälte des Zimmers, es war das ohnmächtige Entsetzen, dass sie nicht in der Lage waren, diesen brutalen Killer zu stoppen, das sie erschaudern ließ.

Es war nach ein Uhr, als Amaryllis Falks Auto an dem rot-weißen Plastikband, mit dem der Fundort abgesperrt war, parkte. Sie hatte Falk angeboten zu fahren und er hatte zu ihrem Erstaunen angenommen. Während der Fahrt hatte er kein Wort gesagt, was ungewöhnlich war, da er die Zeit normalerweise nutzte, die bereits bekannten Fakten durchzugehen.

Schneeflocken fielen vom Himmel, als sie aus dem Auto stiegen. Es hatte erst vor Kurzem zu schneien begonnen und der Schnee blieb noch nicht liegen. Unter einer riesigen Trauerweide, die am Rande des Flusses stand, befand sich eine Menschengruppe, die um etwas herumstand und von einem Flutlichtscheinwerfer in ein unheimliches Licht gehüllt wurde. Wenn Amaryllis nicht gewusst hätte, um was die Anwesenden sich im Kreis aufgestellt hatten, hätte sie vermutet, Zeugin des nächtlichen Zusammentreffens eines merkwürdigen Kultes geworden zu sein.

„Ich habe im Laufe meiner Polizeilaufbahn schon vieles gesehen, aber noch nie einen Menschen erlebt, der so grausam ist", sagte Falk plötzlich, während sie sich auf die Gruppe zubewegten. „Ich glaube, der Typ hat gar kein Motiv, der mordet aus Freude an Gewalt und dem Leid, das er anderen zufügt. Ich brauche keine DNA-Bestätigung, um zu wissen, dass der Täter der Sohn von Gabriel Hoffmann ist. Wie der Vater so der Sohn."

Amaryllis ließ diese Bemerkung unkommentiert, da sie Falks Meinung von Herzen teilte, aber wusste, dass ihre Gefühle sie nur in ihrer Konzentration störten. Sie waren dem Täter auf den Fersen, wenn sie jetzt einen Fehler machten, würde er ihnen entkommen und weiter morden.

„Hallo", sagte sie zu einem Polizisten, der an der Absperrung stand. „Wir sind von der Sonderkommission aus Berlin, die den Fall von Anfang an untersucht. Haben Sie nähere Informationen über die Eltern der beiden Opfer?"

„Ja. Iris und Jobst Bleiber. Sie werden zurzeit von einem Seelsorger in Hoya psychologisch betreut. Ich glaube nicht, dass Sie heute Nacht mit den beiden sprechen können."

„Wissen Sie, wie alt die Eltern sind?"

„Nicht genau, aber ziemlich jung, ich glaube, beide sind Mitte zwanzig." Der Polizist sah Amaryllis verwirrt an, es war klar, dass er die Frage für merkwürdig bis überflüssig hielt. „Ich kann das genaue Alter aber herausfinden, wenn es wichtig für die Ermittlungen ist", bot er dennoch an.

„Das ist es. Ich wäre froh, wenn Sie das schnell für mich in Erfahrung bringen könnten", sagte Amaryllis, gab dem Beamten aber keine Erklärung, warum das Alter der Eltern von Bedeutung war.

„Wenn es stimmt, dass die beiden Mitte zwanzig sind, haben wir ein Problem. In dem Fall kann der Vater unmöglich an dem Fußballcamp teilgenommen haben", sagte sie leise zu Falk gewandt. „Uns fehlt noch immer der Name von einem der Teilnehmer aus dem Sommer 1981, was machen wir, wenn der Vater der Zwillinge nicht in dem Camp war?"

„Bringen wir es hinter uns und sehen wir uns den Fundort an", sagte ihr Kollege statt einer Antwort, aber an seinem

Gesicht war deutlich zu sehen, dass er Amaryllis' Sorge, dass sie wieder von vorne anfangen mussten, teilte.

„Uns bleibt die Hoffnung, dass der Großvater in dem Fußballcamp war“, erklärte Falk im Gehen. „Ich habe mich in meiner gesamten Laufbahn noch nie so hilflos gefühlt“, fügte er so leise an, dass Amaryllis ihn kaum verstehen konnte.

*

Einige Stunden später saßen Amaryllis, Falk und Benita Hüther in dem kleinen Zimmer der Verdener Polizeistation und sortierten die Ergebnisse ihrer nächtlichen Arbeit. Durch das Fenster des Raumes konnte man in die stockdunkle Nacht sehen, auf dem Tisch stand eine große Kanne Kaffee, die Amaryllis mit der Kaffeemaschine in der Küche des Polizeireviers gekocht hatte.

„Die gute Nachricht des nahenden Morgens ist, dass wir den siebten Bewohner des Zimmers im Ferienlager von 1981 gefunden haben.“ Amaryllis sah mit müden Augen von ihren Papieren hoch und versuchte es mit einem Lächeln, das ihr nicht wirklich gelingen wollte. „Julius und Johanna Bleiber waren die Enkelkinder von Thorsten Bleiber, der ebenfalls das Zimmer im Ferienlager mit Gabriel Hoffmann geteilt hat. Der Täter hat sich also – noch – keinen neuen Opferkreis gesucht. Unsere Ermittlungen laufen weiter in die bisherige Richtung.“

Da weder Falk noch Benita ihre Ausführungen kommentierten, fuhr Amaryllis fort.

„Die schlechte Nachricht ist, dass wir damit weiterhin nicht wissen, wer die Opfer Nummer 4 und 5 sind. Bislang haben wir angenommen, dass es das Kind oder die Kinder des siebten Zimmerbewohners sein müssten, was seit heute Nacht ausgeschlossen ist.“

Falk hob den Kopf und seufzte resigniert. „Die nächste schlechte Nachricht ist, dass wir nicht wissen, wo sich unser Hauptverdächtiger Florian Schumacher aufhält. Er ist wie vom Erdboden verschluckt. Sein Arbeitgeber hat seit Wochen nichts von ihm gehört, genau wie die Eltern. Angeblich ist er in den USA und sucht nach Käfern."

Er sah Benita an. „Hast du schon das Ergebnis der DNA-Probe von Florian Schumacher bekommen?"

Sie schüttelte den Kopf. „Das Ergebnis müsste am Morgen da sein. Ich rufe um 7:30 Uhr, wenn das Büro besetzt ist, sofort im Labor an."

„Wenigstens etwas", murmelte Falk. „Wenn die Probe positiv ist, haben wir das Schwein und können die Fahndung nach ihm ausweiten. Er muss mit einem falschen Pass nach Deutschland zurückgereist sein und hier sein Unwesen treiben. Und wenn es mein letzter Fall ist, ich werde nicht ruhen, bevor wir ihn haben. Ein Mensch, der zwei unschuldige Kinder brutal ertränkt wie kleine Katzen, gehört für immer ins Gefängnis."

Amaryllis sah Benita an. „Bist du sicher, dass er sie so umgebracht hat? Selbst wenn das Flussufer, wo die Leichen gefunden wurden, abgeschieden liegt, ist es sehr riskant, zwei – vermutlich schreiende – Kinder an einem Fluss umzubringen, wo jederzeit ein Spaziergänger vorbeikommen kann."

Benita schüttelte den Kopf. „Er hat die Kinder auf jeden Fall ertränkt, so viel steht fest. Aber du hast einen Punkt. Ich habe bereits eine Analyse des Wassers, das in ihren Lungen gefunden wurde, beauftragt. Ich vermute, dass er die Kinder, genau wie du sagst, nicht am Fluss umgebracht hat, sondern in seinem Versteck und sie in dem Plastiksack an die Weser gebracht hat, wo wir sie finden sollten."

„O. k., dann müssen wir, während wir auf die Laborergebnisse warten, die Suche nach dem Versteck intensivieren.“ Amaryllis deutete auf Falk, der immer noch mitgenommen wirkte. „Kümmerst du dich darum? Ich gehe derweil noch mal die Akten mit allen Personen durch, die damals in dem Camp waren oder etwas mit Martha Wagner zu tun hatten. Vielleicht finde ich die anderen beiden Opfer. Hat die Frau nicht etwas von einem Verlobten gesagt, der sie verlassen hat, als sie schwanger war?“

29.

Peter Schumacher ging mit den festen Schritten eines Mannes, der sich seiner sicher war, über den matschigen Waldboden. Obwohl er sein linkes Bein etwas nachzog, ging er so schnell, dass Amaryllis sich beeilen musste, um mit ihm Schritt zu halten.

„Sie irren sich. Ich kenne Florian, seitdem er zwei Jahre alt ist. Er war das Kind, das im Kindergarten seine Spielsachen mit allen geteilt hat, und der Junge, der in der Schule auf dem Pausenhof angemacht wurde, weil er ein Weichei sei. Florian hat seine Jugend mit Lesen und dem Graben nach Käfern verbracht und als Erwachsener aus seinem Hobby einen Beruf gemacht. Er hat im wahrsten Sinne des Wortes noch nie einer Fliege etwas zuleide getan. Es ist ausgeschlossen, dass er ein Mörder ist."

„Sie werden verstehen, dass wir jeder Spur nachgehen müssen. Und zu diesem Zeitpunkt deuten eine Menge Spuren auf Ihren Sohn hin. Er hat seinen Vater Gabriel Hoffmann mehrfach im Seniorenheim besucht und versucht, die wahre Geschichte über seine Mutter, und was damals passiert ist, herauszufinden. Die Krankenschwester, die sich um seinen Vater kümmert, hat ihn eindeutig auf einem Foto identifiziert."

Falk blieb kurz stehen und sah Peter Schumacher durchdringend an. „Wer außer Florian hätte wissen können, dass auf seiner echten Geburtsurkunde ‚Vater unbekannt' angegeben ist? Er hat die Urkunde gefälscht, um sich Zugang zu seinem leiblichen Vater zu verschaffen."

„Aber er hat kein Motiv!", beharrte Peter Schumacher mit der Verzweiflung eines Vaters, der sein Kind schützen will, auf seine Sichtweise. „Ich habe Florian adoptiert und er ist in einem geborgenen Elternhaus voller Liebe aufgewachsen. Es hat ihm nie an etwas gefehlt. Warum sollte er auf einmal aus dem Nichts Rache an dem Peiniger seiner Mutter nehmen wollen? Und dazu noch an jedem Menschen, der damals irgendwie an der Sache beteiligt war? Aber ausgerechnet seinen eigenen Vater, der all das Unglück verursacht hat, verschont er? Das macht keinen Sinn."

Falk blieb stehen und holte Luft. „Das ist Ihre Sichtweise. Vielleicht sieht Florian die Dinge anders und fühlt sich vom Glück übergangen, da er nicht bei seinen leiblichen Eltern aufgewachsen ist. Es ist eine Möglichkeit, dass sich das Opfer, in dem Fall Florian, mit dem Täter, also Gabriel Hoffmann, identifiziert – er hat das Gefühl, dass er und sein Vater beide um ihre Familie betrogen worden sind. Ihre Frau hat Gabriel Hoffmann schließlich nie erzählt, dass er der Vater eines Sohnes ist. Wir wissen nicht, welche Geschichte Gabriel Hoffmann Florian erzählt hat. Eltern glauben immer, ihre Kinder zu kennen. Und fast immer ist das falsch."

Amaryllis, die neben den beiden Männern ging, hielt sich aus der Diskussion heraus und wünschte sich, Falk würde ebenfalls schweigen. Es brachte nichts, Peter Schumacher gegen die Polizei aufzubringen. Sie betrachtete die kahlen, trostlosen Baumstämme des Waldgebietes, durch das sie gerade liefen. Sie waren auf dem Weg zu einer kleinen Jagdhütte, die Peter

Schumacher gehörte, die er aber seit einem Unfall vor ein paar Jahren, bei dem sein linkes Bein verletzt worden und für immer steif geblieben war, nicht besucht hatte. Falk war bei seiner Suche nach dem Ort, wo Florian Schumacher seine Opfer umgebracht haben könnte, auf die Hütte gestoßen. Peter Schumacher hatte sich bereit erklärt, sie zu der Hütte zu führen, für die sein Sohn einen Schlüssel hatte.

Sie wusste, dass Falk mit der Bemerkung, dass die meisten Eltern wenig Ahnung hatten, was ihre Kinder dachten und taten, recht hatte, dennoch wurde sie das Gefühl nicht los, dass sie etwas übersahen. Die Argumente von Peter Schumacher waren nicht unbegründet. Florian Schumacher war zeit seines Lebens nicht straffällig oder auch nur auffällig geworden. Er war zu einem jungen Mann herangewachsen, der in seinem Verhalten das Gegenteil seines Vaters war. Hatte die Wahrheit über seine Eltern ihn wirklich so verstört, dass er zu einem Monster geworden war? Und hatte er diese Verwandlung über Jahre vor seiner Familie verstecken können?

„Da hinten ist die Hütte“, sagte Peter Schumacher und deutete auf ein Haus aus verwittertem Holz, das größer war, als Amaryllis erwartet hatte.

„Das ist aber mehr als eine kleine Hütte“, bemerkte sie. „Wie lange besitzen Sie das Haus schon?“

„Mein Großvater war Jäger, er hat mir das Stückchen Wald mit dem Haus darauf vererbt. Ich habe selber früher gerne gejagt, aber seit meinem Unfall ist das nicht mehr möglich. Eigentlich wollte ich die Hütte und den Grund schon vor längerer Zeit verkaufen, aber es hat niemand ein Angebot gemacht. Es ist zu abgeschieden und man muss ein ganzes Stück durch den Wald laufen, bis man hier ist. Mit dem Auto ist die Hütte nicht zu erreichen. Das ist den meisten Jägern zu beschwerlich. Florian hat sich angeboten, hier gelegentlich nach dem Rechten zu sehen, da es für mich mit dem kaputten Bein zu anstrengend wurde, Sachen her- oder wegzubringen."

Amaryllis und Falk wechselten einen Blick, der Peter Schumacher nicht entging.

„Sie irren sich. Florian hat nichts mit den Morden zu tun. Sie werden gleich sehen, dass die Hütte oder das Haus, wie immer Sie wollen, seit Jahren nicht benutzt worden ist."

Falk winkte die vier Polizisten heran, die sie zur Verstärkung für den Fall, dass Florian Schumacher sich in der Hütte aufhielt, begleitet hatten.

„Lassen Sie bitte zwei Ihrer Leute das Gebäude von außen absichern, wir anderen gehen rein", sagte er zu ihrem Anführer und zog seine Dienstpistole. Er deutete Peter Schumacher an, hinter den anderen Beamten zu bleiben, während Amaryllis ebenfalls ihre Waffe zog und sich neben ihren Kollegen stellte.

Falk klopfte an die Tür der Jagdhütte, doch nichts geschah. Nachdem er ein zweites Mal geklopft hatte, drückte er die Klinke herunter und konnte die unverschlossene Tür ohne Probleme öffnen. Er trat mit gezogener Pistole, gefolgt von Amaryllis und den anderen Beamten in das Haus.

„Florian Schumacher ist nicht hier", sprach er einen Moment später aus, was seine Kollegen selber sehen konnten. „Aber er war hier. Und er hat uns ein paar Andenken dagelassen."

Auf den ersten Blick sah das Innere des Hauses nicht ungewöhnlich aus. Man trat in einen kleinen Raum mit Steinfußboden, der eine Art Wohn- und Esszimmer zu sein schien. In der Mitte des Raumes stand ein Tisch mit vier Stühlen, an einer Wand neben einem kleinen Kamin befand sich ein altes dunkelbraunes Stoffsofa. Im hinteren Teil des Raumes waren zwei geöffnete Türen zu sehen. Die eine führte in eine Küche, die andere in ein Badezimmer.

Während sie sich genauer umsah, erkannte Amaryllis dunkelrote, fast schon schwarze Blutflecke, die in den Steinboden eingezogen waren, obwohl dieser offenbar gewischt worden war. Wer auch immer hier geputzt hatte, musste in Eile gewesen sein oder hatte sich nicht die Mühe gemacht, die Spuren ordentlich zu beseitigen.

Falk berührte mit seiner Hand ihren Arm, um sie auf etwas aufmerksam zu machen.

„Da“, sagte er und deutete auf die Wand hinter Amaryllis.

Elf gerahmte Bilder waren dort aufgehängt. Unter ihnen waren bunte Post-its mit Namen, Alter, Gewohnheiten, Adressen und Lebensläufen angebracht. Es waren die Fotos der elf Opfer.

„Jetzt wissen wir, wer Nummer 4 und Nummer 5 sind: Richard Oberlang, der Ex-Verlobte von Martha Wagner, und ihre Mutter Jutta Wagner, die sie rausgeschmissen hat, als sie schwanger wurde. So wie es aussieht, hat Florian Schumacher seine eigene Großmutter umgebracht. Ich kann nicht sagen, dass mich das überrascht oder verwundert“, bemerkte Falk leise, damit nur Amaryllis seine Worte hören konnte. Dann deutete er auf einen großen weißen Plastikeimer, der durch die geöffnete Tür des Badezimmers zu sehen war. Der Eimer war bis ca. 20 Zentimeter unter den Rand mit Wasser gefüllt. Amaryllis unterdrückte mit Mühe ein Würgen, während Falk nur resigniert mit dem Kopf schüttelte. Sie hatten den Ort gefunden, an dem die beiden letzten Opfer des Täters ihren grausamen Tod durch Ertrinken gestorben waren.

„Der Handyempfang ist lausig hier drinnen, ich gehe raus und rufe die Spurensicherung an“, erklärte Falk und drehte sich zu Peter Schumacher um, der kalkweiß und zitternd an der Tür stand. „Kommen Sie bitte mit, wir sollten hier nichts anfassen, bis die Kollegen da sind.“

Amaryllis schloss die Augen für einen Moment und versuchte sich vorzustellen, was in dem kleinen Haus geschehen war. Wie lange hatte der Täter seine Opfer hier gequält? Was hatten die Menschen erleiden müssen, die für ein Verbrechen büßen sollten, das vor 30 Jahren geschehen war und an dem sie nicht beteiligt gewesen waren?

Warum hatte der Täter sich die Mühe gemacht, das Haus zu putzen, aber dies so oberflächlich getan, dass man die Blutflecke seiner Opfer sofort entdeckte? Und warum hatte er die Bilder an der Wand nicht abgenommen? Er musste wissen, dass die Polizei das Haus früher oder später finden würde. War es wirklich reine Arroganz, die ihn antrieb? Hielt er sich für so überlegen, dass er bewusst Spuren für die Polizei hinterließ, sicher wissend, dass er ihnen zu weit voraus war, um ihn jemals stellen zu können?

Amaryllis ging aus der ehemaligen Jagdhütte und erinnerte sich dabei an die Worte von Frederik Sonsalla: „Der Täter will mit euch spielen."

Der Polizeipsychologe schien recht zu behalten. Der Täter war wie ein Erwachsener, der mit einem kleinen Kind spielte: Er schmiss großzügig Figuren nicht vom Spielfeld – aber nur, weil er wusste, dass er am Ende gewinnen würde. Ein neuer Gedanke schoss Amaryllis durch den Kopf: Was, wenn der Täter sie mit seinen Spuren auf die falsche Fährte lockte? Vielleicht waren alle Spuren ein großer Bluff und er führte sie am Ende zum falschen Täter. Aber wer, wenn nicht Florian Schumacher, konnte sonst hinter der Mordserie stecken?

Amaryllis ging nochmals zurück und sah sich erneut in dem kleinen Haus um. Sie begann Gespenster zu sehen und ließ sich schon wieder zu sehr von ihren Gefühlen leiten. Die Fakten sprachen gegen Florian Schumacher und sie musste sich darauf konzentrieren, ihn zu finden.

Sie wollte die Jagdhütte der Familie Schumacher gerade erneut verlassen, als ihr Handy klingelte. Es war Benita Hüther.

„Volltreffer“, hörte sie die junge Gerichtsmedizinerin sagen. „Das Haar, das wir bei Opfer Nummer 9 gefunden haben, stammt von Florian Schumacher. Der DNA-Abgleich war eindeutig. Ebenso der Vaterschaftstest: Gabriel Hoffmann ist der Vater von Florian Schumacher. Wir haben den Täter!“

Amaryllis bedankte sich und ging nach draußen, um Falk die Ergebnisse der DNA-Proben mitzuteilen. Ihre Überlegungen waren hinfällig, es war amtlich: Sie hatten den Täter überführt, nun mussten sie Florian Schumacher nur noch festnehmen. Und doch wurde sie das Gefühl, dass ihr Erfolg zu einfach gewesen war, nicht los.

30.

Martha Schumacher wachte schweißgebadet auf. 2:41 Uhr. Sie hatte weniger als eine Stunde geschlafen. Obwohl ihr ganzer Körper wegen des Schlafmangels schmerzte, stand sie auf, um sich in der Küche einen Tee zu machen. Vielleicht war auch der Pfefferminztee, den sie sich, bevor sie eingeschlafen war, aufgebrüht und dann doch nicht getrunken hatte, noch warm. Seit dem ersten Besuch der Polizei hatte sie nicht mehr als zwei Stunden am Stück geschlafen. Es sah ganz so aus, als würde diese Nacht nicht anders werden. Wie sollte sie auch? Alles schien darauf hinzuweisen, dass ihr eigener Sohn für eine Mordserie verantwortlich war, die an Grausamkeit kaum zu überbieten war.

Die Polizei war von Florians Schuld überzeugt und die Beweise so überwältigend, dass sogar Peter zweifelte. Sie konnte es ihm nicht verdenken. Sie hatte sich selber bei dem Gedanken ertappt zu glauben, dass Florian ein Mörder war. Sie fühlte, wie sich ihr Herz zusammenkrampfte, denn tatsächlich hatte sie nicht nur geglaubt, dass Florian ein Mörder sein könnte, sie hatte es einen kurzen, furchtbaren Moment lang sogar gehofft. Was für ein schrecklicher Mensch sie war! Sie sah lieber ihren eigenen Sohn als Mörder, als das letzte Stück ihres dunklen Geheimnisses preiszugeben. Der letzte Teil ihres Geheimnisses, den nur sie noch kannte. Es hatte nur einen anderen Menschen gegeben, der die ganze Wahrheit wusste, und diese Person war tot. Ermordet von dem gleichen Killer, der ihre Mutter, ihren Ex-Verlobten und all die anderen Menschen umgebracht hatte.

Martha trank einen Schluck des Pfefferminztees, der auf der Küchenablage stand. Er war kalt. Sie beschloss, sich einen neuen Tee zu machen und endlich eine Entscheidung zu treffen. Wie bezeichnend es für sie und ihren armseligen Charakter war, dass sie überhaupt eine Entscheidung treffen musste. Jeder normale Mensch hätte nicht eine Sekunde gezögert und der Polizei sofort die Wahrheit gesagt.

Das war das Problem mit Lügen: Sie blieben nicht klein und versteckten sich in einer Ecke. Lügen wuchsen mit der Zeit, wurden immer größer, bis sie irgendwann das ganze Leben wie eine Schlingpflanze umrahmten und es unmöglich erschien, sich aus ihren Ästen zu befreien.

Nachdem sie das kochende Wasser über den Teebeutel geschüttet hatte, setzte Martha sich mit ihrer Tasse an den Küchentisch und dachte nach. Das Ergebnis würde das gleiche sein wie in den vergangenen Tagen. Sie musste zu dieser Kommissarin gehen und ihr die Wahrheit sagen. Eine Wahrheit, die sie seit 30 Jahren verdrängt, verschwiegen und verheimlicht hatte. Vor ihrem Mann, ihrem Sohn und allen Menschen, die sie kannte.

Beim Gedanken an Florian wurde ihr ganz anders. Wo war er? Was machte er? Warum war er verschwunden? War er untergetaucht, weil er wirklich das Monster war, für das die Polizei ihn hielt? Unmöglich war es nicht, das gestand sie sich zu. Wahrscheinlicher aber war es, dass ihr Sohn in der texanischen Wüste, ahnungslos, dass er von der Polizei als

Serienmörder gesucht wurde, unterwegs war. Ein neuer, furchtbarer Gedanke schoss ihr plötzlich durch den Kopf: Vielleicht war Florian längst tot. Ermordet wie all diese armen Menschen, Opfer des gleichen Täters. Einem Täter, den Martha nicht kannte. Und doch war in den vergangenen drei Jahrzehnten kein Tag vergangen, an dem er nicht in ihren Gedanken bei ihr gewesen war.

Martha musste an die großgewachsene, schöne Kommissarin denken, die in ihrem Wohnzimmer gesessen hatte wie ein Fremdkörper. Sie stand für alles, was Martha nicht war. Man konnte Amaryllis Winter ihre gute Herkunft, Ausbildung und Manieren ansehen. Die Ausstrahlung der Frau war so erhaben, dass sie Martha fast an Gabriel erinnerte. Mit dem Unterschied, dass Amaryllis Winter das Böse bekämpfte und Gabriel es personifizierte. Wie eng die Grenzen zwischen Gut und Böse, Lüge und Wahrheit und Glück und Unglück waren.

„Jede Kleinigkeit kann von Bedeutung sein", hatte Amaryllis Winter Martha beschworen, nachzudenken und sie sofort anzurufen, wenn ihr etwas einfiel.

Die Frau hatte keine Ahnung, dass Martha nicht lange nachdenken musste und es keine Kleinigkeit war, die sie der Polizei verschwieg. Natürlich konnte sie nicht sicher sein, ob ihr Geheimnis wirklich der Schlüssel war, der die furchtbare Mordserie beenden würde. Aber eines wusste sie sicher: Das Böse hörte nie auf. Und sie war ein Teil davon geworden.

Die ganze Zeit hatte sie sich selber etwas vorgemacht und so getan, als hätte sie den Fluch besiegt und trotz der Vergewaltigung und der Art, wie Richard und ihre Mutter sie hatten fallen lassen, eine glückliche Familie gegründet und ihrem Kind ein Heim voller Geborgenheit geschenkt. Der Preis dafür war hoch gewesen. Und jetzt musste sie ihn bezahlen.

Martha rührte gedankenverloren mit einem Löffel in ihrem Pfefferminztee. Sie hatte das unangenehme Gefühl, dass sie beobachtet wurde. Schnell drehte sie sich zur Tür, um zu sehen, ob Peter aufgewacht war und vielleicht in der Tür stand. Doch der Türrahmen war leer. Die alten verwitterten Holzjalousien vor dem Fenster, die längst hätten ausgetauscht werden müssen, waren geschlossen. Niemand konnte sie von außen sehen. In diesem Moment wurde Martha Schumacher klar, dass sie das nächste Opfer des brutalen Mörders sein würde. Natürlich, wie hatte sie das nicht sofort erkennen können. Doch es stieg keine Panik in ihr auf. Im Gegenteil, eine fast unheimliche Ruhe machte sich in ihr breit. Der Tod war ihre Rettung! Sie würde den Preis für ihre Lebenslüge gerne bezahlen, denn sie würde nicht mehr erleben müssen, wie Peter, Florian und der Rest der Welt erfuhren, was sie getan hatte.

31.

„Sonsalla ist im Urlaub und nicht zu erreichen. Sein Handy hat er abgestellt.“ Amaryllis saß mit Falk in ihrem Verdener Übergangsbüro. Sie hatte mit dem Psychologen über die Möglichkeit, dass der Täter sie auf eine falsche Spur zu lenken versuchte, sprechen wollen.

„Hast du etwas anderes erwartet?“ Falk zuckte mit den Achseln. „Wo er doch so überarbeitet ist vom ganzen Tag in seinem Büro Rumlümmeln und vom Mutmaßen, warum ein Mörder macht, was er macht.“

„Ich weiß, dass du kein großer Freund von Sonsalla im Speziellen und Psychologen im Allgemeinen bist, aber er kennt das Täterprofil und könnte uns vielleicht einen Ansatz liefern, wo Florian Schumacher sich versteckt.“ Amaryllis verzog das Gesicht. „Auch wenn ich zugeben muss, dass es unwahrscheinlich ist.“

„Ich habe heute Morgen mal den Kaffeesatz in meiner Tasse befragt, das war ungefähr so aufschlussreich wie die Meinung unseres überarbeiteten Psychologen“, sagte Falk verächtlich.

„Die Polizei in Texas und New York sucht intensiv nach Florian Schumacher, oder?“, fragte Amaryllis ihren Kollegen, um das wenig fruchtbare Gespräch über den

Polizeipsychologen zu beenden. „Es wäre möglich, dass er zurückgeflogen ist, nachdem er mit seiner Mordserie fertig war, und versucht, so zu tun, als hätte er die USA nie verlassen."

„Möglich wäre es, setzt aber voraus, dass er tatsächlich alle umgebracht hat, die er umbringen wollte. Sicher können wir nicht sein. Wer weiß, wen er noch umbringen will. Oder ob er nicht anfängt, wahllos zu töten, weil es ihm so einen Spaß gemacht hat." Falk machte ein Gesicht, als hätte er in eine Zitrone gebissen.

„Seine Mutter, sein Vater und sein Adoptivvater leben noch, daran habe ich auch schon gedacht. Eigentlich macht das keinen Sinn. Der Heimleiter Herbert Meier, Angela Renner und Richard Oberlang hatten keine Kinder, also mussten sie selber sterben. Von den Zimmergenossen von Gabriel Hoffmann mussten die Kinder oder mindestens ein Kind bzw. Enkelkind sterben. Martha Schumacher, ihr Mann und Gabriel Hoffmann haben alle nur ein Kind: Florian Schumacher. Da er sich kaum selber umbringen wird, um sie zu strafen, müsste er eigentlich sie töten", führte Amaryllis den Gedanken ihres Kollegen fort, der sie schweigend ansah.

„Ich frage mich, worum es ihm bei seiner Rache geht? Dass er nicht bei seinen leiblichen Eltern aufgewachsen ist? Dass Martha Wagner und Gabriel Hoffmann nach der Vergewaltigung kein Paar geworden sind und als glückliche Familie mit ihrem Sohn gelebt haben? Ein Puzzleteil fehlt noch. Nichts von dem, was wir bislang wissen, bringt Sinn in die Sache", überlegte Amaryllis weiter und sah ihren Kollegen an, doch Falk schien ihren Gedanken nicht folgen zu wollen.

„Der Typ ist durchgeknallt, wer weiß, was sich in dessen krankem Kopf alles abspielt. Darf ich dich daran erinnern, dass er zwei kleine Kinder in einem Plastikeimer ertränkt hat? Ich denke, dass die Vergewaltigung und die ‚verpasste' Familie nur

Vorwände für ein Motiv sind, der Typ hat einfach Spaß am Töten." Falk nahm seine Kaffeetasse und stand auf, um diese draußen in der Kaffeeküche neu aufzufüllen.

„Ich habe sicherheitshalber bereits Polizeischutz für die drei ‚Überlebenden' angeordnet", erklärte er im Hinausgehen. „Ich weiß nicht, wie langfristig wir das bei der Personalknappheit der Polizei durchziehen können, aber solange wir Florian Schumacher nicht gefunden haben, fühle ich mich damit bedeutend wohler, wenn die drei beobachtet werden."

Amaryllis zog einige Fotos von Florian Schumacher, die sie von seinen Eltern erhalten hatte, aus einer Klarsichthülle auf dem Schreibtisch und betrachtete diese. Sie zeigten einen jungen, gut aussehenden, leicht schlaksigen Mann mit blonden Locken und strahlenden Augen. Die Ähnlichkeit zu seinem Vater Gabriel Hoffmann war überwältigend.

Falk, dessen Rückkehr Amaryllis nicht bemerkt hatte, stellte eine Tasse mit dampfendem Kaffee vor sie auf den Schreibtisch.

„Danke. Weißt du, ob Florian Schumacher irgendeine Sportart ausgeübt hat?", fragte sie ihren Kollegen, der sie verblüfft ansah.

„Keine Ahnung, warum? Meinst du, er wird als Nächstes in seinem Tennisklub ‚aufräumen', weil er ein paar Matches verloren oder der Balljunge ihm die Bälle zu langsam zugeworfen hat?"

„Nein. Aber sieh dir mal dieses Bild an, nach Angaben von Martha Schumacher ist es ungefähr ein halbes Jahr alt."

Amaryllis hielt Falk ein Foto hin, das Florian Schumacher an einem warmen Frühlingstag in Shorts und ohne T-Shirt im Garten seiner Eltern zeigte.

„Was ist damit? Der Typ sieht auch in Shorts unverschämt gut aus, das ist alles, was ich sehe."

„Er sieht gut aus, aber er ist kein Sportler. Im Gegenteil. Er ist ausgesprochen dünn. Er sieht aus, wie man sich einen Wissenschaftler vorstellt, der den ganzen Tag Käfer unter dem Mikroskop auseinandernimmt."

„Ich weiß immer noch nicht, worauf du hinauswillst."

„Die Waldhütte liegt ein ganzes Stück entfernt von der Straße, man kann sie nicht mit dem Auto erreichen. Peter Schumacher hat selber gesagt, dass sie deswegen schwer zu verkaufen ist. Wenn wir davon ausgehen, dass die Opfer nicht freiwillig mit Florian Schumacher dorthin gelaufen sind, muss er sie betäubt und getragen haben. Es fällt mir schwer zu glauben, dass der Mann auf dem Bild hier das körperlich geschafft haben könnte. Insbesondere Gregor Hausmann war ein großer, kräftiger und durchtrainierter Mann. Von seinem Hund ganz zu schweigen. Allein der Hund dürfte an die 50 Kilo gewogen haben."

Amaryllis zeigte erneut auf das Bild von Florian Schumacher im Garten seiner Eltern, um Falk ihre Zweifel zu verdeutlichen.

„Willst du mir damit andeuten, dass er einen Helfer hatte, von dem wir keine Ahnung haben?" Falk sah seine Kollegin entsetzt an.

„Nein, obwohl, jetzt, wo du es sagst, das eine Möglichkeit sein könnte. Ich wollte damit eigentlich sagen, dass es einige Ungereimtheiten in dem Fall gibt, die mir Sorgen machen."

„Und die wären?"

„Die Frage, wie er die Opfer in die Hütte bekommen hat, wäre eine Sache. Dann die Frage, warum er sein Muster durchbrochen und die Enkelkinder von seinem Ex-Zimmergenossen Thorsten Bleiber umgebracht hat? Und warum hat er – zumindest bislang – seine Eltern bzw. seinen Adoptivvater verschont?"

„O. k., das sind ein paar Ungereimtheiten, aber das heißt noch lange nicht, dass Florian Schumacher nicht der Täter ist. Unser von dir so geliebter Psychologe hat nach seinen ausgiebigen Studien des Täters gesagt, dieser spiele mit uns. Es macht ihm Freude, die Polizei mit unerwarteten Schachzügen zu verwirren. Vergiss nicht, wir haben einen DNA-Beweis, dass Florian Schumacher der Täter ist."

„Das ist es ja! Hast du nicht das Gefühl, dass wir ihm plötzlich viel zu leicht auf die Spur gekommen sind? Wir sind wochenlang im Dunkeln herumgeirrt und haben nicht mal eine falsche Spur verfolgen können. Und auf einmal finden wir den Täter innerhalb einer Woche, denn netterweise hat er uns eine DNA-Probe hinterlassen und den Ort so gut wie genannt, an dem wir suchen müssen. Kommt dir das nicht komisch vor?"

Falk strich sich über sein Kinn und überlegte.

„Man könnte das so sehen", sagte er schließlich zögernd. „Aber was würde es ändern? Wir haben erdrückende Beweise gegen Florian Schumacher, er hat ein wenn auch eher schwaches Motiv und er ist verschwunden. Wenn du jetzt anfängst, das alles infrage zu stellen, geht die gesamte Berliner Polizei auf die Barrikaden. Die Mannschaft, weil sie wirklich hart geschuftet hat, um zu diesem Ergebnis zu kommen, und unsere beiden Chefs, weil sie in der Öffentlichkeit, von der sie sich eben noch haben feiern lassen, dastehen wie die Vollidioten." Er schüttelte den Kopf. „Glaub mir, Hubert Neustädt lässt dich eher von Frederik Sonsalla persönlich in die Klapse einweisen, als die Ermittlungen neu aufzurollen. Und ich muss gestehen, dass ich ihn nicht aufhalten würde."

„Ich weiß", sagte Amaryllis. „Ich will auch nicht die gesamten Ermittlungen infrage stellen, ich habe aber das Gefühl, dass wir etwas übersehen haben. Um den Fall wirklich zu lösen, fehlt ein Puzzleteil, und das würde ich gerne suchen."

Sie sah Falk mit einem gewinnenden Lächeln an. „Vielleicht ist es genau dieses Puzzleteil, das uns zu dem Versteck von Florian Schumacher führt!"

„Ich hasse Puzzle", brummte Falk. „Du musst mich trotzdem nicht überzeugen, ich gebe zu, dass es zu glatt gelaufen ist in dieser Woche. Ich bin nur nicht sicher, ob es irgendetwas daran ändern wird, dass Florian Schumacher der Mörder ist. Wahrscheinlich hat der Typ sich irgendeine boshafte Überraschung ausgedacht, die wir nach mühsamer Suche als Sahnehäubchen finden dürfen."

Amaryllis sah ihren Kollegen ernst an, sagte aber nichts, bis dieser schließlich resigniert mit den Schultern zuckte. Falk stand auf, hob die Akten des Falles hoch und ließ sie mit einem Knall zurück auf den Tisch fallen. „O. k., du hast gewonnen: Du darfst nicht nur deinen Arbeitsübereifer befriedigen, ich werde dir sogar dabei helfen, damit wir es schneller hinter uns haben. Was schlägst du vor? Was willst du noch mal überprüfen?" Er sah sie streng an. „Ich mache bei allem mit, aber eins tue ich nicht: Ich bleibe keinen gottverdammten Tag länger in diesem Kaff! Ich fahre heute Abend zurück nach Berlin, komme, was da wolle."

32.

Sie hatte das Haus seit drei Tagen nicht verlassen. So wie es sich gehörte für die Bewohnerin einer Kleinstadt, deren Sohn überführt worden war, elf Menschen grausam ermordet zu haben. Da konnte man sich schlecht im Supermarkt sehen lassen, als wäre nichts geschehen. Er lachte hämisch und biss in das Käsesandwich, das er sich mit seinen Vorräten aus dem Kühlschrank gemacht hatte. Er hatte genügend Essen und Getränke für zwei Wochen mitgebracht, was ihm ausreichend Zeit geben sollte, seinen Plan zu beenden.

Die beiden Kommissare waren täglich zu dem Haus gekommen, um seiner Mutter Fragen zu stellen, wo ihr geliebter Sohnemann sich versteckte. Man konnte dieser tollen Model-Kommissarin Amaryllis Winter den Frust regelrecht ansehen, dass sie ihn immer noch nicht aufgespürt hatten. Etwas Wut im Gesicht stand ihr, es machte sie interessanter. Es war fast schade, dass es keine Gelegenheit geben würde, sie näher kennenzulernen. Er konnte sich einiges vorstellen, was er mit ihr anstellen würde. Egal, ob sie es wollte oder nicht.

Immerhin war die Polizei nicht so von ihrem vermeintlichen Erfolg beseelt, dass sie alles andere vergaß. Ein Polizeiwagen parkte ständig vor dem Haus, ein zweiter patrouillierte die

Nachbarschaft. Ob es die Idee von Amaryllis Winter gewesen war, dass er Martha und Peter Schumacher nicht verschonen würde? Oder war der Gedanke etwa diesem schnöseligen Falk von Heeren in seiner coolen Jacke gekommen, der aussah, als könnte er nicht in Würde altern?

Es konnte ihm egal sein. Der Zeitpunkt war gekommen. Er würde seine Mutter töten, während die Polizei auf sie aufpasste und bevor sie doch ein Gewissen entwickelte und in die Versuchung geriet, die Wahrheit zu sagen.

Er spürte einen überwältigenden Hass in sich aufsteigen. Was diese Frau, die seine Mutter sein sollte, ihm angetan hatte, war so unbeschreiblich, dass er mehrfach kurz davor gewesen war, es in die Welt hinauszuschreien, damit alle wussten, wer das wahre Monster war. Nicht sein Vater, der Vergewaltiger. Nicht er, der Mörder, nein, die einfache Hausfrau und Mutter – sie war das Monster.

Er dachte zurück an den Tag, der sein Leben verändert hatte. Der Tag, an dem er begonnen hatte, die Wahrheit herauszufinden und nicht diesen Schwachsinn, den seine Eltern ihm aufgetischt hatten. Die Zeitung hatte in einem Café auf dem Nebentisch gelegen. Es hatte keinen Grund gegeben, dass er sie überhaupt hätte bemerken sollen, und doch hatte das Schicksal seinen Blick auf die Titelseite gelenkt. Fast hätte er das kleine Bild ganz rechts, das auf einen Artikel über die Industriellenfamilie Hoffmann aus Bremen im Inneren der Zeitung hinweisen sollte, übersehen. Doch er hatte es gesehen. Und in dem Moment hatte er gewusst, wer sein echter Vater war. Schon die Ähnlichkeit zu seinem Großvater auf der Titelseite war überwältigend. Das Bild im Inneren der Zeitung, auf dem die ganze Familie Hoffmann samt Sohn Gabriel zu sehen gewesen war, hatte seine Vermutung endgültig bestätigt. Es war, als hätte er in einen Spiegel geschaut, als er Gabriel

Hoffmann das erste Mal in seinem Leben auf dem Bild in der Zeitung gesehen hatte. Von dem Tag an hatte er nur noch ein Ziel gekannt: Seinen Vater zu finden, die komplette Wahrheit zu erfahren und sich zu rächen für das, was man ihm angetan hatte.

Die vergangenen Jahre hatte er diesem Ziel gewidmet. Nichts hatte er dem Zufall überlassen. Obwohl er überzeugt war, dass Gabriel Hoffmann sein Vater war, hatte er ihm bei seinem ersten Besuch im Heim ein paar seiner immer noch blonden Locken abgeschnitten und einen Vaterschaftstest beauftragt. Der alte Narr hatte ihm die Einwilligungserklärung ohne Probleme unterschrieben. Der Test hatte bestätigt, was er seit dem Tag im Café gewusst hatte: Gabriel Hoffmann war sein Vater. Drei Monate später hatte er den perfekten Plan fertig geschmiedet und Nummer 1 war kurz darauf plötzlich und ohne erkennbaren medizinischen Grund verstorben. Der Rest seines Planes war bislang ein Kinderspiel gewesen. Und es sah nicht so aus, als würde sich daran etwas ändern.

33.

Amaryllis stand an der Marmorarbeitsplatte in der riesigen Küche im Haus ihrer Großmutter und schnitt Zwiebeln. Tränen rannen ihr die Wangen herunter und sie musste bei dem Gedanken an ihre Mutter lächeln, welche die großen Mengen Zwiebeln, die für indisches Essen benötigt wurden, stets mit einer Skibrille über den Augen schnitt. Sie vermisste ihre Eltern und New York und dennoch hatte sie am Morgen, als sie nach einer Woche in Verden endlich wieder in Berlin angekommen war, einen Entschluss gefasst: Sie würde hier bleiben.

Als sie die Eingangstür der Villa ihrer Großmutter aufgeschlossen hatte, war ihr bewusst geworden, dass sie es nicht über das Herz bringen würde, das Haus zu verkaufen oder zu vermieten. Sie hatte zum ersten Mal ein Gefühl von Heimat verspürt, als sie in das Haus getreten war. Damit war es entschieden. Sie würde an ihrem Freundes- und Bekanntenkreis arbeiten müssen, aber die ersten Schritte hatte sie bereits in die richtige Richtung getan. Bei dem Gedanken, in Berlin und im Haus ihrer Großmutter zu bleiben, hatte sie sich das erste Mal seit Monaten leicht und glücklich gefühlt. Es war ihr sogar gelungen, Florian Schumacher und die grausame Mordserie für ein paar kurze Momente zu verdrängen.

Schnell entschlossen war sie zum Supermarkt gefahren und hatte alles für ein indisches Gemüse-Curry eingekauft, dann hatte sie Benita angerufen und sie zum Essen eingeladen. Nun stand sie in der Küche, schnitt Zwiebeln und überlegte, wie sie das Haus neu dekorieren konnte, um den sehr klassischen, um nicht zu sagen spießigen Stil ihrer Großmutter abzuändern. Vielleicht würde sie einige Räume renovieren lassen, um sie ihren eigenen Bedürfnissen besser anzupassen.

Amaryllis schnitt eine scharfe rote Chilischote der Länge nach auf und ihre Gedanken kehrten von der Inneneinrichtung des Hauses zurück zu der Mordserie. Die Bilder der ermordeten Enkelkinder von Thorsten Bleiber gingen ihr nicht aus dem Kopf. Dann musste sie an Martha Schumacher denken. Die Frau tat ihr leid. Es gehörte eine Menge dazu, das Kind eines Vergewaltigers großzuziehen. Aber sie hatte ihr Glück mit Peter Schumacher trotz aller Widrigkeiten gefunden. Amaryllis hatte keinen Zweifel daran, dass Florian Schumacher in einem liebevollen Elternhaus aufgewachsen war. Warum war aus einem schüchternen, freundlichen Kind, als welches ihn seine Eltern beschrieben, ein Mörder geworden? Was hatte Gabriel Hoffmann seinem Sohn erzählt, dass er elf Menschen kaltblütig getötet hatte? War der Besuch bei seinem Vater wirklich das Schlüsselerlebnis für Florian Schumacher gewesen, das ihn von einem ganz normalen jungen Mann in einen skrupellosen Mörder verwandelt hatte? Die Frage ließ sie seit Tagen nicht los. Konnte ein Mensch sich wirklich so sehr verändern? Amaryllis hackte die Chilischote in kleine Stücke, als sie an die Worte ihres Chefs in New York denken musste: „Ein Schlüsselerlebnis macht aus einem Menschen nur dann einen Mörder, wenn er die Veranlagung bereits in sich trägt.“

Amaryllis ließ das Messer auf die Arbeitsplatte fallen und fühlte sich einen Moment lang benommen. Sie hatte das fehlende Puzzleteil gefunden und wenn sie es einsetzte, ergab sich ein völlig neues Gesamtbild.

Amaryllis sah auf ihre Uhr. Es war kurz vor sieben Uhr. Vielleicht hatte sie Glück und Schwester Eva vom Haus Teresienblick war noch im Dienst. Wenn nicht, würde sie darauf bestehen, ihre Handynummer zu bekommen, und sie so lange anrufen, bis sie abnahm und ihr die eine Frage, die Amaryllis hatte, beantwortete.

Sie wählte die Nummer von Haus Teresienblick und fragte nach Schwester Eva, die jedoch bei einem Patienten war.

„Sie muss mich so schnell wie möglich zurückrufen!", drängte Amaryllis die Telefonistin am anderen Ende der Leitung. „Es ist ausgesprochen wichtig."

Sie legte auf und rief Benita Hüther an. „Das Essen fällt aus. Ich brauche stattdessen ein paar Informationen von dir", sagte sie und erklärte der Gerichtsmedizinerin ihr Anliegen, als ihr Handy mit einem Summen anzeigte, dass ein anderes Gespräch auf sie wartete. „Das muss Schwester Eva aus dem Heim sein, ich muss auflegen", sagte Amaryllis und drückte die Makeltaste.

Wenige Minuten später hatte Schwester Eva Amaryllis' Verdacht bestätigt: Der Mann, der sich bei seinen Besuchen als Sohn von Gabriel Hoffmann ausgegeben hatte, war mit an Sicherheit grenzender Wahrscheinlichkeit nicht Florian Schumacher gewesen.

*

Falk verdrehte die Augen, als er seiner Kollegin die Haustür eine gute Stunde später öffnete.

„Sag nicht, es hat einen weiteren Mord gegeben“, fragte er mit leiser Stimme und deutete hinter sich. „Meine Kinder sind hier. Es ist besser wirklich wichtig.“

Amaryllis nickte. Das erklärte, warum Falk nicht an sein Handy gegangen war, als sie mehrfach versucht hatte, ihn anzurufen.

„Ich bin mir sicher, dass Florian Schumacher nicht unser Mörder ist“, sagte sie mit ebenfalls gedämpfter Stimme.

„Dass du das vermutest, hast du schon gesagt. Hast du einen Beweis gefunden oder warum tauchst du hier wie aus dem Nichts auf?“

„Ich habe noch keinen endgültigen Beweis, aber Benita hat bestätigt, dass ich recht haben könnte. Dazu habe ich eine Aussage von Schwester Eva aus dem Haus Teresienblick, die den wahren Täter gesehen hat. Und um die Störung deines Abends perfekt zu machen, gehe ich sogar so weit zu sagen, dass ich weiß, wer dieser wahre Täter ist.“

Amaryllis erzählte Falk, was sie herausgefunden hatte, und endete mit den Worten: „Es passt alles zusammen. Frederik Sonsalla hat von Anfang an gesagt, dass der Täter einen Plan hat, den er genau verfolgt und dass er nichts dem Zufall überlässt. Alles, was er tut, hat eine Bedeutung und genau das ist ihm zum Verhängnis geworden. Es war kein Zufall, dass er die Enkelkinder von Thorsten Bleiber und nicht seinen Sohn umgebracht hat, es war ein weiteres Zeichen. Nur diesmal sollten wir es wohl nicht entdecken.“

„Du könntest recht haben“, sagte Falk bedächtig, doch es war ihm anzusehen, dass er bereits Feuer für Amaryllis’ Theorie gefangen hatte. Er schüttelte den Kopf. „Wir müssen den Personenschutz für Martha Schumacher sofort massiv verstärken. Wenn es stimmt, was du glaubst, dann muss er sie umbringen. Sie ist die Einzige, die sein Geheimnis kennt!“

„Ich frage mich, warum sie es uns nicht gesagt hat?", überlegte Amaryllis, während Falk sein Handy holte, um Verstärkung zum Haus der Schumachers in Delmenhorst zu beordern. „Sie muss wissen, dass er sie umbringen will. Und sie hätte Florian schützen können, anstatt die Polizei glauben zu lassen, dass ihr Sohn ein kaltblütiger Mörder ist. Welche Mutter tut so etwas?"

Falk legte die Hand über das Mikrofon seines Handys. „Überleg doch mal. Sie geht wahrscheinlich davon aus, wovon wir ab sofort ebenfalls ausgehen sollten: Florian Schumacher lebt nicht mehr. Es würde Sinn machen, dass unser Täter ihn längst umgebracht hat. Wenn Florian hier plötzlich auftaucht, kann er nicht mehr weitermorden, ohne seinen schönen Plan zu gefährden. Florian könnte Alibis für die Tatzeiten haben und beweisen, dass er die Morde nicht begangen hat – und selbst Martha Schumacher würde dann wohl endlich die Wahrheit sagen."

„Warum hat er Gabriel Hoffmann nicht getötet? Er ist für die Vergewaltigung verantwortlich und hat damit – zumindest aus Sicht des Täters – den Stein ins Rollen gebracht", überlegte Amaryllis laut.

„Weil der Mann so gut wie tot ist!", erklärte Falk. „Welche schlimmere Strafe gibt es für einen Menschen, als den Rest seines Lebens in geistiger Umnachtung in einem Stuhl zu sitzen? Der Tod wäre für ihn eine Erlösung und Erlösung ist das Letzte, was der Täter für seine Opfer will. Und egal, was Gabriel Hoffmann in einem lichten Moment erzählt, niemand würde ihm glauben. Der Mann ist offiziell dement und damit nicht mehr zurechnungsfähig. Bestimmt erinnert er sich nicht mal mehr an den Besuch des Täters."

Es meldete sich jemand am anderen Ende der Leitung, denn Falk nahm seine Hand vom Mikrofon und wollte gerade beginnen zu sprechen, doch Amaryllis gab ihm ein Zeichen zu warten.

„Einen Moment", sagte Falk sichtbar irritiert und sah seine Kollegin an.

„Sag den Leuten, sie müssen extrem vorsichtig sein. Der Täter darf nicht merken, dass der Personenschutz für Martha Schumacher verstärkt worden ist. Mit großer Wahrscheinlichkeit beobachtet er sie und wartet auf den perfekten Moment zuzuschlagen. Wenn die Polizei auf einmal ihr Aufgebot vor dem Haus verstärkt, weiß er, dass etwas nicht stimmt. Trotz aller Rachegelüste ist davon auszugehen, dass ihm sein eigenes Leben einiges wert ist. Wenn er flüchtet, finden wir ihn nie."

Falk schüttelte den Kopf. „Dir ist klar, dass wir Martha Schumacher damit zu einer lebenden Zielscheibe machen?"

„Das hat sie selber getan und nur so können wir den Täter fassen. Wir müssen uns beeilen und sollten sofort nach Delmenhorst fahren. Ich bin sicher, dass er dort ist."

Amaryllis fasste sich mit der Hand an die Stirn. Ein neuer Gedanke, warum Martha Schumacher der Polizei nichts gesagt hatte, war ihr durch den Kopf geschossen. „Wahrscheinlich will sie sogar, dass er sie umbringt."

Falk gab die Anweisungen für den erhöhten, aber nicht sichtbaren Personenschutz von Martha Schumacher und legte sein Handy auf einen Abstelltisch, als ein blondes Mädchen, das Amaryllis auf sechs oder sieben Jahre schätzte, hinter ihm auftauchte.

„Papa, aus dem Ofen stinkt es", sagte sie und musterte Amaryllis so ungeniert, wie nur Kinder es taten.

„Wer bist du?", fragte sie. „Isst du mit uns?"

Falk war bereits auf dem Weg in die Küche, aus der tatsächlich der Geruch von angebranntem Essen strömte.

„Das wird nichts mit meiner tollen vegetarischen Lasagne heute Abend, Schätzchen", rief er aus der Küche.

„Ich glaube, wenn die Lasagne angebrannt ist, esse ich lieber nicht mit euch", sagte Amaryllis zu dem kleinen Mädchen. „Wie heißt du denn?"

„Aline. Mein Papa kann aber eigentlich gut kochen", verteidigte das Mädchen seinen Vater.

Falk kam zurück aus der Küche und sah Amaryllis verzweifelt an.

„Egal, ob ich meine Ex-Frau oder meine Schwester anrufe, die drehen mir beide den Hals um, wenn ich sie frage, ob sie die Mädchen nehmen können. Von der Enttäuschung meiner Kinder gar nicht erst zu sprechen."

„Wir müssen so schnell wie möglich nach Delmenhorst", drängte Amaryllis. „Es gibt nur eine Lösung." Sie nahm ihr Handy aus der Tasche und wählte eine Nummer.

„Benita, wie gut kannst du mit Kindern umgehen?"

Nach einem kurzen Gespräch legte sie auf.

„Benita hat sich bereit erklärt, herzukommen und auf deine Kinder aufzupassen. Auch über Nacht. Sie verlangt dafür allerdings Popcorn, bis ihnen schlecht wird, und sie dürfen Fernsehen bis zum Abwinken."

Falk rang sich ein müdes Lächeln ab. „Danke", sagte er leise.

Es war Aline anzusehen, dass sie nicht recht wusste, ob sie sich über die Neugestaltung des Abends freuen oder ärgern sollte.

34.

„Soll ich einkaufen gehen?"

Peter Schumacher sah seine Frau besorgt an, die vor dem geöffneten Kühlschrank stand und nach etwas Essbarem suchte.

„Wir können uns nicht ewig verstecken. Die Leute werden sich sowieso die Mäuler über uns zerreißen oder besser gesagt, sie tun es bereits. Es macht keinen Unterschied, ob sie uns im Supermarkt sehen oder nicht."

Martha wagte es nicht, sich umzudrehen, damit Peter die Tränen in ihren Augen nicht sah. Es war nicht die Angst vor dem Getratsche der Leute, die sie im Haus hielt. Es war auch nicht die Trauer um ihren Sohn Florian, die sie davon abhielt, wieder unter Menschen zu gehen. Sie war in den letzten Tagen zu der Überzeugung gekommen, dass er tot sein musste. Florian war schon öfter nicht zum vereinbarten Zeitpunkt von seinen Forschungsreisen zurückgekehrt und war nicht über sein Handy zu erreichen gewesen, aber noch nie war er so lange überfällig gewesen. Wahrscheinlich hatte dieses Monster ihn schon vor Wochen getötet.

Der wahre Grund, warum sie das Haus seit Tagen nicht verlassen hatte, war ein anderer: Sie bereitete sich auf ihren eigenen Tod vor. Der Mörder wartete irgendwo da draußen auf sie. So viel war klar. Alles andere machte keinen Sinn. Sie würde sein letztes Opfer sein und sie verdiente es. Martha Schumacher hatte die vergangenen Tage damit verbracht, ihre Angelegenheiten zu ordnen und einen Plan zu machen, wie sie zumindest Peter schützen konnte. Sie wischte sich über die Augen, drehte sich um und sah ihren Ehemann fest an.

„Ich denke, du solltest nach Hamburg zu deinem Vater fahren. Er verdient es, dass du ihm persönlich erklärst, warum die Polizei seinen Enkel für einen Mörder hält."

Peter sah sie entgeistert an. „Ich habe mit meinem Vater mehrmals telefoniert, warum sollte ich nach Hamburg fahren?"

Martha wusste, dass die Reise nach Hamburg weit hergeholt war, aber ihr war nichts Besseres eingefallen, wie sie Peter aus dem Haus kriegen konnte, damit sie allein war.

„Du schuldest es deinem Vater. Außerdem, wenn du gleich losfährst, bist du am frühen Nachmittag da. Dein Vater freut sich bestimmt, wenn du über Nacht bleibst und morgen früh kommst du wieder zurück. Es ist Samstag, dein Vater wird sich freuen, wenn er das Wochenende nicht allein verbringen muss", sagte sie bestimmt und fügte mit betont leichter Stimme an. „Und in der Zeit habe ich den Kühlschrank aufgefüllt."

„Ich lasse dich auf gar keinen Fall alleine hier!" Peter machte ein entschiedenes Gesicht.

„Peter, ich will, dass du fährst. Es ist gut für deinen Vater und was soll mir hier schon passieren? Wir haben Tag und Nacht ein Polizeiauto vor dem Haus stehen!" Sie sah ihren Mann flehend an. „Bitte, tue es für mich. Ich habe Florian in die Familie gebracht."

Es war Peter anzusehen, dass er die Beweggründe seiner Frau weder verstand noch akzeptierte, aber schließlich gab er nach. Nach drei Jahrzehnten Ehe wusste er, dass Widerstand sinnlos war, wenn seine Frau sich etwas in den Kopf gesetzt hatte.

„Gut, ich fahre, aber ich weiß wirklich nicht, wofür das gut sein soll."

„Es muss sein, weil ich es nicht ertrage, dir die Wahrheit persönlich zu sagen oder dir jemals wieder ins Gesicht zu sehen, wenn du erfährst, was ich getan habe", *dachte Martha.*

„Danke", sagte sie leise zu ihrem Mann.

Es dauerte noch eine gute Stunde, bis Peter in seinem Wagen saß und sich auf den Weg nach Hamburg zu seinem Vater machte, der die Ankündigung seines Sohnes, ihn spontan zu besuchen, mit Erstaunen und Freude zur Kenntnis genommen hatte. Martha schloss die Haustür hinter ihm und ging in ihr Schlafzimmer. Sie holte einen Briefumschlag aus der Schublade ihres Nachttisches. Sie wollte sterben, weil sie es verdiente, aber sie würde ihr Geheimnis nicht mit in ihr Grab nehmen. Sie würde Florians und Peters Namen reinwaschen. Sie legte den Umschlag auf das Kopfkissen ihres Mannes und zog ihren Mantel an.

35.

Er sah aus dem Fenster der kleinen Wohnung. Die Straße war menschenleer, nur in dem dunkelgrünen Pkw, der vor dem Haus gegenüber stand, saß eine Person. Der Polizeibeamte war nicht deutlich zu erkennen, aber es sah aus, als würde er auf seinem Handy ein Spiel spielen.

Er rückte seinen Stuhl zurecht und unterdrückte ein Gähnen. Martha Schumacher hatte das Haus immer noch nicht verlassen, doch irgendwann in der näheren Zukunft musste sie einkaufen gehen. Es blieb nur zu hoffen, dass sie nicht einen Lieferservice beauftragte, aber selbst wenn, er hatte Zeit. Früher oder später musste jeder Mensch vor die Tür treten. Auch er selber, wenn seine Vorräte zu Ende waren. Er hatte bereits einen Notfallplan geschmiedet. Wenn Martha Schumacher sich länger als zwei Wochen in ihrem Haus verbarrikadierte, würde er am späten Abend in einen der Supermärkte fahren, die bis 22 Uhr geöffnet hatten, und dort schnell einkaufen.

Eine Bewegung auf der anderen Seite der Straße ließ ihn aufschrecken. Die Tür des Hauses, das er seit Tagen nicht aus den Augen gelassen hatte, war aufgegangen.

„Showtime!", sagte er leise zu sich selber und spürte, wie das Adrenalin durch seinen Körper schoss.

Die Vollendung seines Planes stand kurz bevor. Doch es war nur Peter Schumacher, der vor die Tür trat. Seine Frau stand hinter ihm, zupfte an seinem Mantel etwas zurecht und küsste ihn zum Abschied.

Schickte sie ihren Mann zum Einkaufen?

„Komm schon, so feige wirst du doch nicht sein", murmelte er.

Dann bemerkte er die kleine Reisetasche in der Hand von Peter Schumacher, der nun durch den Vorgarten zur Garage lief.

O. k., das war also ihr Plan. Sie wollte ihren Mann in Sicherheit bringen, indem sie ihn wegschickte. Das war ihm nur recht. Es war ihm herzlich egal, ob Peter Schumacher lebte oder starb. Er war davon ausgegangen, dass er ihn würde umbringen müssen, aber es war kein Problem, wenn er lebte – zumindest solange er das kleine Geheimnis seiner geliebten Frau nicht kannte. Und dass er es nicht kannte, war offensichtlich, sonst würde die Polizei längst mit einem Großaufgebot vor der Tür auf der anderen Seite der Straße stehen. Nach allem, was er über Peter Schumacher herausgefunden hatte, war der Mann ein penibler „Gut-Mensch", der an Recht und Ordnung glaubte – sicher hätte er die Polizei gerufen, wenn er die Wahrheit kennen würde. Seine Ehefrau würde ihr Geheimnis, wie er es geplant hatte, mit in ihr Grab nehmen. Und so wie es aussah, wusste sie das auch.

Eine halbe Stunde nachdem der Wagen von Peter Schumacher aus der Ausfahrt gefahren war, öffnete sich die Tür des Hauses auf der gegenüberliegenden Straßenseite erneut. Martha Schumacher trat mit einer Einkaufstüte in der Hand auf die Straße.

Er zwang sich, mehrmals tief durchzuatmen und ruhig zu bleiben. Sie lief die Straße entlang Richtung Supermarkt. Das dunkelgrüne Polizeiauto fuhr langsam hinter ihr her.

Der große Moment war gekommen.

36.

„Mein Sohn war ein Monster."

Die Stimme der rundlichen Frau mit den langen, von grauen Strähnen durchsetzten Haaren zitterte bei diesen Worten. Sie rang für einen kurzen Moment um Fassung.

Amaryllis und Falk saßen im weihnachtlich geschmückten Wohnzimmer der prachtvollen Villa der Familie Herrmann in Achim, einer kleinen Stadt in der Nähe von Verden. Ihre gesamte Hoffnung, den Täter schnell zu überführen, hing von der Aussage der Frau vor ihnen ab.

„War?", fragte Amaryllis schockiert nach. Laut der spärlichen Informationen, die sie in der Kürze der Zeit und dazu noch am Abend nach Dienstschluss hatte sammeln können, lebte Raphael Herrmann noch. Sollte er tot sein, war sie für einen der schlimmsten Irrtümer der Berliner Polizeigeschichte verantwortlich. Sie sah ihren Kollegen nicht an, konnte aber spüren, wie entsetzt auch Falk war.

„Für mich ist er gestorben. Ich habe ihm vor fünf Jahren das Erbe seines Vaters ausgezahlt und ihm gesagt, er solle aus meinem Leben verschwinden. Seitdem habe ich keinen Kontakt zu ihm. Wenn Sie Raphael suchen, sind Sie hier falsch. Ich kann Ihnen nicht helfen."

Erika Herrmann zog ihre graue Strickjacke enger um ihren Körper, obwohl das Zimmer, in dem sie saßen, gut geheizt war. Ihre Stimme klang deutlich fester, als sie fortfuhr: „Raphael war schon als kleines Kind ein Ungeheuer und er wird immer ein Ungeheuer bleiben."

Amaryllis und Falk warfen sich einen Blick zu, Gabriel Hoffmann und Raphael Herrmann hatten offenbar einiges gemeinsam.

„Wollen die uns verarschen?", hatte Falk ausgerufen, als sie bei ihren Recherchen im Verdener Krankenhaus, beim Einwohnermeldeamt und im Geburtsregister der Stadt endlich auf den Namen von Raphael Herrmann gestoßen waren. „Der Typ ist auch nach einem der Erzengel benannt."

„Wie der Vater so der Sohn", hatte Amaryllis geantwortet und es stellte sich schnell heraus, dass sie nicht nur in Bezug auf den Namen recht hatte.

Raphael Herrmann war ebenfalls bei sehr vermögenden Eltern aufgewachsen, die viele seiner kriminellen Taten erfolgreich vertuscht hatten. Und wenn auch auf eine andere Weise, hatte seine Mutter Erika Herrmann nach dem Tode ihres Mannes ihren Sohn Raphael genauso aus ihrem Leben verbannt, wie Elvira Hoffmann es mit dessen Vater getan hatte.

„Können Sie uns etwas mehr über Raphael erzählen?", fragte Amaryllis. „Er war seit Monaten nicht in seiner Wohnung in Bremen, es fehlt jede Spur von ihm. Jeder noch so kleine Hinweis könnte wichtig sein, damit wir ihn so schnell wie möglich finden."

„Es gibt nicht viel zu erzählen", sagte Erika Herrmann und sah sie mit müden Augen an. „Der Tag, als ich Raphael das erste Mal in meinen Armen hielt, sollte der schönste meines Lebens sein. Ich hatte so lange auf ein Kind gewartet und endlich war mein Traum in Erfüllung gegangen. Doch er war schon als kleines Kind ein regelrechter Tyrann. Natürlich dachten wir, es wäre alles nur eine Phase, wie man das so schön sagt. Doch als unser zweiter Sohn Markus geboren wurde, verschlimmerte sich die Situation. Raphael ließ keine Gelegenheit aus, seinen kleinen Bruder zu quälen. Einmal habe ich ihn überrascht, da war er sieben, wie er eine Tasse mit kochend heißem Wasser in die Wiege des Babys schütten wollte. Auch in der Schule gab es Probleme mit den anderen Kindern und den Lehrern. Als Raphael zwölf war, mussten wir ihn in ein Internat schicken, da er von keiner anderen Schule mehr aufgenommen wurde. Er warf uns vor, wir würden ihn abschieben, da wir seinen Bruder mehr lieben würden als ihn."

Tränen rannen die Wangen von Erika Herrmann hinunter. „Natürlich hat das nicht gestimmt. Das Gegenteil war der Fall. Wir haben diesen Jungen so sehr geliebt, wir hätten alles für ihn getan. Das hat sich nicht einmal geändert, als er mit 16 vollkommen durchdrehte und das erste Mal straffällig wurde."

„Gab es ein Schlüsselerlebnis, als er 16 war?", fragte Falk nach.

„Ja, das gab es. Er fand durch einen Zufall heraus, dass er adoptiert worden war. Die Ärzte hatten uns keine Hoffnung mehr gemacht, dass wir auf natürlichem Wege Eltern werden könnten, daher haben wir uns damals zur Adoption entschlossen. Wir waren so glücklich, als wir Raphael bekamen, nachdem uns das vorherige Kind wieder weggenommen wurde, die Mutter hatte es sich plötzlich anders überlegt. Die Geburt von Markus ein paar Jahre später war ein kleines Wunder, dennoch haben wir beide unsere Jungen gleich geliebt. Für Raphael aber stand fest, als er die Adoptionsunterlagen und die

Kopie der ursprünglichen Geburtsurkunde fand, dass er immer recht gehabt hatte und wir seinen Bruder bevorzugten."

„Was passierte dann?" Amaryllis sah die Frau an, die nervös mit ihren langen Haaren spielte.

„Raphael machte nur noch Unsinn. Er nahm Drogen, klaute und landete mehrmals im Jugendknast, aus dem mein Mann ihn mit seinen Beziehungen immer wieder herausholte. Wir waren verzweifelt und versuchten, ihn zu überreden, eine Therapie zu machen oder andere Hilfe zu suchen, aber wir kamen nicht an ihn ran. Trotz seiner Probleme machte er ein glänzendes Abitur, er ist sehr intelligent. Danach wurde er ruhiger. Er saß nur noch vor seinem Computer. Zunächst waren wir froh darüber, naiv wie wir waren, dachten wir, dass er so zumindest keinen Mist machen würde. Dann erfuhren wir, dass er versucht hatte, das Netzwerk seiner früheren Schule lahmzulegen. Er war ein ‚Hacker' geworden."

Falk warf Amaryllis einen vielsagenden Blick zu. „Früh übt sich, was ein Meister werden will. Jetzt wissen wir, wie er an die Informationen über seine Opfer gekommen ist. Wahrscheinlich hat er jede Menge Computer durchstöbert."

„Ist Raphael auch in anderen Bereichen straffällig geworden, oder hat er sich auf ganz auf seinen Computer konzentriert?", fragte Amaryllis nach.

„Er ging ganz in der Computerwelt auf", sagte Erika Herrmann. „Zumindest dachten wir das. Nach dem Abitur hing er zwei Jahre rum und machte nichts. Dann zog er nach Hamburg und studierte Medizin. Er kam nur selten nach Hause. Eigentlich nur, wenn er Geld brauchte. Aber er schien sich endlich gefangen zu haben. Als er mit dem Studium fertig war, nahm er einen Job an und zog nach Bremen. Wir hatten wenig Kontakt und glaubten, alles wäre in Ordnung. Doch dann klingelte eines Tages ein junges Mädchen an unserer Tür. Sie hatte unsere Adresse mit einiger Mühe herausgefunden und behauptete, Raphael habe sie vergewaltigt. Beweisen konnte sie es nicht, da Raphael ein Alibi für den Tatabend hatte. Natürlich glaubten wir an die Unschuld unseres Sohnes und haben das Mädchen rausgeschmissen. Als wir Raphael von dem Besuch erzählten, wurde er unglaublich wütend und schimpfte, was dieser Schlampe einfalle. Mein Mann und ich waren erstaunt, dass er sich mit keinem Wort verteidigte und sagte, dass er das Mädchen nicht kenne und sie natürlich nicht vergewaltigt habe. Drei Tage später war sie tot. Wir erfuhren es aus der Zeitung, sie hatte sich von einer Brücke gestürzt. Die Polizei vernahm Raphael, eine Freundin des Mädchens hatte ihnen von der Vergewaltigung erzählt. Beweisen konnten sie ihm nichts. Es tat mir in der Seele weh, aber ich wurde das Gefühl nicht los, dass Raphael etwas mit ihrem Tod zu tun hatte. Als ich ihn zur Rede stellte, sagte er nur, sie habe bekommen, was sie verdiene. Mein Mann wollte es nicht glauben, als ich ihm meine Vermutung mitteilte.

Ein paar Monate später stand die Polizei erneut bei uns vor der Tür. Raphael hatte wieder eine Frau vergewaltigt, die ihn angezeigt hatte, doch wieder hatte er ein Alibi. Da er bereits das zweite Mal unter Verdacht stand, nahm die Polizei das Ganze wohl ernster, beweisen konnten sie ihm erneut nichts. Dann erfuhren wir, dass er seinen Job gekündigt hatte. Es dauerte nicht lange und er kam zu uns und verlangte Geld, das wir ihm gaben. Danach ging es Schlag auf Schlag: Wenn die Polizei nicht bei uns vor der Tür stand und ihn suchte, war er es selber und wollte Geld. Sie kennen die Liste seiner Vergehen sicher: schwere Körperverletzung, Vergewaltigung, Diebstahl, Nötigung. Ich weiß nicht, wie er es gemacht hat, aber mein Mann hat Raphael immer wieder vor dem Schlimmsten bewahrt und er musste nur einmal für ein paar Monate ins Gefängnis."

Erika Herrmann schüttelte den Kopf bei der Erinnerung an die Vergangenheit ihres Sohnes.

„Vor fünf Jahren starb mein Mann und ich entschloss mich, das zu tun, was er nicht übers Herz gebracht hätte: Ich zahlte Raphael sein Erbe aus, legte noch einen ordentlichen Batzen Geld drauf und sagte ihm, er solle aus meinem Leben verschwinden. Wie gesagt, seitdem habe ich nichts von ihm gehört. Ich rechne auch erst wieder mit seinem Auftauchen, wenn er das Geld durchgebracht hat."

„Dürften wir fragen, wie groß das Vermögen ist, das Sie Ihrem Sohn überschrieben haben?", erkundigte sich Amaryllis, bekam aber keine Antwort auf ihre Frage, da das Handy von Falk und ihr eigenes fast gleichzeitig zu klingeln begannen.

„Raphael Herrmann hat auf den Namen seines Vaters eine Wohnung in der Saalfelder Straße in Delmenhorst gemietet, direkt gegenüber vom Haus der Schumachers", sagte Amaryllis zu Falk, nachdem sie ihr Gespräch beendet hatte.

Falk stand auf und deutete Amaryllis ihm zu folgen: „Und Martha Schumacher hat genau dieses Haus soeben verlassen."

37.

„Es sollte unmöglich sein, dass ihr etwas passiert“, beruhigte Amaryllis Falk und sich selber, als sie wenig später im Auto saßen und von Bremen nach Delmenhorst zu der Wohnung in der Saalfelder Straße fuhren.

Am Blick ihres Kollegen konnte sie erkennen, dass er ebenso wie sie selber gerade darüber nachdachte, dass sie zumindest eine Teilschuld tragen würden, wenn Martha Schumacher ihren Besuch im Supermarkt nicht überleben sollte.

„Es sollte unmöglich sein, da hast du recht. Leider kann sogar der beste Personenschutz ausgehebelt werden. Und wir wissen beide, wie raffiniert der Täter vorgeht“, antwortete Falk schließlich.

Sie hatten gemeinsam beschlossen, Martha Schumacher nicht über die neuen Ermittlungen zu informieren. Sie wollten kein Risiko eingehen, dass Raphael Herrmann am Verhalten von Martha Schumacher erkennen konnte, dass die Polizei ihm auf den Fersen war.

Falk parkte den Wagen in einer Seitenstraße der Saalfelder Straße, wo bereits der weiße Van der Spezialeinheit stand, die in wenigen Minuten die Wohnung stürmen würde, die Raphael Herrmann unter falschem Namen angemietet hatte.

„Leider haben wir die Nachricht, dass der Verdächtige eine Wohnung hier in der Straße angemietet hat, erst bekommen, nachdem Martha Schumacher das Haus verlassen hat. Es hat niemand das Haus beobachtet und wir wissen nicht, ob der Täter sich dort aufhält oder nicht. Zwei Szenarien sind möglich: Raphael Herrmann ist nicht da, da er Martha Schumacher verfolgt“, erklärte Falk dem Leiter der Spezialeinheit. „Oder er wartet in der Wohnung, um sie durch eins der Fenster zu erschießen, wenn sie zurückkommt. Es ist höchste Vorsicht geboten.“

„Wir sind startklar“, nickte der Leiter der Einheit. Er ging gefolgt von seinen Leuten und Falk Richtung Saalfelder Straße. Die Wohnung, die Raphael Herrmann gemietet hatte, lag im ersten Stock eines Mehrparteienhauses und die Einsatztruppe ging in gebückter Haltung so nah wie möglich an den Hauswänden entlang, um nicht von ihm gesehen zu werden.

Amaryllis beobachtete zusammen mit einem Beamten in Zivil von der Nebenstraße aus das Haus der Schumachers und den Eingang des Hauses gegenüber, sollte Raphael Herrmann versuchen zu fliehen. Sie war sich allerdings sicher, dass der Mann nicht in der Wohnung war. Wenn Martha Schumacher das Haus verließ, barg dies immer das Risiko für ihn, dass sie nicht einkaufen, sondern zur Polizei ging. Er musste schnell handeln. Außerdem war es ihm sicherlich zu simpel, die Frau zu erschießen, er hatte sie sich als sein letztes Opfer aufgespart, sie war sein Meisterstück. Nach allem, was sie bislang über den Mann wussten, würde er Martha Schumacher auf besonders grausame Weise töten.

Wenige Minuten später klingelte ihr Handy. Es war Falk, der nervös klang.

„Er ist nicht hier“, bestätigte er, was Amaryllis vermutet hatte. „Wir haben alles durchsucht, ich habe den

Personenschutz von Martha Schumacher informiert, dass der Täter ihr folgt und jeden Moment zuschlagen könnte. Ihnen ist nichts aufgefallen. Sie haben ihn nicht gesehen. Wo steckt der Kerl?“

„Was habt ihr in der Wohnung gefunden?“, stellte Amaryllis eine Gegenfrage.

„Nicht viel. Ein paar Anziehsachen, etwas Essen, ein paar Zeitungsberichte über seine Morde. Keine Pässe oder Reisetickets. Wenn er vorhat, sich nach dem Mord an Martha Schumacher abzusetzen, muss er noch einen anderen Unterschlupf irgendwo haben.“

„Wundern würde es mich nicht“, sagte Amaryllis. „Vielleicht hofft er sogar, dass wir tatsächlich Florian Schumacher für den Mörder halten. Immerhin sprechen alle Indizien gegen ihn. Der letzte Mensch, der noch lebt und weiß, dass Florian einen Bruder hat, ist Erika Herrmann. Wenn sie in der Zeitung liest, dass Florian Schumacher des Mordes an seiner eigenen Mutter und an elf weiteren Menschen überführt wurde, wird sie denken, er sei genauso schlecht wie sein Bruder. Sie wird aber kaum die Ermittlungsarbeit der Polizei anzweifeln und vermuten, dass es in Wirklichkeit Raphael war“, überlegte sie weiter. „Wenn Florian Schumacher kein absolut hieb- und stichfestes Alibi für die Zeit der Morde aufweisen kann, wird er verhaftet und Raphael ist aus dem Schneider.“

„Ich habe einen anderen Anruf in der Leitung“, unterbrach Falk seine Kollegin plötzlich. „Bleib kurz dran.“

Es dauerte weniger als eine Minute, bis er sich wieder meldete. „Martha Schumacher ist auf dem Weg nach Hause. Keiner der Beamten hat etwas Verdächtiges oder gar Raphael Herrmann gesehen. Wir sind wieder raus aus der Wohnung. Das Einsatzkommando wartet in der Wohnung der Nachbarn darauf, dass er zurückkommt. Egal, was er als Nächstes tut, er sitzt in der Falle!"

Amaryllis wäre am liebsten Martha Schumacher entgegengelaufen. Ein Gefühl der Ohnmacht, nichts tun zu können, um Raphael Herrmann endlich festzunehmen, stieg in ihr auf. Sie ging nervös den Bürgersteig auf und ab und wartete auf einen Anruf ihres Kollegen, dass der Einsatz erfolgreich verlaufen war oder dass sie Schüsse in der Nähe hörte, die ihr sagten, dass die Polizei Raphael Herrmann erschossen hatte. Doch alles blieb still. Musste Martha Schumacher nicht längst zu Hause sein?

Sie war so angespannt, dass sie zusammenschreckte, als sie plötzlich eine Stimme hinter sich hörte.

„Nichts", sagte Falk und sah sie besorgt an. „Martha Schumacher ist eben nach Hause zurückgekehrt und keine Spur von Raphael Herrmann." Er schüttelte ungläubig den Kopf. „Es ist ausgeschlossen, dass er Wind von der Sache bekommen und sich aus dem Staub gemacht hat. Wir waren zu vorsichtig!"

„Er hat einen Plan, den er bis zum Ende verfolgt", murmelte Amaryllis, ohne auf ihren Kollegen zu achten. „Er ist raffiniert und er liebt es, die Polizei dumm aussehen zu lassen." Sie schloss die Augen, als warte sie auf eine Eingebung, wo Raphael Herrmann sein konnte.

„Murmeln und beten hilft nichts! Du siehst aus wie Sonsalla vor einem seiner Jehova-Momente", erklärte Falk mit ironischem Unterton.

„Wir sind solche Idioten!", unterbrach Amaryllis ihn. „Ich weiß, wo er ist. Der Personenschutz ist Martha Schumacher zum Einkaufen gefolgt, richtig?"

„Korrekt", bestätigte Falk.

„Hat jemand das Haus der Schumachers beobachtet, während sie weg war?", fragte Amaryllis.

„Ja. Du!“ Falk sah sie entgeistert an. „Oder was hast du gemacht?“

„Natürlich habe ich das Haus beobachtet. Aber wir sind erst eine gute halbe Stunde, nachdem Martha Schumacher losgegangen ist, hier angekommen. Mehr als genug Zeit für den Täter, in aller Seelenruhe in das Haus zu gehen. Wahrscheinlich hat er sich nicht mal die Mühe gemacht, die Hintertür zu benutzen. Wir müssen uns beeilen, sonst haben wir Martha Schumacher auf dem Gewissen.“

38.

Martha Schumacher hängte ihren Mantel sorgsam an die Garderobe und versuchte, einen klaren Gedanken zu fassen. Sie war zum Supermarkt gegangen und hatte bei jedem Schritt damit gerechnet, dass ihr schwarz vor Augen würde, weil sie jemand überfallen, auf sie geschossen oder sonst irgendwie versucht hatte, sie umzubringen. Sie hatte im Supermarkt wahllos Lebensmittel in dem sicheren Gefühl, beobachtet zu werden, aus den Regalen genommen. Sie hatte buchstäblich bei jedem Schritt, den sie getan hatte, erwartet, dass es ihr letzter sein würde. Doch nichts war geschehen. Hatte der Polizeischutz, den sie als lächerlich empfunden hatte, da der Beamte vor ihrer Tür meist auf seinem Handy spielte, doch etwas bewirkt?

Sie verspürte keine Angst vor dem Tod, sie wollte einfach, dass es vorbei war. Martha zog ihre Schuhe aus, stellte sie in den Schuhschrank am Eingang, zog ihre Hausschuhe an und nahm die Tüte mit den Einkäufen, um sie in die Küche zu bringen. Dann sah sie ihn. Er saß auf einem Stuhl am Esstisch, als gehörte er dort hin.

„Hallo“, sagte er mit einer überraschend rauen Stimme, die verriet, dass er trotz seiner äußerlichen Gelassenheit aufgeregt war, wahrscheinlich weil er lange auf diesen Moment gewartet hatte.

Martha Schumacher musterte den fremden Mann an ihrem Tisch, der ihr dennoch so vertraut war. Die Ähnlichkeit war trotz der offensichtlich gefärbten, stoppelkurzen Haare schmerzhaft. Was er wohl machen würde, wenn sie tot war? Der Gedanke schoss Martha plötzlich durch den Kopf. Würde er irgendwo ein anderes, normales Leben anfangen? Würde er es überhaupt aushalten, nicht mehr zu töten? Oder würde er, wahrscheinlich früher als später, neue Opfer suchen, um seine unstillbare Gier, andere Menschen zu quälen zu befriedigen? Vielleicht würde die Polizei ihn auch schnappen, obwohl er bislang wie mit Marionetten mit den Beamten gespielt hatte.

„Leider haben wir nicht viel Zeit für unser Kennenlernen", sagte er bedauernd. „Die Polizei steht da draußen und auch wenn sie nicht ahnen, dass ich hier bin oder dass es mich überhaupt gibt, wirst du sicher verstehen, dass ich kein Risiko eingehen kann." Er musterte sie abschätzend von oben bis unten. „Nicht für dich. Du von allen bist es am wenigsten wert."

„Natürlich", antwortete Martha kühl. „Ich bin bereit. Ich habe nur eine Frage."

„Und die wäre?" Er sah sie gespannt an.

„Was ist mit Florian? Hast du ihn umgebracht?"

„Natürlich. Immer in Sorge um den geliebten Sohn."

Er betonte das Wort „geliebten" besonders und sah sie bedeutungsvoll an. Dann schien er zu überlegen, ob er ihr sagen sollte, was er mit Florian gemacht hatte oder ob es sie mehr quälen würde zu sterben, ohne zu wissen, was aus ihm geworden war. Er spielte einen Moment lang, als hätte er seine Umwelt komplett vergessen, mit dem Rand der weißen Decke, die noch vom Frühstück auf dem Esstisch lag.

„Gabriel Hoffmann wusste nicht einmal, dass er einen Sohn hat. Wolltest du deinen Sonnenschein ganz für dich allein haben? Ihn mit niemandem teilen? Und schon gar nicht mit mir“, fragte er verbittert.

Martha sah den Mann an, der an ihrem Esstisch saß. Er symbolisierte alles, was sie in den vergangenen 30 Jahren aus ihrem Leben verdrängt hatte.

„Deinem geliebten Florian geht es gut“, sagte der Mann plötzlich und lächelte. „Ich bin doch nicht so dumm, ihn umzubringen. Er ist irgendwo da draußen und hat vor lauter Wühlen nach Würmern nichts mitgekriegt. Das wird eine hübsche Überraschung für ihn, wenn er am Flughafen festgenommen wird und für den Rest seines Lebens ins Gefängnis geht. Denn Mamilein hat ihr kleines Geheimnis dummerweise mit in ihr Grab genommen, da nützen auch die besten Alibis nichts mehr, wenn die DNA-Probe eindeutig ist. Und glaub mir, die ist eindeutig!“

Er sah Martha provozierend an und winkte mit dem Umschlag, den sie auf Peters Kopfkissen gelegt hatte. „Florian darf genau wie sein Vater weiterleben, denn für die beiden wäre der Tod eine Erlösung. Und das wollen wir nun wirklich nicht. Die beiden sollen ein langes Leben mit der Schande führen, die du über sie gebracht hast.“

Martha schloss die Augen. Es war, als würde jemand einen Knoten um ihr Herz machen. Sie wusste, dass sie Florian nicht mehr helfen konnte. Er würde für die Sünden des Mannes, der ihr gegenübersaß, büßen. Und sie trug die Schuld daran, weil sie zu feige gewesen war, der Polizei die Wahrheit persönlich zu sagen.

„Was ist mit deinen Eltern? Sie wissen, dass du einen Bruder hast. Was, wenn sie zur Polizei gehen?“, fragte sie und konnte selber die Verzweiflung in ihrer Stimme hören.

„Mein Vater sitzt in einem Stuhl im Luxus-Seniorenheim und hat keine Ahnung wie er heißt und meine Mutter wird in wenigen Momenten sterben“, sagte er kalt und fügte dann gespielt überrascht an: „Ach, du meinst die beiden Leute, bei denen ich groß geworden bin. Ich Dummerchen. Der Mann ist tot und die Frau? Warum sollte sie zur Polizei gehen? Die haben den Täter doch überführt. Sie wird einfach denken, dass du zwei Monster zur Welt gebracht hast, von denen du eins erfolgreich an sie abgeschoben hast. Und wenn sie doch zur Polizei geht, soll sie doch. Meinst du, ich hätte mich nicht längst um eine neue Identität gekümmert? Daran bin ich doch dank dir gewöhnt, dass ich nicht der sein darf, als der ich auf die Welt gekommen bin!“

„Warum hast du all die anderen Menschen umgebracht? Hätte es nicht ausgereicht, mich zu töten?“, fragte sie mit zitternder Stimme.

„Ts, ts, ts. Hatten wir uns nicht auf eine Frage geeinigt?“ Er sah sie mitleidig an. „Bist du so dumm, oder tust du nur so? Ich bin betrogen worden! Um meine Kindheit, meine Familie, meine Mutter, meinen Vater und meinen Bruder. Um ein ganzes Leben bin ich betrogen worden! Ich habe mir die Freiheit genommen, jeden, der an diesem Betrug beteiligt war, zu bestrafen. Hätte nur einer dieser Menschen anders gehandelt, wäre vielleicht alles anders gekommen. Hätte einer der Jungen aus dem Sommercamp die Wahrheit gesagt, hätte Herbert Meier nicht alles vertuscht, um sein Ferienlager zu retten. Hätten deine Mutter und Richard dich nicht fallen lassen. Die Liste der Schuldigen an meinem Unglück ist lang. Ich habe penibel darauf geachtet, dass ich niemanden vergesse. Du solltest stolz auf mich sein. Ich bin dein Sühnekind. Ich habe ihre und deine Sünden gesühnt. Etwas Dankbarkeit wäre schön.“

Martha sah den Mann angewidert an. „Du hattest eine Familie. Wahrscheinlich eine bessere, als ich sie dir jemals hätte geben können. Du bist um nichts betrogen worden! Du bist von Grund auf schlecht und liebst es, andere Menschen zu quälen, genau wie dein Vater! Aber irgendwann wirst du deine gerechte Strafe bekommen, genau wie er!"

Der Schlag traf sie so unerwartet, dass sie taumelte und nur mit Mühe nicht zu Boden ging. Raphael Herrmann war vom Tisch aufgesprungen und hatte sie mit voller Wucht ins Gesicht geschlagen.

„Wag es nicht, so mit mir zu reden, du Flittchen. Du bist die Wurzel allen Übels und hast mit deiner Selbstsucht mein Leben ruiniert! Du hast mich verkauft wie ein Stück Vieh! Oder meinst du, ich weiß nicht, dass du einen Batzen Geld für mich bekommen hast! Ich habe die Unterlagen gefunden. Mein angeblicher Vater hat sehr genau Buch geführt, was ich ihn gekostet habe!"

Er stand auf und nahm einen Kanister in die Hand, der neben ihm auf dem Fußboden gestanden und den Martha bislang nicht bemerkt hatte.

„Dann wollen wir mal", sagte er. „Muss ich dich fesseln, oder bleibst du freiwillig sitzen?"

Nun sah Martha den Totenkopf, der auf dem Gefäß prangte. Er wollte sie mit Säure überschütten.

„Dein Ehemann soll dich wunderschön in Erinnerung behalten", höhnte er und zog eine Pistole. „Unter anderen Umständen hätte ich dich gerne langsam und qualvoll an der Säure zugrunde gehen lassen. Leider fehlt mir ein wenig die Zeit. Daher machen wir nur eine kleine Maske und dann bekommst du den Gnadenschuss, damit ich sicher sein kann, dass du niemanden mehr in unser süßes kleines Geheimnis einweihen kannst."

Er deutete auf einen der Stühle am Esstisch. Martha setzte sich und versuchte, sich auf den Schmerz vorzubereiten, der gleich kommen würde. Raphael Herrmann öffnete den Deckel des Kanisters. Ein ätzender Geruch zog in Marthas Nase. Sie schloss die Augen, bereit, sie nie wieder zu öffnen, als ein dumpfer Knall ertönte und Raphael Herrmann mit vor Schreck geweiteten Augen in ihren Schoß sank.

39.

„Wissen Sie, ich habe all die Jahre wirklich gehofft, es wäre vorbei. Ich habe mir vorgemacht, ich wäre stark und hätte gesiegt. Weil ich ein guter Mensch bin. Wie dumm kann man sein? Das Böse gewinnt immer. Und es holt einen immer wieder ein. Vielleicht sogar zu Recht. Denn womit habe ich es verdient, glücklich zu sein? Ich habe etwas Furchtbares getan und nun sind all diese Menschen tot. Ich trage die Schuld an den Morden."

Martha Schumacher senkte den Kopf und starrte auf die graue Platte des Tisches in dem Vernehmungszimmer der Berliner Polizei. Sie war mit Amaryllis und Falk noch am gleichen Tag nach Berlin gefahren, um ihre Aussage zu machen. Amaryllis bemerkte, dass die Hände der Frau unkontrolliert zitterten. Sie konnte es ihr nicht verdenken.

Martha Schumacher musste Todesängste ausgestanden haben, als sie Raphael Herrmann in ihrem Haus entdeckt hatte. Ein Scharfschütze des Sondereinsatzkommandos hatte ihn in letzter Sekunde mit einem Schuss in den Kopf niedergestreckt. Er lag im Krankenhaus und kämpfte um sein Leben. Es war nicht klar, ob er jemals wieder das Bewusstsein erlangen würde. Es war das Ende eines Falles, wie Amaryllis es hasste.

Der Täter würde vielleicht niemals für seine Verbrechen zur Rechenschaft gezogen werden. Sie wusste nicht, wie sie den Hinterbliebenen der Opfer in die Augen sehen sollte. Für eine Stürmung des Hauses, in der Hoffnung, Raphael Herrmann festnehmen zu können, waren sie zu spät gekommen. Er hatte den Kanister mit Säure bereits in der Hand, wenn sie nur eine Sekunde länger gewartet hätten, wäre auch Martha Schumacher tot gewesen. Die Entscheidung, ob der Täter oder das Opfer leben sollte, war eine Entscheidung, die sich von allein traf.

„Warum haben Sie uns nichts über Raphael Herrmann gesagt?", fragte Falk und Amaryllis konnte am Gesichtsausdruck von Martha Schumacher erkennen, dass sie auf den Nachsatz „Sie hätten wenigstens das Leben von zwei unschuldigen Kindern retten können" wartete.

„Es tut mir leid", sagte Martha Schumacher leise. „Ich habe nach all der Zeit nicht den Mut aufgebracht, zuzugeben, was ich damals getan habe. Ich weiß nicht, wie ich mit dieser Schuld weiterleben soll. Ich wünschte, Sie wären eine Minute später gekommen und er hätte die Säure über mich gegossen."

„Wir können nicht wissen, ob wir Raphael Herrmann rechtzeitig gefunden hätten, um den Tod der Zwillinge zu verhindern", sagte Amaryllis, die Mitleid mit der Frau vor sich empfand. „Erzählen Sie uns bitte, was damals im Sommer 1981 und danach wirklich passiert ist."

„Was in dem Feriencamp passiert ist, wissen Sie schon. Ich wusste, dass ich mit meiner Geschichte, so wahr sie war, keine Chance gegen Gabriel haben würde und bin daher nicht zur Polizei gegangen. Stattdessen habe ich beschlossen, stark zu sein und einfach weiterzumachen. Ich wollte die Ausbildung zur Köchin nicht gefährden, meinen Verlobten heiraten. Dass daraus nichts wurde und dass Richard mich verlassen hat, als klar war, dass ich schwanger war, wissen Sie auch. Nachdem meine Mutter mich rausgeschmissen hatte, war Angela Renner der einzige Mensch, der zu mir gehalten hat. Sie war es, die mit mir ins Krankenhaus gefahren ist, als die Wehen einsetzten.

Ich war in den neun Monaten aus Scham bei keiner einzigen Schwangerschaftsuntersuchung. Natürlich wollte ich auch meine Stelle im Ferienlager nicht gefährden. Der Plan war, das Kind zu bekommen und es mit Angelas Hilfe irgendwie großzuziehen. Ihre Mutter hatte angeboten, sich um das Baby zu kümmern, wenn wir beide bei der Arbeit waren. Diese Hilfe hat mir alles bedeutet und ich war überzeugt, dass ich in all dem Schlechten, das mir widerfahren war, etwas Gutes gefunden hatte. Ich war nicht allein."

Martha Schumacher nahm vorsichtig, da ihre Hände immer noch zitterten, einen Schluck aus dem Wasserglas, das vor ihr auf dem Tisch stand. Für einen kurzen Moment herrschte absolute Stille in dem kleinen Raum, dann sprach sie weiter.

„Die Geburt verlief normal. Florian wurde nach ein paar Stunden Wehen geboren und ich war tatsächlich so etwas wie glücklich, als ich ihn in den Armen hielt. Das Glück war von kurzer Dauer. Es war, als würde mein Leben erneut in sich zusammenbrechen, als die Hebamme sagte: ‚Da kommt noch eins.'"

Martha sah das erste Mal, seitdem sie begonnen hatte, ihre Geschichte zu erzählen, hoch. In ihrem Blick steckte so viel Verzweiflung, dass Amaryllis gerne aufgestanden und sie in den Arm genommen hätte.

„Ich habe an dem Tag einen weiteren Jungen geboren."

„Was ist aus dem Jungen geworden? Was ist nach der Geburt passiert?", fragte Amaryllis die Frau ihr gegenüber, die ihren Kopf wieder gesenkt hatte.

Martha spielte mit dem Knopf ihrer Strickjacke und schien ihre nächsten Worte zu überlegen.

„Ich war so geschockt, dass ich das Kind zunächst nicht mal auf den Arm nehmen wollte. Die Hebamme hat es schließlich weggetragen. Angela saß neben mir und hat meine Hand gehalten. Ich weiß nicht, wie lange wir so dagesessen haben, aber es muss eine Ewigkeit gewesen sein. Irgendwann wurde ich zurück auf mein Zimmer gebracht, wo die beiden Babys gewaschen und gewickelt in einer Krippe auf mich warteten. Ich habe es nicht über mich gebracht, in die Krippe zu schauen. Ich konnte immer nur daran denken, dass mein Leben endgültig zerstört war.

‚Es gibt auch hierfür eine Lösung.‘

Angela tat ungebrochen optimistisch, doch ich konnte ihr ansehen, wie geschockt sie war. Ich hätte ihren Worten nur zu gern geglaubt, aber selbst mit ihrer Hilfe erschien es mir unmöglich, zwei Kinder großzuziehen.

‚Es geht nicht. Wo sollen wir zwei Kinder unterbringen in der winzigen Wohnung? Geld für eine größere ist nicht da. Und deine Mutter kann sich nicht ständig um zwei Säuglinge kümmern. Sie arbeitet selber. Es ist zu viel. Zu viel Arbeit. Zu viel Geld. Es ist unmöglich.‘

‚Ich habe eine andere Idee. Lass mich ein paar Erkundigungen einziehen.‘

Mit diesen Worten verschwand Angela aus dem Zimmer. Ich war den Rest des Tages allein mit meinen Söhnen. Schließlich habe ich mich aufgerafft und sie gestillt und gewickelt. Was hätte ich auch sonst tun sollen? Es war niemand da, um mir mit meinen zwei schreienden Kindern zu helfen. Am Abend hatte ich mich in mein Schicksal ergeben. Ich würde kündigen und von Sozialhilfe leben. Irgendwie würde ich die beiden großkriegen und vielleicht eine zweite Chance auf eine Ausbildung erhalten, wenn die beiden alt genug waren. Ich hatte mir diese Lösung so lange im Verlauf des Nachmittages eingeredet, bis ich es fast selber glaubte.

Angela kam am nächsten Tag nicht zurück ins Krankenhaus. Ich war enttäuscht, aber konnte es ihr kaum verdenken, dass sie nicht länger Teil meines verwirkten Lebens sein wollte. Außer Problemen hatte ich nichts zu bieten.

Am nächsten Morgen, kurz bevor ich entlassen werden sollte, tauchte Angela plötzlich wieder auf. Ein Ehepaar war bei ihr. Sie hatte tatsächlich eine Lösung gefunden.

‚Das sind die Herrmanns. Sie wünschen sich schon lange ein Kind. Sie haben vor Kurzem eines von der Adoptionsbehörde vermittelt bekommen, doch dann hat die leibliche Mutter es sich im letzten Moment anders überlegt und sie mussten das Kind wieder hergeben. Sie sind verzweifelt und wollen nicht noch mal monate- oder gar jahrelang auf ein Kind warten. Sie würden einen deiner Söhne mit viel Liebe aufziehen und ihn adoptieren.‘

Der Mann trat näher an mein Krankenhausbett. Ich konnte den Schmerz und die Verzweiflung in seinen Augen sehen.

‚Natürlich würden wir Ihnen finanziell unter die Arme greifen und alles mit den Behörden regeln‘, bot er an.

Ich war wie vor den Kopf geschlagen. Ich hatte während der Schwangerschaft nicht einen Moment darüber nachgedacht, mein Kind zur Adoption freizugeben, obwohl es das Resultat einer Vergewaltigung war und alles bedrohte oder bereits zerstört hatte, was ich mir für mein Leben wünschte. Und nun sollte ich das zweite Kind, das unbemerkt in meinem Bauch herangewachsen war, einfach so weggeben? Oder besser gesagt verkaufen? Denn natürlich wusste ich genau wie die Herrmanns, dass ich ihnen das Kind nicht einfach so zur Adoption mitgeben konnte. Das hätten die Behörden nie zugelassen. Der Mann wollte mir das Kind im wahrsten Sinne des Wortes abkaufen und die zuständigen Stellen bestechen.“

Martha Schumacher holte tief Luft. Ihre nächsten Worte überraschten Amaryllis.

„Ich wünschte, ich könnte Ihnen erzählen, Angela habe mich tagelang überreden müssen. Jemand habe mich gezwungen, meinen Sohn aufzugeben. Man habe ihn mir mit Gewalt entrissen. Ich kann es nicht. Es hat mir das Herz gebrochen, aber ich habe den Vorschlag sofort angenommen. Genauso wie das Geld der Herrmanns. Es war die einzige Möglichkeit, aus meinem Leben etwas zu machen und wenigstens ein Kind vernünftig großzuziehen. Zumindest war ich damals davon überzeugt, es mit zwei Kindern allein nicht schaffen zu können. Und selbst heute denke ich, dass ich rational richtig gehandelt habe. Ich habe meinen zweiten Sohn zwei Tage nach der Geburt den Herrmanns mitgegeben, eine Blankovollmacht unterschrieben und nie wieder etwas von ihm gehört. Oder nach ihm gesucht. Die Herrmanns haben, wie versprochen, alles mit den Behörden geregelt, fragen Sie mich nicht wie. Mit Geld kann man eine Menge erreichen. Angela und ich haben uns geschworen, dass wir niemals jemandem etwas von dem zweiten Baby erzählen würden, sie hat nicht mal ihre Mutter eingeweiht, dass ich Zwillinge bekommen hatte." Martha machte eine kurze Pause. „Vergessen habe ich meinen zweiten Sohn aber an keinem einzigen Tag in meinem Leben."

Amaryllis hörte, wie Falk neben ihr tief durchatmete. Sie fragte sich, ob er ebenfalls, obwohl sie mit ihrem Schweigen die Arbeit der Polizei erschwert und Menschenleben riskiert hatte, Mitleid mit der Frau empfand.

„War Ihnen klar, dass ihr zweiter Sohn hinter der Mordserie steckt?", fragte Falk.

„Ich habe es nicht sofort gewusst, aber ziemlich schnell vermutet. Vor allem, nachdem Sie mir gesagt haben, dass die Beschreibung des Mannes, der Gabriel Hoffmann besucht hat, auf meinen Sohn Florian passe. Ich habe nie erfahren, ob meine Kinder eineiige oder zweieiige Zwillinge waren. Ich habe angenommen, nachdem ich die Beschreibung gehört habe, dass Florian und der Mörder eineiige Zwillinge sein müssen. Ich weiß, dass Sie uns gesagt haben, dass Eltern ihre Kinder oft nicht so gut kennen, wie sie meinen, aber ich bin mir sicher, dass Florian nicht fähig ist, solche Verbrechen zu begehen. Er ist das Gegenteil seines Vaters und seines Bruders. Er ist ein guter Mensch."

Martha Schumacher zögerte einen Moment, dann sagte sie: „Es gibt so viel, was ich nicht verstehe. Wie hat er es gemacht? Wie hat er es geschafft, eine DNA-Spur von Florian an dem Opfer zu hinterlassen? Wo hat er das Haar von Florian her? Er war nie hier im Haus oder in Florians Wohnung. Ich bin sicher, die beiden kennen sich nicht."

„Es gibt eine Menge Möglichkeiten, das Haar einer anderen Person an sich zu bringen. Am Arbeitsplatz, einem öffentlichen WC, im Sportklub. Raphael Herrmann hat seine Opfer monatelang ausspioniert, ihre Gewohnheiten gekannt, er wusste, was sie wann an welchem Tag gemacht haben. Mit etwas Geduld hätte er ohne Probleme das Haar von Florian bekommen können, ohne dass der es überhaupt bemerkt hätte", erklärte Amaryllis. „Aber er brauchte es gar nicht. Er hat einfach sein eigenes genommen."

Martha Schumacher sah überrascht auf. „Ich dachte, jeder Mensch hätte eine andere DNA, über die er zu 100 Prozent identifiziert werden kann?"

„Das ist korrekt", sagte Amaryllis. „Die DNA von eineiigen Zwillingen ist allerdings so gut wie identisch. Bei einem Routine-DNA-Vergleich können keine Unterschiede festgestellt werden. Dafür braucht man einen Spezialtest. So lange niemand wusste, dass Florian einen Zwillingsbruder hat, konnte Raphael Herrmann sich in Sicherheit wiegen. Nachdem er Angela Renner umgebracht hatte, gab es neben seiner Adoptivmutter nur noch einen Menschen auf der Welt, der wusste, dass Florian einen Zwillingsbruder hatte, und das waren Sie. Dass sich jemand vom Krankenhauspersonal an eine Zwillingsgeburt vor mehr als 30 Jahren erinnert hätte, konnte er getrost ausschließen. Zumal niemand wusste, dass Sie ihren zweiten Sohn dem Ehepaar Herrmann überlassen haben."

„Wenn ich nur nicht so ein unendlicher Feigling gewesen wäre", sagte Martha Schumacher, der die Tränen die Wangen herunterrannen. „Er hat darauf gebaut, dass ich, nachdem ich jahrzehntelang geschwiegen habe, nicht reden würde. Und er hatte recht."

Es war eine ganze Zeit lang still in dem Vernehmungsraum, nur ein gelegentliches Schluchzen von Martha Schumacher war zu hören.

„Ich wollte sterben, darum bin ich einkaufen gegangen. Ich war sicher, dass er mir auflauern würde", sagte sie plötzlich in die Stille hinein. „Ich habe meinem Mann einen Brief geschrieben, in dem die Wahrheit steht." Sie blickte auf und sah die beiden Kommissare an. „Wie haben Sie es herausgefunden? Warum haben Sie weiter ermittelt, Sie hatten den vermeintlichen Täter doch überführt?"

„Raphael Herrmann hat sehr lange an seinem Plan gearbeitet und ihn mit absoluter Perfektion durchgeführt. Während der gesamten Ermittlungen waren wir mindestens drei bis vier Schritte hinter ihm. Nur wenn er uns eine Information gegeben hat, sind wir überhaupt weitergekommen", sagte Amaryllis. „Seine Perfektion war sein Verhängnis. Wir haben weiter ermittelt, weil es am Ende zu leicht war. Raphael Herrmann hat uns Florian als Täter wie auf dem Silbertablett serviert. Das hat uns stutzig gemacht."

„Ehrlich gesagt hat es vor allem die Kollegin Winter stutzig gemacht“, warf Falk ein. „Sie können ihr danken, dass Sie noch leben und dass Florian nicht den Rest seines Lebens als Mörder im Gefängnis sitzen wird.“

Martha Schumacher sah Amaryllis an. „Ich verstehe immer noch nicht, wie sie darauf gekommen sind, dass Florian einen Zwillingsbruder hat.“

„Ich war erstaunt, dass Florian sich von einem mustergültigen Bürger plötzlich in eine Bestie verwandelt haben sollte. So etwas gibt es fast nie. Am Ende war es aber eines der Fotos, die Sie mir von Florian gegeben haben, das mich auf die richtige Spur gebracht hat: Florian ist ein schlanker, fast dürrer Mann, der ganz offensichtlich keinen Sport macht. Der Täter aber hat die Leiche eines erwachsenen Mannes fast zwei Kilometer weit durch den Wald getragen. Ich konnte mir nicht vorstellen, wie Florian das gemacht haben sollte.

Die einzigen Menschen, von denen wir wussten, dass sie den Täter in den letzten fünf Jahren wissentlich gesehen haben, sind die Schwestern und die Heimleiterin des Seniorenheims, wo Gabriel Hoffmann untergebracht ist. Also habe ich die Krankenschwester, die sich um Gabriel Hoffmann kümmert und den Täter am meisten gesehen hat, nach seiner Statur befragt und sie hat von einem durchtrainierten Mann gesprochen, der mit Sicherheit viel Zeit im Fitnessstudio verbringen würde.“

Amaryllis konnte am Gesichtsausdruck von Martha Schumacher sehen, dass diese immer noch nicht verstand, wie die Polizei auf die Idee gekommen war, dass Florian einen Zwillingsbruder haben könnte.

„Die Opfer 10 und 11 waren Zwillinge. Genau wie Raphael und Florian. Raphael Herrmann hat sich, wie viele andere Mörder, selber überschätzt. Er konnte nicht widerstehen, die

Zwillinge umzubringen, und war überzeugt, dass wir die Symbolik niemals verstehen würden. Haben wir zunächst auch nicht." Amaryllis lächelte. „Doch ich hatte die ganze Zeit das Gefühl, dass wir dem Täter zu leicht auf die Spur gekommen sind und er uns die Beweise gegen Ihren Sohn Florian fast auf den Schreibtisch gelegt hat. Also habe ich überlegt, ob er uns bewusst einen falschen Täter präsentiert. Doch wen? Und wie konnte es sein, dass Schwester Eva vom Haus Teresienblick Florian eindeutig identifiziert hat, wenn er nicht der Täter war? Ein Puzzleteil fehlte und als ich auf die Idee kam, dass Florian einen Zwilling haben könnte, hat vieles plötzlich Sinn gemacht. Wie fast alle Täter hat Raphael Herrmann am Ende doch einen Fehler gemacht. Wenn er die Tochter der Bleibers umgebracht hätte, so wie er die Kinder von den damaligen Teilnehmern des Ferienlagers umgebracht hat und nicht ihre Enkelkinder, wir hätten Raphael Herrmann niemals überführt."

Epilog

„Frohe Weihnachten!"

Die eiskalte Dezemberluft, die in den Flur strömte, als Amaryllis die Haustür für ihren Gast öffnete, verschlug ihr für einen kurzen Moment den Atem.

„Es riecht ganz wunderbar. Gans?", fragte Falk von Heeren, zog seine abgewetzte Jacke aus und drückte sie Amaryllis ebenso wie seine Mütze in die Hand.

Die Selbstverständlichkeit der Geste irritierte Amaryllis für einen Moment und machte ihr klar, wie merkwürdig die kleine Ansammlung von Gästen war, die sie für diesen Heiligabend zu sich nach Hause eingeladen hatte.

Falk war derweil auf dem Weg ins Wohnzimmer, er schien ihre Irritation nicht zu bemerken. Sie hängte seine Jacke und die Mütze auf und folgte ihm in das Wohnzimmer, wo Benita bereits mit einem Becher Glühwein auf dem Sofa saß.

Es war die Gerichtsmedizinerin gewesen, die mit ihrer Klage, dass ihre Eltern sie das erste Mal Weihnachten im Stich ließen und lieber eine Kreuzfahrt machten, als mit ihrer einzigen Tochter zu feiern, die Idee für einen gemeinsamen Heiligabend aufgebracht hatte.

„Deine Eltern kommen doch auch nicht aus New York, warum machen wir nicht das Beste daraus und uns einen gemütlichen Abend?“, hatte sie Amaryllis gefragt, der bereits vor den einsamen Weihnachtsfeiertagen graute und die entsprechend freudig zugesagt hatte.

Da Falks Kinder die Festtage bei ihrer Mutter verbrachten, hatte sie ihn einige Tage später kurz entschlossen ebenfalls eingeladen.

Und nun saßen die beiden in ihrem Wohnzimmer und Amaryllis überlegte, ob die gemeinsamen Erlebnisse der vergangenen Wochen tatsächlich genug waren, um einen ganzen Abend zu füllen oder ob die Gespräche irgendwann verstummen und einem betretenen Schweigen Platz machen würden.

Sie ging in die Küche, um einen Becher mit Glühwein für ihren Kollegen zu holen und nach der Gans zu sehen, die bereits seit geraumer Zeit im Ofen schmorte. Wie sehr sich ihr Leben verändert hatte. Vor wenigen Jahren noch hatte sie in New York stets den großen Weihnachtsempfang, den ihre Eltern traditionell veranstalteten, am Heiligabend gemeinsam mit ihrem Ex-Mann Max besucht. Die vergangenen zwei Jahre hatte sie zusammen mit ihrer Großmutter Weihnachten in Berlin gefeiert. Und nun saßen zwei Menschen, die ihr vor einem halben Jahr noch völlig fremd gewesen waren, im Wohnzimmer ihrer verstorbenen Großmutter und wollten mit ihr gemeinsam den Heiligabend begehen.

„Kann ich etwas helfen?“, unterbrach Falk ihre Gedanken, der unbemerkt in die Küche getreten war.

„Nein, alles unter Kontrolle“, sagte Amaryllis, füllte einen Becher mit Glühwein und reichte ihn Falk. „Ich hoffe, du bist trinkfest. Den Glühwein hat Benita mitgebracht und so wie ich es verstanden habe, hat sie nicht an Hochprozentigem gespart, um ihn etwas aufzupeppen."

„Kein Thema, ich schlafe höchstens ein, benehme mich aber nicht daneben", ließ Falk sie wissen. „Ihr dürft nur nicht soviel trinken, dass ihr mich nicht mehr tragen könnt."

„Auf uns." Benita erhob ihren Glühweinbecher und prostete Amaryllis und Falk zu, nachdem diese wieder in das Wohnzimmer zurückgekehrt waren. „Auf unseren ersten gemeinsamen Fall, mögen noch viele folgen."

„Auf einen weiteren Raphael Herrmann kann ich gut verzichten", sagte Amaryllis und stieß mit Benita an.

„Ich auch. Allerdings muss ich gestehen, dass ich die Ironie des Schicksals mag, dass er zwar überlebt hat, aber ebenso wie sein Vater im Prinzip nur noch aus einer Hülle besteht. Der Mann wird nie wieder laufen, sprechen oder, so wie es aussieht, auch nur wissen, wer er ist. Ob es eine gerechte Strafe für seine Taten ist, wage ich zu bezweifeln, aber auf jeden Fall ist es eine Strafe, mehr als der Tod es gewesen wäre", sagte Falk und nahm einen großen Schluck Glühwein.

„Das stimmt wohl, aber wenn ich an die ganzen Familien denke, die dank ihm dieses Weihnachten ohne ihre Kinder verbringen müssen, kann ich mir keine Strafe vorstellen, die schlimm genug für ihn wäre", meinte Amaryllis und Benita nickte zustimmend.

„Was geschieht nun eigentlich mit Martha Schumacher? Wird sie angeklagt oder kommt sie ohne eine Strafe davon?", fragte sie.

„Der Staatsanwalt und die Eltern der Opfer wollen sie wegen Behinderung der Justiz anklagen", sage Falk. „Und das nicht zu Unrecht. Zumindest die beiden letzten Opfer hätten vielleicht gerettet werden können, wenn sie nicht geschwiegen hätte."

„Mir tut die Frau leid“, sagte Amaryllis. „Sie hat Furchtbares durchgemacht als junges Mädchen und nur versucht, ein glückliches Leben zu führen.“

„Aber sie hat ihr Leben auf einer Lüge aufgebaut und andere Menschen mit dieser Lüge in Gefahr gebracht“, gab Falk zu bedenken. „Sie kann von Glück sprechen, dass ihr Mann und ihr Sohn Florian zu ihr stehen. Ich weiß nicht, ob ich die Größe hätte, wenn ich ein Leben lang von meiner Frau belogen worden wäre.“

„Man kann nie wissen, wie man selber reagieren würde, bis es einem wirklich selber passiert“, sagte Benita. „Und da wir drei allein durchs Leben gehen, müssen wir uns um solche Dinge keine Gedanken machen.“

„Sei mal nicht so pessimistisch, wer weiß, was nächstes Jahr Weihnachten ist“, lachte Amaryllis.

„Da feiere ich mit meinen Kindern“, sagte Falk. „Sehe leider keine Frau am Horizont, die Weihnachten mit drei vorpubertierenden Gören verbringen will.“

„Und ich sehe keinen Mann, der mir verzeiht, wenn ich a) unter dem Weihnachtsbaum von der besonders furchtbaren Obduktion des Vortages erzähle oder b) unter eben jenem Weihnachtsbaum das Handy klingelt, um mich zu einem Heiligabend-Massaker zu rufen.“ Benita hob ihre Tasse und prostete dem prachtvoll geschmückten Weihnachtsbaum zu, der in Amaryllis’ Wohnzimmer stand.

„Fantastischer Baum übrigens“, sagte sie anerkennend. „Wie hast du den allein hier reinbekommen und aufgestellt? Oder gibt es da etwa etwas, was du uns sagen solltest?“

„Nein, nein“, lachte Amaryllis. „Habe ich liefern und aufstellen lassen, keine Sorge, ich spiele immer noch mit dem Gedanken mein Haus den Straßenkatzen zu öffnen und eine alte Katzenjungfer zu werden.“

„Dann wären wir uns ja einig“, erklärte Falk und hatte ganz offensichtlich Freude an den verständnislosen Gesichtern seiner Kolleginnen. „Wir konzentrieren uns im nächsten Jahr ganz auf unseren Beruf. Für den Moment kann ich allerdings erst mal nur an die Gans denken, der Duft aus dem Ofen macht mich wahnsinnig.“

ENDE

Über die Autorin

Die Autorin Caroline Parker lebt mit ihren beiden Töchtern, dem besten Hund der Welt und einem dicken schwarzen Kater in Berlin. In dieser wunderbaren Stadt spielt auch ihre erfolgreiche Berlin-Krimi-Reihe rund um das ebenso sympathische wie gegensätzliche Ermittler-Duo Amaryllis Winter und Falk von Heeren. Wenn Caroline Parker nicht schreibt oder liest, steht sie gerne in der Küche und probiert neue Rezepte aus oder versucht im Garten ihrem größtem Feind – dem Unkraut – den Garaus zu machen. Hierbei steht sie in ihrer Brutalität den Schurken in ihren Romanen in Nichts nach.

Neugierig geworden? Es gibt so viel mehr über Amaryllis Winter, Falk von Heeren und Benita Hüther zu erzählen, aber nicht alles findet einen Platz in den Büchern. Wie lange kennen sich Falk und die Gerichtsmedizinerin Benita Hüther eigentlich schon? Gibt es da am Ende ein Geheimnis, von dem sogar Amaryllis nichts weiß? Warum hat sich ausgerechnet Amaryllis, das behütete Diplomatenkind, für eine Karriere bei der New Yorker Polizei entschieden? Und wie läuft eigentlich das Doppeldate von Falk und Sven?

Die Antwort auf diese Fragen und vieles mehr, zum Beispiel, wie Caroline Parker einen Krimi schreibt, wie sie lebt, woher sie ihre Ideen nimmt und was sie mit ihrem schwarzen Höllenhund Holly so alles in Berlin erlebt findet sich auf ihrem Blog: www.carolineparker.blog

WEITERE ROMANE VON CAROLINE PARKER

Berlin Krimis:

Sühnekind (1)

Er hinterlässt keine Spuren, außer er will es. Ein Serienmörder, so raffiniert, dass seine Taten unentdeckt bleiben, bis er beginnt seine Opfer immer brutaler zu töten, stellt die Berliner Kommissare Winter und von Heeren vor ein Rätsel. Es gibt keine Spuren, keine Verbindung zwischen den Toten und erst recht kein Motiv. Erst als sie erkennen, dass der Schlüssel zu den Verbrechen tief in der Vergangenheit liegt, scheinen sie dem Täter endlich näher zu kommen. Doch der spielt in einem Netz aus Lügen, Geheimnissen und Verrat geschickt Katz und Maus mit den beiden Kommissaren.

Himmelstod (2)

Nur die Opfer kennen sein wahres Gesicht. Eine mysteriöse Frauenleiche wird im Berliner Grunewald gefunden. Schnell deutet alles auf den allseits beliebten Gunnar Thomasson als Täter hin. Doch der Mann ist spurlos verschwunden. Während die Kommissare Winter und von Heeren alles daransetzen, den Mörder der jungen Frau zu finden, kommen immer mehr grausame Einzelheiten über das Doppelleben des Mannes ans Licht. Doch das furchtbarste Geheimnis des Täters kennen die beiden Kommissare noch nicht - und ihre Ermittlungen werden zu einem tödlichen Wettlauf mit der Zeit.

Feuerskälte (3)

Nichts ist, wie es scheint - schon gar nicht das Böse. Ein tödliches Feuer weist unheimliche Parallelen zu einem Fall auf, der vor zehn Jahren die Berliner Mordkommission in ihren Grundfesten erschüttert hatte. Doch der Täter von damals sitzt im Gefängnis und die Kommissare Winter und von Heeren haben die unangenehme Aufgabe, bei ihren Kollegen alte Wunden aufreißen zu müssen, um die Hintergründe des Brandes zu klären. Als ein weiterer Mord geschieht, wird klar, dass der Fall vor zehn Jahren niemals wirklich gelöst wurde. Doch während Amaryllis Winter und Falk von Heeren mühevoll versuchen, die Geschehnisse hinter beiden Taten zu verbinden, ist der wahre Täter ihnen stets einen Schritt voraus - und er ist bereit, jeden zu töten, der hinter sein Geheimnis kommt.

Zornesopfer (4)

Zorn heilt keine Wunden. Die entstellte Leiche eines jungen Mädchens wird auf einer Parkbank am bekannten Berliner Kollwitzplatz gefunden. Die Mordkommission unter Leitung von Amaryllis Winter und Falk von Heeren hat kaum ihre Arbeit aufgenommen, als ein weiteres Mädchen verschwindet.

Der Täter, von der Presse schnell als der „Mädchenfänger von Berlin" bezeichnet, hinterlässt Angst und Schrecken in der Stadt – und jede Menge Spuren. Doch diese passen so wenig zusammen, dass die Kommissare bald einen schrecklichen Verdacht hegen …

Tränenstille (5)

Die Stille nach dem Mord ist tödlich. Ein ungewöhnlicher Notruf geht bei der Berliner Polizei ein: Eine junge Frau gibt an, ihren Mann mit einer Bratpfanne erschlagen zu haben. Was zunächst nach einer simplen Beziehungstat aussieht, entpuppt sich schnell als mysteriöser Mordfall, denn Hauptkommissarin Amaryllis Winter stößt auf immer mehr Ungereimtheiten in der Aussage der Täterin. Diese besteht jedoch beharrlich auf ihrer Version der Ereignisse. Als ein weiterer Mord geschieht wird klar, dass es noch zahlreiche weitere Opfer gibt – und noch sind nicht alle von ihnen tot.

Farbenmord (6)

Er würde für seine Kunst sterben - andere würden dafür töten. Die Kommissare Amaryllis Winter und Falk von Heeren werden in eine heruntergekommene Villa am Berliner Müggelsee gerufen. Im Wohnzimmer liegen vier Leichen - bestialisch ermordet mit einer Art Säbel. Schnell stoßen die Ermittler auf eine Verbindung, die in die Kunstszene führt und zu einem geheimnisvollen Gemälde, von dem niemand weiß, ob es wirklich existiert. Doch die wenigen Zeugen, die sie finden, widersprechen sich in ihren Aussagen. Fast droht die Suche nach dem Täter im Nichts zu verlaufen, als Amaryllis plötzlich feststellen muss, dass eine Spur in ihre eigene Vergangenheit führt.

Cold Case:

"Mein Vater war ein Monster. Ein Monster, das ich vorbehaltlos geliebt habe."
Ein totes Mädchen, das niemand vermisst und eine Sekte, die sich auf mysteriöse Weise selbst zerstört hat – gleich zwei ungelöste Mordfälle beschäftigen Hauptkommissarin Emma Bohn von der Brandenburger Polizei. Die Taten scheinen untrennbar verbunden und doch sprechen alle Fakten gegen einen Zusammenhang. Die Ermittlungen gestalten sich schwierig, denn alle Zeugen scheinen ihre eigene Agenda zu haben. Emma sieht sich bald einem Sumpf aus Lügen und Bestechung gegenüber, der immer undurchsichtiger wird, je tiefer sie in die Vergangenheit eindringt.

Alle Bücher von Caroline Parker können unabhängig voneinander gelesen werden.

Printed in Poland
by Amazon Fulfillment
Poland Sp. z o.o., Wrocław

18225089R00230